BASTEI
LÜBBE

Anna Dion

Die Kleidermacherin

BASTEI LÜBBE

BASTEI-LÜBBE-TASCHENBUCH
Band 12 910

In neuer Rechtschreibung

Ein Verlagsimprint der Weltbild Verlag GmbH Augsburg
Lizenzausgabe: Bastei Verlag Gustav H. Lübbe GmbH & Co.,
Bergisch Gladbach
Printed in Germany Februar 1999
Einbandgestaltung: Dieter Zembsch-Werkstatt, München
Titelfoto: Mademoiselle Charlotte du Val d'Ognes
Satz: hanseatenSatz-bremen, Bremen
Druck und Bindung: Ebner Ulm
ISBN 3-404-12910-5

1

Ich wünscht', ich hätt ein Seidenkleid!« dachte das Kind begehrlich.

Es dunkelte schon als die große wappengeschmückte Kutsche vor ihm und anderen Neugierigen hielt, der Lakai den Tritt herunterklappte und eine Laterne zum geöffneten Schlag hochhielt. In ihrem Schein drängte über den Reifrock gespannte Seide heraus, gleißend wie die Wellen der Somme im Sommer. Noch unsichtbare Hände lüpften den rüschenbeschwerten Saum, ein Brokatschuh tastete nach unten, gesattelt mit kostbarer Schnalle und funkelnd wie gebündelte Mondstrahlen.

»Bei Luzifers Schwanz! Diamantsteine!«

Ein zweites Schnallenblitzen gesellte sich dazu, jetzt tauchte die ganze Gestalt aus dem Kutscheninneren auf, Seidenrose im gepuderten Haar. Blumensüßer Duft wehte mit.

War es die Fee aus dem Märchen vom kleinen Glaspantoffel? Natürlich nicht, nur eine von den feinen Damen aus den Schlössern der Umgebung, die zu einer Soirée kam. So reich, dass sie sich jeden Tag Seidenkleider und Diamanten leisten konnte. So verwöhnt, dass sie Pelzhosen gegen die Kälte trug, wie das Kind beim Röckeraffen sofort bemerkt hatte.

Auf dem Pflaster angelangt, schüttelte die Feine raschelnd den ausladenden Rock zurecht und als ob der aufmerksame Blick des Kindes sie berühre, drehte sie sich um und musterte es.

Es war ein kleines Mädchen, zur Unform verpackt in ein wollbraunes Umschlagtuch, dessen helle Augen furchtlos der Musterung standhielten. Der volle kleine Mund war vorgewölbt wie ein Karpfenmäulchen, als wolle es nach den schönen Dingen schnappen, die das Leben anbot.

Was die Musternde nicht sah, war der starke Wille unter dem gefältelten Rand der Leinenhaube, das Beharrungsvermögen des Mädchens an einmal gefassten Wünschen festzuhalten und sich von nichts und niemand an ihrer Verwirklichung hindern zu lassen.

»Nun, meine Kleine, gefalle ich dir?«

Die Feine nestelte an ihrem Rock, warf lächelnd etwas blank Eingepacktes in die zusammengeraffte Schürze des Kindes, um dann geziert auf Schuhspitzen zum Hausportal zu trippeln. Es begriff auch warum: Das Pflaster war kotig und die Schuhe waren kostbar. Ihr nach stöckelte die Zofe, vorsorglich den Rocksaum der Herrin hochhaltend.

»Hast jetzt genug gegafft«, zischte sie, als sie an dem Mädchen vorbeikam.

Verschwunden die Fee und ihre Unke, jetzt konnte sie sich das Geschenk in der Schürze ansehen. Vielleicht doch eine Zaubernuss, aus der ein Seidenkleid quellen würde? Ein Geldstück? Nein, nur eingewickeltes Konfekt. Da lag's neben einem zusammengelegten Papier mit dem Apothekerpulver und einem braunen Fläschchen. Jetzt fiel dem Kind auch die Mahnung der Mutter wieder ein. »Und dass du mir wie der geölte Blitz zurückkommst, Marie Jeanne, sonst setzt es was! Der Père braucht dringend die Medizin, er ist sterbenskrank.«

Marie Jeanne setzte sich in Trab, mehr ein Tänzeln und klapperndes Springen, denn die Holzschuhe machten gehörig Lärm auf dem Kopfsteinpflaster. Dabei singsangte sie: »Ich wünscht', ich hätt ein Sei-ei-den-kleid! Ein glitze-blitze-blaues Sei-ei-denkleid!«

Unbekümmert hopste sie durch Pfützen, so dass die Straßenbrühe auf die Überholten spritzte und sie ihr ärgerlich nachschimpften: »Pass doch auf, kleine Kanaille!« Das Kind kümmerte das nicht, es besaß eine gehörige Portion Selbstbewusstsein, und außerdem machte das Laufen warm. Der Jahresanfang hatte übles Wetter gebracht, der Fluss Überschwemmung und klamme Kälte gespuckt; kein Wunder, dass der Vater sich den bösen Husten geholt hatte.

Jetzt tauchte der wuchtig gemauerte Torbogen des örtlichen Gendarmerie-Postens auf, der *Maréchaussée-royak* von Abbéville. Den Bertins war eine Wohnung in dem Gebäudekomplex zugebilligt worden, das gehörte zu den Vergünstigungen, die ein alter verdienter Wachtmeister erwarten konnte.

Uralt ist der Père, dachte die in den Hof rennende Tochter, schon über Sechzig. Gar nicht auszudenken wie alt das ist, aber zu merken ist's nicht, wenn er erst einmal auf dem Pferd sitzt, und seine Stimme hört man eine Meile weit. Doch jetzt hustete er nur noch, raspelnd und keuchend, das Fieber stieg ständig und weder die Umschläge mit Tannenbalsam noch die Klistiere haben geholfen, nicht einmal der Aderlass des Arztes, den die Mutter holen musste, nachdem sie mit ihrer Weisheit als gelernte Krankenwärterin zu Ende war.

Seit dem Hoftor hatte Marie Jeanne Begleitung bekommen, den großen schwarzen Gendarmeriehund, mit dem sie freundliche Beziehungen unterhielt und mehrfach seinetwegen bestraft worden war, weil sie ihn mit ins Haus geschmuggelt hatte. Auch an diesem kalten Abend drängte er sich, flehend, miefend, mit durch die Wohnungstür.

»Verschwinde«, zischelte sie, und der Hund nutzte die magere Beleuchtung des Raumes um sich lautlos im Schatten einer Ecke aufzulösen.

Unter den niedrigen Deckenbalken des Raumes, in dem zugleich gewohnt und gekocht wurde, hockte die älteste Schwester Marthe neben dem Herd und rupfte eine Taube für die Krankensuppe. Nur noch die Schillerfedern steckten am traurig pendelnden Vogelhals. Schade sie einfach wegzuschmeißen, überlegte das Kind, könnte man nicht einen hübschen Putz daraus machen?

»Wo bleibst du denn nur?«, murrte Marthe, »Mère hat schon ein paar Mal nach dir gefragt«, um dann schrill die Stiege hinaufzurufen: »Jetzt ist sie zurück!« Röchelndes Husten antwortete und die ärgerliche Aufforderung einer Frauenstimme, sie sofort heraufzuschicken.

Die junge Witwe Marguerite hatte vor mehr als zwei Jahrzehnten den viel älteren Nicolas Bertin geheiratet, als er nach langer abenteuerlicher Soldatenzeit bei der berittenen königlichen Gendarmerie ihres Heimatortes sesshaft geworden. Einen Jungen hatte sie mit in die Ehe gebracht, noch einmal acht Kinder geboren. Der älteste Sohn dieser zweiten Brut und drei Töchter waren ihr geblieben, Marie Jeanne war die jüngste.

»Und die frechste, ungebärdigste und klügste«, wie ihr Vater mit einem gewissen Stolz sagte.

Die Tür zur Schlafkammer der Eltern war offen, die dicken Friesenvorhänge des Bettes zurückgeschlagen, darüber die Mère Bertin gebückt, beschäftigt die Waden des Kranken mit einem fiebersenkenden Umschlag zu umwickeln. Marie Jeanne blieb stocksteif an der Tür stehen, denn jetzt fürchtete sie sich. Dieses von Kopfrolle und Kissen gestützte, sich unruhig windende Wesen konnte nicht der Vater sein. Nicolas Bertin hatte zwar immer den heftig gefärbten Teint des Landsknechts gehabt, gegerbt von vielen Ritten, versengt von Lagerfeuern, gerötet vom Trinken, doch nun schien sein kahler Kopf von innen her zu glühen, blaurot wie der Hals der toten Taube unter den wegstiebenden Schillerfedern, und sein sonst so stolz nach oben gezwirbelter Schnauzer hing wie nasses Werg seitlich des vor Atemnot verzerrten Mundes herab. Bekam er zwischen den Hustenstößen Luft, hörte man matte Flüche, Anrufe an den Himmel oder auch militärische Befehle, konfus kommandiert vom Fieber.

Seine Frau griff nach der Arzneiflasche, schlug geschickt den Siegellack des Verschlusses am Bettpfosten ab und goss die sirupdicke Flüssigkeit in einen Löffel.

»Hier, das wird helfen!«

Sie stützte ihn, Bertin schluckte. Marie Jeanne sah seinen Adamsapfel krampfhaft auf- und abwogen, dann vorsichtig hinterher atmen. Kein Hustenstoß folgte. Der alte Wachtmeister ließ sich in die Polster zurückfallen und betrachtete seine Jüngste, als hätte er sie noch nie gesehen. Die kleine Gestalt schien vom Boden abgehoben zu haben, schwänzelte hin und her wie in einem Marionetten-Menuett, die Enden des Umhangs gleich flappenden Flügeln. Hinter ihr tanzte der vom Licht der einzigen Kerze geschaffene Schattenriss anmutig auf der Wand mit.

»Da, Margo, schau! Sie kann fliegen«, flüsterte er heiser, »wie'n Nachtfalter. Wie'n Engel.«

»Nein, die steht ganz fest auf dem Boden, Bertin. Ist nur dein Fieber.«

Er schluckte vorsichtig. »*Petite,* komm runter. Wirst fallen. Wer zu hoch steigt, fällt immer.«

»Ja, *Père* «, murmelte das Kind.

»Nun red nicht so viel«, rügte seine Frau, »sonst hustest du wieder.«

»Gib-mir-zu-trinken!«

Die Gestalt der Mutter verdeckte den beunruhigenden Fremden im Bett, und Marie Jeanne zog sich Schritt für Schritt zurück. An der Tür angekommen, drehte sie sich um und machte, dass sie runterkam.

Unten hatten sich inzwischen mehrere Personen um den Tisch eingefunden. Steif aufgerichtet und im würdigen Schwarz des Geistesarbeiters saß ihr Stiefbruder Jacques Antoine da und sah Papiere durch. Er war Schreiber in einem Kontor, galt als der Intellektuelle unter den Bertins und wurde bei allen Familienproblemen um Rat gefragt. Auch der Schreinergeselle Louis war nach Hause gekommen, noch immer die lederne Schürze vorgebunden. In seinem Haar, genau so dick und hummelpelzfarben wie das der kleinen Schwester, kringelte sich eine vergessene Sägespanlocke.

»Nun, Demoiselle Mausezahn, hast oben beim Père das Fürchten gelernt?«

»Fürcht mich nie, Monsieur Rattenkopf, so wie du vor deiner katerdicken Braut.«

Louis hob drohend die Hand, aber die Tischplatte war zwischen ihnen. Marthe setzte eine große irdene Schüssel drauf, knüpfte der Schwester das Umschlagtuch ab und wischte ihr energisch mit einem feuchten Lumpen über die Hände. Von oben drang wieder das folternde Husten herunter, es schien matter und röchelnder geworden.

»Sieht Père nicht aus wie der heilige Laurentius auf'm Rost?«, bemerkte Marie Jeanne, um ihr Unbehagen loszuwerden und griff nach der dicksten Scheibe Brot.

»Leg das wieder hin«, befahl Marthe streng, »noch schöner, wenn die Kleinsten sich die größten Brocken nehmen dürften. Und biste fertig, betest den Rosenkranz durch, Père wird's nötig haben.«

Sie horchte aufmerksam nach oben, seufzte, nuschelte etwas über eine bevorstehende schlimme Nacht und schloss grimmig:

»Wenn sie nich' sogar bald endet.«

Die Brüder sagten nichts, Marie Jeanne mampfte. Zum Essen brauchte man sie nicht aufzufordern, es schmeckte ihr immer, der *Hochepot* heute Abend besonders. Marthe war eine gute Köchin, sie hatte fettes Rindfleisch, Schweineohr, Karotten und Kohl zusammengekocht, mit Kümmel und Zwiebel gewürzt. Ihr Ehemann hatte sie halb tot geprügelt, schließlich verlassen und alles von ihrer Aussteuer bis auf den letzten Löffel mitgehen lassen. Und kein irdischer Richter würde es ihr wiedergeben. Jetzt brachte sie sich als Weberin in der Tuchmanufaktur durch. Nun sie, Marie Jeanne, würde sich nie einem Mann ausliefern, oh nein, sie würde alles, was sie verdiente, für sich behalten. Für sich ganz allein.

Von oben kam schwerfällig die Mutter herunter. Wenn der Vater wie ein auf dem Rost Glühender ausgesehen, dachte das Kind, dann die Mutter wie ein blasser gesichtsloser Geist in wasser- und blutfleckiger Schürze.

»Iss was, Mère! Bei Saint Gilles, du hast's nötig!«

»Kann jetzt nichts essen. Höre, Jacques Antoine, ich fürchte fast ... und deshalb mein ich ...«

Sie begann leise auf den Ältesten einzureden.

Das kleine Mädchen rutschte vom Stuhl und war plötzlich verschwunden. Es gehörte zu seinen Talenten sich im gegebenen Augenblick in Luft aufzulösen und der war jetzt, in der Runde der so grimmig wirkenden Erwachsenen, gekommen. Nach oben, in die Kammer der Schwestern zu gehen, hatte sie keine Lust, zu störend war das Keuchen und Röcheln nebenan in den letzten Nächten gewesen. Doch unter der Treppe war ein Verschlag, da schlüpfte sie hinein. Den Rosenkranz konnte sie auch im Dunkeln durchbeten.

Im Verschlag wurde alles Mögliche aufbewahrt, darunter leere Säcke und ein alter Sattel. Sie nutzte ihn als Rückenlehne, packte die Säcke zur Matratze, machte es sich bequem. Etwas Pelziges drängte sich an sie, der Gendarmeriehund. Auch er war in dieses Versteck geschlüpft, konnte sie wärmen. In der Mauer gab es eine kleine Klappe nach draußen – hier hatte man früher die Hühner gehalten – also auch Luft.

Brav begann das Kind zu beten, wenn auch zerstreut, denn immer mehr Leute schienen ins Haus zu kommen. Sie erkannte die piepsige Stimme ihrer Schwester Cathrine und die etwas verstaubte ihres Schwagers, des Webmeisters. Ihr erstes Baby musste jeden Tag kommen, hatte die Mutter gesagt, es würde in Saint Gilles getauft werden wie sie selbst vor bald neun Jahren. Schade, dass sie noch nicht Patin werden konnte, aber eines Tages würde sie eine sein, in rauschender Seide und mit Diamantsteinen auf den Schuhen – wie die Feine aus der prächtigen Kutsche. Da war sie sich ganz sicher, denn das hatte die *Bohémienne* versprochen.

Der Père hatte sie einmal mit ins Gefängnis genommen, als erzieherische Maßnahme. Dort hatte eine Zigeunerin wegen Stehlens im Karzerkäfig gesessen und um etwas zu essen gejammert: »Bring mir was, mein Schätzchen, mein Kätzchen, ich lohn's dir, sag dir die Zukunft aus der Hand.« So hatte Marie Jeanne, neugierig wie stets, einen Kanten Brot unter der Schürze verschwinden lassen und war wieder vor den Gitterstäben erschienen, nicht schwierig für ein Gendarmenkind. Die Alte hatte die komische Turbanhaube gesenkt, ihre Finger zurückgebogen und Großartiges geweissagt:

»Oh, mein Schätzchen, mein Zuckertäubchen, wirst das Glück fangen, ein großes goldenes Glück, ich seh's hier eingeritzt in deiner hübschen Hand. Die Hochmütigen werden dir hold sein, in einer Kutsche wirst du sitzen, ein stolzes Hofkleid tragen und dann ...«

Dann hatte der krumme Severin, der Gefängniswärter, sie schimpfend nach draußen gepufft. Egal, sie hatte die Garantie ihr Seidenkleid zu bekommen.

Der Rosenkranz kam Marie Jeanne wieder in den Sinn, hastig tastete sie nach der nächsten Perle: »Gegrüßet seist du, Marie, Mutter Gottes ... Allerschönste, Allerprächtigste ... und gebenedeit sei die Frucht deines Leibes ...«

Die Madonna und ihr Kind saßen in goldenen Kleidern auf dem Altar. Marie Jeanne sah sie genau vor sich: das rigide Muster, die steifen Falten, die Perlenstickerei. Immer schaute sie sich genau an, was sie interessierte.

»Bitte für uns, Heilige Mutter Gottes, bitte für uns arme Sünder, jetzt und morgen und ... und ... in der Stunde unseres Todes ...«

Schläfrigkeit schwappte über die Worte des Gebetes. Marie Jeanne träumte sich in die samtgepolsterte Kutsche, die Glöckchen am Geschirr klingelten. Sie hörte sie genau, auch das Knarren der Kutschenräder. Oder waren es schwere Tritte, die über ihr die Stiege hochgingen?

Sie sackte in Schlaf, gewärmt vom Fell des schwarzen Hundes.

Als sie aufwachte, drang ein wenig weißes Licht durch die kleine Luke und zugleich die Geräusche der Gendarmerie: Pferdewiehern, harsche Rufe, Kettenklirren, Stiefelschritte, doch matter als sonst. Der Hund winselte leise, er wollte raus.

Marie Jeanne öffnete vorsichtig den Verschlag und sondierte das Terrain. Irgendjemand schnarchte, das musste Louis auf seinem Lager neben dem Herd sein. Im Winter konnte er später mit der Arbeit anfangen. Auf dem Tisch brannte noch immer die Öllampe, sehr schwach, davor saß eine fest schlafende Nachbarin, den Kopf in der Armbeuge. Und es roch wie in der Kirche, süßlich und beizend. Seltsam.

Die Stiege knarrte, jemand kam herunter. Das Kind beeilte sich den Hund herauszulassen. Jetzt wusste es auch, warum das Morgenlicht so weiß war: In der Nacht war Schnee gefallen. Man könnte vielleicht mit

Jacquot und den anderen eine Schneeballschlacht machen.

Am Fuß der Treppe stand die Mutter, ein düsterer gesichtsloser Geist, vergraben im schwarzen Umschlagtuch. Das Kind stemmte breitbeinig die Füße in den Boden, um der sicheren Schelte gewachsen zu sein.

»Dein Vater ist tot, Marie Jeanne. Geh rauf und sag ihm Adieu.«

Nicolas Bertin wurde auf dem Friedhof seiner Pfarrei begraben. Es war ein ordentliches Begräbnis mit vielen Leuten und militärischen Ehren. Ein *Cavalier de la Maréchaussée* war ein Mann von Ehre. Seine Witwe stand zwischen ihren beiden Söhnen, fühlte sich unendlich müde und konnte nur denken, ob sie dem Pfarrer als Bezahlung den silbernen Becher anbieten könnte, den ihr Mann aus einem Feldzug mitgebracht. Das wenige Bargeld, das noch im Hause war, hätte sie gerne gespart.

Marthe hielt die Jüngste fest an der Hand, damit sie nicht sogar auf dem Friedhof Dummheiten trieb. Cathrine fehlte, sie hatte am Tag nach der Sterbenacht ihr erstes Kind geboren.

Als der Priester noch einmal den Weihwasserwedel über der Grabgrube schwenkte, bevor die ersten Schaufeln harter Erde hinuntertorkelten, riss sich Marie Jeanne von der Hand der Schwester los und trat nahe an den Rand. Ob der, der da unten lag, noch immer dem purpurnen Ungeheuer glich oder dem Vater, den sie kannte? Fragen konnte sie nicht und gleich würde es – oder er – für immer unter den prasselnden Klumpen verschwunden sein. In der Rocktasche hielt sie einen Knopf vom Waffenrock Bertins umklammert, heimlich für das Murmelspiel abgerissen und allem Suchen und Fragen danach steinerne Unwissenheit entgegensetzend. Sollte sie ihn jetzt zurückgeben? Damit er etwas freundlich Blinkendes, angenehm in der Hand Liegendes, im kalten Dortunten hatte? Nein, beschloss Marie Jeanne, lieber diesen Schatz behalten und nicht noch zuletzt als Diebin entdeckt werden.

Die mit Schnee gemischten Schollen fielen weiter. Schon war nur noch eine Ecke des Sarges zu sehen, als etwas Kleines, Verpacktes hinunterflog. Die jüngste Bertin hatte ihrem Vater als letzten Gruß das Bonbon der Dame aus der wappengeschmückten Kutsche nachgeworfen.

Es war um Ostern als die Witwe Bertin nach der Sonntagsmesse erklärte, sie habe mit Marie Jeanne noch einen Besuch zu machen. »Siehst wohl inzwischen nach dem Essen, Marthe«, fügte sie hinzu, und die Tochter nickte in muffiger Resignation. Obwohl erst Anfang zwanzig, wirkte sie doppelt so alt, abgenutzt und wie erloschen. Seit des Vaters Tod schien sich dieser Prozess noch beschleunigt zu haben. Marie Jeanne fand die Schwester so triste, wie eine hackhungrige Krähe auf gefrorenem Saatfeld und ging ihr möglichst aus dem Wege. Sie bevorzugte was fröhlich, neu und bunt war.

Was die Mutter mit ihr vorhatte, war ihr im Augenblick gleichgültig, da es auf dem Kirchplatz genug Buntes und Fröhliches zu sehen gab. Bauchladen-Verkäufer boten kleine Kuchen, kandierte Äpfel und grell gefärbtes Zuckerzeug an. Ein Seiltänzer, der seine Kordel nicht straff genug gespannt, fiel herunter, mitten in den Korb einer Händlerin mit Spinnwolle. Glück im Unglück, bis ihn die erboste Frau schmerzhaft mit ihrem Schemel traktierte. Nicht weit davon drehte ein Affe im roten Höschen neben einem Pudel im grünen Jäckchen, zum anfeuernden »Hothothot« ihres Herrn groteske Saltos. Würdige Bürgerinnen in bombastischen Sonntagshauben promenierten gemessen neben ihren Ehemännern in steif abstehenden Schoßröcken und Perücken, die wie aus grauem Blech gestanzt schienen. Landleute in Picardie-Tracht standen breitbeinig herum, die Frauen in roten Röcken und starren Schürzen, die Männer in Pumphosen und ausladenden Hüten, wie zur Zeit des vierzehnten Ludwig. Ein paar Bettler streckten monoton jammernd die Hände aus, ihre Lumpen glichen einer Gewand-Archäologie der letzten Jahrhunderthälfte. Über dem ganzen pittoresken Durcheinander lag der Geruch der fliegenden Garküchen und Zuckersieder, scharf durchwürzt von den ausdünstenden Misthaufen in den Hinterhöfen, mittagverkündendem Kaminrauch und, wenn man genau mit der Nase prüfte, einem Hauch von den blühenden Obstbäumen und Primelwiesen vor der Stadt.

Die Witwe Bertin ließ ihrer Tochter keine Zeit das alles mit Augen und Nase zur Kenntnis zu nehmen, denn sie zog sie energisch vom Platz fort.

»Wohin gehen wir, Mère?«, mümmelte Marie Jeanne. Erstaunlicherweise hatte die Mutter ihr eine Stange Gerstenzucker spendiert.

»Zur Demoiselle Barbier. Wirst bei ihr als Lehrling eintreten, wenn sie dich nach der Probezeit noch haben will. Also gib dir Mühe.«

Die Barbier war eine der besten Modehändlerinnen und Putzmacherinnen in Abbéville, galt als vorzüglich sortiert und modeinformiert, außerdem als Schlemmermaul, Betschwester und Moralapostelin, obwohl sie – wie der Père Bertin einmal spottend bemerkt hatte – vor dem Teufel Eitelkeit und seinen Jüngerinnen täglich auf den Knien läge.

Marie Jeanne blieb abrupt stehen. »Aber, Mère, du sagtest doch vor Martini würdet ihr nicht an eine Lehre für mich denken!«

Die Mutter zog sie weiter. »Das war bevor dein Vater starb.«

Marguerite Bertin veränderte zwar nicht ihren gemessenen Schritt, doch ihre Stimme wurde hastiger und beschwörender. Ihre Jüngste konnte stur wie ein Maultier sein, wenn sie etwas nicht – oder doch – wollte, selbst Schläge oder Einsperren änderten da nichts. Aber diesmal ging es um Marie Jeannes Zukunft und um ihre eigene Zwangslage.

»Jetzt hör mir gut zu: Du hast doch Spaß an hübschem Putz, nicht wahr? Aber du wirst ihn dir niemals – ich sage niemals! – leisten können. Es sei denn, dich will ein Mann mit Geld, was so wahrscheinlich ist wie'n Huhn, das gold'ne Eier legt ... Also lern so früh als möglich dir selbst Hübsches zu machen.«

»Die Barbier ist ein alter stinkender Drachen, oui«, entgegnete Marie Jeanne heftig, gerne ihr besonders wichtige Aussagen mit einem bekräftigenden *›Oui‹* enden lassend. Was sie an dieser ältlichen Frau abschreckte, waren nicht ihre unförmige Gestalt oder Hauben von achtunggebietendem Umfang, sondern ihr übler Geruch. Wie viele ihrer Zeitgenossen hatte die Modehändlerin den Mund voller schlechter Zähne und kein Bedürfnis sich oft zu waschen. Und wie viele ihrer Zeitgenossen störte sie das nicht. Die kleine

Bertin störte es. Ihre Mutter war immer üblen Gerüchen mit Wasser, Essig und Räucherpfanne zu Leibe gegangen, und die Tochter würde ihr Leben lang das Gleiche tun.

»Sie ist 'ne tüchtige Lehrmeisterin, die beste *Marchande de modes* in der Stadt, und du wirst dort ordentlich wohnen und verpflegt werden.«

»Aber Mère, warum nicht zu Hause? Ist doch nur ein Flohhüpfer von uns bis zu ihrem Geschäft.«

»Geht nicht anders. Wir müssen aus der Wohnung, und ich werd in Zukunft mehr bei den Kranken sein als zu Hause.«

»Und Louis? Und Marthe?«

Was passierte da? Was drohte da zusammenzustürzen? Das Zuhause verlassen, in dem sie bisher gelebt? Die Menschen? Die unterhaltsame Welt der Gendarmeriestation mit dem ständigen Kommen und Gehen, den Lagerfeuern an schönen Abenden, bei denen volle Humpen und aufregende Geschichten umgingen. Die saftigen Proteste der Arrestanten, bevor sich die Gittertüren hinter ihnen schlossen. Die Pferde, die sie alle mit Namen kannte wie die Männer, die sie auf ihnen reiten ließen. Jacquot, ihr Freund seit Kleinkindertagen. Der schwarze Hund.

»Louis hat eine bessere Stelle in Amiens gefunden. Denkt er. Und Marthe wird zu Cathrine ziehen. Ist näher zur Fabrik und sie kann ihr helfen. Wird nicht das letzte Kind gewesen sein. Man muss sich nützlich machen im Leben, sonst schmeißt man dich auf'n Mist. Dein Vater hat das Lehrgeld zurückgelegt, damit seine Tochter 'n adrettes Metier lernt. Mach ihm keine Schande.«

Die Mutter hatte keine Gewissensbisse die Jüngste

mit knapp neun in die Lehre zu geben. Da sie ungebärdig und eigensinnig, war es bestimmt gut sie früh an strenge Zucht und geregelte Arbeit zu gewöhnen. Ihr Mann, so hart er zu den Älteren gewesen, hatte den Nachkömmling, ihrer Meinung nach, zu nachsichtig behandelt. Selbst die Schläge mit dem zusammengelegten Zügel eines Zaumzeugs waren eher symbolisches Erziehungsmuss denn Züchtigung gewesen. Verdient hatte das Mädchen sie allemal nach den Untaten, die man ihnen dauernd zugetragen. Da hatte ein Nachbar die kleinste Bertin und ihren Kumpan Jacquot am Hafen stibitzte Austern knacken sehen, ein anderer sie auf der Straße Vorübergehenden die Kreiselpeitsche um die Beine schlagen oder Schafe mit wildem Geschrei um die Stadtmauer jagen. Und nur gelacht hatte Nicolas über die Schilderung, wie seine Tochter einem vor dem Gerichtssaal eingenickten Amtsdiener die Perücke abgezogen, einem Ziegenbock aufgestülpt und triumphierend mit ihm durch die Gassen gezogen war.

Das musste ein Ende haben, sonst kam das Ende im Arbeitshaus oder auf einem Schiff mit zwangsverschickten Diebinnen und Huren nach Französisch-Guayana. In diesem Jahrhundert war die Kindheit kurz, zumal wenn kein Vater mehr vorhanden und die Familie auseinanderfiel.

»Musst dich benehmen und arbeiten lernen«, wiederholte die Mère streng.

»Ich will aber nicht!«, begehrte das Kind auf und bekam einen Katzenkopf über die bügelfrische Haube gewischt, die kein einziges hummelpelzfarbenes Härchen sehen ließ.

»Nun brauch mal deinen Grips! Damit du anständig durchs Leben kommst. Bist was Besseres als 'ne Arbeiter- oder Bauerngöre. Denk immer dran!«

Der Stiefbruder handelte den Vertrag aus. Für das Lehrgeld stand der Schwester zu, alles beigebracht zu bekommen, was ihr Metier erforderte *»ohne etwas auszulassen«*, außerdem Kost, Lager, Licht und Feuerung. Dafür hatte der Lehrling der Lehrherrin zu versprechen fleißig, gehorsam, nie abwesend zu sein und nicht für andere zu arbeiten.

»Wenn diese kleine Rotznase das fertig bringt und sich anstellig zeigt, werde ich sie in fünf Jahren zu einer guten Putzmacherin machen«, verkündete die Demoiselle Barbier als sie mit steif gehaltenem Gänsekiel ihre Unterschrift hinkratzte. »Und auf die mir zustehende Gestellung des Bettes verzichte ich, hab genug Möbel im Haus«, fügte sie selbstgefällig hinzu.

So zog das zukünftige »Putzmacher- und Nähmädchen« in das aus angerußten Ziegeln gemauerte Giebelhaus der Modehändlerin ein. Ihre neue *Patronne* packte sie an der Hand, stampfte mit ihr in die Boutique und wies mit majestätischer Gebärde in die Runde der Schubladen, Regale und schmalbrüstigen Auslagen.

»Damit du begreifst, wo du von nun an hingehörst und worauf du stolz sein kannst. Pass gut auf! Die Modehändler gehören der Zunft der Kurzwarenhändler an, doch widmen wir uns vor allem dem Putz der Frauenzimmer. Außerdem fertigen wir Mantillen, Pelissen, Palatinen und Fichus an ... hörst auch zu, kleine Kröte. ... Ohnegleichen in der ganzen Provinz ist mein Sortiment an Spitzen, Blonden, Besätzen jeder Art, die du die Ehre haben wirst in penibler Ordnung zu halten.«

Die Barbier hielt den neuen Lehrling fest am Genick wie einen störrischen jungen Hund und stupste, entsprechend den Erklärungen, den Kopf in Richtung der betreffenden Artikel.

»Dazu nehme ich, mit der Zusicherung promptester Lieferung, Bestellungen auf für Pariser *Nouveautés* wie Fächer, Muffe, Handschuhe, Manschetten ...«

Redend schleppte sie Marie Jeanne über den Hausflur in die Nähstube: »Und was den Ruf der Handlung Barbier über ihre nach der neuesten Mode garnierten Hauben, Hüte und Kleider angeht, brauche ich wohl kein Wort zu verlieren.«

Als bekannt setzte die Barbier auch voraus, dass ihre Zunft – zu der auch die Federverarbeiter und Kunstblumenhersteller gehörten – nur anfertigen durfte, was ›Kopf und Schultern der Frau‹ betraf, also weder die nach Maß gearbeiteten Leibchen, umfangreichen Röcke, formellen Kleider noch die Schnürbrüste. Deren Ausführung war Schneidern und Korsettmachern vorbehalten.

»In diesen vortrefflichen Putzkünsten, kleine Nichtskönnerin, wirst du dich von nun an üben, und zwar mit großem Eifer, sonst ...!«, schloss die Barbier unheilverkündend, und ein gezielter Stoß ließ den neuen Lehrling auf einem soliden Schemel mit strohgeflochtenem Sitz landen.

Später zeigte ihr der nächstältere Lehrling, die plumpe Berthe, das Alkovenlager in der Kammer zum Hof. Marie Jeanne würde es mit ihr und einem dritten Lehrling, der zwölfjährigen Pierrette teilen.

Das Bett zu teilen war Marie Jeanne gewohnt, immer hatte sie mit den Schwestern zusammen geschlafen. Den Tag über in der Nähstube still zu sitzen war dagegen eine Zumutung, die dem lebhaften Kind unerträglich schien. Zwar hatte sie sich schon bei den Klosterfrauen ruhig halten müssen, die ihr die Anfangsgründe des Katechismus, ein wenig Lesen und Schreiben beigebracht, aber das war nur für Stunden gewesen. Nun sah sie sich vom Hellwerden bis Einbruch der Dunkelheit zu ihrem Schemel verurteilt, von Montag früh bis Samstag Abend; und die anderen versicherten der Neuen, nicht ohne Schadenfreude, dass diese Fron mit dem Längerwerden der Tage ebenfalls länger werden würde, wenn auch die vielen kirchlichen oder nationalen Feiertage begrüßte Pausen hineinbrächten.

Doch das Schlimmste für das kleine Mädchen war das Tragen des einzwängenden Korsetts aus steifem, doppelt gestepptem Stoff.

Diesem ›Kürass für Zivilisten‹, der die Brüste hochdrückte, die Taille schmälerte und die Schultern zurückwarf, entging kein Mädchen, keine Frau, die *à la mode* sein wollte. Dabei war das Korsett die bequemere Ausführung, bestimmt für kindliche, schwächliche und alte Trägerinnen. Das von der Mode geforderte *Corps àbaleines* steifte ein dreiviertel Pfund Walbeinstäbe, dazu eine stählerne Mittelschiene; es setzte unter dem Busen an und reichte bis zu den Hüftknochen, wurde vorne oder hinten geschnürt und hatte verstellbare breite Träger. Diesen Haltung gebenden Panzer konnten Frauen auf der Haut oder über dem Hemd tragen, aber das war auch die einzige Freiheit.

Die Putzmacherstube der Barbier war unterschiedlich besetzt, je nach Saison und Aufträgen. Gab es wenig zu tun, blieben nur die Stammarbeiterinnen, die anderen wurden nach Hause geschickt. Ohne Lohn natürlich. Lehrlinge konnte man nicht nach Hause schicken, sie zahlten ja. In der Modehandlung regierte die *Patronne*, in der Nähstube die *Première,* die erste Arbeiterin, und sie bestimmte auch, wer die begehrten Plätze am Fenster zur Straße mit dem besten Licht und der unterhaltsamsten Aussicht bekam.

Draußen zogen bekannte wie fremde Gesichter vorbei, Stadtleute und Landleute, Kutschen und Karren, Straßenhändler und Lastträger. Drinnen gaben die Putzmacherinnen ihre saftigen oder auch boshaften Kommentare dazu ab. Sie hatten es alle zu großer Geschicklichkeit gebracht, Augen, Mund und Nadel gleichzeitig und flink zu benutzen.

»Heilige Jungfrau, da reitet der Capitaine Médard!«

»Wo, wo? An seiner Stelle würde ich 'nen großen Bogen um die Stadt machen. 'Ne Schande! Warum musste die Thérèse ins Arbeitshaus und der feine Herr kann weiter herumstolzieren? Waren doch beide beteiligt.«

»Einen Offizier kann man nicht wegen Konkubinats belangen«, belehrte die muntere Dorine, die alle *Chansons d'amour* auswendig konnte und es sich nicht nehmen ließ, auch bei der Arbeit einen – wenn auch bescheidenen – Reifrock zu tragen. Das Wort ›Konkubinat‹ sprach sie besonders präzise aus.

»Wär die Thérèse ein Herrschaftsfräulein, hätte man sie nur ins Kloster gesteckt«, meinte Suzanne mit dem Madonnengesicht nachdenklich, die einen Graveur zum Mann hatte.

Hier mischte sich die hereinkommende Patronin ein:

»Höre ich was über die Demoiselle Guichard? Das Arbeitshaus ist genau der richtige Ort für so eine skandalöse Person. Das schreckt vielleicht einige andere ab, die auch schon auf dem abschüssigen Pfad sind.« Und sie warf der lebenslustigen Dorine einen anzüglichen Blick zu.

Im Alkoven bekam Marie Jeanne die traurige Geschichte einer Kundentochter erzählt, die ein Verhältnis mit einem Offizier eingegangen. Heiraten wollte er sie nicht, aufgeben konnte sie ihn nicht. Thérèses Vater, ein angesehener Tuchhändler, wie auch manche Nachbarn brachte das immer mehr auf. Im streng katholischen Abbéville wurde offiziell auf Tugend gehalten. Man denunzierte die junge Frau beim Polizeikommissar, man tuschelte sogar, der bigotte Vater selbst sei es gewesen, um die Tochter zur Räson zu bringen. So war man von Amts wegen genötigt sie wegen gesetzlich verbotener Unzucht ins Arbeitshaus einzuweisen.

»Merk dir's für später«, warnte Pierrette mit den schwarzblanken Augen wie Tollkirschen und dem von Pocken zernarbten Gesichtchen, »fang nie was mit 'nem Militär an. Eine Uniform ist einfach zu auffällig. Der Rat ist ausnahmsweise kostenlos.«

In diesem Zusammenhang hatte die Gendarmentochter noch nie eine Uniform betrachtet. Ihr Vater hatte gelegentlich erzählt, wie er einen Soldaten nach dem Zapfenstreich in Zivilkleidung oder beim verbotenen Tragen einer Waffe geschnappt, meistens beim lautstarken Verlassen einer Schänke oder einer Dirne, und die Dirne gleich mit eingesperrt hatte. Von nun an hielt Marie Jeanne von ihrem Schemel aus besonders Ausschau nach den Offizieren in ihren blauen und roten, silber galonierten Uniformen, um festzustellen, ob sie es wirklich wert waren ihretwegen in das erbarmungslose Arbeitshaus geschickt zu werden.

»Willst wohl die Augen auf der Arbeit halten, kleines Faultier«, zischte die Erste, die Demoiselle Mordant, und ihr Fingerhut klopfte einen schmerzhaften Verweis auf des Lehrlings Handknöchel.

Der Name *Mordant*, die Beißende, passte gut zu ihrem essigsauren Wesen, ihren strafenden Händen, ihrer ausgemergelten Gestalt, nicht zuletzt verursacht von einer schwarzen gärenden Galle, die ihr öfters eine ebenso schwarze Laune durch quälende Koliken bescherte. Dann wurde jedwede Unterhaltung im Raum verboten, auch die feinst ausgeführte Näharbeit unter ätzenden Bemerkungen zum Auftrennen zurückgegeben, das glatteste Stück Leinwand noch einmal unter das Eisen beordert.

Gärte die Galle der Mordant noch heftiger, legte sie sich ächzend auf den abgeräumten Arbeitstisch und die sanfte Suzanne bügelte ihr vorsichtig den schmerzenden Bauch. Kam die *Patronne* dazu, übersah sie die Behandlung mit zusammengekniffenem Mund. Die Mordant war seit ihrer beider Lehrlingszeit ihre enge Vertraute, sie war gleichen Alters und unverheiratet geblieben wie sie.

Solche Szenen waren genauso willkommene Abwechslung wie der Stadtklatsch. Und für Bewegung sorgte die Hausarbeit, wie die Mordant brummig bemerkte, wenn die Jüngsten allzu sehr auf dem Schemel herumrutschten. Sauber machen von Atelier und Laden, Heranschleppen von Wasser, Holzscheiten und Kohle für den Herd, der die Bügeleisen und Stärketöpfe heizte. Waschen von Leinenzeug, vergilbten Spitzen, schmuddeligen Handschuhen, Auffärben von abgetrennten Bändern und Besätzen.

Marie Jeannes Finger waren versengt vom Reinigen

und Abschaben der Stärkereste auf den schweren Bügeleisen, verbrüht von der heißen Aschenlauge, mit der Leinen und Garn gebleicht wurde und wie zerrillt vom vielen Einstechen der leicht rostenden Nähnadeln in bleischrotgefüllte Kissen, bevor die Mordant ihre Verwendungsfähigkeit akzeptierte. Ihre Augen taten ihr weh vom mühsamen Auftrennen alter Kleidungsstücke, von Kundinnen zum Umarbeiten gebracht, denn kein Gewand wurde vorschnell dem Lumpenhändler gegeben. Textilien waren kostbar.

Doch was das kleine Mädchen immer mehr schmerzte als die harte Schnürbrust war das Eingesperrtsein, das nicht mehr frei herumlaufen können. Wer hatte sich schon zu Hause darum gekümmert, wo sie sich am Tage herumtrieb, wenn sie nur zu den Mahlzeiten erschien. In diesem Punkt befolgte die Mère den Grundsatz: »Wer nicht mit am Tisch sitzt, hat keinen Hunger.«

Manchen Abend, wenn die Bettgenossinnen schon schliefen, schlich Marie Jeanne ans Fenster und schluchzte in ihre auf dem Fensterbrett verschränkten Arme, eher wütend über das Gefangensein denn verzweifelt, und überlegte, wie sie entkommen könnte. Das tat sie denn auch mehrmals in diesem ersten Sommer, nahm den Weg über Apfelbaum und Regentonne unter dem Kammerfenster. Aber nur einmal wagte sie bei der Mère aufzutauchen. Diesmal taten die Prügel infernalisch weh.

Ausgerechnet die Patronin verschaffte ihr die Möglichkeit eines erlaubten Hinauskommens.

»Berthe, kennst du das Haus zum *Silbernen Hecht*? Madame de Paravant hat dort Wohnung genommen. Ihre bestellte Pelisse muss hingebracht werden.«

»Ich weiß nicht. Ist es am Hafen?«

»Nein, nicht weit von Saint Vulfran, da, wo sie das Geflügel verkaufen«, antwortete Marie Jeanne, brav über ihre Arbeit gebeugt.

»Dann lauf du hin, Alleswisserin, und zwar sofort.«

Damit wurden Ortskundigkeit und flinke Auffassungsgabe des neuen Lehrlings entdeckt. Diese Kleine kannte sich überall in der Stadt aus, wusste, wo wer wohnte und wie seine Stellung war, hatte keine Angst zu fragen, in die Stadtpaläste des Adels oder in Gasthäuser zu gehen. Es war die Schulung durch den Père, der als Gendarm im Ort Bescheid wissen musste, seine Kenntnisse am Familientisch zum Besten gegeben, dazu ihre eigene Lust am Herumstreifen und Beobachten.

So nutzte die Barbier den jüngsten Lehrling bald als ihre zuverlässigste Botin für die Lieferungen, als *Trotteuse*, wie man die kleinen Liefermädchen nannte, und sie konnte zeitweise der Nähstube und dem Fingerhut der Mordant entfliehen. Beladen mit den Schachteln für die Modewaren oder dem großen, flachen Korb für die in Leinentücher eingeschlagenen, neuen oder umgarnierten Kleider, trottete sie durch die Stadt. Da Marie Jeanne flink zu Fuß war, lieferte sie schnell, um auf dem Rückweg sich und ihren aufmerksamen Augen mehr Zeit zu lassen. Manchmal bekam sie auch ein paar Münzen Trinkgeld.

Wurde sie in eines der herrschaftlichen Häuser geschickt, beeilte sie sich nicht aus ihm herauszukommen. Diese so andersartige Welt faszinierte sie. Die Zimmer so groß und die Möbel so glänzend, die Kinder so blass und steif herausgeputzt, die Hunde so lächerlich klein und schoßgerecht, und überall stolperte man über Personal. Was das Bürgerkind aber am meisten beeindruckte waren die Schlafzimmer. Wie waren sie bequem ausgestattet und die Betten so präsentabel, dass die Damen in ihnen nicht nur Lieferanten, sondern auch Besucher empfingen, selbst wenn sie eine Soutane anhatten.

»Und, Berthe, wenn sie pissen müssen, gehn sie nicht auf den Misthaufen im Hof wie wir, sondern haben einen Nachtstuhl im Zimmer.«

»Ich ging immer in Saustall, da war's wärmer«, überlegte die mollige, dennoch verfrorene Freundin, die vom Dorf kam.

Abbéville war eine alte Stadt im breiten, fruchtbaren Tal der Somme. Arbeit gaben Landwirtschaft, Torfstecherei, Gerbereien, die große Tuchmanufaktur und der Fluss. Einst war der Ort eine bedeutende Festung zur Verteidigung der Picardie gewesen, geblieben war ein trotzig vor sich hin bröckelnder Wehrturm und die Stadtmauern, deren Tore abends geschlossen wurden, mehr um den Stadtzoll zu garantieren denn den Schutz der Bürger. Stolz und Wahrzeichen der Stadt war die Kathedrale Saint Vulfran mit ihrer zweitürmigen Fassade, überflammt von gotischem Zierwerk und biblischen Figuren. Im Inneren beherbergte sie den berühmten und von den Kindern geliebten, seifenblasenden Engel.

Der Ehrgeiz der Stadtväter galt der Anstrengung ein bedeutender Seehafen zu werden. Warum auch nicht? Abbéville lag nur wenige Meilen vom Meer entfernt, die Somme war schiffbar, es musste doch möglich sein den anderen Kanalhäfen Konkurrenz zu machen. Es gelang nie, da die Somme verlandete und das Hinterland nicht mitmachte.

Doch noch war viel Leben am Fluss, und Marie

Jeanne nahm auch dieses ihr längst bekannte Unterhaltungsprogramm in ihre Botengänge auf. Sonst kam sie nur an Sonn- und Feiertagen aus der Modehandlung, die sie bei der Mutter verbrachte.

Die Witwe Bertin hatte eine annehmbare Bleibe in einem der Häuschen an der alten Stadtmauer gefunden, teilte es jedoch aus Sparsamkeit mit einer anderen Witwe. Zum Glück der Bertins verschwand diese sonntags zu Verwandten.

Das erste Mal in ihrem Leben erfuhr Marie Jeanne, dass eine Mutter Zeit für einen haben konnte. Wo hätte sie die auch in der Vergangenheit hernehmen sollen? Mit dem herumkommandierenden Mann, vielen Kindern, mühsamem Haushalt und ihrer gelegentlichen Tätigkeit als Pflegerin, um die Barschaft aufzubessern.

Auch die Witwe Bertin stellte erstaunt fest, dass ein Kind nicht nur Mühsal, sondern auch Labsal bedeuten konnte, vor allem, wenn es so unterhaltsam daherschwatzte wie ihre Jüngste. Meistens hörte die Mère nur zu und warf ab und an eine Bemerkung dazwischen:

»Der Mordant würde ich nich' den Bauch bügeln, sondern Kräutersäfte, erweichende Bäder und 'ne Diät verpassen.«

»Die würde doch nur weiter ihre Biersuppe löffeln.«

Zuneigung konnte die Mère nur in der ihr eingeprägten Form äußern. Sie ging mit der Tochter zur Messe und machte einmal mit ihr eine Wallfahrt zum wundertätigen Madonnenbild von Monflières. Sie rieb ihr die wunden Hände mit Rehbockfett ein, sah ihre Sachen durch und schalt:

»Und glaub bloß nich', dass ich den Riss im Hemd

und die Schmuddelflecken im Jupon übersehe. Oben hui und unten pfui? Bei mir nich'!«

Doch das größte Maß an Zuneigung zeigte die Mère Bertin mit der umständlichen Zubereitung eines warmen Bades im Zuber, wenn auch nur im Winter. Den Sommer über badete man im Fluss.

Marguerite Bertin hatte als junges Ding bei einem Arzt gedient, der Wasser nicht als schädlich ansah. »Reinlichkeit ist für die Schönheit ebenso wesentlich wie für die Gesundheit«, hatte er doziert, während sie die Kannen mit angewärmtem Wasser heranschleppte. – »Baden reinigt und öffnet die Hautgefäße, fördert die freie Ausdünstung, verdünnt und versüßt die Säfte durch das eingesogene Wasser und gibt dem ganzen Körper Stärke und Munterkeit.«

Der Doktor hatte der jungen, ihm aufmerksam zuhörenden Magd die Richtigkeit seiner These nach einem Bade nachdrücklich bewiesen, aber sich auch später an ihrer Aussteuer beteiligt. Das erzählte sie ihrer Tochter nicht, obwohl sie gerne an diese Zeit der Bade- und Bettfreuden zurückdachte und viel für ihre Pflegetätigkeit bei dem fortschrittlichen Doktor gelernt hatte. Nun gab sie dieses Mittel für Stärke und Wohlbefinden an ihre Jüngste weiter. Sie würde es nötig haben.

Nach dem Bad nahm sie sich Marie Jeannes Haare vor, denn sie wuchsen als so dichtlockiger Flaus, dass sie leicht verfilzten. Das Mädchen jammerte leise vor sich hin, während die Mutter sich mit dem Hornkamm mühte, dabei scharf hinsehend ob sich Läuse oder Grind eingenistet hatten. Manche Dame, dachte sie, gäbe viel für diese Pracht, die weder Papilloten noch Brennschere für einen modischen Lockenkopf nötig haben würde. Und als ob die Tochter ihre Gedanken lesen könnte, maulte sie:

»Am liebsten möcht ich sie abschneiden und 'nem Perückenmacher verkaufen. Das bringt doch was, oder? Und wer sieht's schon unter der verflixten Haube.«

Die Mère griff in den Lockenflaus und schüttelte grob: »Dummes Ding, brauch deinen Grips, bevor du redst. Ein paar schäbige Sous würd dir der *Perruquier* geben, er will glatte, lange Haare, die er gut verknüpfen kann. Und du wirst wegen des geschorenen Lausschädels ausgelacht. Brauch deinen Grips, *mafille*, den du mitbekommen hast. Verkauf nie was von dir, wenn's nicht ans Leben geht, wenn du's anderswie verdienen kannst. Und meiner Treu, du wirst's können.«

Es war die längste Rede, die Marie Jeanne je von der Mutter gehört, während sie das »Brauch deinen Grips!« recht oft zu hören bekam.

Die Mère kämmte ärgerlich weiter. Ihre Jüngste würde hübsch werden, das sah man jetzt schon. Zwar nicht groß, ein wenig gedrungen von Gestalt, aber wohl proportioniert. Festes Fleisch, makellose Haut, Hände und Füße zierlich, das Gesicht nicht von den Pocken verunstaltet, noch nicht. Sie hatte eine hübsche kleine Nase mitbekommen – sehr geschätzt in einem Land der großen Nasen – und einen Mund so schwellend und rot wie ...? Was hatte ihr Mann einmal gesagt?

»Die Dirn ist frisch und niedlich wie 'ne Rose, wär ein Jammer, wenn sie zu schnell verblühen täte.«

»Und genau so stachlig!«, hatte sie hinzugefügt und gedacht, wie selbst knochenharte Haudegen weiche

Stellen in der Seele haben können. Ja, leider würde ihre Marie Jeanne niedlich wie eine Rose werden. Wozu war das gut? Zu bald würden sich Männer an sie heranmachen, und das Mädchen war zu neugierig, zu lebensgierig um widerstehen zu können. Und dann? Kind auf Kind im Bauch wie bei Cathrine oder bei ihr. Oder im Spinnhaus, im Hurenhaus landen, wenn sie's mit dem Falschen trieb. Und auf jeden Fall schnell verblühen. Verhindern konnte das keine Mutter, genauso wenig wie der Pfarrer oder die gängige Moral der kleinbürgerlichen Umgebung. Sie konnte nur hoffen, dass die Robustheit und bemerkenswerte Intelligenz ihrer Tochter sie durchbringen würden.

Jedenfalls musste Marie Jeanne die Lehre durchhalten, ihr Auftauchen neulich nachts hatte ihr einen gehörigen Schreck eingejagt. Vielleicht sollte man ihr sonntags die Zügel lockerer lassen, damit man sie werktags besser anziehen konnte?

Die Witwe Bertin dachte nach und ging dann zur Demoiselle Barbier. Wenn es darauf ankam, konnte sie genauso autoritär auftreten wie der alte Nicolas.

»Wenn ich's aber an der Arbeit merke, spätestens, wenn sie den Besuch des roten Barons bekommt, hört das Flanieren auf«, sagte die Barbier mürrisch.

So sah man die kleine Bertin wieder an freien Tagen mit ihrem alten Spielkameraden Jacquot herumlaufen, Sohn eines Stallknechts bei der Gendarmerie und selbst schon Stalljunge. Der junge Copin, einige Jahre älter, war ein schwerfälliger und schweigsamer Junge. Gerade darum hatte er die flinke, gewitzte Gespielin immer bewundert, und sie genoss es einen so willigen und treuen Gefolgsmann zu haben. Wie der große schwarze Gendarmeriehund, ließ er sich von ihr kommandieren und tat für seine Majeanne alles. Und sie verlangte viel.

Etwas allerdings hatte die Mère mit scharfer Eindringlichkeit gefordert: »Ich will keine Petzerei über dich hören, *ma fille,* sonst ist's aus mit der Freiheit. Kein: ›Wisst ihr schon, Mère Bertin, die Marie Jeanne?‹ Oder: ›Wird noch'n schlechtes Ende mit der Tochter nehmen.‹ – Das hab ich deiner Patronin versprochen.«

Marie Jeanne hielt sich widerwillig an diese Auflage. Nur einmal geriet sie gefährlich an ein ›Aus‹, als sie zu mehreren an einem Sonntagabend nach der Kornernte über ein Stoppelfeld streiften und feststellten, dass die zeltartig aufgestellten Garben wahre Liebeslauben waren. Was für ein Spaß die darin Liegenden aufzuschrecken! Leider gehörte zu einem dieser Kornschätze die muntere Dorine aus der Putzmacherstube, die zusammen mit einem Schneidergesellen die Gaben der Natur genoss.

Dorine war wütend und zugleich beunruhigt, ob das kleine Biest sie nicht verpfeifen würde. Also holte sie gleich zum Gegenschlag aus und erzählte am nächsten Tag eine dramatische, aus Paris kolportierte Geschichte, so recht geeignet um schamlose Gören aufmerksam zu machen, dass auch sie in peinliche Situationen geraten könnten.

Über die mühsame Fältelarbeit an batistenen Ärmelvolants gebeugt, begann sie von der Aufsehen erregenden Schwangerschaft der neunjährigen Madeleine zu erzählen. Ganz Paris spräche seit Monaten davon, Mediziner, Kleriker, Bürgerschaft, sogar der hohe Adel.

Das Atelier horchte auf, dieser Fall versprach eine

besonders sensationelle Geschichte aus dem Sündenpfuhl der Hauptstadt.

Madeleines Eltern, Pächter eines Tabak- und Salzladens, hatten Anklage gegen den jungen Kellner einer Weinschenke erhoben, von dem ihr Töchterchen behauptete, jedes Mal, wenn sie Wein holen musste, gestreichelt, geküsst und penetriert worden zu sein.

»Bah, die Skandalgazetten haben sich bestimmt im Alter dieses Lockvögelchens geirrt.«

Dorine protestierte lebhaft, ihre Tante habe einen entsprechenden Artikel geschickt. »Von einem richtigen Doktor geschrieben, einer Ka-pa-zi-tät! Deshalb ist die Geschichte ja so sensationell. Man muss die kleine Madeleine jetzt von der Polizei bewachen lassen, da so viele Leute diese Anormalität sehen wollen. Und ihre Mutter kassiert pausenlos Geschenke, auch Bares. Aus Mitleid versteht sich.«

»Aus Raffgier«, fauchte die Mordant, »Blähungen, nichts wie Blähungen wird sie haben. Schwanger? Mit neun Jahren! Ha! Nur stinkende Fürze im Bauch. Man sollte sie anstechen wie ein Kalb, das zu viel feuchten Klee gefressen.«

»Aber ich glaub's«, protestierte die leicht zu beeindruckende Berthe, »die Natur macht so komische Sachen. Denkt doch an die Frau, die einen Johannisbeerbusch zur Welt gebracht, aber beladen mit Kirschen.«

»Du spinnst, mein Mädel, spinnst total. Und was hat man mit diesem geilen Vieh von Kellner gemacht?«

Dorine kam wieder zum Zug: »Der hat beim Verhör zugegeben mit ihr's getrieben zu haben, aber nur harmlos. Keiner hat's geglaubt. Sie haben ihn eingesperrt.«

»Ein Kind zu schwängern! Das ist gegen Gesetz, Natur und Moral. Dieses Monster verdient gerädert und gevierteilt zu werden«, kam es empört von der Patronin, die ein erstaunliches Ahnungsvermögen für pikante Gesprächsthemen hatte, obwohl die Boutique auf der anderen Seite des Hausflurs lag.

Und dann kam eine Frage, welche in die lautstarke Empörung nachdenkliches Schweigen brachte: »Ist das Kind schon da? Wann ist denn überhaupt diese Vergewaltigung passiert?«

Dorine zögerte. »Weiß nich' genau, glaub letzten November. Sie warten jeden Tag auf die Entbindung.«

Man war am Ende des August. Also vor über zehn Monaten? Neue Vermutungen, Zweifel, hitzige Argumente für und gegen eine solche physische Anormalität brachen auf. Schließlich schrie die Mordant, unterstützt vom Schlag der schweren Zuschneideschere auf den Tisch, um Ruhe.

Marie Jeanne fand alles nur komisch. Nicht einen Moment brachte die Neunjährige den Sündenfall der kleinen Madeleine in Verbindung mit sich und dem robusten Jacquot, obwohl der schon anfing Kinderstimme und glatte Haut gegen kickenden Bass und Pickel einzutauschen und manchmal seine Majeanne unbeholfen zu streicheln versuchte. Er kam ihr so harmlos vor, wie der schwarze Hund, den traurigerweise ein Pferdehuf tödlich getroffen hatte. Und sollte wirklich er – oder ein anderer Bengel – an ihr eigenes Mäuschen wollen, sollte er bloß aufpassen, dass sie ihm nicht sein Lustsäckchen malträtierte.

Das Thema ›Arme kleine Madeleine‹ beschäftigte in den nächsten Wochen weiter das Pariser Publikum wie die Nähstube in Abbéville. Bis Ende Oktober die

Barbier selbst mitteilte, man habe die Mutter Madeleines wegen Betruges ins Gefängnis gebracht. Und der Kellner, der immer wieder seine Unschuld beteuert, habe sich dort selbst entleibt. Eine Entbindung habe nie stattgefunden.

»Man hätte sie doch anstechen sollen«, murrte die Mordant, »diese Ärzte sind alle schafsdämliche Scharlatane.«

Doch auf Sommer folgt Winter. Dieser erste bei der Barbier war besonders streng. Brennholz und Brot wurden in Frankreich knapp, weil die wichtigsten Transportwege, die Flüsse, zugefroren waren und nicht draußen gearbeitet werden konnte. Elend und Arbeitslosigkeit herrschten überall. Marie Jeanne war jetzt heilfroh über ihre Bettgenossinnen, wenn auch Pierrette eine unruhige Schläferin war, die sich dauernd drehte, um sich schlug, im Traum abwechselnd lachte und schimpfte. Dafür lag Berthe unbeweglich da, mollig und weich wie ein Federkissen, an das man sich gut kuscheln konnte.

Tagsüber saßen die Mädchen wie ein Haufen klumpiger Bündel herum, da sie alles übereinander zogen was sie besaßen. Die Barbier ließ Ziegelsteine heiß machen, damit sie sich und ihre Hände wärmen konnten, sonst wäre keine fähig gewesen die Nadel zu halten.

Zu Beginn des neuen Jahres, 1757, als der Mond wie ein rundes Eisloch im schwarzen Himmelssee noch mehr Kälte auszustrahlen schien, verbreitete sich die Nachricht, der fünfzehnte Louis sei einem Attentat zum Opfer gefallen.

Die Mädchen liebten diesen fernen König, den sie nur auf groben Holzschnitten gesehen hatten. Er war der schönste und charmanteste Mann auf Erden, auch wenn er auf die Fünfzig zuging. Er residierte in seinem riesigen Schloss bei Versailles, das es in solcher Pracht nur in Frankreich geben konnte, speiste von goldenen Tellern, ließ sich von den vornehmsten Herren bedienen – sie reichten ihm sogar das Hemd und kosteten seine Speisen vor. Die schönsten Frauen lagen dem Vielgeliebten zu Füßen und in seinem vergoldeten Baldachinbett. Auf seine augenblickliche *Maitresse en titre,* Madame de Pompadour, waren sie weniger gut zu sprechen, sie verprasste nur das Geld des Landes und war nicht mal von Adel.

Geschlossen wanderte die Nähstube nach Saint Vulfran zu einem von der Obrigkeit angeordneten Te Deum und zündete Kerzen an. Das musste geholfen haben. Die Gazette berichtete, der König wäre nur leicht verletzt, der Attentäter gefasst und harre auf die gerechte Bestrafung für einen Königsmörder. Sie würde fürchterlich sein, beginnend mit dem Abbrennen der frevelhaften Hand, dann würden scharfe Zangen sein Fleisch aufreißen, siedendes Blei in seinen Wunden zischen und schließlich würde das, was von diesem Damien übrig blieb, zwischen vier Pferden zerrissen werden. Und das in aller Öffentlichkeit, schon jetzt waren die Fensterplätze am *Place de Grève* ausverkauft.

»Geschieht ihm recht, diesem Heimtücker, Mordgesellen, grauslichen Reptil«, rief Suzanne, die sonst so madonnenhafte, ganz wild.

»Leider kommt dieses Reptil aus unserer Nachbarschaft, aus dem Artois, wo er zu Hause ist. Ist doch nicht weit von hier, nicht wahr, Mademoiselle Mordant?«, flötete Pierrette, die gerne andere stach und wusste, dass die Erste aus dieser Provinz stammte.

»Ein Nest hält viele Eier, auch faule«, schnappte die und ließ das Messinghütchen auf Pierrettes Knöchel sausen, da sie zerstreut angefangen die langen Enden eines Witwenputzes aus schwarzer Wollgaze mit weißem Faden zu säumen.

2

Die Jahresuhr tickte unaufhaltsam, jetzt schrieb man schon 1762.

In Marie Jeannes Leben hatte sich manches verändert. Ihrer *Première*, der Demoiselle Mordant war trotz des Bauchbügelns die schwarze Galle ins Blut gelaufen, nun ruhte sie in schwarzer Erde. Die Barbier trauerte ehrlich. Für sie war die Beißzange nicht nur eine tüchtige Kraft gewesen, sondern auch eine gute Freundin mit sicherem Urteil und ohne Neid. Nun zog die stille Suzanne vom Fensterplatz an den Tisch mit den Lehrlingen und die neue Gesellin Marie Jeanne ans Fenster.

Der ›Vielgeliebte‹ war nicht mehr so beliebt. Der fünfzehnte Louis, so schimpfte man überall, habe das schöne Frankreich in einen verlustreichen, fast sieben Jahre dauernden Krieg mit England wie mit Preußen getrieben, der unzählige Frauen zum Wehklagen und alle noch an den Bettelstab bringen würde. Auch Pierrettes Tollkirschen-Augen waren gerötet vom Heulen, denn der zu aller Überraschung von der Pockennarbigen gekaperte Bräutigam war mit einer Kriegsfregatte untergegangen.

Wenigstens schien jetzt Frieden mit Preußen in Sicht, und aus irgendeinem Grund hatte der Tod der russischen Zarin damit zu tun. Die Barbier las aus der Gazette vor – sie tat das manchmal, wenn im Laden noch keine Kunden –, dass diese Russin eine Garderobe hinterlassen hätte, zu der fünfzehntausend kostbare Kleider gehörten. Ausnahmsweise war Marie Jeanne von diesem Faktum beeindruckt: Wenn selbst barbarische Fürstenhöfe sich so verschwenderisch mit Garderobe eindeckten, musste bei zivilisierten noch mehr für eine tüchtige Modistin zu holen sein.

Veränderungen gab es auch in der Familie Bertin. Louis hatte die katerdicke Braut sitzen lassen und die Tochter seines Patrons geheiratet; Jacques Antoine hatte sich entschlossen, als Sekretär einem reichen Pfeffersack nach der Kolonie Louisiana zu folgen. Cathrine hatte in fünf Jahren vier Kinder geboren und zwei wieder verloren. Marthe überlegte lustlos einen Witwer zu ehelichen, doppelt so alt wie sie.

»Überzeug dich wenigstens vorher, ob was Vernünftiges zu erben ist«, war der einzige Kommentar der Mère. Immer häufiger klagte diese über Rückenschmerzen und Gicht in den Gelenken.

»Bin schließlich über fünfzig, da probiert Gevatter Tod schon die Sense an mir aus«, kommentierte sie mit dem ihr eigenen trockenen Humor, der Marie Jeanne mit ihrer Strenge etwas versöhnte.

Die sonntäglichen Eskapaden mit den Kumpanen hatten aufgehört, dazu fühlte sich die Bertin-Tochter zu alt. Wenn sie frühmorgens das steife Mieder anlegte, konnte sie das Anschwellen der kleinen glatten

Kugeln im Ausschnitt beobachten, und der rote Baron war auch zu Besuch gekommen. Jacquot seinerseits hatte sich zum Militär anwerben lassen, der rotzdumme Kerl. Sich erst betrunken und dann dem hinterhältigen Werber, der die Zeche zahlte, das Namenskreuz unter den Verpflichtungswisch gesetzt.

»Werd wohl so bald nicht wiederkommen«, sagte er kläglich zum Abschied.

»Bist doch selbst dran schuld, Blödhammel«, konterte die Freundin betont kühl. Warum ihm zeigen, dass sie den Spielkameraden vermissen würde, der sie so kritiklos anerkannt.

»Majeanne, ich würd so gern ... ich möchte ...«, druckste er und sah sie flehentlich aus tief liegenden dunklen Augen an, in denen manchmal eine schwelende Wildheit lag, die so gar nicht zu seiner sonstigen unterwürfigen Art passte. »Mameluckenblut«, hatte der Père behauptet, »seine Mutter hat's mit einem Welschen getrieben, als das Regiment hier lag.«

»Nur einen Schmatz, Majeanne, zum Abschied.«

»Von mir aus«, sagte sie hochmütig und musste sich dann energisch von ihm losmachen, da er begann sehr ganzheitlich zu werden.

Auf ihrem Schemel hatte Marie Jeanne nun alle Feinheiten des Putzmacher-Handwerks gelernt, mit wachsendem Ehrgeiz und zunehmender Fertigkeit, und dabei die Befriedigung entdeckt etwas unter ihren Händen entstehen zu sehen. Besonders lag ihr das Anfertigen und Garnieren der *Bonnets,* der von allen Frauen getragenen Kopfbedeckung.

Eine Haube war so wenig eine Haube, wie ein Schuh ein Schuh war. Es gab unendliche Variationen: Morgen-, Nacht- und Staatshauben, simple und bombastische, für jedes Alter, jeden Anlass und jeden Stand. Die kompliziertesten waren die *Bonnets montés,* die eher ein anspruchsvoller Kopfputz waren. Für sie musste eine gesteppte Grundform auf einem Haubenstock befestigt, eine feinmaschige Drahtkonstruktion darüber gestülpt werden, um dann die vorgesehene Garnierung aus Band, Rüschen, Spitzen, Gaze und vielerlei anderem anbringen zu können. Das erforderte Geduld, Fantasie, feine Finger und schnelles Arbeiten.

Marie Jeanne habe dafür Talent, auch für den Ausputz von Roben, gestand ihr die Barbier zu und sich selbst, dass diese kleine Wilde sich besser herausgemacht, als sie gedacht. Hätte die Patronin unter die Flämmchenlocken sehen können, wäre ihr aufgegangen, dass die kleine Wilde noch längst nicht gezähmt war. Manchmal wütete es schlimm in Marie Jeanne, vor allem, wenn die von ihr ausgedachten Bonnets oder Garnierungen als zu ›gewagt‹ abgelehnt oder von den Kolleginnen belacht wurden. Dann kniff sie Augen und den kleinen, üppigen Mund zornig zusammen, sagte zwar zur Barbier nichts, doch den Kolleginnen vernichtende Dinge. Oder riss ihnen die Haube vom Haar, was der Gipfel einer Beleidigung war.

Nach wie vor wurde Marie Jeanne mit Schachteln und Kleiderkorb zu den Kundinnen geschickt, neuerdings nicht als Botin, sondern um bei der Anprobe oder der Auswahl von Band, Besatz, Spitzen oder Kunstblumen zu helfen. Der immer plumper werdenden Barbier fiel das Gehen und vor allem das Treppensteigen schwer, außerdem mochten die Damen die kleine Bertin.

»Die Kleine ist wirklich geschickt, liebe Freundin,

manchmal vergisst man völlig, dass sie an einem herumpusselt, so wenig spürt man ihre Finger. Und so hübsche Einfälle hat sie! Meine alte fraisefarbene Robe hat sie mit Rüschen in Drachengrün und Nakarat allerliebst ausgeputzt.«

So wurde das Trinkgeld reichlicher, außerdem bekam Marie Jeanne als Gesellin nun bescheidenen Lohn. Sie sah ihr Seidenkleid in Reichweite rücken.

Nicht mehr erstrebenswert erschien der Fünfzehnjährigen das einstige Ziel als *Première* mit dem Fingerhut-Zepter über das Atelier zu herrschen. Schuld waren die aus Paris gelieferten Bestellungen und Modegravuren, sie nährten hochfahrende Träume über das Leben in der verlockenden Hauptstadt. Dazu machte sie das Schicksal zweier Kolleginnen sehr nachdenklich.

Dorine hatte ihren Schneider geheiratet und sich mit ihm selbständig gemacht. Dann war ihr Mann krank geworden, konnte kaum arbeiten, das hatte zu Schulden geführt. Dorine versuchte sie abzuzahlen, indem sie wieder bei der Barbier anfing, außerdem nähte sie heimlich für Privatkundinnen. Wie konnte sie in dieser Lage ein Kind zur Welt bringen? Also ging sie zur Engelmacherin, und diese strafbaren Taten zusammen mit dem dahinsiechenden Mann bedrückten sie so, dass von der alten Munterkeit nicht mehr viel übrig geblieben war.

Und Pierrette hatte sich selbst ins Unglück gestürzt, weil sie den Teufel mit Beelzebub austreiben wollte: Sie hatte den Bruder der Patronin beim Polizeikommissar angezeigt.

Augustin Barbier lebte, seitdem er Witwer, mit im Hause. War seine Schwester dick und unüberhörbar in ihrem Auftreten, so er dürr und leisetreterisch. Wie abwesend schlich er herum oder saß gebückt über den Kontobüchern. »Er fühlt sich so allein gelassen, mein armer Bruder«, bemerkte mitfühlend die Schwester, doch den Tafelfreuden war er genauso zugetan wie sie.

»Ist auch anderen Freuden zugetan, dieser hinterhältige Grapscher«, schimpfte Pierrette in der Intimität der Alkovenrunde.

Es stimmte leider. Monsieur Augustin erfreute sich stumm, doch fühlbar an der prallen Jugend im Hause. Musste im Laden eines der Mädchen die Leiter an ein hohes Regal legen, kam er bestimmt wie zufällig auf Pantoffelsohlen vorbei. Stiegen sie abends, zur Schlafenszeit, zur Kammer hinauf, stand er oft gedankenvoll am Fuß der Stiege. Im geeigneten Augenblick fuhr seine Hand, schnell und agil wie eine Schlange, unter den Rock. Keines der Mädchen trug Hosen, das war nicht üblich. Bei Marie Jeanne versuchte er es nur einmal, da sie blitzartig auf der Treppe herumgeschwenkt und mit dem kleinen Absatz fest auf die freudensuchende Hand getreten war, die Aktion mit einem schnippischen: »Oh, Pardon, Monsieur Augustin, hab sie gar nicht gesehen«, begleitend. Ihrem bedauernswerten Bruder wäre der schwere Trichter zum Umfüllen des Lampentrans auf die Hand gefallen, begründete die Barbier seufzend die verbundene Rechte.

»Ein widerlicher alter Satyr ist er, man muss etwas tun«, jammerte dagegen Pierrette, die selbst ihrem untergegangenen Matrosen nie den Griff unter den Rock erlaubt hatte. Sie besaß strenge Ansichten über Moral und einen noch strengeren Vater.

»Mach's wie ich. Wenn er noch einen zerquetschten Finger hat, hört er bestimmt auf«, riet Marie Jeanne.

»Aber ich schaff das nicht«, schluchzte Pierrette und

versuchte es dennoch. Da sie nicht so behände wie Marie Jeanne, verfehlte sie nicht nur Augustins Hand sondern auch eine Stufe, glitt aus und riss sich am Pfosten wund.

Geschockt und ohne Nachzudenken lief sie blutend zum Kommissariat. Monsieur Barbier wurde verhört, verwarnt und die Stadt kam zu einem neuen Gesprächsthema. Doch Pierrette hätte lieber zur Patronin rennen sollen: Sie hatte zwar ihre Genugtuung, aber keine Stellung mehr. Die Barbier zahlte ihr ein Schmerzensgeld und kündigte ihr sofort. Ihr Vater, ein auf die Aufträge der Modehändlerin Wert legender Holzhändler, verprügelte sie, und kein anderes Atelier in Abbéville wollte Pierrette nehmen. Angestellte, die sich bei der Polizei beschwerten, liebte man nicht.

Das um seine Tugend besorgte junge Mädchen verschwand aus der Stadt. Man munkelte, sie sei nach Paris gegangen. Hören tat man nichts mehr von ihr.

Marie Jeanne zog ihre Schlussfolgerungen. – »Brauch deinen Grips!« – Sie würde sich daran halten, doch dann begegnete sie an einem heißen Sonntag im Mai dem Chevalier de la Barre.

An diesem Sonntag hatte Marie Jeanne die dicke Berthe aufgefordert mit ihr einen Spaziergang am Fluss entlang zu machen und vielleicht zu baden.

»Im Mai? Baden? Bist du toll geworden?«, rief Berthe, entrüstet ob dieser Zumutung.

»Toll? Wieso denn, ist doch heiß wie im Hochsommer.«

Natürlich würde das Wasser kalt sein, doch nach dem langen Winter war Marie Jeanne süchtig nach Baden. Die Freundin, sonst immer ihren Vorschlägen zustimmend, wollte diesmal nicht. Sie war verfroren, eine träge Natur, klagte über schmerzende Füße bei dieser Hitze, und dass sie lieber ruhig auf der Hausbank im Schatten sitzen wolle.

»Dann sitz dich eben noch runder, träge Trulle, aber ich geh ins Wasser, oui!«

Marie Jeanne kannte eine ideale Badestelle mit weichem Sand, versteckt zwischen Weidengebüsch und neben einer zerfallenden Fischerhütte, in der man sich gut umziehen konnte.

»Wirklich grausig kalt, brrr, aber tut so gut, so gut!«, schauderte sie, als sie bis zur Brust im glucksenden Flusswasser stand, hielt den Atem an, tauchte bis zum Hals, sprang übermütig hoch, paddelte wie ein Hund ein wenig herum, sorgfältig die mit buntem Band zusammengedrehten Haare trocken haltend.

Als sie sich umdrehte, um zum Ufer zu waten, stand er da.

Stand da, eine schmale Gestalt im abgeschabten Lederwams und Reiterstiefeln bis über die Knie. Unter dem nach hinten gekippten Filz mit drangestecktem Federstoß hingen fahlblonde Haare nachlässig ins Gesicht. Er hielt einen großen Braunen am Zügel und beobachtete regungslos das Mädchen im nassen, an den Körper geklatschten Hemd.

Man hätte ihn für einen jener jungen Abenteurer halten können, die nirgends zu Hause sind und auch nicht sein wollen. Die nichts besitzen außer Pferd, Degen und Pistolet, sich hier mit Karten oder Würfelspiel, dort bei einer Frau oder als Begleitschutz eines betuchten Reisenden durchbringen und meistens in einem Duell oder auf dem Schlachtfeld enden.

Doch die Bertin-Tochter wusste, wo er zu Hause war: in einem der heruntergekommenen Herrensitze der Umgebung. Der jüngere Sohn einer verarmten Adelssippe, zwar mit dem Anrecht auf den Titel *Chevalier,* doch ohne Zukunft, da die Familie weder ein Offiziers-Patent zahlen noch eine einbringliche Heirat arrangieren konnte. So einer musste geistlich werden oder sich hier, in der Nähe der Atlantikhäfen, in die neue Welt einschiffen.

Wenn Marie Jeanne den Chevalier bei ihren Stadtgängen vorbeireiten gesehen, hatte sie ihm allenfalls einen geringschätzigen Blick geschenkt. Außerdem hatte er den Ruf ein Raufbold und Tunichtgut zu sein.

Aber jetzt trabte er nicht an ihr vorbei, sondern stand da wie angeschmiedet und versperrte ihr das An-Land-Gehen. Sie war voller Misstrauen über das Verhalten junger adliger Herren, die nichts zu tun hatten als Pferde zuzureiten, Wild für die Küche zu schießen, in Schenken herumzulümmeln und auf Landmädchen Jagd zu machen.

»Warum reitet Ihr nicht weiter, Monsieur, ich will aus dem Wasser. Muss zurück in die Stadt, meine Mutter ist streng.«

»Dann tu's doch«, rief er zurück.

Er würde nicht gehen, das wurde ihr schnell klar. Er hatte sie im Uferwasser erwischt wie einen Fisch mit der Angel. Es würde auch nichts nützen sich von der Strömung forttragen zu lassen, etwas weiter flussabwärts im Gebüsch zu verstecken bis er das Warten über hatte, denn der Pfad lief am Ufer lang. Außerdem könnte er ihre Kleider mitnehmen. So bückte sie sich und fischte ein paar große Kiesel vom Grund.

»Lass sie liegen«, rief er spöttisch vom Ufer her, »Mädchen treffen doch immer daneben. Komm raus, Frosch im Hemd.«

»Ich hab 'nen Bruder, der hat mir's beigebracht«, rief sie herausfordernd, und wie zum Beweis flog der Kiesel scharf durch die Luft und traf seinen Stiefel. Er kickte ihn beiseite.

»Und ich 'ne Schwester, die konnte besser mit dem Bogen zielen als ich. Hat ihr nichts genützt, sie haben sie mit einem Alten verheiratet«, antwortete er gleichmütig. »Komm raus, du kannst nicht bis abends in der Somme stehen bleiben.«

»Und wenn ich rauskomme, Monsieur?«

»Dann verspeise ich dich natürlich, Frosch im Hemd.« Der junge Mann grinste wie ein böser Bube, der sich vorstellt, wie er den gefangenen Frosch auf einen Stock spießen und triumphierend davontragen wird.

Ihr wurde kalt. Der Gaul rupfte jetzt Gras am langen Zügel. Einen großen Kiesel hatte sie noch in der Faust, er flog mit Wucht und traf das Pferd an der Nase. Es warf den Kopf zurück, riss den Zügel los. Ein zweiter Stein ging ans Auge. Der Braune wieherte geschmerzt auf, machte kehrt und stürzte in die Weiden davon.

»Das zahlst du mir«, schrie sein Herr und stürzte nach.

Marie Jeanne wusste, sie hatte nicht viel Zeit. Platschte hastig ans Ufer zu ihren Kleidern, stülpte nur den Rock übers nasse Hemd, das andere gerafft und fort zur Stadt. Sie konnte schnell rennen und sie rannte. Die sich lösenden Haare flogen ihr ums Gesicht, die Schuhe aus der Hand, egal. Zum Glück war der Gaul in die andere Richtung davon.

Sie rannte. Die Badestelle war ziemlich weit von den ersten Häusern. Saint Gilles, herzallerliebster Patron, hilf mir, lass Leute auf dem Weg sein! Es war Mittag und heiß, kein Mensch zu sehen. Jetzt hörte sie die Hufschläge hinter sich, noch matt auf dem weichen Grund, aber unverkennbar. Vielleicht sollte sie sich seitwärts ins Gebüsch werfen? Unnütz, das Laub war noch nicht dicht genug. So lief sie keuchend weiter, instinktiv; wie ein Tier auf der Flucht.

Das Pferd war neben ihr. Sein hart zupackender Griff versuchte sie hochzuziehen, aber das war zu männlich gedacht für einen schmalen Siebzehnjährigen. Marie Jeanne wehrte sich wie eine gefangene Katze, riss den Chevalier vom Pferd und zusammen rollten beide unter die Weiden.

Ein paar keuchende Atemzüge lang blieben sie wie aneinander gelötet liegen, von der Aura des anderen gefangen, spürten die aufregende Botschaft des fremden erhitzten Körpers. Bis das Mädchen erneut um sich schlug, ihn an eine empfindliche Stelle zu treten versuchte. Der Junge lachte auf einmal auf, stieß sie zurück und katapultierte sich selbst gewandt zur Seite.

»Hör doch auf! Hör auf, kleine Giftkröte. Waffenstillstand. Ich tu dir nichts.«

Sie saßen sich atemlos gegenüber auf dem jungen Gras. Der große braune Gaul stand ruhig auf dem Weg, er hatte noch beide Augen, aber eine Beule über einem.

Hinter ihm lagen Mieder, Haube, Schürze und Strümpfe verstreut. Der Chevalier erhob sich und sammelte sie ein.

»Ehre, wem Ehre gebührt«, grummelte er, die Sachen vor sie hinwerfend, »der Frosch hat gesiegt. Meine Reverenz, Demoiselle.«

Marie Jeanne funkelte ihn an, stülpte die Haube auf, hangelte sich hastig ins geblümte Mieder und begann es schief über dem Hemd zuzuhaken. Beim Laufen war es fast trocken geworden. Nun noch die Schürze.

»Sehr unordentlich«, sägte der Chevalier, jetzt gar nicht mehr bedrohlich aussehend, sondern mehr wie Louis, wenn er sie als Kind zur Messe mitnehmen sollte und zu schlampig angezogen fand.

»Bist du eine aus der Stadt? Siehst eigentlich nicht aus, als ob du ohne Schuhe rumzulaufen pflegst.«

»Über meine Schuhe werden Euer Ehren hinweggeritten sein.«

Ihr einziges gutes Paar! Auch noch aus Leder und mit einer hübschen ziselierten Schnalle, für die sie lange gespart hatte. Idiotisch im Sonntagsstaat zur Badestelle zu gehen. Jetzt konnte sie sich keinesfalls auf die Suche machen, wer weiß, wie lange der Waffenstillstand hielt. Auf so ein Herrchen war doch kein Verlass.

Die Strümpfe in der Hand wandte sie sich zum Gehen. Der junge Mann stand bei seinem Pferd, tätschelte dessen malträtierte Nase und rührte sich nicht. Schon einen Steinwurf weiter hörte sie ihn rufen:

»Wie heißt du übrigens?«

Sie rief zurück: »Wie heißt Euer Pferd, Monsieur?«

»Co-lo-nel.«

»Tut mir leid Euren Colonel mit Steinen beworfen zu haben, ich mag Pferde«, und Marie Jeanne ging mit stolz erhobenem Kopf auf nackten Füßen davon. Was ging ihn ihr Name an? In der nächsten Woche wurde die Bertin-Tochter so von schlechter Laune gebeutelt, dass die Kolleginnen sie gar nicht mehr anredeten, dafür die Patronin ihr einen Vortrag über das Laster des Missmuts hielt und Suzanne anwies ihr die brettsteife Kirchenmantille der alten Frau Kammerpräsidentin zum Umgarnieren zu geben, was Buße genug für schlechte Laune war.

Marie Jeanne stichelte wütend und nährte ihren Ärger über den Verlust ihrer besten Schuhe. Außer diesen besaß sie nur noch ein abgetragenes Paar, das den nächsten Regen nicht überstehen würde. Sollte sie wieder in das schmachvolle Stadium der Holzpantinen zurückfallen? Sie hatte zwar Marthe überredet am selben Sonntag nach ihnen zu suchen, aber nichts gefunden außer den säuerlichen Vorhaltungen der Schwester schlampig mit ihren Sachen umzugehen. Vom Anlass für diesen Verlust hatte sie ihr nichts erzählt.

Dazu kam der Groll über die wiederkehrenden Gedanken an dieses Badeabenteuer und das beunruhigende Gefühl, dass es noch nicht beendet war. Mehrmals glaubte sie den großen Braunen und seinen blonden Reiter in der Stadt zu sehen, sogar in der Nähe ihres Zuhauses, doch nie nahe genug um sicher zu sein. Seit Beendigung der Lehrzeit wohnte sie wieder bei der Mère.

Doch dann lehnte unverkennbar der Chevalier am Eingang einer Schänke nahe der Modehandlung, dann an der Hauswand gegenüber. Marie Jeanne bemerkte ihn, als sie von ihrer Arbeit aufschaute.

Wie sehr sie wünschte ihren alten Freunden von der *Maréchaussée* einen Wink zu geben, den Unverschämten wegen verbotenen Waffenbesitzes oder Belästigung abzuführen, aber er durfte den Degen tragen und ihr zu nah auf den Pelz gerückt war er auch nicht.

Die Gesellin Bertin packte ihre Schere und stieß sie mit Wucht in die Tischplatte. Damit war die Spitze verbogen und eine neue Abreibung der Barbier in Sicht, aber es erleichterte etwas. Die neben ihr Sitzenden kicherten und Berthe flüsterte:

»Was haste denn bloß?«

»Eine Wut im Bauch, oui!«, knurrte sie zurück.

»Auf wen denn?«

»Auf die blöde Natur.«

Nicht einmal an der nüchternen Gegenwart der Mère fand sie einen Rückhalt, da sie im Augenblick Tag und Nacht bei einem Schwerkranken blieb, der keine Angehörigen, aber Geld besaß. Und wenn sie nach Hause kam um den Haushalt zu kontrollieren und ein frisches Hemd anzuziehen, war sie wortkarg und erschöpft, murrte allenfalls über das Elend ihres Berufs und den Widerstand mancher Leute diese Welt zu verlassen, obwohl sie ihnen nichts mehr bieten konnte.

Am nächsten Sonntag, bei immer noch heißem Wetter, ging Marie Jeanne nicht zum Fluss, sondern beichten. Den Chevalier erwähnte sie nicht, warum auch, sie war sich keiner Sünde bewusst. Danach bummelte sie über den Kirchplatz. Sie hatte sich angezogen, als wolle sie später zum Tanz, wollte sie auch, hatte sich Blumen unter den Rand des Häubchens gesteckt und einen reifenverstärkten Jupon untergebunden.

Missmutig strich sie um die Verkäufer von Kuchen und Zuckerzeug, da sie jetzt jeden Sou für neue Schuhe sparen musste, verpasste einem sie anmachenden Burschen eine pfefferscharfe Abfuhr und blieb schließlich vor dem Bänkelsänger Marcelin stehen.

Der stimmgewaltige Marcelin war vor Jahren ein mittelloser Student gewesen, der mit Hilfe selbst verfaßter und in Wirtsstuben vorgetragener Lieder seinen Unterhalt aufbesserte, dann wegen dieses Nebenverdienstes die Examina geschmissen hatte und sich nun ganz der volkstümlichen Unterhaltung widmete.

»Allons, ich sing ein Quodlibet,
Wer Lust hat, komm herbei;
Es ist durchaus schön dockerlnett
Und funkelnagelneu ...«

Dabei entrollte er auf seinem Podium aus über Tonnen gelegten Brettern ein grell koloriertes Tableau mit Szenen aus dem Alten Testament. Die Herumschlendernden sammelten sich, sie wussten, es gab deftige Wortbissen zu kauen und anschauliche Bilder zu goutieren, und für die in alles ihre Rotznasen steckenden Bengel oder kichernden Jungtöchter neben ihren Müttern auch noch eine handfeste Moral.

Gott Vater nahm ein Batzen Lehm
Und schuf des Adams Leib,
Drauf nimmt er ihm ganz insgeheim
A Rippn und macht ihm's Weib.
Und kaum biss d'Eva auf'n Rat
Der Schlang den Apfel an,
Hat ihr der Wurm recht kerzengrad
Kacke ins Maul getan ...

Marie Jeanne stand eingezwängt zwischen den Schaulustigen, Seite an Seite, Hosenhintern gegen gebauschten Rock, in der Nase den Geruch nach kampfergeschützten Sonntagskleidern, Veilchenwasser, ranziger Haarpomade, gemampfter Knoblauchwurst. Da hinein mischte sich plötzlich der Geruch nach Pferd, junger Männerhaut und damit nach einer gewaltsamen Umarmung.

Sie spürte ein flaches Streicheln unter dem Ärmelvolant, wie von einer Schuhsohle, und eine spröde Stimme flüsterte:

»Möchtet Ihr denn nicht eure hübschen Schuhe zurückhaben, Demoiselle?«

»Ich bitte darum, Monsieur!«, wisperte sie zurück. Auch sie war höflicher Konversation fähig. Fühlte einen Schuh in ihrer auf den Rücken gewanderten Hand. Einen, nicht zwei. So sehr sie auch wartete, er kam nicht hinterher.

Der Noah hat wohl hundert Jahr
An seinem Kasten baut,
Doch lachte alles der Gefahr,
Habn g'rad aus Spaß so zug'schaut.
Potz Blitz, jetzt lacht nun keiner mehr,
Es heulen groß und klein,
Denn plötzlich kommt a Flut daher
Und wässert d'Stockfisch ein.

Marcelin ließ vom Tonnenpodium aus die Sintflut über die angenehm schaudernde Menge schwappen. Die Stimme des jungen Mannes war jetzt nah an des Mädchens Ohr:

»Was gibst du mir für den anderen? Den ich mühsam aufgesammelt habe.«

Vor heftigem Herzschlag verstand sie kaum die Worte, spürte in ihrem Rücken die Metallknöpfe seines Rockes, den Degengriff hart in ihrer Seite. Schon begannen die Umstehenden aufmerksam zu werden.

»Monsieur, wir können hier nicht reden.«

»Wo dann?«

Marie Jeanne befreite sich abrupt von ihm, von der

Menge, ging schnell und ohne sich umzusehen über den Kirchplatz. Hinter ihr war jetzt Marcelin bei der keuschen Susanna angelangt:

Es wehrt sich wie ein Grenadier
Susanna bis aufs Blut;
Weg, sprach sie, geile Böck und Stier,
Will sehen, wer mir's tut!
Sie wirft um sich, so gut sie kann,
Ihr Hemd und Unterg'wand. ...

Weiter in eine Gasse hinein, die nächste. Ihre Absätze wirbelten, der von dem gesteiften Jupon geblähte Rock schwang nervös hin und her. Vor der Apotheke blieb sie stehen, als wäre sie überwältigt von einem ausgestopften Dachs. Der saß possierlich auf seinen Hinterbeinen hinter dem schlierigen Glas der kleinen Vitrine und sollte wohl für eine kräftigende Haarpomade werben. Das Rezept lag in kalligraphisch schöner Schrift daneben:

»Dachsfett – 6 Loth. Bärenschmalz – 3 Loth. Hanföl – 2 Loth. Florentiner Veilchenwurzel ...«

Weiter kam sie mit Lesen nicht, denn der Chevalier war herangeschlendert. Auch er schien fasziniert von dem Dachs. Sie wagte einen musternden Blick zur Seite, auf dieses Milchgesicht, diesen schäbigen Aristokraten, kaum besser angezogen als Jacquot. Der blonde Schopf weder mit Pomade noch Brennschere in Form gebracht, der Dreispitz verwittert, der rehlederne Rock ohne die geringste Verzierung. Nur der Degen schien etwas wert zu sein und die Stiefel von guter Machart.

»Ihr seid ein Hundsfott, Monsieur, aber kein Edelmann«, fauchte das Mädchen ihn an, dabei auf den Dachs starrend, der sie beide anzugrinsen schien.

»Hab Euch nichts getan, Demoiselle, im Gegenteil. Bin eher der Meinung eine Belohnung verdient zu haben, weil ich Eure kostbaren Schlappen gesucht und wieder aufgelesen habe.«

»Und hab ich sie nicht Euretwegen verloren?«

»Nur, weil du so blöd warst ein Rennen gegen ein Pferd zu starten.«

»Und wo habt Ihr Colonel gelassen?«

»An einem sicheren Ort angebunden. Der andere Schuh ist übrigens in seiner Satteltasche. Sag mir, wo wir uns heuteAbend treffen können, und du bekommst ihn. Kavalierswort!«

Da stand sie wie Buridans Esel zwischen zwei Heubündeln, der deshalb verhungert war, weil er sich für keines entscheiden konnte. Das eine Bündel war der Verlust ihrer besten Schuhe – denn was war ein einzelner wert? – Das andere enthielt die sicheren Folgen dieses Rendezvous. Er war ein perfider Schuft, denn er erpresste sie.

Es war dem Mädchen, als stiege in ihrem Körper, vom Bauch herauf, stetig die von Marcelin besungene Sintflut hoch, wallte, wütete, rauschte in den Ohren. Hörte sie den weisen Noah raunen? »Lass den Schuh sausen, der Preis ist zu hoch!« Doch schon hatte sie die heiß schäumende Flut ergriffen, spülte alle guten Vorsätze mit nicht mehr gegenzustemmender Wucht hinweg.

»Du wirst mich nicht los«, sagte er noch leiser, und sie begriff vor eigener Verwirrung nicht, wie viel aufgesetzte Forschheit in den Worten des jungen Mannes steckte.

»Beim Forst-Michel«, flüsterte sie zögernd, »Oui, am Eicheneck, wenn es Angelus von Saint Vulfran läutet. Und solltet Ihr unverschämt werden, Monsieur, der Michel ist ein alter Kumpel meines Vaters, war Corporal bei den Dragonern und fackelt nicht lang, wenn ich ihn zu Hilfe rufe.«

Die Hütte des Michel stand in einer Waldlichtung oberhalb des Tales, denn als Forstaufseher war er auch verpflichtet die Holzweiber zu hindern anderes als Fallholz in ihre Kiepen zu sammeln, dass die Sauhirten ihre Tiere nicht junge Bäume bei der Suche nach Eicheln und Wurzeln umwühlen und die Holzfäller nicht Klafter in den eigenen Hof verschwinden ließen.

Marie Jeanne kannte die derbe Gestalt mit dem mächtigen Dragonerschnauz seit ihrer frühesten Kindheit. Einst war der Michel Pfeiferjunge in Bertins Regiment gewesen, und der Ältere hatte sich des Jüngeren angenommen. Das Mädchen hatte seine Kate als Treffpunkt vorgeschlagen, weil das einen gewissen Schutz gegen Stadtklatsch und einen zudringlich werdenden Galan bot, denn der Michel hatte Arme wie Eisenkolben. Allerdings keinerlei moralische Grundsätze.

Als sie mit einem Korb am Arm im Abendlicht aus dem Tal hochstieg, wurde sie von den melancholischen Tönen einer Querflöte gelenkt. Trotz der Kolbenarme hatte der Michel gelenkige Finger, und er besaß musikalisches Gehör. Bei ihrem Auftauchen setzte er die Flöte ab und deutete auf einen Hasen, der kopfunter, hinter ihm am Dachbalken hing.

»Ist für euch. Soll ich ihn häuten?«

»Wär gut. Aber es hat keine Eile, ich bleib noch ein bisschen, hab mich hier mit jemand verabredet.«

Der Forst-Michel setzte das Instrument wieder unter den Schnauzbart, ließ ein paar Triller in den Maiabend steigen, setzte wieder ab, spuckte aus und grunzte:

»Ist schon da, der feine Herr. Soll ich mitgehn?«

»Nein«, sagte Marie Jeanne bestimmt.

François de la Barre stand an einen Schober mit Wildheu gelehnt – etwas weiter entfernt graste der große Braune – und händelte den Schuh spielerisch wie einen Ball, um ihn nun einladend der langsam Herankommenden entgegenzustrecken. Sie setzte den Korb ab, ging ohne Zögern auf ihn zu und packte den Schuh. Seine andere Hand packte sie. Und jeder hielt fest, was er nun endlich hatte.

Kaum hinter den Bretterwänden des Stadels begann er sie wild zu küssen. Mehr Bisse als Küsse, denn der Junge war toll vor Ungeduld, vor schwellender Gier. Das Mädchen antwortete mit gleichem Ungestüm. Aneinander gedrängt, taumelten sie hin und her, knabberten, sogen, schleckten gierig an der Haut des anderen, zerrten an der Kleidung, als handelte es sich um endlich in ihre Hände geratenes Naschwerk, das man nicht schnell genug auspacken konnte.

Doch als sich Marie Jeanne grob auf das Streubett niedergedrückt fühlte, wechselte ihre Bereitschaft sofort zu wütender Gegenwehr. Zwingen ließ sie sich nicht. Wieder kam es zu wildem Gerangel, noch rücksichtsloser als am Flussufer. Keuchend und böse Worte zischend, rollten sie hin und her auf hochfliegender Streu, die sie mit trockenen Halmen und bröselndem Laub panierte.

Er war stärker als sie, in der überlegenen Position und besessen davon, diesem unebenbürtigen Frauenzimmer, das ihn so lange genarrt und gequält, ohne

Gnade den Herrn zu zeigen. Und so registrierte er zunächst nicht, wie der sich widersetzende Körper unter ihm immer nachgiebiger und entgegenkommender wurde.

Marie Jeanne, selbst von heißem Temperament, hatte dieser erste Zusammenstoß mit dem anderen Geschlecht in ein furioses Wechselbad der Gefühle gestürzt, von aufgeputschter Sinnlichkeit zu wütender Abwehr aus animalischer Angst vor der Besitznahme, um plötzlich in überwältigende Körperlust umzuschlagen. Hundert Mal intensiver als das warme Zuberbad an Wintersonntagen. War auch der Verursacher, da mehr auf Eroberung denn einen Liebesakt aus, recht rabiat, so ahnte sie doch, welche Ekstase ein besser aufeinander abgestimmtes Lustspiel bereiten konnte.

Als den jungen Mann schließlich Besessenheit und Begierde verließen, floss auch der Triumph gesiegt zu haben davon. Immer noch die Hände wie Klammern um ihre Arme gelegt, starrte er hastig atmend auf seine schlaff daliegende Beute nieder. Das Wild war zur Strecke gebracht, die aufregende Jagd vorbei. Nichts blieb als Enttäuschung und eine Spur von Trauer, dass sie zu Ende war.

Da räkelte sich die Beute ein wenig, hob langsam die Lider über schwimmenden Augäpfeln, Lächeln rann wie Honigseim über ihr heißes Gesicht und er hörte:

»*Encore!* Noch mal!«

Dabei schien sie ihn überhaupt nicht zu sehen.

Den Jäger verblüffte diese zustimmende Reaktion so, als ob ein erlegtes Wild wieder aufspränge und sich freundlich zum Streicheln anböte. Seltsame, noch nie gespürte Empfindungen begannen in ihm herumzuwirbeln. Es war noch nicht zu Ende, es könnte neu beginnen, genauso aufregend wie eben.

»Wart ein wenig«, flüsterte er heiser, vergrub den Kopf in die hochgekrempelten Rockfalten.

Und so lagen sie einfach da, aneinander gelötet wie unter den Weiden der Somme, nur dass es jetzt hinter Fichtenbrettern war, von der Sonne zum würzigen Harzschwitzen gebracht, während im Wald das Klagen der Nachtvögel begann.

Es war dunkel, als François das Pferd heranpfiff und Marie Jeanne die gefalteten Hände wie einen Tritt hinhielt:

»Steig auf, ich bring dich bis zur Stadt.«

Sie griff nach dem Sattelwulst, ließ sich hochheben, rückte sich seitlich sitzend auf der Kruppe Colonels zurecht.

»Setz dich lieber rittlings, ist sicherer und sehen tut dich sowieso keiner im Dunkeln.«

»Nein«, sagte sie bestimmt. Sie sagte nicht, es täte ihr zwischen den Schenkeln zu weh, was ging es ihn an. Doch leid tat sie ihr nicht, diese aufrührerische Stunde auf der kratzigen Waldstreu.

François schwang sich vom Hackklotz aus vor sie in den Sattel, der Gaul warf schnaubend den Kopf zurück und setzte sich in Gang.

»Wartet! Ich will noch was mitnehmen. Da, vor der Hütte muss es sein, oui!«

Die Hütte lag dunkel und verschlossen, doch im letzten Licht, das vom Westhorizont noch heranflutete, sahen sie etwas am Balken pendeln, einem zwergenhaften, fleischroten Gehängten gleich. Der gehäutete Hase. François schnitt ihn ab, Marie Jeanne tat ihn in den Korb. Auf Colonels Rücken trotteten sie zu Tal.

Manchmal breitet das Schicksal den roten Teppich vor einem aus, wenn auch seine Länge immer begrenzt ist. Marie Jeanne ahnte es, François machte sich keine Gedanken darüber.

Sie erlebten das Glücksgefühl des roten Teppichs unter sich einen Sommer lang. Die Mère war absorbiert von ihrem Schwerkranken und Cathrines Tochter, die nicht gedeihen wollte. Die um Tugend besorgte Modehändlerin hatte abends und an Feiertagen keine Macht über ihre Gesellin. Und der Chevalier de la Barre konnte sowieso vom verwahrlosten väterlichen Schloss ausfliegen wie ein Turmfalke. Dazu war der Sommer schön, die Nächte warm und die Waldstreu beim Forst-Michel wie das Binsenbett in der alten Fischerhütte trocken.

François blieb bei seiner überfallartigen, wenn auch nun schonender durchgeführten Eroberungstaktik; Marie Jeanne wehrte sich nur noch des genusssteigernden Hinhaltens wegen. Zärtlichkeit hatten sie beide nicht gelernt.

Dennoch bedeutete ihr Zusammensein mehr als sexuelles Vergnügen. Da beide die Zeit zum frühen Erwachsenwerden gezwungen hatte, waren diese heimlichen Treffen auch Nachholen kindlicher Verantwortungslosigkeit, Freiheit nach Jahren strenger Zucht. In beiden steckte der rebellische Wunsch den Konventionen zu trotzen, wobei das Mädchen realistisch genug war die Bedrohung darin zu erkennen. Sie wusste, ihr erster Schatz war keine Eroberung mit der sie sich brüsten konnte, dieser bettelarme Adlige, der sie weder heiraten würde noch Geld oder Beziehungen hatte. So einem war die schlaue kleine Bertin in die Arme gefallen?

Und ratschratschratsch, dachte Marie Jeanne unbehaglich, werden alle Mäuler an mir gewetzt werden, wenn's aufkommt, und die Mère war schlimmer wie ein Schlachtermesser.

Vorsicht und ein gewisser Hochmut hatten sie bisher gegenüber Männern zurückgehalten. Sie wollte weder einen Schneidergesellen in der Kornlaube noch einen Witwer wie Augustin Barbier im Ehebett. Er hatte in einer Hofecke flehend um ihre Hand angehalten. François dagegen hatte seine Unschuld bei einer welterfahrenen Tante Marquise verloren, die sich bei einem Pflichtbesuch im elterlichen Schloss sehr gelangweilt und Zerstreuung in den Liebeslektionen mit dem unerfahrenen, aber temperamentvollen Neffen gefunden. Danach hatte er keine Lust mehr auf die derben Dorfmägde gehabt. Diese kleine Putzmacherin, die so gut roch, sich so seidig anfühlte, so anregend widerborstig und schlagfertig war, behexte ihn. Und auch sie war von diesem jungen glatten Männerkörper berauscht wie von einem ersten Schwips. Uneingestanden imponierte ihr auch die unter seiner Ruppigkeit durchscheinende chevalierhafte Erziehung und Sprache.

Sie konnten nicht genug voneinander bekommen, immer öfter verabredeten sie sich. Doch die Worte ›Ich liebe dich‹ fielen nie. Es war absurd auch nur an so was zu denken, zu sehr waren sie von den Schranken der Standesunterschiede eingeschlossen, in der Provinz noch unübersteigbarer als in Paris.

Vor allem das Mädchen bestand darauf ihre Beziehung streng geheim zu halten, und er gehorchte. Es war sie, die sich ausgedacht hatte Colonel als unauffälligen *Postillion d'amour* zu benutzen. Sah sie auf dem Nachhauseweg den großen Braunen an einer bestimmten Schänke angebunden, war François dort und wartete auf ein Rendezvous-Zeichen. Marie Jeanne tätschelte Colonel, hielt ihm einen Apfel, eine Möhre unter das weiche Maul und fand – oder steckte – eine Notiz unter den Sattel.

»*Eh bien,* die Demoiselle kann sogar lesen und schreiben?«, kommentierte er gönnerhaft.

»Nicht unter allen Strohdächern wohnt Unwissenheit, und nicht unter allen Schlossgiebeln die Gelehrsamkeit«, verpasste sie ihm, »Ihr werdet mir sicher zustimmen, Monsieur.«

In der Woche konnten sie sich nur nachts sehen. Die Stadttore waren dann zwar geschlossen, doch das Häuschen der Mère lag an der Stadtmauer und, wie bei der Barbier, war es dem Mädchen ein Leichtes hinauszukommen. Meistens warteten Reiter und Pferd schon auf der anderen Seite.

Manchmal lagen sie nicht nur zusammen, sondern streiften ziellos auf dem großen Braunen durch die Sommernacht. Die Hufe verschwanden im milchigen Dunst, der von den betauten Wiesen aufstieg, die noch frischen Blätter der Zweige streiften ihre Haut wie kühle Liebkosungen, der Atem der Wälder vermischte sich mit ihrem. Sie hörten das scharfe Bellen der Füchse, den rauen Blökruf eines Rehbocks, den Trauerschrei des Käuzchens und einmal das Zischen eines verärgerten Luchses, der nahe ihnen auf einer Astgabel sitzen musste.

Der Junge kannte die Gegend wie seine Satteltasche, vermied begangene Wege, umritt Gehöfte und Landschänken. Das Mädchen saß jetzt rittlings hinter ihm, Rock hochgerafft, Beine strumpflos baumelnd, die Arme um den sich im Rhythmus des großen Pferdes wiegenden biegsamen Rücken vor ihr geschlungen.

Manchmal wartete er mit einem zweiten Pferd am Zügel, alten Hosen und Hut von ihm. Wer sie sah, sah nur den jungen de la Barre und wahrscheinlich einen seiner kleinen Brüder. Dann ritten sie bis zu den Ausläufern der Küstendünen, wo die Tritte der Pferde lautlos im blass schimmernden Sand wurden und sie nicht wussten, ob sie das Meer oder den Wind in den Kiefern hörten, wenn sie sich in einer Kuhle liebten.

Sie redeten wenig miteinander, obwohl sie mehr Gesprächsstoff hätten finden können, als man bei so verschiedenem Herkommen denken würde. Es war einfach zu schwierig in Worte zu fassen, was in ihnen vorging. Aber es gab das Thema Pferde und das über die Zukunft. Marie Jeanne malte ihre eigene Boutique in so überzeugenden Farben aus, dass er erklärte, er würde bestimmt seine Spitzenmanschetten und Degenschleifen bei ihr kaufen. François sprach zögernd über seine Hoffnung von einem Onkel das Geld für eine Marineausbildung zu erhalten, um dann auf einem Kriegsschiff über den Atlantik zu segeln. Auf diese Weise könne er zu Vermögen und herrlichen Abenteuern beim Kampf gegen die Engländer in Kanada oder Louisiana kommen. Leider war noch ein älterer Bruder mit berechtigteren Ansprüchen da.

»Bleibe ich hier, fange ich doch nur das Saufen und Raufen an. Es ist einfach zu langweilig sonst«, gab er in ehrlicher Selbsterkenntnis zu.

»Warum hab ich Euch nie früher in der Stadt gesehen?«

Man konnte mit einem noch so schäbigen Aristokraten schlafen, ihn necken oder durch die Landschaft reiten, duzen konnte man ihn nicht.

»Weil ich auf der Schule war, bei den guten Vätern, die ganz schön scharf waren. *Macte animo, generose puer.*«

»Redet französisch, Monsieur, denn ich verstehe nur die schlichte Sprache der Näherinnen.«

»Ja, ich weiß, die der spitz stechenden Nadel. Also: Mut, Kind von guter Rasse!«

»Wenn doch die guten Väter Euch nicht nur den Hochmut, sondern auch das würdige Benehmen dafür mitgegeben hätten«, stichelte sie, und es gab wieder eine gemeinsame Rolle ins Gras und erotische Balgerei, nach der ein Waffenstillstand erst aus Atemlosigkeit geschlossen wurde.

Natürlich wirkten sich die nächtlichen Treffen auf Marie Jeannes Tage aus. Wie in Trance saß sie über ihrer Arbeit, körpersatt, schläfrig und abwesend, doch ihre Finger, seit Jahren in ihren Aufgaben gedrillt, schienen das Aufgetragene wie mechanisch auszuführen. Allerdings ohne ihm ein Lot Originalität hinzuzufügen, wie die Barbier mit missmutiger Enttäuschung in der Stimme bemerkte.

»Die Hitze betäubt mich zu sehr, Mademoiselle«, erklärte Marie Jeanne, und das war in einem gewissen Sinn sogar wahr.

Im Spätsommer öffnete sich die tückische Falltüre unter dem brennroten Teppich der schönen Lust. Marie Jeanne begriff, dass sie schwanger war.

Ausgerechnet der gewitzten Bertin-Tochter musste

das passieren! Ihr, die so selbstsicher gedacht die richtigen Vorsichtsmaßnahmen gewusst zu haben, die andere Pechvögelchen bedauert und auch verspottet hatte. Nun hatte ihr die Natur dieses Kuckucksei in den Schoß gelegt, es würde groß und dick werden und alles, was sie an Ehrbarkeit, Stolz und Zukunft besaß zunichte machen. Dass der Vater von Adel, war keinesfalls hilfreich, im Gegenteil, ein Junker hatte keine Verpflichtungen der ledigen Mutter gegenüber.

Wie es der hämische Zufall will, hatten sie sich wieder an einem Sonntagmittag an der Badestelle neben der verfallenen Fischerhütte getroffen. In ihr konnten sie schnell verschwinden, wenn auf dem Fluss ein Boot auftauchte oder zwischen den Weiden ein Angler. Jetzt ruhten sie nach dem Baden im Sand. François lag entspannt auf die Ellbogen gestützt, kaute an einem Frühapfel und betrachtete mit Besitzerstolz die Gefährtin, wie sie kniend den hummelpelzfarbenen Lockenflaus neu bändelte, dabei verlockend ihre hübschen Rundungen unter dem nassen Hemd zur Schau stellend.

»Hast wohl in letzter Zeit zu viele Sommeräpfel gegessen?«, neckte er sie, auf den sich schon sanft abzeichnenden Bauch deutend.

»Hab ich nicht, aber ich krieg ein Kind.«

»Ach, wirklich?«

»Wirklich. Oui!«

Schweigen. Mit ihm sank die Bedeutung des Gesagten in den sehr jungen Mann ein. Er kaute lustlos weiter, entdeckte einen Wurm, feuerte den Apfelrest ins Wasser. Ärger begann in ihm hochzusteigen. Welche Unverschämtheit ihm so eine unerfreuliche Neuigkeit unvermutet an den Kopf zu knallen! Nie hatte er an so was gedacht.

François dachte überhaupt nicht viel, sein Motto war: Genieße die guten Tage, denn die bösen werden bestimmt kommen. Schon tauchten sie am Horizont auf, verkündeten das Ende dieser seinen heftigen Geist und gierigen Körper sättigenden Beziehung. Diese fröhliche, unbeschwerte Kumpanin würde bald zu einem dieser trächtigen Weiber werden, nur noch schwerfälliges Muttertier ohne jeden Reiz für ihn, würde ihn allein in der unbefriedigenden Gegenwart lassen.

»Tausend sackerment noch mal«, brauste er auf, »ich brauch kein Balg, ich brauch Zaster, damit ich von hier wegkomme. Und keiner wird mich halten, du nicht und dein Balg auch nicht!«

»Hab's nicht alleine gemacht, François.«

Was für ein Ärgernis! Sogar etwas wie Panik stieg in ihm auf, weil diese Nachricht ihn überforderte, vielleicht sogar ein schlechtes Gewissen forderte. Würde sie ihm gleich eine Szene machen? Geld verlangen? Etwa zu seinen Eltern rennen? Sie war keine Magd, sie war ein Bürgermädchen. Es herrschte sowieso schon Spannung daheim, weil er sich dem Wunsch der Mutter geistlich zu werden widersetzte. François glaubte nicht mehr an diesen explizierten, von Heiligen verstellten, von Weihrauch vernebelten christlichen Himmel. Nein und abermals nein, aus dieser neuen Kalamität musste er sich herausziehen.

»Und wenn ich dem Teufel selbst ins Gesicht scheißen müsste«, giftete er laut.

»Könnt Ihr wohl nicht, aber mir vielleicht irgendwie helfen«, sagte sie noch ruhig. Natürlich war es ein

Schlag für ihn, aber doch nicht so umwerfend wie für sie. Erst seine Antwort warf sie um.

»Tausend sackerment noch mal! Dir helfen? Weiß ich denn, was du sonst treibst? Vor wem noch die Röcke hebst? Mit wem noch im Hemd herumplätscherst? Wenn's dich bei mir juckt, dann auch bei andern. Ist doch klar. Meine Schwester hat immer gesagt: Alle Putzmädchen wären richtige kleine Huren.«

Marie Jeanne sah ihn nur aus weit aufgerissenen Augen an, das machte ihn noch wütender: »Das passiert kleinen Schlampen eben, wenn sie sich reiten lassen.«

Sie hörte nicht die Verwirrung über diese erste Ankündigung einer Vaterschaft heraus, die Verzweiflung über sein zukunftsloses Leben, den Schock einen glücklichen Sommer enden zu sehen; sie hörte nur die perfiden Verdächtigungen, die verächtliche Meinung des feinen Herrn über eine Putzmacherin. Und obwohl sie diese Auffassung von den reichen Kundinnen der Barbier längst kannte, schmerzte es doch wie die Folter des Höllenfürsten, die der Marcelin besungen.

Jetzt stranzt dich der Teifi nieder
Und schmeißt und speit dich wieder.
kannst dich kaum besinnen,
da liegst wieder drinnen
In an kohlschwarzen, eiskalten See.
Blitz, zieht ma da d'Nasn in d'Höh ...

Ja, da lag sie im kohlschwarzen, eiskalten See, trotz des warmen Tages, und konnte sich vielleicht nur an der eigenen Nase schmerzhaft wieder herausziehen. Zornig und verzweifelt schrie sie ihn an:

»Und Euch wünsch ich, Monsieur, dass ihr selbst

vom Teufel geritten und am schändlichen Schwanz gegriffen, in kochend Pech und Schwefel getunkt, wie 'ne gebrühte Maus wieder rausgezogen und in den höllischen Arsch gesteckt werdet. *Oui et Amen!*«

Der Chevalier François de la Barre stand abrupt auf, fuhr fluchend in Hosen und Stiefel, griff nach dem Degen, der ihm zweimal entfiel, und stapfte durch die knisternden Binsen zu seinem Pferd.

»Hundsfott! Schuftiger, miserabler Hundsfott!«, schrie Marie Jeanne ihm nach, hörte noch ein paar Flüche, dann wegpreschende Hufschläge.

Sollte er an einem der nächsten Abende doch wieder seinen Gaul vor der Schänke anbinden, dachte sie zitternd vor Zorn, wird's weder für den noch für seinen Mistkerl von Herrn was zu schlecken geben. Morgen nicht und in alle Zukunft nicht. Das schwör ich mir selbst. Bei Saint Gilles, oui!

Doch Colonel war an keinem Abend der nächsten Woche vor der Schenke angebunden. Am Wochenende sagte Marie Jeanne der Mère, dass sie schwanger sei. Es hatte keinen Sinn länger um den heißen Brei herumzugehen, sie musste ihn so schnell als möglich auslöffeln.

Seitdem ihr letzter Patient sich endlich zum Abschied von diesem irdischen Jammertal entschlossen hatte und Cathrines Töchterchen zum Bleiben, war die Mère wieder öfter zu Hause und auch ansprechbar. Die Witwe Bertin fühlte ihren Rücken noch mehr, konnte aber ein hübsches Sümmchen und einen mardergefütterten Umhang als Pflaster betrachten, war also angenehmer Laune.

»Hab mir fast so was gedacht. Kann er dich heiraten?«

Die Tochter schüttelte den Kopf.

»Hab auch das schon fast gedacht, da du deinen Schatz so gut versteckt hast wie die Katz ihre Jungen, damit sie ihr nicht weggenommen werden.«

»Hab ihn weggejagt, den Hundsfott«, murmelte Marie Jeanne, um einen Funken Stolz zu retten. Doch dann ließ sie die so lange aus Wut gehaltene Fassung fallen und begann wild zu schluchzen, nach ihrer Gewohnheit in die fest verschränkten Arme hinein, damit keiner ihr Gesicht sähe.

Über ihr sagte die Mère ihre Meinung, die schlimmer biss als die Prügel mit dem Zaumzeug, mit dem sie in diesem Falle der Père gestraft hätte, und mit dem gewohnten Rat endete:

»Vielleicht lernst draus in Zukunft besser deinen Grips zu gebrauchen.«

Als Marie Jeanne mit Weinen fertig, war es auch die Mère mit ihrem Grimm und sagte sachlich, sie sei keine Hebamme und mache so was auch nicht, aber sie kenne eine, die sauber und geschickt sein solle, dafür aber mehr Geld verlange. Wenn sie das wolle, könne sie es vorstrecken.

»Hab's selbst«, muffelte Marie Jeanne und ging abends zur gefälligen Hebamme mit dem Geld, für das sie eigentlich feines Hemdenleinen kaufen wollte.

Am nächsten Morgen musste die Witwe Bertin ihre Tochter bei der Barbier mit einer bösen Pilzvergiftung entschuldigen.

Die Pilzvergiftung wurde so schlimm, dass sie Marie Jeanne viel länger als einen Arbeitstag stöhnend und fiebernd auf dem Strohsack festhielt und fast in den Sarg gelegt hätte. Die Mère sah wieder einem gesichtslosen Geist ähnlich, krumm und jämmerlich. Sie versuchte alle ihr bekannten Mittel und Gebete, und schließlich gewannen Jugend und Robustheit des Mädchens.

Als sie sich wieder besser fühlte und morgens, wenn auch noch schwach auf den Beinen, für die Modehandlung fertigmachte, sagte sie plötzlich laut in die Kate hinein:

»Hab genug von Abbéville, hier kommt man zu nix. Sobald ich kann, geh ich woanders hin. Nach Paris. Oui!«

Und die Mère Bertin merkte an Gesichtsausdruck und Tonfall der Tochter, dass sie von diesem Entschluss weder Reden, Drohungen noch Schwierigkeiten abbringen würden.

3

Das muss Paris sein! Seht doch!«

Bei diesem Ausruf begann eine Reisende sich aus der roten Pferdedecke zu wickeln, unter der sie, den Kopf auf ein Wachstuchpaket gebettet, erschöpft geschlafen hatte. Seit zwanzig Stunden war die jüngste Bertin mit der Postkutsche unterwegs, erst tags, dann nachts, nun wieder Tag. Zwanzig Stunden, die ihr trotz der Halte für Pferdewechsel und Erleichterung der Reisenden doppelt so lang vorgekommen, da die Straßen voller Löcher und der schlecht gefederte Wagen ein wahrer Knochenbrecher und Hirnschüttler war.

Schwankend und krachend zogen die schweren Postwagen dahin, Lastkähnen gleich auf den harten

Wellen des Kanals von Calais, und wie diese verursachten sie Seekrankheit und kenterten oft. Dann war der Sturz von den billigen Plätzen auf dem Wagendeck besonders halsbrecherisch und nur gering der Trost, hoch oben die bessere Luft zu genießen als in dem stickigen Inneren, inbegriffen nässenden Regen und röstende Sonne. Man hatte auch die bessere Aussicht, und so konnte Marie Jeanne über die nickenden Pferdeköpfe und den Hut des Postreiters hinweg den ersten Blick auf das verheißungsvolle Ziel in der Talsohle vor ihr werfen. Doch war es zugedeckt von schwerem Dunst, aus dem nur ein paar Turmspitzen stachen und die Windmühlen rings auf dem Hügelrand.

»Es wird heute viel zu viel Holz verbrannt«, murrte ein älterer Deckpassagier, der seine Sehgläser mit Bändern um die abstehenden Ohren befestigt hatte, »wahrhaft eine skandalöse Konsommation, die unsere Luft verpestet. Ist's denn nötig, dass jeder Dienstbote, jeder Ladenschwengel seinen eigenen Kamin im Zimmer hat? In meiner Jugend wärmte man sich winters zusammen in einem Raum.« Er war Schulmeister von Beruf.

Die Landstraße säumten ummauerte Gehöfte, hübsche Landhäuser in Gärten, Obsthaine und Gemüseäcker, die jetzt, im Spätherbst, abgeerntet waren bis auf ein paar hängen gebliebene Äpfel und pralle Kohlköpfe. Das erinnerte die Reisende an Cathrine, schon wieder schwanger, und an Marthes grämliche Abschiedsworte: »Wohl das letzte Mal, dass wir dich sehen werden.«

Und was hatte die Mère gesagt? Nicht viel, das war nicht ihre Art, nur etwas über gute Ratschläge, die sie sich sparen könne, da die Tochter davon bestimmt genug bekomme. Sie füge nur den Wunsch hinzu sich nicht leichtsinnig in die Pariser Kloaken zu werfen. Dann hatte die Mutter unter dem Brusttuch eine Schnur hervorgezogen, an der ein Ringlein mit drei winzigen Steinen hing.

»Nimm's und halt den Mund. Immer gut was zum Versetzen für böse Zeiten zu haben. Im Übrigen: Brauch deinen ...«

»Ich weiß, Mère«, hatte sie eilends hinzugefügt.

Im Augenblick brauchte sie vor allem ihre Hände und die in das Wagendach gestemmten Füße, um sich festzuhalten, denn es ging bergab, und die sechs Postgäule, von Stalldrang beflügelt, trabten dröhnend voran. Wie ein Rammbock schob das Gefährt ländliche Karren, Kiepenträger, quiekende Schweine und schreiende Kinder in schmuddligen Hemden beiseite.

Zum Stehen kamen sie an der Zollstation. Dort erschien ein agil und schnüfflig aussehender Zöllner in schäbiger Redingote und rief mit befehlshaberischer Stimme: »Hat jemand etwas bei sich, das gegen die Order des Königs verstößt?«

»Immer nur antworten: ›Seht doch selbst‹, niemals was anderes«, flüsterte einer warnend, und man hörte auf und unter dem Wagendach protestierende Laute. Den Beamten kümmerte das nicht, er ließ sich jedes Gepäckstück öffnen, auch den schmalen alten Koffer der Reisenden Bertin.

»Kommt denn nicht mal ein armes Schwein wie ich hier ungeschoren durch, was?«, fragte sie empört und versuchte die wenige Wäsche, Strumpfpaare, Hauben, Brusttücher mitsamt einem Leinenlaken, Andachtsbuch, Nähbeutel und kleinem Zinnbecher wieder ordentlich unter den mit Schweinsborsten verzierten Deckel zu bringen.

»Nicht mal die Ochsen«, versicherte ein anderer Deckreisender, während ihm ein Zollbescheid ausgeschrieben wurde, »manchmal steht man hier stundenlang bis sie das Vieh durchgetrieben und wie Goldstücke gezählt haben.«

»Nehmt das hier als Trost«, flüsterte der alte Schulmeister und hielt dem Mädchen eine Rose hin, vom Wagendach aus gepflückt, eine der letzten des Jahres. »Möge sie Euch Glück bringen, Demoiselle«, fügte er mit gravitätischer Galanterie hinzu.

Endlich öffnete sich knarrend die Barriere, sie konnten in die Stadt einrollen. Die Gärten verschwanden, die Häuser begannen aneinander zu rücken, die Straße sich zu füllen. Des Mädchens luftig hoher Platz ließ es in Werkstatthöfe sehen, in Dachrinnen, in denen Tauben badeten, in fremde Zimmer. Einen Augenblick lang erspähte sie nähende Frauen um einen Tisch, das ließ das Abbéviller Atelier auferstehen, Berthes von Abschiedsweh verkrumpeltes Gesicht, die ihr im Namen aller eine apfelgrüne, mit rosenfarbenen Bändern benähte Taftschürze überreicht hatte. Zusammen mit einem alten Seidenkleid, von einer Kundin geschenkt, steckten diese Kostbarkeiten in dem Wachstuchpaket.

Auch ein Gedanke an die Barbier zog vorbei, die ihre Gesellin frostig hatte gehen lassen. Immerhin hatte sie an eine Pariser Lieferantin geschrieben, die selbst eine Modehandlung führte.

Die sechs Gäule hielten dampfend im Hof der Poststation, um die steif gesessenen Reisenden auf das Pflaster der Hauptstadt zu entlassen. Marie Jeanne schüttelte ihren Rock zurecht, wickelte die rote Decke um ihre Bettrolle, klemmte sie unter den einen, ihr kostbares Paket unter den anderen Arm und griff tapfer nach dem schmalen, dennoch steinschweren Koffer.

»Wohin willste denn, Mädel?«, fragte eine knarzige Stimme. Sie gehörte einer gedrungenen Gestalt, fast so hoch wie breit, da viele Kleiderschichten sie horizontal ausdehnten. Unter dem geschürzten Rock schauten faltige Leinenstrümpfe an stämmigen Beinen vor, unter einem Männerfilz mit halb abgeschnittener Krempe ein Gesicht wie das eines barocken Gartenzwerges.

»Zum *Quai des Gèsvres*«, antwortete die Angesprochene zögernd, nachdem sie den barocken Zwerg als eine der Pariser Lastträgerinnen geortet.

»Na klar, ein Putzmädel biste. Ganz schöner Marsch bis dahin, brauchst Stunden mit all deinem Kram. Soll ich dir's abnehmen?«

»Und was verlangst dafür?«, fragte Marie Jeanne misstrauisch, um nach einer vagen Preisangabe zu erklären, das wäre wohl übertrieben. Worauf der Zwerg konterte:

»Wenn du handeln willst, fahr weiter nach Marseille.«

»Gib dir nich' mit ihr ab, Bobine, die kann bestimmt nich' zahlen außer mit ihrem Arsch, aber da stehste ja nich' drauf«, riet grinsend ein anderer Träger.

»Also gut, ich nehm dich. Aber ohne Umwege, bitt ich mir aus!«, sagte das Mädchen drohend.

»Würd'ste gar nich' merken«, knarzte der Zwerg und schwang sich mit Leichtigkeit Koffer und Dekkenbündel auf.

Die Lastträger von Paris, ob Mann oder Frau, waren

eine Spezies für sich. Man sah ihnen nicht an, was für Gewichte sie zu schleppen fähig, was sie an Sperrigem, Rutschigem, Hochragendem, Zerbrechlichem unbeschadet an ihren Bestimmungsort balancieren konnten. Gestützt auf einen kräftigen, kurzen Stock und angekündigt von durchdringendem Ruf, schafften sie ihre Lasten quer durch Paris und hinauf bis in die höchsten Stockwerke.

Das Mädchen folgte seiner stämmigen Führerin, argwöhnisch den Blick auf die vor ihr schwankende rote Rolle wie auf ein Richtungszeichen geheftet. Jetzt erlebte sie Paris nicht mehr aus der distanzierten Vogelperspektive des Postwagens, sondern beängstigend nah. So einen Verkehr hatte es zu Hause nur an Markttagen gegeben, in kleinem Umkreis, während er hier das ganze Universum zu füllen schien. Diese Pariser drängelten rücksichtslos, stauten sich hier zu einem Schwätzchen, ballten sich dort zu diskutierenden Trauben und schienen jeden Augenblick die Entgegenkommenden oder die in die Straße überbordenden Auslagen der Geschäfte umrennen zu wollen, was sie dann erstaunlicherweise doch nicht taten.

Und wie anders die Stimmen hier klangen! Hastiger, höher, leichtzüngiger als die bedächtigeren, wallonisch gefärbten der Picardie. Besser angezogen waren die Leute nicht, stellte die Neuangekommene enttäuscht fest. Wo waren die Frauenzimmer nach der neuesten Mode? Wo die Kavaliere in Samt und Seide? Die stolzen Karossen mit den spiegelnden Scheiben und wie Affen hinten aufgehockten Lakaien, von denen sie geträumt?

Doch, die Karossen gab es, wenn auch weit in der Minderzahl gegenüber schäbigen Mietfiakern, zweirädrigen Privatwägelchen, daherschwankenden Sänften und ungefügen Lastkarren. Man musste schon höllisch aufpassen um nicht von ihnen überfahren zu werden, denn Gehsteige waren nicht vorhanden.

»Hier rasen 'se durch wie die gebissenen Köter, geht ja auch immer gradaus, von der Porte Saint Denis bis zum Fluss«, erklärte Bobine, um sich im nächsten Augenblick unvermutet zur Seite zu werfen, ihre Kundin mitreißend. Haarscharf an ihnen vorbei schabte ein Cabriolet, von einem zähnefletschenden, Schaumflocken verstreuenden Klepper gezogen, in dem ein schwarz Gewandeter die Peitsche schwang. Entweder ein eiliger Arzt oder ein vor der Gerichtbarkeit Flüchtender, mutmaßte Marie Jeanne und musste sich schon an der nächsten Ecke wieder vor einer herangaloppierenden Kavalkade junger Leute retten, die wie irre »*Gare! Gare!* – Achtung, Achtung!« brüllten.

Seitwärts der langen Straßenschneise, auf der sie sich vorwärtsschoben, klumpte uraltes Häusergewirr. Es umfasste die nach Metier zusammengefassten Viertel von Handwerkern, dehnte sich bis zu den *Halles,* dem ›Bauch von Paris‹ und beherbergte seit achthundert Jahren den Friedhof ›*des Innocents*‹, auf dem ungezählte tote Pariser knöchern ruhten. Was die Lebenden nicht hinderte an seinem Saum ihre vielfältigen Geschäfte zu tätigen. Drehorgeln wimmerten, Lotterieverkäufer riefen heiser die Liste der Gewinner aus, Bettler jammerten, ein Ankleber patschte Plakate an die Mauer, ein alter Auverguate ließ seinen Schleifstein sausen, ein kleiner Savoyarde sein Murmeltier tanzen. Wie Kochblasen aus diesem brodelnden Eintopf stiegen die Rufe der Straßenverkäufer hoch, manchmal gleich einem undirigierten, diffusen Chor, manchmal in schrille Solistenstimmen aufgespalten:

»Kauft fri-i-sche Eier – Eier!« – »Meine kleinen Kuchen sind heiß, Brioches für besten Preis!« – »Besen, neue neue Besen!« – »Weintrauben, frisch gelesen!« – »Kohlen! Holt Kooooohlen!« – »Kaufe Kleider, alle alten Kleider!« – »Ka-nin-chen-felle zur Stelle!« – »Lakriiitz-was-ser!« – »Orangen aus Spanien, olé!«

Das Mädchen wusste nicht wohin zuerst sehen oder hören. Der einzige Halt schien die rote Deckenrolle vor ihr, der sie verbissen zu folgen suchte, das einzig Verständliche die knarzige Stimme ihrer Trägerin, die ihr vorkam wie die Stimme der großen Stadt selbst:

»Ho, ho, noch auf den Füßen? Wer stolpert, ist selbst dran schuld. Etwas dämlich siehste aus, Mädel, wie 'ne Maus, die in den Suppenkessel geraten, den *Pot au feu* von Paris, in dem Gold wie Scheiße gekocht wird. Solltest bei nächster Gelegenheit auf den Turm von Notre Dame steigen, da siehste seinen Rand, rund wie'n Kürbis und die Seine wie mit 'nem Säbelhieb mittendurch gehauen ...«

Bobine brach mitten in ihrem Monolog ab, um mit Ochsenstärke zu brüllen: »Nimmste deine vergammelten Biester weg, du Giftsack!«

Vor ihren Nasen schwang ein Stock, daran baumelnd Ratten, tote, wie aufgeblasen wirkende Ratten, drastisches Werbematerial eines Kammerjägers.

»Besser als wenn sie an dir nagen, altes Maultier«, schrie der Rattenvertilger zurück, um sofort wieder in seinen anpreisenden Singsang zu fallen:

»Ohne Not – Ratten tot – Rattentod!«

»Kann die Drecknager nich' ausstehen«, murrte Bobine, was eine unlogische Bemerkung war. Sie stoppte und fischte eine flache Kruke unter dem Rock vor. Branntwein! erschnupperte ihre Kundin. Einen Schluck könnte sie auch brauchen, eher einen Riesenkrug Wasser über den Kopf, denn dieser brodelnde Stadtkessel machte heiß und schwindlig. Wie scharfer Schnaps, übel von Geschmack und doch unglaublich belebend.

Bobine reichte ihr gutmütig die Flasche: »Kipp dir einen, Mädel, siehst bleich wie'n Fischbauch aus. Gut is das Zeug nich', tränke lieber Wein, aber ich kann's nich' blechen, dafür verzehr ich dreimal so viel Brot wie 'n Herzog. Zum gleichen Preis. Mögen er und die Seinen im Wein ersaufen.«

Und weiter ging's, immer noch die lange lärmige Rue Saint Denis entlang, bis ein finsterer mittelalterlicher Bau den Weg blockierte.

»Is das Chatelet, ein olles Gefängnis. Lauter Eingelochte drin und manche schon verfault«, erklärte Bobine fröhlich.

Die sich wieder zusammenschließenden Häuser krochen einen Hügel hinauf, rund wie ein Eselsrükken, doch Koffer und rote Rolle schwenkten vorher ab. Auf einmal wurde Himmel sichtbar, von einem seltenen silbrigen Grau, und jenseits eines gepflasterten Kais – übersät mit Tonnen, Säcken, Holzstößen – ebenso silbergraues Wasser, die Seine. Der Hügel war eine bebaute Brücke gewesen.

»Holà, sind wir etwa schon an unserer Tand-und-Tralala-Adresse angekommen?«, rief Bobine bass erstaunt.

Der Quai de Gèsvres! Der Kai mit den Modeläden. Marie Jeanne betrachtete die schiefen Uferfassaden in den Farben verschimmelten Käses oder alten Mehls, sah schmale Vitrinen eingefügt, ein paar Passanten davor. Bobine ließ ihre Last zu Boden gleiten und streckte fordernd die Hand hin.

Längst reute das Mädchen der Trägerlohn, denn nicht mal eine halbe Stunde waren sie unterwegs und leicht zu finden wäre es auch gewesen. Der Zwerg hatte sie über's Ohr gehauen. Was sollte sie tun? Wer half ihr hier? Keiner! Widerstrebend zog sie Münze um Münze aus dem im Rockschlitz verborgenen Beutel.

Plötzlich schloss Bobine die Hand zur Faust und brummte: »Na, reicht schon. Mach's gut, mein Mädel, wenn du's schaffst«, und stampfte davon.

Eine Halbwüchsige, unverkennbar ein Lehrling, fegte missmutig die Ladenstufen. »Dies Haus nimmt keine Logiergäste«, schrillte sie und hob abwehrend den Reisigbesen.

»Gut für deine Nachtruhe, aber wie ist's mit einer Putzmacherin mit besten Empfehlungen, ha? Los, lauf rein und sag der *Patronne,* dass die Demoiselle Rose Bertin aus Abbéville angekommen. Wie angekündigt. OUI, DIE DEMOISELLE ROSE BERTIN!«

Sie hatte beschlossen die Marie Jeanne in Abbéville zu lassen – wie alles andere. ›Rose‹ war weniger provinziell, klang eleganter, ging schneller von der Zunge. Wer so hieß, dem musste die launenhafte Dame Fortuna einfach zulächeln.

4

Das kann doch nicht der Frühling sein«, dachte schaudernd die Modistin Rose vom Quai des Gèsvres.

Am nieselkalten Nachmittag des Palmsonntags

stelzte sie vorsichtig am Flussufer entlang, um den vielen stinkenden Pfützen auszuweichen. Geriet sie hinein, würden die hölzernen Schmutzkothurnen, die sie sich untergeschnallt, auch nicht viel nützen. Es gab eben zu viele Pferde in Paris und deshalb zu viel Mist, und was den Dreck noch schwärzer und unangenehmer machte, waren die sich auf dem Pflaster abreibenden Hufeisenteilchen, vermengt mit den aus Küchen fließenden Abwässern. Müllkärrner schaufelten zwar diese Stinke auf, aber wie oft? Und womit könnte man die Pferde ersetzen?

Am Pont Neuf hielt Rose an und zog das aus der einstigen Pferdedecke geschneiderte Kapuzencape fester um sich. Es war besser hier aufzupassen, denn mehrere Straßen mündeten auf die wichtige Brücke zwischen dem rechten und dem linken Ufer, und der Verkehr war dicht. Suche man jemand in Paris, ging die Rede, und wisse nicht wo, brauche man sich nur auf diese Brücke zu stellen, irgendwann käme er bestimmt vorbei.

Diesen stetigen Menschenstrom über der Strömung nutzten auch die Regimentswerber, sie fischten hier mit Hilfe hübscher Dirnen und vieler Kneipen ringsum nach Rekruten. Sie, Rose Bertin, würde sich lieber eine Orange angeln, denn am Denkmal des guten Königs Henry gab es die besten von Paris und nicht einmal teuer. Aber sie hatte sich eisernes Sparen auferlegt, außer für Dinge, die für die Verwandlung in eine elegante Pariserin unumgänglich waren. Mut suchend sah sie auf die neuen Schuhe hinab, mohnrot und eingefasst mit goldgelbem Ripsband. Sie war nun einmal schuhnärrisch und schluckte ihren Anblick, anstelle der süßen Schnitze unter der goldfarbenen Schale.

Rose fror und ihre Laune war so verhangen wie dieser düstere Apriltag. Die Monate am Quai des Gèsvres hatten sie bitter enttäuscht, fast den Mut verlieren lassen. Eine Adresse für Pariser Mode? Sicher, aber wie provinziell zeigte sie sich doch in dieser Gegend, genau wie die Kundinnen, die dort kauften: spießige Bürgerinnen, sparsame Handwerkerfrauen und eben Provinzlerinnen, die sich nicht in die feine Rue Saint Honoré trauten.

»Da hat sogar die Barbier mehr Chic gehabt«, dachte Rose grimmig, »und die miese Lehrlingskammer oder Mères Bruchbude mehr Komfort gegenüber meinem Loch hier.«

Man hatte ihr die Adresse eines Landsmannes gegeben, der Logiergäste aufnahm. Recht freundlich war er gewesen, als sie vorgesprochen. – Natürlich, er hätte ein Bett für sie, sogar ein tadelloses und im bequemen vierten Stock.

Das Bett stand in einem lichtlosen Hinterzimmer, sie sollte es mit einer vollbrüstigen Amme teilen, und im Nebenbett schliefen auch noch zwei. Der Preis hätte ihr zu Hause eine eigene Kammer gesichert. Nach dem ersten Arbeitstag fand Rose ihre kostbare Taftschürze nicht mehr im Koffer, daraufhin sie einen solchen Aufstand provozierte, dass die Leute im Haus zusammengelaufen und nach der Polizei gerufen. Das war dem Landsmann gar nicht recht gewesen, und als sie der Unschuld beteuernden Amme die Schürze unter der eigenen vorgezogen, hatte der Picarde diese an die Luft gesetzt und Rose einen winzigen, doch abschließbaren Verschlag gegeben.

»Elender Taubenschlag und verfluchtes Paris«,knurrte Rose, als sie über den *Place du Louvre* trippelte. Ein stattlicher Platz vor der majestätischen Säulenfront des Stadtschlosses könnte er sein, wenn er nicht von den miesesten Altkleiderhändlern okkupiert wäre. Selbst die Sachen der in den Hospitälern an bösen Krankheiten Verstorbener, wurden hier verhökert. Der Polizeileutnant hatte zwar eine Desinfektion des Angebotenen befohlen, aber welch armer Tropf kümmerte sich schon darum?

Rose war der Anblick dieser allen Putzes beraubten und bis zu Lumpen heruntergetragenen Kleider, Hauben, Röcke eine fast körperlich schmerzende Mahnung weiter durchzuhalten, um auf keinen Fall, einfach niemals, an solchen Ständen nach Anziehbarem wühlen zu müssen.

In diesem ersten Pariser Winter war sie einige Male so weit gewesen nach Abbéville zurückzugehen. Oder nach Amiens, wo Bruder Louis mit seiner jungen Familie wohnte. Aber wie konnte sie das nach ihrem großmäuligen Abschied? Noch war ihr großer Stolz nicht ganz verschlissen. Nein, sie musste weiter die Zähne zusammenbeißen.

Das einzige Gute an diesem elenden Kleidermarkt unter dem Schutz riesiger primitiver Wachstuchschirme waren die Verkäufer mit ihren Blechkannen voll dünnem Milchkaffee. Rose erlaubte sich eine Schale für einen Sou, sie ersetzte ihr heute das Abendessen wie auch oft morgens die übliche Suppe. Selbst am Essen musste sie sparen, denn der ›Haubenstock‹, wie Rose im geheimen ihre derzeitige, steife und geizige Patronin nannte, fühlte sich nicht zuständig für die Verpflegung ihrer Mädchen. Gäbe es nicht genug Garküchen und Pastetenbäcker ringsherum? Aber wie teuer waren doch die Lebensmittel im Vergleich zu

Abbéville! Roses hübscher Busen war dahingeschwunden wie Schnee an der Sonne, und sie musste sich, wie heute, sehr fest schnüren um das Mieder auszufüllen. Richtig gierig war sie auf alles Essbare, doch sich wie manche ihrer Kolleginnen für ein gebratenes Huhn und eine Flasche Wein abends in den Gärten des *Palais Royal* anzubieten, widerstrebte ihr.

Die Kolleginnen! Sie glichen Straßenkatzen: flink, zäh und keinem gehörend. Man nannte sie *Grisetten*, abgeleitet von einem simplen grauen Stoff und angewandt für Mädchen aus ärmlichen Verhältnissen, die selbst ihr Brot verdienen mussten. Wie Rose fanden sie es meistens im Modemetier. In Paris hatten sie das Beste aus ihrem unterpriviligierten Stand gemacht und eine Unabhängigkeit erreicht, um die sie manches streng behütete Bürgermädchen beneidete. Frühzeitig trennten sie sich von ihrem armseligen Zuhause, nahmen ein eigenes Zimmer und lebten, wie es ihnen gefiel. Amüsierten sich nach der Arbeit, machten sich hübsch, lebten fröhlich im Heute und manchmal mit einem Studenten zusammen. Wenige heirateten, denn das bedeutete nur Unterjochung und Ausnutzung. *Grisetten* wollten keine Ehepflichten, kein Kindergeschrei. Gelegentlich fand eine Glückliche einen wohlhabenden Freund, der ihr für kurz oder länger ein angenehmes Leben bot. Manche schafften es zu sparen und kamen zu einem eigenen Geschäft. Manche heirateten auch, wenn es mit der Jugend vorbei war und besser schien zu zweit sich durchzuschlagen als allein auf dem Strohsack zu sterben.

Schon hatten die Arbeitsgenossinnen Roses Einstellung zum Leben verändert, ihr Unabhängigkeit und Vertrauen in eigenes Durchkommen schmackhaft gemacht. Nur dem Heiter-in-den-Tag-leben wollte sie nicht folgen, da es ihrer Veranlagung und Erziehung widersprach.

Kirchenglocken schlugen an. Traurig wie Grabgeläut kam es der jungen Putzmacherin vor und zeigte ihr zugleich an, noch zu früh für ihre Verabredung zu sein. Die Kaffeeschale wärmend in den Händen stand sie müßig da, als ihr Blick von einem anderen gefesselt wurde.

Der Blick gehörte einer Gestalt, die reglos wie aus Holz in einer aus Filzplanen gebildeten kleinen Bude kauerte, das scharfgeschnittene Gesicht umwickelt vom fetzenbunten Turban. Eine Wahrsagerin! Ähnlich der Zigeunerin im Gefängnis, die in der Hand des Kindes Hofrobe und Karosse gesehen. War es die gleiche?

Magisch zog es Rose zu der Bude hin, und erst als sie der Frau gegenübersaß, der vordere Vorhang gefallen, erinnerte sie sich des selbst gegebenen Befehls kein Geld für Unnötiges auszugeben.

»Hab keinen Sou, kann Euch nicht zahlen.«

»Wer redet von Geld?«, antwortete das bunt umwickelte Holzgesicht in beruhigendem Singsangton. »Lasst uns erst sehen – falls wir sehen werden. Gebt mir die Hand, meine Schöne.«

Sie nahm Roses linke Hand, schaute aber nicht in die Fläche, sondern schlug mit der anderen ein schwarzes Tuch von einer vor ihr stehenden Platte zurück. War es ein Spiegel? Rose konnte die Vorderseite nicht sehen.

»Was ist das?«, flüsterte sie.

»Etwas, das von Vollmond zu Vollmond in der Erde gelegen und seine widerspiegelnde Kraft aufgesogen. Sei jetzt still und schau mich an!«

Die einzige, schlecht brennende Kerze verbreitete wenig Licht, sodass Rose in dem dunklen Gesicht nur die Augen glänzen sah, erstaunlich helle Augen. Während sie starrte, schienen sie immer größer zu werden. Draußen ging das traurige Läuten fort, aber seltsamerweise hörte man die Geräusche des Marktes nicht mehr. Und was für ein undefinierbarer Geruch lag in dem kleinen Raum? Weihrauchig wie in der Kirche, aber schärfer. Nein, eher tausendblumig, wie bei einem Parfumeur, Rosen und Jasmin, Minze und Rosmarin. Und jetzt streng und tödlich wie Bittermandel, dann schimmlig dumpf wie in einer Gruft.

Der Geruch änderte sich jeden Augenblick, machte benommen, füllte ihren Kopf mit Watte. Von dem trokkenen Griff um Roses Puls ging ein Ziehen aus, als zöge die Fremde ihre Gedanken und Wünsche aus den Adern. Die hellen Augen nahe vor ihr waren zu einer pulsierenden Wasserfläche geworden. Es war Rose, als stünde sie am Ufer der Somme, kurz davor sich hineinfallen zu lassen. Aber sie wollte nicht, kämpfte unwillkürlich um an Land zu bleiben.

Endlich seufzte die Frau, ihre Augen schrumpften wieder im dunklen Gesicht. Sie ließ Roses Hand los, schlug die schwarze Seide um die Platte zusammen.

»Du bist widerspenstig, meine Schöne, lässt nicht so leicht los, deshalb kann ich dir wenig sagen. Aber jemand anders, jemand Großes, hat gerade losgelassen, für immer, nicht weit von hier. Das wird Bedeutung für dich haben, macht den Weg frei. Du bist stark, du wirst ihn gehen können, wenn du klug bist.«

Rose hatte Mühe aufzustehen.

»Gib mir den Ring, den du um den Hals hast. Ist nicht viel wert, beschwert dich nur«, gurrte die Hölzerne, und schon hatte sie die Schnur in der Hand, an der Rose den dünnen Ring der Mère trug. Das brachte sie wieder zu sich. Sie riss ihn zurück und fauchte:

»Finger weg! Und die Zukunft ist keinen schlechten Sou wert, bevor sie eintrifft.«

Aus der Rocktasche angelte sie eine Münze, warf sie auf den Tisch und war schon draußen zwischen den Buden.

Erst später erfuhr Rose, dass am gleichen Nachmittag in Versailles die allmächtige Königsmätresse, die Pompadour, gestorben war. Todkrank hatte die Marquise sich dennoch die unbequeme Hofrobe anziehen lassen, um ihren Beichtvater zu empfangen. Als sie gebeichtet, das Abendmahl genommen und der Priester sich verabschieden wollte, lächelte sie ihn schwach an und flüsterte: »Wartet noch einen Moment, Monsieur l'Abbá, wir werden zusammen gehen.«

Und verschied.

Jeanne-Antoinette Poisson, Marquise de Pompadour, hatte neunzehn Jahre über den König und damit auch über Frankreich geherrscht, dazu über Kunst, Literatur und Mode. Sie war eine Frau mit viel Esprit und Geschmack. Rose hatte von ihr gehört, sie nie gesehen, aber würde dennoch von ihr beeinflusst werden und ihre Nachfolgerin gut kennen lernen.

Zur gleichen Zeit, als im Palast die kaum erkaltete Leiche der Marquise über einen Seiteneingang eilig fortgebracht wurde – denn der Tod war nicht erlaubt in Versailles –, stand Rose im Hinterzimmer einer Modehandlung in der Rue Saint Honoré und beantwortete artig Fragen nach Herkunft und Kenntnissen.

Die Kundschaft des *Au Trait galant* reichte bis in die höchsten Kreise, und seine Inhaberin, die Demoiselle

Pagelle, war auch an der Ausstattung der »Pandora« beteiligt, jener berühmten, lebensgroßen Kleiderpuppe, die vor der Verbreitung der Modejournale jeden Monat im Staat der neuesten Pariser Mode an die europäischen Höfe reiste.

Die Pagelle war das Beispiel einer reussierten Grisette. Sie war unverheiratet geblieben wie die Barbier, aber nicht ohne Bettfreuden, die auch geholfen hatten ihr Geschäft zu eröffnen. Tischgenüsse waren ihr nicht so wichtig wie geschäftlicher Erfolg und gelegentlich eine gute Bouteille. Klein und von äffchenartigem Aussehen hatte sie das sehr pariserische Talent mittels Liebenswürdigkeit und Aufmachung beides vergessen zu lassen. Sie lächelte viel und blickte kühl, sprach mit lieblicher Kleinmädchenstimme auch Unangenehmes und führte ihr Geschäft resoluter und umsichtiger als jeder Mann.

Rose hatte den Vorstellungstermin mit Hilfe einer Kundin zu Wege gebracht, die ihre Putzkünste geschätzt, aber nach einer reichen Heirat sofort vom Quai des Gèsvres zum ›Trait galant‹ übergewechselt war.

Die Bewerberin wusste, dass dieses Rendezvous nur eine unsichere Chance bot. Es gab hunderte von bessere Stellungen suchenden Modistinnen in Paris und viele mit wahren Feenhänden. Die Pagelle suchte Feenhände plus Einfallsreichtum, denn die Konkurrenz in der Saint Honoré war groß.

Der erste Eindruck dieser noch sehr jungen Person vor ihr war gut, verriet Sauberkeit und Akkuratesse. Sogar Chic. Man sah der Kleinen nicht an, dass sie erst vor kurzem aus der Provinz gekommen war. Die Modehändlerin beschloss, nachdem sie die Kandidatin ausgefragt, sich die Zeit für einen kleinen Test zu nehmen, verbrämt mit etwas Branchenphilosophie.

»Sicher weißt du, mein Kind, dass in Paris die Gesetze der Mode für die ganze Welt gemacht werden, aber sicher nicht, dass die Ausgaben für Moden schon diejenigen der Tafel und für die Equipagen überschreiten?«

Wahrscheinlich würde die Kandidatin nun schüchtern: »Oui, oui, Mademoiselle!«, murmeln. Aber nein!

»Ich weiß von der ›Pandora‹, Mademoiselle. Reist sie nicht bis zum Großtürken? Ich bin sehr stolz, dass sie aus Paris kommt. Und noch stolzer wäre ich, wenn ich für sie arbeiten dürfte. Ich habe sehr geschickte Hände.«

Erstaunlicherweise hatten die Minuten in der stickigen Wahrsagerbude Roses deprimierte Stimmung vollkommen beseitigt.

Die Pagelle notierte für sich den Kontrast zwischen devoter Stimme und gesittet über dem Ansatz der Miederschneppe gefalteten Händen zu dem gar nicht unterwürfigen Blick aus großen grauen Augen, der zu sagen schien: »Ihr könnt mir glauben, dass ich das eines Tages erreichen werde.«

In etwas schärferem Ton fuhr die Modehändlerin fort: »Wir verstehen wie kein anderes Land aus eigentlich Altem neue Sensationen zu machen, denn wann haben diese uns vor die Nase gesetzten Schneidermänner und Miedermacher uns schon eine neue Linie geboten?«

»Nicht seit Großmutters Zeiten«, antwortete Rose, der einfiel wie oft sie bei der Barbier die immer gleichen Schneppenmieder und Reifrockkleider mit einer neuen Garnitur *à jour* gebracht hatte. Genau wie das eigene, von einer Abbéviller Kundin huldvoll überlassene.

»Seit Urgroßmutters Zeiten«, korrigierte die Pagelle, und schnippte verächtlich mit den dünnen, ringbeladenen Fingern.

»Also macht nur der Ausputz das Neue aus?«, fasste Rose zögernd zusammen.

»Richtig. Das Obendrauf und Drumherum. Man behauptet, es gäbe an die hundertfünfzig Varianten ein Kleid zu garnieren. Mag sein. Außerdem kommen uns neue Stoffe, Muster, Farben zu Hilfe. Und natürlich Detail-Ideen. Das ist unsere Chance, denn so bilden sich die dummen Frauenzimmer ein, sie würden mit jeder Robe sensationell anders aussehen.«

»*C'est vrai*«, stimmte die Bewerberin zu.

»Wir, in der Saint Honoré, sind die wahren Meister in der Kunst weibliche Schmucksucht zu befriedigen. Wer allerdings hier bestehen will, der muss viel können und das dann an die Frau bringen.«

»Dann hat er die Katzen im Sack, die reichen«, flüsterte die junge Putzmacherin beeindruckt.

»In seinem Geschäft. Hast du diese Robe selbst genäht und garniert, mein Kind?«

»Mit Verlaub, oui, Mademoiselle.«

Die Modehändlerin erkannte an dem steif angeordneten Muster des laubbraunen Seidenbrochés, dass der Stoff alt sein musste, doch war er mit einer kompliziert angeordneten und anmutig wirkenden Verzierung aus rotem und gelbem Band geschickt aufgewertet worden. Schleifen in den gleichen Farben füllten kokett die Miederfront und hielten die Ärmelvolants.

Die Herrschaft der Pompadour hatte zwar nicht die

Silhouette, doch den Stil der Mode verändert. Da die kluge Mätresse in ihren letzten Jahren den königlichen Liebhaber nicht mehr mit Sex und Jugend fesseln konnte, hatte sie andere *Divertissements* eingesetzt. Sie war eine begabte Entertainerin und die Mode eine attraktive Verbündete. Die Pompadour hatte Raffinesse in die Garderobe gebracht. Was konnte verführerischer sein als aus Spitzenwogen steigende rosige Brüste und runde Arme, denen der Venus gleich aus Meeresschaum? Was koketter als hochhackige Seidenpantöffelchen, die mit Saumvolants Versteck spielten? Was anmutiger als sich auf Corsagen und Manschetten niederlassende Schwärme faltergleicher Schleifen, zärtlicher als eine Flora von Seidenblüten? Was lieblicher als lockige Engelsköpfchen, die über umrüschten schlanken Hälsen lächelten?

Es war der Höhepunkt des Rokoko, wenn auch der Ausdruck noch nicht gebraucht wurde.

»Und die Haube? Hat dir keiner dabei geholfen?«, fragte die Pagelle inquisitorisch weiter.

Jetzt war der Blick sogar empört. »Was denkt Ihr, Mademoiselle! Ich habe noch nie jemand an meine Créationen gelassen.«

Sie wagte ›Créationen‹ zu sagen! Das war doch die Höhe. Was bildete dieses unbedeutende Ding sich ein? Allenfalls war dieses hübsche Etwas aus Band und Spitzen auf den flämmchenhaften Locken eine gekonnte Putzmacherarbeit. *Non!* So eine hochnäsige, von sich eingenommene Kraft konnte Madeleine Pagelle nicht gebrauchen. So eine würde jede Anweisung diskutieren und dauernd beleidigt sein, wenn man ihre ›Schöpfung‹ nicht würdigte. Schade.

»Für Créationen in diesem Haus bin noch immer

ich zuständig«, schnappte sie, »*Merci* für euren Besuch, mein Kind.«

Damit war die abrupte Beendigung des Examens angezeigt. Die Kandidatin schluckte. Warum redete sie auch erst und dachte dann? Wie eine, die Heu statt Hirn im Kopf hat. Dabei hatte sich die Vorstellung so gut angelassen, die autoritäre Demoiselle sichtlich Interesse an ihr gezeigt.

Rose versank in eine demütige Reverenz, doch ihr Blick senkte sich nicht. Stur hielt sie das Kinn hoch und sagte halblaut:

»Und ich weiß doch, was ich wie keine andere kann, oui!«

Die Pariser Modehändlerin und das Mädchen aus Abbéville sahen sich schweigend an. Entdeckte die Ältere in der Jungen die gleiche Besessenheit für den ephemeren und doch so nachhaltig wirkenden Kleiderzauber? Die gleiche Zielstrebigkeit alle Tricks dafür zu beherrschen und einzusetzen? Die begabte Mitspielerin um die Gunst der verwöhnten Pariser Kundschaft?

»Ganz schön hochnäsig bist du, meine Liebe. Lass dir deshalb etwas für die Zukunft sagen: Das Können verdankst du deiner Lehrherrin, und Talent ist ein Geschenk des Patrons da oben. Nutze es, aber lobe dich nicht dafür. Das werden schon die anderen tun, wenn es das wert ist.«

Rose knickste wieder, und jetzt hielt sie den Blick gesenkt.

»Also gut. Setz dich da hin, so können wir bequemer weiterreden.«

Die Rue Saint Honoré war schon im Achtzehnten Jahrhundert eine sehr alte Straße. Seit dem Mittelalter wurde sie bebaut, umgebaut und verlängert bis sie sich zu Roses Zeit über zwei Kilometer hinzog: Eine wichtige und reiche Durchgangsstraße von Ost nach West, von den Markthallen bis zum heutigen Elysée-Palast, um dann als Landstraße in den *Faubourg* weiterzuführen, damals noch ein Vorort mit weitläufigen Klosteranlagen, Stadtpalästen des hohen Adels und der großen Finanzleute, umgeben von Parks, Stallungen und Nebengebäuden.

Die Straße galt als beste bürgerliche Adresse, hier hatten wohlhabende Kaufleute, Apotheker, Ärzte, Notare ihre mit reich dekorierten Fassaden und hohen Fenstern ausgestatteten Häuser. Hier konzentrierten sich aber auch die Geschäfte mit Luxuswaren: feinsten Tuchen und Seiden, Spitzen, Brokaten, Pelzen, das Angebot von Juwelieren, Parfümhändlern und Antiquitäten-Anbietenden. Dazwischen schoben sich Klöster, Cafés – die eher Restaurants waren – und das riesige Stadtschloss der Herzöge von Orléans, das Palais Royal, das auch die königliche Oper beherbergte.

In der Saint Honoré hatten sich die renommiertesten *Marchands de Modes* niedergelassen, die Modehändler, von denen Spottmäuler behaupteten, sie verkauften alles und stellten nichts her. Ihre schön gemalten Ladenschilder trugen eindrucksvolle Namen – denn die Straße wehrte sich gegen Hausnummern – sie nannten sich ›*Au Bouquet galant*‹, ›*Au Gout de la cour*‹, oder ›*Au Magnifique*‹.

Die elegantesten Läden waren aufwendig eingerichtet, sie imponierten mit namensentsprechender Malerei auf stuckverziertem Plafond oder Panelen, sparten nicht mit kunstvoller Ebenistenarbeit an Schränken und Theken, steigerten mit hohen Spiegeln die Wirkung und damit die Begierde für die Modewaren, deren auffallendste Stücke hinter den kassettierten Vitrinenscheiben dekoriert waren. Gepolsterte Taburetts standen für die Kunden bereit, damit sie komfortabel ihre Wahl treffen konnten, oder man bat sie in einen angrenzenden Salon, in dem ein Kamin im Winter wärmte, Wachskerzen verschwenderisch brannten und huldvoll gestiftete Porträts illustrer Kunden die Wände zierten.

Die *Demoiselles de Magasin* legten ihren Ehrgeiz darein sich im Anzug nicht von den Damen auf der anderen Seite der Theke zu unterscheiden, mit Ausnahme eines modischen Häubchens, das eher ein Teil der Frisur zu sein schien als eine Kopfbedeckung. Oft waren sie gelernte Putzmacherinnen oder Näherinnen und hatten, wenn keine Kunden zu bedienen waren, hinter ihren Verkaufstischen zu sticheln, garnieren und umzuändern.

Manche Inhaber schickten ihre nach der neuesten Mode gekleideten Mädchen als ›lebende Werbung‹ auf die Straße, um Passanten auf ihre Boutique aufmerksam zu machen. Männliche Saint Honoré-Bummler erlagen dann manchmal dem Glauben – und nicht immer unberechtigt – mit dem modischen Artikel auch die Demonstrantin erwerben zu können, denn auch dieses alte Gewerbe war in der eleganten Straße zu Hause. Dazu standen die hübschen Verkäuferinnen und Modistinnen in dem Ruf, das Leben und die Liebe leicht zu nehmen.

Der Demoiselle Pagelle sagte man nach, ihre Angestellten zu ›guter Reputation‹ anzuhalten und das auch durchzuführen. Darin glich sie der Barbier, wenn auch nicht aus Gründen der Moral, sondern weil ihrer Meinung nach Mädchen, die nur Männer im Kopf hatten, in der Arbeit schlampten. Der Sonntag genügte vollauf für die Amouren. Außerdem hatte die lebenserfahrene Geschäftsfrau Vorsichtsmaßnahmen getroffen: Sie schickte keine ›Vorführmädchen‹ auf die Straße, es gab kein Fenster im Atelier durch das man mit Vorübergehenden kokettieren konnte. Wie im Modemetier üblich, logierten die ledigen Angestellten im Haus bei ihr, wie in einem gut und streng geführten Pensionat.

Dort, in einen fast das ganze Dachgeschoss einnehmenden Raum, zog auch Rose ein. Sie fand ein sehr weibliches Durcheinander vor, hervorgebracht von mehreren Himmelbetten, überquellenden Schränken, wackligen Toilettentischchen, kleiderbepackten Stühlen und herumgeschobenen Putzschachteln. Als lebendige Requisiten kamen noch ein paar bepelzte oder gefiederte Lieblinge der Modepensionärinnen hinzu.

»Ein schöner Verhau«, dachte Rose naserümpfend, sagte sich aber dann, dass diese Unterkunft besser als der zugige Verschlag des Picarden war, und sie sich auch nicht mehr um Haushalt oder Essen zu kümmern brauche. Die Freiheit lockte sie vorerst nicht, da sie noch ganz von dem Triumph erfüllt war, es in die luxuriöse Rue Saint Honoré geschafft zu haben.

Beliebt machte sich die Neue nicht in der Schlaf- und Arbeitsgemeinschaft der Grisetten. Sie galt als aggressiv und schnippisch. Rose war es egal. Aus Vernunft und Ehrgeiz gegenüber Kunden und Patronne von bestrickender Liebenswürdigkeit, sah sie nicht ein, ihr stürmisches Temperament auch noch denen gegenüber zu zügeln, die eher hindernd denn helfend bei ihrer Karriere waren. Kam man ihr nicht in die Quere, blieb sie friedlich. Verweigerte man ihr, was sie glaubte beanspruchen zu dürfen, wusste sie sich durchzusetzen.

Man musste in Paris nicht nur seinen Grips gebrauchen, sondern auch seine Ellbogen.

5

Der Demoiselle Rose in ihrer Seidenrobe sah man nicht an, dass sie je im Leben Holzpantinen getragen hatte. Die von ihr bedienten Herrschaften fragten auch nicht danach und ihre Patronin hatte es vergessen; Rose hatte sich zu ihrer tüchtigsten Angestellten entwickelt, begabt mit Feenhänden und einem Kopf voller deliziöser Einfälle, dazu geschickt im Umgang mit den Kunden.

Wenn diese ausgezeichnete Kraft ihren Atelierplatz mit dem hinter der Verkaufstheke tauschte, bemalt mit prallen, galante Accessoires anprobierenden Cupidos, hatte sie eine unwiderstehliche Art die neuesten Modeartikel zu präsentieren, sei es ein Hut mit dem viel versprechenden Namen ›*Désir indiscret*‹, gerade aus Italien eingetroffene Fächer aus bemalter Kükenhaut oder seidengestrickte und goldüberstickte Handschuhe. Ebenso überzeugend, doch nie aufdringlich vorgebracht, wirkten Roses Vorschläge für Garnierungen an Kopfputz oder Robe, welche ihre Trägerin unvergleichlich zur Geltung brachten.

Rose hatte im ›Trait galant‹ sehr aufmerksam die

Kundschaft studiert. Wie verschieden war sie doch von der am Quai des Gèsvres, wie leichthändig gab sie Geld aus und wie unbekümmert blieb sie es auch schuldig. Wie gierig war sie auf Neues, vorausgesetzt eine der Gesellschafts-Göttinnen hatte es mit ihrer Zustimmung geadelt.

Bei der Pagelle bemühte man sich nicht nur um den Adel – auch wenn er für das Renommé wichtig war – man bediente genauso aufmerksam die Frauen der reichen Financiers und Generalpächter, erfolgreiche Bühnentalente wie auch jenen Nachwuchs, der seine zukünftige Rolle als *Erste Liebhaberin* bei Herren übte, die sich diesen Luxus leisten konnten. Auch reiche Ausländerinnen erschienen vor den prallen Cupidos um zu Hause mit einer Pariser Ausstattung Staat zu machen, und natürlich die ihre Damen begleitenden Kavaliere, um ihre Meinung befragten Freundinnen, auf Besuch weilenden Verwandten aus der Provinz, gerade aus dem Kloster entlassenen und für die Einführung in die Gesellschaft auszustattenden Töchter. Dazu ein Gefolge von Pagen, Kammerzofen, Schoßhündchen, Klammeräffchen, und einmal ein exaltierter Baron mit der lebensgroßen Wachsfigur seiner verstorbenen Mätresse, die er bedienen ließ als wäre sie noch von Blut und Modewünschen erfüllt.

Eine Modehandlung konnte, wenn sie *en vogue,* zu einem beliebten Treffpunkt werden, genauso im Tagesprogramm einer Mondänen verankert wie die vormittägliche Besuchsrunde, die Promenade in den Tuilerien Gärten, der plaisirfördernde Unterricht in Harfespiel oder Gesang, der bildungsbeflissene Blick in eine Bildergalerie, bevor es Zeit zum Umkleiden für Theater und Souper war.

Rose beobachtete und zog ihre Schlüsse. Warum gefielen manche Modeartikel und andere nicht, obwohl gleich neu und ähnlich im Aussehen? Lag es am wirksamen Namen? An der Farbe? Jede Nuance hatte eine einprägsame Bezeichnung. Braun war nicht einfach braun, es konnte Noisette, Café brulé, Chocolat, Königsauge, Gänsekacke, Pariser Dreck oder Londoner Ruß heißen. Fiel einer illustren Person eine originelle Bezeichnung ein, umso erfolgreicher. So hatte einmal der König spöttisch ein violettstichiges Braun als ›flohfarben‹ bezeichnet und damit der Mode wahrhaft Flöhe in den Pelz gesetzt.

Rose lernte Wünsche wie Komplexe zu erraten, der Eitelkeit Zucker zu geben, sich unentbehrlich zu machen, indem sie den Eindruck zu erwecken verstand nicht nur verkaufen zu wollen, sondern ihre jeweilige Kundin zur Königin der Mode zu machen. Sie setzte Fantasie, Beredsamkeit, Handfertigkeit ein wie der Zauberer seine Kunststücke – sah manches der Pagelle ab – und merkte mit zunehmender Vervollkommnung, wie sie ihr Publikum beim Spiel mit der Selbstbefriedigung in den Bann zog.

Andererseits lehrten sie diese verwöhnten und überzüchteten Geschöpfe, wie sehr es in diesem Zeitalter der Galanterie und unterschwelligen Sexualität darauf ankam, mit ihren Requisiten souverän umzugehen. So dienten Fächer, Schleier, Taschentücher auch als amüsanter Geheimcode im Duell der Geschlechter, genauso wie die Platzierung der *Mouches*, der aufklebbaren Schönheitsfleckchen. Da war die Leidenschaft Verratende, die Kokette, die Kussfreudige, die Verschwiegene, die Diebin, die einen Pickel zum Verschwinden brachte. Man musste ihre Sprache kennen, und selbst die Männer bedienten sich ihrer.

Genugtuung bereitete es der schlauen kleinen Bertin auch anderen Modegeschäften Kunden abtrünnig zu machen, wobei die Eroberung der einflussreichen Prinzessin Conti unter so komödienhaften Umständen erfolgte, dass die Belegschaft des Trait galant vor Lachen Bauchschmerzen bekommen hatte.

Ihre Kammerfrau hatte bei der Pagelle eine Aussteuer bestellt. Keine allzu kostspielige, denn es handelte sich nur um die uneheliche Tochter ihres Sohnes mit einer verstorbenen Schauspielerin, derer sich die Prinzessin mütterlich angenommen hatte.

Rose fuhr mit dem fertigen *Trousseau* in der Mietkutsche zum Stadtpalais der Conti, um dort von der Ehrendame mitgeteilt zu bekommen, dass Ihre Hoheit sich das Angefertigte später ansehen wolle und die Botin zum Warten in ein Zimmer wies.

Zu ihrer Freude brannte dort ein Kaminfeuer, denn es war Winter und unangenehm kalt in der zugigen Kutsche gewesen. Davor saß schon eine andere Wärmesuchende, eine recht alte Person, eingemummt in ihre Pelisse, das Gesicht unter der schlichten Haube von maliziösen Augen und einer riesigen Nase beherrscht.

»Kommt nur näher, mein Herz, bei diesem abscheulichen Wetter müsst ihr doch als Eiszapfen angelangt sein.«

Das war freundlich und ebenbürtig gesagt, wahrscheinlich von einer seit langem zur Familie gehörigen Kammerfrau, die sich schon mal am Feuer ausruhen durfte. Wie viele Alte war sie redselig und dankbar für Unterhaltung, fragte interessiert nach Roses Tätigkeit und Leben, um schließlich ihre Neugier für das Mitgebrachte zu äußern. Warum auch nicht? Rose hob vorsichtig dieses und jenes aus dem Korb, breitete es aus, machte auf die exzellente Arbeit und das feine Material aufmerksam.

»Die Prinzessin hat ja nicht viel ausgeben wollen, aber unser Haus ist vor allem seinem Ruf verpflichtet. Oui!«

»Ein lobenswertes Prinzip und so selten heutzutage. Sehr hübsch das alles, die junge Dame wird entzückt sein. Stellt doch Eure Füße auf das Kamingitter, mein Kind, diese dünnen Schuhe! Aber Ihr seid jung, werdet nicht so unter der Kälte leiden wie ich. Alter ist wie Frost in den Knochen. Bis jetzt hatte ich meine Hündchen zum Wärmen, aber sie sind nicht mehr. Meine süße Dolce, mein armer Bijou! Es käme mir wie ein Sakrileg vor an Ersatz für meine Lieblinge zu denken. Vorläufig wenigstens.«

»Ihr solltet Euch einen heiß gemachten Ziegelstein für die Füße besorgen, Madame, das hilft garantiert; wir haben alle einen im Atelier, oft sogar auf dem Schoß. Man muss nur beim Aufstehen dran denken, sonst – plaff – hat man ihn auf den Hühneraugen.«

Sie lachten beide, die kleine Alte patschte Rose aus Vergnügen auf die Knie. Da öffnete sich die Tür, die Ehrendame erschien, starrte und stotterte konfus:

»Was? Oh mein Gott! Ihre Hoheit befinden sich hier?«

Rose hatte sich also, im bequem aufgeschürzten Rock und den Füßen auf dem Kamingitter, mit der Prinzessin selbst unterhalten. Die Contis waren eine alte und vornehme Familie, sie vergaben sich nichts, wenn sie sich leutselig und bescheiden zeigten. Jedenfalls war das die Auffassung der Prinzessin, die sich gerne über Konventionen hinwegsetzte. Die muntere Modistin hatte sie bestens unterhalten, sie war nicht nach Lüftung des Inkognitos in stotternde Verlegenheit verfallen, sondern hatte eine anmutige Reverenz zustande gebracht und fröhlich gesagt:

»Ihre Hoheit haben mich ganz schön aufs Glatteis geführt, obwohl es am Kamin so wundervoll warm war.«

Die Prinzessin ließ von da an, die mit Geschmack wie Unterhaltungsgabe begabte Demoiselle Rose oft ins Palais Conti kommen. Ihre Hauben gewannen an modischem Aussehen und der Trait galant eine bedeutende Kundin ...

Die Zeit der Holzpantinen, *Hochepot*-Schüsseln und Flussbäder rückte immer ferner, versunken wie die sagenhafte Stadt Vineta, wenn nicht ein überraschendes Wiedersehen sie aus der Tiefe geholt hätte.

Pierrette Picot war wieder aufgetaucht.

Die Alkovengenossin der Barbier-Jahre, das magere Mädchen mit dem pockennarbigen Gesicht und den Augen so schwarz wie Tollkirschen, wurde ebenfalls bei der Pagelle angestellt.

»Warum hast du nie etwas von dir hören lassen«, fragte Rose vorwurfsvoll.

»Warum sollte ich?«, schnappte Pierrette zurück, »gab es einen Grund das Gewesene aufzuwärmen, bitte?«

Nein, keinen Grund. Doch seltsam ist es schon, dachte Rose, ich bin aus Abbéville fort, weil meine Tugend *perdu*, Pierrette weil sie ihre bewahren wollte. Aber inzwischen dachte sie wohl nicht mehr so streng.

Sie hatte sich auch sonst verändert. Das empfindsame Mädchen war verschwunden, eine realistische junge Frau an ihre Stelle getreten. Vor allem hatte Pierrette in Paris gelernt den Makel eines verunstalteten Gesichtes zu verdecken. Das Schönheitsideal ihrer Zeit half dabei, es verlangte dick aufgetragene weiße Schminke, mit der die sehr roten Wangen und stark nachgezogenen Brauen kontrastierten, dazu einen sorgfältig gemalten Kussmund. Raffiniert platzierte *Mouches* vervollkommneten das Make-up, restaurierten die beschädigte Natur.

Wie Rose hatten geschickte Finger und Ehrgeiz Pierrette in die Rue Saint Honoré gebracht. Ihre hungrigen Augen schweiften noch immer unablässig hin und her, nahmen auf, taxierten und zogen Gewinn daraus. Oder Material für Verteidigung, unvermutetenAngriff, denn ihre scharfe Zunge war gefürchtet. Rose wusste inzwischen entsprechend herauszugeben, das schuf gegenseitigen Respekt. Allzu eng verkehrten sie nicht, doch mitunter gingen sie gemeinsam aus oder riefen Erinnerungen an die Modehandlung Barbier zurück.

»Die Mordant war wirklich eine böse Beißzange«, bemerkte Pierrette beim Bügeln eines so sensiblen Jabots, dass man es keiner anderen anvertrauen konnte.

»Aber eine gute Lehrherrin«, konterte Rose, »ohne sie wären wir nicht hier.« Das war ein Nachruf, der die Mordant gefreut hätte.

Im Übrigen war das Thema Abbéville tabu. Bis einer der seltenen Briefe aus der Heimat anlangte, der unabsichtlich dieses Tabu brach, und zugleich schockartig das Mädchen Marie Jeanne zurückholte.

Er war von Marthe. Außer den Nachrichten, dass sie die Gicht habe, die Tuchfabrik Schwierigkeiten und damit auch Cathrines Mann, die Mère endgültig mit der Krankenpflege aufgehört und zu Louis nach Amiens gezogen, schrieb die Schwester über eine die ganze Stadt beschäftigende Hinrichtung.

Die des Chevalier François de la Barre.

Man hatte ihn angeklagt zwei Kruzifixe besudelt zu haben, nachdem er und eine mit ihm herumziehende Rotte nichtsnutziger junger Leute schon seit langem im Verdacht gotteslästerlicher Machenschaften gestanden. Ihre tollen Streiche und unverschämten Reden gegen Kirche und Sitte waren seit Jahren ein öffentliches Ärgernis, doch nun war der Eimer der Duldsamkeit übergelaufen. In der Gerichtsverhandlung hatte der Angeklagte zwar nur zugegeben bei einer Prozession das Allerheiligste nicht gegrüßt zu haben, sonst nichts. Doch eine Hausdurchsuchung hatte Werke des Gottesleugners Voltaire und anderer Atheisten zu Tage gebracht. Das reichte als Beweis. Man sprach ihn schuldig, die sich für ihn verwendenden Philosophen konnten nichts ausrichten.

»Mit dem Strick um den Hals hat dieser arme Fehlgeleitete Öffentliche Abbitte geleistet«, schrieb Marthe, »man hat ihm die lästerhafte Zunge herausgeschnitten, ihn dann enthauptet und mitsamt den skandalösen Werken verbrannt ...«

Rose fühlte die Flammen des Scheiterhaufens sengend in ihrem Inneren hochschlagen, genährt von auflodernden Erinnerungen, Entsetzen und der alten Rachsucht, dass ihn nun doch der Teufel geholt für das, was er ihr angetan.

Sie sagte nichts über den Brief zu Pierrette, verbrannte ihn und musste Baldriantee aufbrühen, um in den nächsten Nächten schlafen zu können.

Zu Roses liebsten Vergnügungen am freien Sonntag gehörte der Besuch jeder Art von Theater. Die flitterverbrämte Illusion auf den Brettern, die bühnenbunte Verkleidung und zusätzlich von den Besuchern gebotene Augenschau hatten es ihr angetan. Dafür konnte sie sogar Geld ausgeben, das sie sonst geizig für das eigene Geschäft sparte. Und wenn es nicht für Oper oder Italienische Komödie reichte, so taten es auch die Jahrmärkte. Irgendwo in Paris fand immer einer statt.

»Lass uns den *Foire Saint Laurent* unsicher machen«, schlug sie Pierrette vor. »Das letzte Mal haben wir uns doch königlich amüsiert.« Und sie gedachten glucksend der Stelzengänger mit ihren grotesken Sultansmützen, des rasierten Bären, den man wie einen fetten Steuereinnehmer angezogen und des hölzernen Riesenmannes ... »Er hat mich wirklich zu Tode erschreckt, weil er plötzlich zu sprechen anfing ...«

»... und dann kriegten wir raus, sie hatten einen Knirps in ihn reingesteckt.«

Sie überredeten den Gehilfen eines benachbarten Pelzhändlers und einen Parfümverkäufer als Kavaliere mitzukommen.

»Der eine stinkt zwar nach Kampfer, der andere nach schlechtem Moschus, aber wenigstens nicht nach Alkovenmief«, kommentierte Pierrette naserümpfend und tupfte sich selbst ein betäubendes Duftwässerchen ins tiefe Dekolleté.

Zu viert nahmen sie einen Mietfiaker bis zum Gedränge des Jahrmarktes, um sich dann zu Fuß an Ständen voll überquellendem Krimskrams, Kuriositäten-Kabinetts, Bilderbuden, Billardstuben mit ihren klickenden Echos, lärmend vollen Kneipen, vorbeizuschieben. Sie blieben neugierig vor Jongleuren,

Kartenkünstlern und Wahrsagerinnen stehen. Rose suchte nach dem beturbanten Holzgesicht vom Louvre-Platz, entdeckte es aber nicht. Wozu auch, jetzt konnte sie ihre Zukunft allein bestimmen.

Hineingezogen in eine sich durch die Budengassen wälzende Parade, mitten zwischen dröhnend trommelnden, vollmundig blasenden Musikanten, wie Gummibälle hüpfenden Possenreißern und torkelnden Masken, vergaßen die beiden Putzmacherinnen dennoch nicht den bauschigen Oberrock über dem unteren eng zusammen gerafft zu halten. Sie kannten die Manöver geiler Gassenschlurfe, das Gedränge für unvermutete Sexattacken von rückwärts zu benutzen und sich samt ihrer feixenden Kumpane an den spitzen Schreien der Opfer zu erfreuen.

Als die Parade weitergezogen, war es auch der Pelzverkäufer, wahrscheinlich hatte ihn eine Dirne abgeschleppt. Dafür lud sie der parfümiette Commis zu der Vorstellung einer bekannten Seiltänzertruppe ein und ließ sich die attraktive Begleitung sogar einen logenartigen Platz kosten.

In der Nebenloge nahm unter schwungvollem Heben reich bestickter Rockschöße und viel seidenem Röckerascheln eine kleine Gesellschaft Platz. Den Männern sah man die ›Person vom Stande‹ an, die Frauen waren vor allem hübsch, auffallend angezogen und von ungeniertem Benehmen. Alle schienen sich gut zu kennen und sprachen animiert durcheinander. Ein hinter der Gesellschaft postierter Lakai servierte Wein aus Silberbechern und Näschereien.

Rose beobachtete, wie die Frauenzimmer beim Lachen Kopf und Schultern so weit zurückwarfen, dass die Brustspitzen provokativ aus der Miederrüsche sprangen. »Und haben sie dazu wie Himbeerbonbons gefärbt, die Lockvögelchen«, konstatierte sie. Besonders fesselte sie eine Blonde, getrennt von ihrem Sitz nur durch einen südländisch dunklen und scharfnasigen Kavalier. Schönheit begeisterte sie, und hier saß ein geradezu himmlisches Exemplar. Die Faszination lag vor allem in der erstaunlichen Mischung von Unschuld und Sinnlichkeit, im Kontrast des sanften Blicks vom Blau des Madonnenmantels zu einem Mund, den auch Amor gerne geküsst hätte; in der kindlichen Rundung des Gesichtes mit vier, kapriziös darauf verteilten Leberfleckchen, als hätte sie ein Experte für den Liebeskode der *Mouches* aufgeklebt.

Rose war so gefesselt, dass sie kaum zur Bühne sah, auf der zwei als wunderliche Herolde verkleidete Seiltänzer ein leichtfüßiges *Pas de Deux* als Ouvertüre darboten. Erst als die Schöne mit einem kinderglücklichen Lachen einer nachfolgenden Akrobatin applaudierte, die im Kostüm einer Ballerina betont tölpelhaft auf dem Seil balancierte, dabei freigiebig ihren *Derrière* im pavianrosa Trikot vorzeigend, wurde sie aufmerksam.

Auf einmal hörte Rose sich angeredet. Die göttliche Blonde hatte sich zu ihr herübergebeugt, günstige Gelegenheit für den Kavalier auf ihrer anderen Seite ihren schlanken Nacken unter dem Spitzenschal zu küssen. Mit sorbetsüßer Stimme wollte sie wissen, wo ihre Logennachbarin diesen aufregenden *Chapeau à l'italienne* herhabe?

»Wenn Ihr bei Gelegenheit in das Geschäft ›*Au Trait galant*‹ kommt, Madame, könntet Ihr Ähnliches bestellen. Fragt nach der Demoiselle Rose.«

Es stellte sich heraus, dass der modeinteressierte

Engel bisher das Geschäft ›*A la toilette*‹ bevorzugt hatte.

»Ich kenne es, dort verkauft man die elegantesten Dominos für die Opernbälle«, bemerkte Rose, zerstreut einen knallbunt karierten Harlekin beobachtend, der sich in gewagten Sprüngen hoch katapultierte.

»Das szt-immt, und an die sz-armantesten Männer von Paris.« Die Schöne hatte einen kleinen Sprachfehler, aber er stand ihr entzückend.

»Nicht wahr, Monsieur le Marquis?«

Der sichtlich vom Engel eingefangene Marquis, den ein Lorgnon und viel Verbrauch von Rouge kennzeichneten, küsste ihm huldigend die kleine Ohrmuschel mit daran schwingender großer Perle, was sie noch rosiger machte.

»Von denen Ihr nur die vornehmsten anzusehen geruht, meine Liebe«, bemerkte der dunkle Kavalier neben Rose spöttisch. Nach seinem Akzent zu urteilen, musste er aus dem Midi kommen.

»Ihr habt mir doch beigebracht sich immer nur das Beste zu leisten, nicht wahr, Graf? Ist das nicht auch Euer Grundsatz, schöner Hut *à l'italienne,* so wie Ihr ausseht?«

Rose fühlte sich mehr und mehr von der Nachbarloge vereinnahmt. Sie genoss die Komplimente für ihren Kopfputz, das zustimmende Lachen über ihre schlagfertigen Antworten, den vom Lakaien servierten süßen Wein. Und als Pierrette mit der spitzen Bemerkung: »Du amüsierst dich ja sehr gut allein«, mit dem Parfumeur vor Ende der Vorstellung ging, gab es auch kein Hindernis von dieser Seite.

Als die Gesellschaft aufbrach, lehnte Rose mit plausibler Entschuldigung die Einladung zu einem Mitternachts-Souper ab, sagte aber zu, an einem der nächsten Vormittage mit einer Auswahl des Pagelle-Sortimentes zu der schönen Blonden zu kommen.

»Fragt nach dem Hau-sz des Grafen du Barry, meine Liebe, und wir können dann weiter plau-szen.« Ihr Name wäre Mademoiselle de Vaubernier erfuhr Rose noch, bevor sich die Gesellschaft unter viel Neckerei und Gelächter davonmachte.

»De Vaubernier? Und ein Engel?«, schnaubte Pierrette, als sie am nächsten Abend das Theatererlebnis durchsprachen und dabei ein neues Make-up ausprobierten.

»Sie heißt schlicht und einfach Jeanne Bécu und ist allerdings das raffinierteste Unschuldslamm, das in Paris die Lasterweide abgrast. Ich weiß es, weil ich länger hier bin als du, außerdem kenne ich Elise von ›*A la toilette*‹. Die Bécu hat dort als Verkäuferin gearbeitet, mit persönlicher Bedienung der Herren. Jetzt nicht mehr, weil sie einen ihr mehr bietenden Beschützer gefunden hat.«

»Das muss dieser Graf du Barry sein, der neben ihr saß und so väterlich tat«, überlegte Rose, »zuckersüße Glasur, aber darunter hart wie Krokant. Musst du die Schminke so dick auftragen, Pierrette?«

Schminke konnte gefährlicher für die Haut sein als Pocken, da manche Hersteller giftiges Bleiweiß für die blassen Teintfarben verwandten.

»Ich muss, weil ich muss. Und wie gefällt dir dieses Rouge? Es ist sauteuer, aber die allerneueste Nuance. Mein kleiner Parfumeur hat es mir billiger besorgt, es kostet sonst ein Vermögen.«

»Dafür sieht man ihm auch auf hundert Meilen die Zinnoberkunst an«, stellte Rose fest, »und damit die Anständigkeit. Ich würde das neue Rosa von Sieur Dupont vorziehen, er mischt es naturecht für die Kurtisanen, aber das kann ich leider nicht verwenden.«

»Was nicht ist, kann ja noch werden«, bemerkte Pierrette anzüglich, »hast ja intensiv genug gestern Abend geäugelt. Der sogenannte Beschützer der Bécu hat übrigens sein Geld mit recht zweifelhaften Armeegeschäften gemacht und soll trotzdem bis zum Hals in Schulden stecken. Er hat nicht den besten Ruf.«

»Sie ja auch nicht und ist dennoch hinreißend«, schwärmte Rose, »in der richtigen Aufmachung könnte sie noch mehr aus sich machen. Wäre ich ein Mann, ich würde mich sofort in sie verlieben, oui!«

»Dann müsstest du schon ein Ober-Aristo sein, unter dem tut sie es nämlich nicht mehr.«

»Wenn sie einen angeln kann, muss sie viel zu bieten haben. So eine hat meine Bewunderung und meine Neugier dazu«, schloss Rose, ließ Pierrette und die Rougetöpfe sitzen und ging ins Bett.

6

Vor elf Uhr morgens war eine Frau von Welt nicht angezogen. Was sie aber nicht hinderte Besucher und Lieferanten zu empfangen.

Rose fand die schöne Jeanne im rosenrot verschnürten Morgenmieder und volantgesäumten Seidenjupon, ein Tässchen Schokolade in der Hand, vor ihrem Toilettentisch sitzend. Doch diese Bezeichnung für den Altar der Schönheit war viel zu banal. Eingehüllt wie in ein Chorhemd aus Spitzen war dieses zierliche Möbel Mittelpunkt des Boudoirs, beladen mit den Requisiten für anbetungswürdige Weiblichkeit und überragt vom Symbol der Unbestechlichkeit, dem wie in eine silberne Monstranz eingelassenen Spiegel. Die Luft durchwehte Reispuderstaub und Ambraduft, im pagodenhaften Käfig knusperte ein weißer Kakadu mit rosa Schopf und Jeannes Fuß im bestickten Pantöffelchen liebkoste etwas Wuschliges. Das Fransenknäul stürzte sich knurrend auf Roses Knöchel, seine Herrin zog es lachend am Schwanzbüschel zurück:

»Wie sz-ön, dass Ihr gekommen seid! Und ent-sz-uldigt bitte, wie war doch Euer Name?«

»Rose«, verriet Rose knicksend, wippte ein zweites Mal vor dem Grafen du Barry, der im Schlafrock *à la turque* halb hinter einem chinesisch bemalten Paravent saß, ein Turbantuch um den noch perückenlosen Schädel geschlungen, ebenfalls mit einem Tässchen Schokolade in der Hand.

Die Zofe begann ihrer Herrin in ein flatterleichtes Frisierjäckchen zu helfen, die Modebotin packte kniend ihren Karton mit den neuesten Frivolitäten aus.

In der nächsten Stunde spielte sich um den Toilettentisch ein gut inszeniertes Boudoirstück ab, in dem Jeanne die Hauptrolle zugedacht und die Anwesenden oder Eintretenden die Stichworte dazu gaben: der Graf vom Paravent her, die Zofe neben Jeanne stehend, der Friseur hinter Jeanne, Rose auf dem Teppich kniend. Nacheinander traten dann der Marquis vom Jahrmarkt in einem wie Entenhals schillernden Habit auf, ein junger Herr im Reitanzug, dessen klappende

Stiefel den Kakadu in den heiseren Ruf »*Attaquez-attaquez!*« ausbrechen ließ, danach der Koch, der das Menüblatt unter der Kochmütze vorholte. Und schließlich ließ sich ein Priester melden.

Der junge Herr wusste über einen *Thé à l'Anglaise* beim Prinzen Conti zu berichten, bei dem die Damen selbst den Tee serviert, leger gekleidet mit Spitzenschürzen und kaum gepudertem Haar und am Cembalo hätte ein Wiener Wunderknabe namens Mosar – oder so ähnlich – gesessen. Sein Vater mache mit ihm und seiner Schwester eine viel beachtete Konzertreise durch Europa. Du Barry beglückwünschte den Père Mosar, dass er mit seinen Schutzbefohlenen Geld verdiene und nicht nur für sie ausgäbe, was ihm einen Fächerschlag Jeannes einbrachte. Der Koch las das Menü für den Abend vor, sie wünschte einen Ersatz für die ›Hummersuppe à la Pompadour‹ und der Küchenchef beeilte sich den Fauxpas mit ›Lammzungen à la du Barry‹ wieder gutzumachen.

Inzwischen fixierte der schillernde Marquis durch sein goldgefasstes Lorgnon eine Diamantbrosche in Schleifenform auf dem Toilettentisch und lispelte: »Was für ein armseliger Liebesknoten, um eine so bezaubernde Frau an sich zu binden!«

Worauf die Zauberhafte strahlend erwiderte: »Wenn Ihr sz-önere Knoten sz-lingen könnt, sz-er Monsieur, bitte!«

Komplimente und Neckereien waren der Refrain, von Jeanne lachend abgewehrt oder mit einer Kusshand quittiert. Unablässig pirouettierte sie dabei auf ihrem Taburett, lächelte nach allen Seiten, kritzelte ein Billett, streichelte das Wuschelhündchen – was den Kamm des Coiffeurs in der Luft ließ – und brachte es außerdem fertig Roses Mitbringsel anzusehen und gut die Hälfte zu kaufen.

Schließlich wurden alle mit dem Problem einer Theaterfrisur konfrontiert. »Wenn ich nur wüsste, was ich tragen soll? Es ist so wichtig, so unversz-ämt wichtig. Jede Loge macht einen unweigerlich zum Brustbild. Rose, fällt Euch nichts ein?«

Die Modistin blickte nachdenklich auf das Mitgebrachte, darunter weiße Straußfedern mit ihren zartgewellten Federrispen. Sie nahm sie auf, bündelte zwei, drei in der Hand zusammen. Wie kokett sie doch wippten.

»Wenn Ihr erlaubt«, sagte sie zum Coiffeur, dem es inzwischen gelungen war die aschblonde Fülle hochzukämmen und in dicken Lockenrollen auf dem Hinterkopf anzuordnen. Versuchsweise steckte Rose die Federn als kecken Helmbusch hinein.

Wieder öffnete sich die Tür. Ein nach Paris verschlagener italienischer Abbé erschien. Einer, der am Altar der Schönheit lieber diente als an dem der Kirche, alle Tagesanekdoten wusste, jedes Mode-Chanson trällern konnte, Boudoirgeheimnisse besser abnahm als die Beichte und im Notfall sogar imstande war aus Samt die beliebten *Mouches* zu schnippeln.

»Ah, *Bellissima, che cosa è?*« rief er beim Anblick des sich über Jeanne kräuselnden und wippenden Federtuffs aus. »Das ist exquisit, das wird in der Oper Furore machen. *Come si chiama?*«

»Rose, wie heißt dieses Arransz-ement? Es gefällt mir.«

Ein Name tat Not. Ein Kind ohne Namen war ein zukunftsloses Kind. Schnell, lass dir was einfallen! Neben der Tür stand ein tabletthaltender, in Ebenholz geschnitzter und bemalter Indianer, nackt bis auf Lendenschurz und Federschmuck.

»*Che cosa? Ché sa co?*«, murmelte Rose versuchsweise, dann lauter: »*Un panache à la Quésaco!* Eine indianische Anregung, oui!«

Der Federschmuck *à la Quésaco* begeisterte die Damen der Gesellschaft und man stritt sich, ob die schöne Kurtisane oder die begabte Modistin als Erfinderin zu rühmen sei – je nach der Einstellung der Betreffenden.

»Ihr müsst mich in Zukunft bei der Toilette beraten, Rose, Ihr habt es raus. Findet Ihr nicht auch, sz-er Comte, dass sie ganz sz-armante Einfälle hat?«

Du Barry stimmte höflich zu und lud die Privatperson Rose zu einer Soirée ein, wobei er weniger an eine Bereicherung des Damenflors dachte, denn an den Spareffekt, den er aus einer Jeanne freundschaftlich zugetanen und begabten Putzmacherin gewinnen konnte. Denn sie war ein sehr kostspieliger Schützling.

Wenn die Demoiselle Bertin, entgegen ihrer üblichen Vorsicht zweifelhafte Situationen zu meiden, der Einladung des Grafen folgte, war es vor allem der schönen Jeanne wegen. Sie war von ihr tief beeindruckt. »Würde zu gerne wissen, wie eine Verkäuferin es schaffte eine große Dame und begehrte Geliebte zu werden und dabei wie ein Unschuldsengel auszusehen«, grübelte sie. Das war zwar nicht der einzige Grund sie möglichst oft zu sehen, doch darüber wollte Rose nicht näher nachdenken.

Eine vornehme Adresse brachte sie nun nicht mehr in Verlegenheit. Weder die Verschwendung von Damast und Brokat, noch der Schock sich unvermutet in wandhohen goldgerahmten Spiegeln zu begegnen. Sicher schritt sie über das tückisch blanke Parkett und übersah souverän die herumstehenden hochnäsigen Lakaien. Die kleine Bertin ließ sich nicht mehr vom Funkeln zentnerschwerer Lüster aus böhmischem Kristall oder venezianischer Glaskunst blenden und auch nicht vom hypnotisierenden Glanz der Diamanten auf Haar, Hals und Armen. Und erst recht nicht von Blicken, die es verstanden einen Neuling blitzschnell zu erfassen, einzuordnen und gegebenenfalls ins verächtliche Nichts fallen zu lassen.

Das Mädchen aus Abbéville konterte mit einem festen Blick aus meergrauen Augen, hielt die Stupsnase hoch und streckte aggressiv den vom Fischbein-Korsett hochgewölbten Busen der vornehmen Welt entgegen.

Das Einladungs-Billett hatte von einer zwanglosen Soirée gesprochen, und Rose fand eine ähnlich zusammengesetzte Gesellschaft vor wie am Abend der Seiltänzer: junge attraktive Frauen und nach hohen Einkünften, beeindruckenden Titeln und den Überdruss des Verwöhnten aussehende Männer.

Die schöne Jeanne tänzelte auf die Neuangekommene zu. Ihr Kleid war mehr ein elegantes *Déshabillé*, tiefrund ausgeschnitten und von einer Blütengirlande um eine perfekt gerundete und gepuderte Schulter umwunden. Leichthin plaudernd, machte sie die Demoiselle Bertin in der Runde bekannt. Die Damen lächelten neutral, die Herren wohlwollend, nur der starre Lorgnonblick des Marquis sah über die junge Modistin hinweg.

Rose glaubte mit Erstaunen den Zwilling des Engels zu entdecken, einen nicht mehr so frischen und in den Formen Üppigeren Zwilling. Jeanne klärte sie fröhlich auf:

»Das ist meine sz-öne Mama. Ist es nicht sz-ockierend wie wir uns ähnlich sehen? Sie hat mich mit vierzehn bekommen. Wir spielen hier beide die Gastgeberinnen, der Graf hat uns gebeten diese Rolle zu übernehmen. Er ist wirklich ein Sz-atz.«

Der Schatz hatte sich eine Serviette über den taubenblutroten Samtrock gebunden, seine starken schwarzen Brauen standen wie Wintergeäst unter dem Schnee der weiß gepuderten Haare. Mit präzisem Messerschlag teilte er kross gebratene Wachteln. Die Tafel war wie ein Büfett gerichtet, schimmernd von massivem Silber, Kristallkaraffen und prunkend mit kunstvollen Aufbauten aus Blüten, kandierten Früchten und fein verpacktem Konfekt. Rose fiel auf, dass weder Lakaien noch Mundschenk zu sehen waren.

»Mesdames et Messieurs, wir werden einen ganz harmoni-szen Abend haben, ganz unter uns«, rief Jeanne, »und wer, bitte, ist so gesz-ickt die letzten Austern der Saison zu öffnen?«

Es war der Marquis Lorgnon. Er bekam ein kleines krummes Messer in die Hand, eine derbe Schürze umgebunden, wie sie die Austernhändler trugen, und machte sich ans Werk.

Er tat es gekonnt, wenn auch bedächtig. Rose konnte sich ein kleines mokantes Lächeln nicht verkneifen; sie dachte daran, wie flink sie und Jacquot die stibitzten Muscheln am Hafen geknackt hatten. Lorgnon sah es und attackierte:

»Mademoiselle Unbekannt glaubt wohl es besser zu können?«

»Könnte schon sein, Monsieur le Marquis.«

Die Gesellschaft forderte gebieterisch ein Wettöffnen. Rose gewann und Lorgnon zückte das Messer der Ironie gegen sie:

»Ich nehme an, das väterliche Palais der Demoiselle hat am Fischmarkt gestanden?«

Rose produzierte eine hofgültige Reverenz. »Non, Monsieur, aber ich finde es besser gelernt zu haben Austern zu spalten als Schädel, denn mit dieser Tätigkeit hat bestimmt die Karriere Ihrer hohen Familie begonnen.«

»*Touché!*«, jubelten die Umstehenden.

»Sie hätte ein Geschenk verdient, diese maulflinke Austernöffnerin, bei meinem Sterz!«, rief begeistert ein junger Mann mit hoher Stirn, impertinentem Mund und gekleidet in einen auffallend mit Leopardenfell besetzten Rock.

»Dann übernehmt das doch, Chartres«, spöttelte der Marquis, »da Ihr bisher mit Geschenken gegenüber den Damen sehr zurückhaltend gewesen. Außer dem Eurer blühenden Jugend.«

»Das ist natürlich ein Wert, der längst in Euren abgelegten Hosen zurückgeblieben ist«, entgegnete der Chartres gerufene junge Mann, aber so leise, dass nur Rose es hörte. Er schien heute keine Lust auf ein Duell zu haben.

»Von mir aus braucht es kein Geschenk«, sagte Rose laut, mit dem ihr geltenden Beifall immer kühner werdend, »da ich ebenfalls mit blühender Jugend reichlich beschenkt bin.«

Unter dem Lachen der Gesellschaft biss sie in eine Wachtelbrust. Der impertinente Monsieur Chartres bediente sie und sich reichlich mit Champagner.

»Das Geschenk bekommt Ihr dennoch, meine Hübsche, und ich hoffe auf satte Belohnung«, sagte er und musterte sie ungeniert aus großen blauen Augen, die eine Neigung zum gelangweilten Weggleiten in unbestimmte Fernen hatten.

Sie gefiel ihm offensichtlich, und wenn er nicht so geckenhaft angezogen und sie eine ›Austernöffnerin‹ genannt – denn so nannte man auch die Damen in gewissen Etablissements –, hätte er ihr auch gefallen können.

Vom Büfett her kamen spitze Schreie. Rose sah gerade noch, wie eine der davorstehenden Frauen von Händen, die unter dem hängenden Damast hervorschossen, gepackt und trotz gespielten Sträubens unter den Tisch gezerrt wurde. Man sah nur noch ein Paar zappelnde Satinschühchen.

»Wie ein Kalb von einem Krokodil«, stotterte Rose, der kürzlich in einem Bilderladen ein afrikanisches Sujet aufgefallen, und der junge Mann neben ihr flehte:

»Lasst mich Euer Krokodil sein, hübsches kleines Kalb!«

»Ein als Leopard verkleidetes Krokodil? Nie!«, rief Rose.

»Komm mit mir«, tuschelte Jeanne plötzlich an ihrer Seite. »Ihr erlaubt wohl, Monseigneur? Wir werden schöner zurückkommen, als wir entschwinden«, und zog Rose fort. Als sie in ihrem Boudoir angelangt, sagte sie anerkennend:

»Du kannst aber ganz sz-ön frech zu den Herren sein, mein Sz-atz.«

»Frechheit ist vielleicht das einzige was diese Goldfasanen beeindruckt«, entgegnete Rose und prüfte in der Spiegelmonstranz den Sitz ihrer Frisur. Sie hatte sich, um größer zu wirken, die Flämmchenlocken höher toupieren und mit großen fächerartigen Rosetten schmücken lassen, die sie wie auf Kolibriflügeln davonzutragen schienen. Die Frisuren würden höher werden, dessen war sie sicher, schon um die Balance zu den seitlich immer ausladenderen Röcken zu halten.

Jeanne räkelte sich in einem damastbezogenen Sessel von Reifrockbreite, hatte ihr *Déshabillé* bis zum Schoß hochgerafft und begonnen abendrotfarbene Strümpfe straffer unter den perlbestickten Strumpfbändern hochzuziehen.

»Du siehst heute Abend sehr hüb-sz aus, Rose, wirklich zum Anbeißen«, sagte sie, schien aber an anderes zu denken, während sie weiter die Strümpfe mit zärtlichen Bewegungen an den Schenkeln glatt strich, dabei immer höher gleitend und nicht zu merken schien, wie Rose gebannt starrte. Und wie zu sich selbst, erklärte sie:

»Ich siege nicht mit Unversz-ämtheit, ich besiege sie mit Sz-arme. Mit Hingabe, denn ich liebe die Männer. Ihre Art, ihren Geruch, ihre Ungeduld, die so leicht zu sz-üren ist. Ihre naive Eitelkeit, ihre wonnige Brutalität. Eben alles an ihnen. Ich könnte sie sz-arenweise umarmen.«

Rose schluckte, murmelte heiser: »Doch nicht alle?«

»Alle, die mir ihre Leidensz-aft beweisen. Mit ihrer Galanterie und hüb-szen Aufmerksamkeiten.« Jeanne lachte ihr Kindergeburtstagslachen. »Oder die noch so jungenhaft süß sind, so sz-nell rote Ohren und ausgebeulte Hosen bekommen.«

»Dieser Chartres ist blutjung, aber rote Ohren bekommt der bestimmt nicht mehr, allenfalls das andere, oui, weil er krokodilgierig ist. Wer ist das überhaupt, dieser lange Kerl mit Leopardenpelz rund um den Rock wie ihn Husaren unter dem Sattel haben?«

»Das weißt du nicht? Der Sohn des Herzogs von Orléans. Der einzige. Er ist noch nicht lange an Amors Spielen interessiert, sein Vater hatte sz-on Angst, er würde auf die fal-sze Seite geraten und hat ihm deshalb die tüchtige Rosalie Duthé vom Opernballet auf den Sz-oß gesetzt.«

»Und das hatte Erfolg?«

Jeanne gurrte wie eine Taube: »Hol dir die Antwort doch selbst. Die Sterne stehen günstig, kleine Kollegin.«

»Und warum willst du ihn nicht?«

»Du Barry bevorzugt die Konkurrenz.«

Die Lösung dieser rätselhaften Antwort sollte Rose erst viel später erfahren.

An der Türe kratzte es Einlass begehrend. Jeanne dehnte sich wie eine aufwachende Katze, stand gemächlich auf, schaute in den Spiegel, glättete die über eine Schulter fallende dick gerollte Locke, schob die Blütenranke auf der anderen weiter hinunter.

»Ich habe eine Verabredung, Rose, aber du kannst gerne bleiben. Das könnte doch zu dritt noch mehr Plaisir machen, meinst du nicht? Nein? Dann versz-winde durch die Tapetentür da. Am Ende des Flurs ist eine Tür und du bist wieder im Salon. Knacke die Auster Sz-artres, sie sz-meckt dir bestimmt. Bis bald, mein Sz-atz.«

7

Es war, als ob die Bekanntschaft mit der sinnlichen Jeanne die nüchterne Rose über eine Schwelle gezogen, die sie bisher in Paris noch nicht gewagt hatte zu überschreiten.

Nun tat sie es, da Vorbild und Umgebung so verlockend dazu einluden: die reichen Appartements, die selbstverständliche Galanterie der Männer, die spritzige, nie stockende Unterhaltung, auch wenn ihr Inhalt banal sein konnte. Alles wirkte elegant, spielerisch, war durchtränkt von moussierendem Sex. Die größte Sünde, die man in dieser genussfreudigen Runde begehen konnte, brauchte man zwar nicht zu beichten, aber sie war tödlich: das unverzeihliche Übel ein Langweiler und Tugendbold zu sein.

Rose sah niedlich aus, war frisch und lebendig, und dank der Möglichkeiten im Trait galant mit Geschmack und nach dem Neuesten angezogen, was nicht nur die Frauen bemerkten. Sie ließ sich nicht imponieren, war nicht gierig auf Geld – oder zeigte es nicht – und passte sich schnell den Regeln der oberen Tausend an, ohne sich anzubiedern.

Nach der Soirée im Hause du Barry wurde sie im Gefolge der schönen Jeanne in andere Häuser eingeladen, zu anderen intimen Soupers, Kartenspiel, Tanz, ländlichen Picknicks, Besuch in Oper und Komödie. Und wenn sie sich auch nicht wie ein unvorsichtiges Kalb in die Fänge eines liebeshungrigen Krokodils im Seidenhabit ziehen ließ, so doch freiwillig in ein verschwiegenes Kabinett, eine Kutsche mit geschlossenen Vorhängen. Diese Spielart der mondänen *Divertissements* gehörte dazu wie die unsichtbaren

Musikanten, der mit Schnee gekühlte Champagner, der sanft narkotisierende Geruch aus Treibhausblumen, mit Ambra und Bergamotte hergestellten Parfüms.

Rose fand schnell Gefallen an den *Jeux d'amour*, nur sah sie darauf sie nicht *coram publico* zu genießen. Die Moral der Mère Bertin, man könne gelegentlich gegen Anstand und Sitte handeln, aber diskret, war noch immer bestimmend.

Für Jeanne wurde sie eine Art von Stilberaterin oder Ehrenzofe. Es war Rose, die ihr riet möglichst oft Weiß zu tragen, da es das dichte aschblonde Haar und die rosige Haut am besten zur Geltung brachte. »Dann wirkst du noch engelhafter«, erklärte sie, wofür sich der Liebesengel mit einer spontanen Umarmung bedankte. Davon angefeuert, erdachte Rose noch reizvolleren Ausputz für die sinnverwirrende Gestaltung von Roben und Haarschmuck ihrer angeschwärmten Freundin.

Sie stellte auch fest, dass im Haus des Grafen du Barry nicht nur zwanglose Soiréen stattfanden. Mutter und Tochter waren umsichtige und charmante Gastgeberinnen, die Tafel gut gedeckt, die Unterhaltung voller Esprit. Neben vom Hofleben gelangweilten Herren erschienen pfiffige Financiers, erfolgreiche Literaten, sogar ein Mitglied der *Académie française.* Auch Künstler würzten die Gesellschaft, vor allem Modemaler, die sich bemühten Jeanne als Modell zu gewinnen. Ihre angetrauten Frauen brachten die Gäste nicht mit, dafür liebenswürdige Freundinnen und viele Neuigkeiten aus dem tonangebenden Paris. Kleine Komödien, Kammerkonzerte und Charaden wurden veranstaltet, und einmal erschien ein Magnetiseur, der ein hypnotisches Experiment durchführte, das dem Akademiemitglied überraschende Äußerungen über sein Privatleben entlockte und Jeannes Wuschelhündchen in tagelangen Schlaf versetzte.

Der Liebesengel nahm die neue Freundin mit in ihre Theaterloge und einmal auf einen Ausritt, die Seine entlang, wobei sie spaßeshalber darauf bestand, dass Rose in Amazonenrobe und sie selbst als Kavalier aufsitze. Sie hatte sich dafür einen Reitanzug aus grau schillerndem Seidenmoiré machen lassen, ein Hemd mit reich gefälteltem Spitzenjabot untergezogen, um verräterisch Weibliches nur ahnen zu lassen, und die blonde Haarfülle in eine Nackenschleife gefasst. Ihr Liebhaber *en titre* war von dieser Cherubim-Verkleidung so hingerissen, dass er die Geliebte vom Modemaler Drouais porträtieren ließ.

Rose war eher hin und her gerissen. Der Anblick eines sehr blonden und sehr jungen Kavaliers an ihrer Seite brachte sie nicht nur durch den Trab des Pferdes ins Schwanken, doch sie bekämpfte diese Verwirrung heldenhaft.

Mit fortschreitender Bekanntschaft stellte sie erstaunt fest, dass die Freundin wirklich engelhafte Eigenschaften besaß, jedenfalls was Gutherzigkeit und Generosität anbelangte. Sie klatschte zwar gerne, aber nie bösartig, entwaffnete selbst ihr zunächst Übelgesinnte durch ihr strahlendes Wesen, schenkte gerne und ohne Hintersinn, liebte es allerdings genauso beschenkt zu werden, vor allem mit Schmuck.

Jeanne genoss fröhlich jeden Tag, erst recht die Nächte und dachte nicht viel nach. Das überließ sie ihrem geschäftstüchtigen Beschützer.

Graf du Barry hatte beträchtliche Schulden, an denen auch Jeanne die Schuld trug, denn sie gab leidenschaftlich gerne Geld aus, so dass er schon deshalb bemüht war seinen bezaubernden Schützling gewinnbringend zu lancieren.

Auch Rose profitierte nicht nur privat von den Divertissements. Vor den gemalten Cupidos im Trait galant erschienen neue ausgabefreudige Kunden, die sich auf eine Empfehlung der Demoiselle Rose beriefen. Mehr wappengeschmückte Kutschen oder Sänften hielten vor dem Haus, mehr Bestellungen mussten an die Lieferanten weitergeleitet, Arbeiterinnen neu eingestellt werden. Die Pagelle hatte nichts mehr dagegen, wenn ihre beste Kraft auch mal an Wochenabenden ausging, sich etwas aus dem Sortiment auslieh, und als im Haus ein Logiergast auszog, verließ Rose das Pensionat in der Mansarde. Die Patronin bezahlte anstandslos die Miete für das Zimmer.

Das alles stieg der jungen Modistin ein wenig zu Kopf. Der Glanz der ›Goldfasanen‹, wie sie für sich diese vom launenhaften Schicksal Bevorzugten nannte, überstrahlte die Realität. Sie übersah, dass sie sich nur am Rande des goldenen Geheges bewegte, nur geduldet war, und die Bekanntschaft mit Philippe de Chartres bestärkte sie noch darin.

Rose begegnete dem impertinenten jungen Mann mit der hohen Stirn und dem trägen blauen Blick ab und zu inmitten seiner ›Karawane‹, wie er ironisch die ihn begleitende Schar ebenso vergnügungssüchtiger junger Leute aus besten Familien nannte. Wirklich hatte er ihr das versprochene Geschenk geschickt, eine hübsche Haar-Agraffe mit der begleitenden Notiz: *»Ich hoffe, Mademoiselle, dass dieses bescheidene Souvenir an einem amüsanten Abend oft die Federn halten möge,* *welche andere gelassen, und ich das Vergnügen haben werde, beim Rupfen dabei zu sein.«*

Den Leopardenrock hatte der spottlustige Prinz gegen andere Modeverrücktheiten ausgetauscht: eine seidene Weste, bestickt mit musizierenden Äffchen unter verniedlichten Kokospalmen; einen Spazierstock, auch als Fernrohr zu gebrauchen; oder einen mächtigen Muff aus prächtig gemustertem Samt, den er bei der Messe als Kissen benutzen wollte: »Ich beuge meine Knie vor dem Herrn, aber wo steht, dass ich dabei leiden muss«, lästerte er.

Chartres machte Rose weiterhin zweifelhafte Anträge, sie schlug sie eindeutig ab. Er war keinesfalls beleidigt über ihre Weigerung, nannte sie »einen verdammt süßen Bett-Igel« und rächte sich auf seine Weise, indem er am nächsten Tag in die Modehandlung kam, um einen reich verzierten Arbeitsbeutel für eine Dame auszusuchen.

»Weil Madame leider keine Nadel zur Hand hatte, als mir vor Leidenschaft ein wichtiger Knopf geplatzt ist«, bemerkte er augenzwinkernd zu Rose.

»Hoheit sollten sich gleich vom Schneider die Knöpfe fester nähen lassen, es würde sich bezahlt machen«, entgegnete sie trocken, dachte aber wütend: *»Libertin! Flaps! Filou!* Tut weltmännisch und ist doch so grün, dass nur die Balletthäschen von der Oper an Euch knabbern möchten.«

Dieser Prinz war wirklich nicht das, was sich die Tochter des Gendarmerie-Wachtmeisters unter einem solchen vorgestellt hatte, er fiel sehr aus dem Rahmen eines aristokratischen Porträts. Jede über ihn geäußerte Meinung bestätigte ihr das.

»Der Prinz? Vergnügungssüchtig und oberflächlich,

vollkommen uninteressiert an geistigen Dingen. Ich glaube, er hat in seinem Leben keine zehn Bücher gelesen«, seufzte der alte Abbé, der ihn unterrichtet hatte. »Aber was wollt Ihr? Hoheit entsprechen genau dem Prototyp eines Prinzen. Sie sind wie die Wetterfahnen, die erst anhalten sich zu drehen, wenn sie vollkommen verrostet sind.«

»Aber Hoheit haben so ein hübsches Zeichentalent, vor allem für Karikaturen und Kopien«, kicherte eine Dame, der er kürzlich sein Privatkabinett gezeigt hatte.

»Er reitet wie ein Gott und redet wie ein Stallknecht«, verkündete kurz und bündig einer aus der ›Karawane‹.

»Ein unkontrollierbarer Wirrkopf und geborener Opponent. Was er als Herzog von Orléans mal in der Politik anstellen wird, da stehe uns Gott bei«, prophezeite ein Kammerherr.

»Die kinderalbernsten Streiche amüsieren den Herzog am meisten, dabei müsste man mit zwanzig und in seiner Stellung doch nun wirklich erwachsen sein«, kritisierte ein anderer.

Keine sehr ermutigenden Auskünfte über einen Anbeter. Rose gestand sich ein, sie fände ihn dennoch interessant, weil er die Gesellschaft gegen den Strich bürstete. Außerdem hatte sie einige praktische Überlegungen angestellt.

Philippe, Herzog von Chartres, war ein Cousin des Königs und nur durch wenige Personen von der Thronfolge getrennt. Er kommandierte, trotz seiner Jugend, ein Kavallerie- wie ein Infanterie-Regiment, verfügte über einen Sitz im Parlament, hatte die besondere Ehre Seiner Majestät beim offiziellen *Lever* und *Coucher* das Hemd zu reichen und würde später Erbe der reichen Besitztümer des Hauses Orléans sein.

Die Demoiselle Bertin wusste längst, was Stellung, Geld und Macht bedeuten konnten. Und sie hatte Ehrgeiz, sie wollte nach oben. Das alleine zu erreichen, war ein harter, vielleicht unbegehbarer Weg. Ein hoher ›Beschützer‹, wie Jeanne ihn besaß, konnte ihn glätten. In einer Karosse kam man besser voran als zu Fuß. So nahm sie schließlich eine Einladung des Herzogs in sein Landhaus an, allerdings bevor sie von einem Surprise-Souper gehört hatte, das dort stattgefunden hatte.

Hinter den Feldsteinmauern der Pariser Vorortstraßen lagen nicht nur Klöster, Hospitäler, Gehöfte, Gemüsegärten und einbringliche Pfirsichplantagen, sondern auch verschwiegene Pavillons. Viel Wohnraum besaßen sie nicht, dafür sichtdichte Hecken rundherum und weit entfernte Nachbarn, sodass auch turbulente Geschehnisse in ihnen keinen störten. Ihre Besitzer erschienen sporadisch und deren Gäste, sofern weiblich, kamen gerne in verhängter Kutsche.

In seinen Pavillon lud Philippe de Chartres gelegentlich zu Soireen, an denen nur seine engsten Freunde, sehr junge Demoisellen vom Theater und solche Damen von Rang teilnahmen, die keine Spaßverderber waren. Während eines dieser Essen – ohne weibliche Gäste – hatten Lakaien eine enorme Pastete auf den Tisch gehievt.

»Mein vorzüglicher Koch hat in diese Delikatesse einen leckeren Vogel eingebacken, der den verwöhntesten Feinschmeckern munden wird«, verkündete der Gastgeber.

Er klatschte in die Hände, der Pastetendeckel lüpfte sich und heraus kam ein entzückendes Wesen geklettert, mit nichts an, als dem appetitanregenden Parfüm der Pastete. Es sprang anmutig auf den Teppich, tänzelte auf Zehenspitzen um den Tisch und bewegte dabei Arme und rosigen Sterz wie ein aufflatternder Flamingo.

Der junge Gastgeber war sichtlich stolz über die gelungene Überraschung. »Bedient euch, Messieurs! Allerdings werde ich mich aus Sorge um euer Wohl als Vorkoster betätigen, wie es ja auch für den König bei jedem Mahl getan wird.«

Rose erfuhr von dieser besonderen Degustation und wie zufällig erschien Chartres am gleichen Tag in der Modehandlung. Er wolle sich Fächer ansehen, sagte er, und wählte schließlich einen recht soliden, das Blatt aus Glacéleder, bemalt mit tändelndem Schäferpaar unter einem wie vom Blitz getroffenen Baum.

»Ist er für eine Dame? Soll ich ihn schicken lassen?«

»Er ist für mich. Wegen der Fliegen. Ihr seid so grausam zu mir, meine Schöne, dass ich irgendwo zuschlagen muss. Aber ich hoffe bei der morgigen Einladung besänftigt zu werden.«

Sein sonst so gelangweilter Blick wirkte nicht mehr gelangweilt.

»Darf man wissen, Hoheit, wie das Programm des morgigen Abends sein wird?«, fragte Rose misstrauisch.

»Erst italienische Komödie, das Stück soll zum Heulen komisch sein. Dann machen wir eine kleine Wettfahrt zu mir und dann folgt das große Fressen. Wer vorher umwirft, bekommt das Menü als letzten Gruß aufs Grab serviert.«

»Wenn Hoheit die Absicht haben eine Pastete servieren zu lassen, springe ich als Erste aus dem Wagen.«

»Aber nein, Mademoiselle, nichts dergleichen. Mein Koch versteht auch in kleinerem Format zu überraschen.«

Die Pagelle versuchte die Unterhaltung mitzuhören. Dieser aus dem Rahmen fallende Prinz schien ihr ein zu unverdaulicher Bissen für Rose, aber Erfahrung hatte sie gelehrt, dass sich im Leben die unglaubwürdigsten Beziehungen knüpfen ließen. Im Gegensatz zu früheren Zeiten war es nicht mehr so unwahrscheinlich, dass Mädchen aus den unteren Rängen in den Olymp der Gesellschaft emporstiegen, wenn sie die dafür nötigen Gaben mitbrachten. Und die Mätresse eines hohen Herrn war eine durchaus wünschenswerte Kundin, auch für den Preis einer guten Kraft.

Chartres hatte indessen einen Zettel aus der Manschette gezogen: »Auf dem Speiseplan stehen marinierte Austern aus Dieppe – extra für Euch bestellt –, Gänseleberpastete aus Toulouse, Wildschweinschinken aus Troyes und noch ein paar kleine Schweinereien. Danach Täubchen in Paradiessauce und so weiter. Außerdem Feigen aus Marseille, Orangengelee aus Malta, Mandelcreme a *la Princesse*. Und natürlich genug Flüssiges um alles hinunterzuspülen. Nichts Ungebührliches sonst.«

»Nichts Ungebührliches sonst«, wiederholte Rose etwas beruhigter. Doch als am nächsten Abend Chartres mit ihr als Erster der Kavalkade in den Hof des Landhauses preschte, sie höflich am Arm hineingeleitete, sah Rose nur einen Tisch mit zwei Gedecken vorbereitet. Beunruhigt rief sie aus:

»Wie? Und keiner sonst?«

Allein standen sie in der ländlichen Stille. Kein nachfolgender Wagen, kein Hufeklappern, keine Stimmen waren zu hören, nur das Kaminfeuer knisterte und ein Lakai kam auf Samtsohlen mit der ersten Platte und der ersten Flasche Champagner herein.

»Erklärt mir das bitte, Monseigneur!«

»Ich nehme an, sie liegen alle im Graben«, witzelte Chartres etwas lahm, denn die nun sehr zornig auf ihn gerichteten Augen, stürmisch grau wie Wintermeer, und die kämpferisch zusammengepressten Lippen der kleinen Bertin ließen das geplante *Tête-â-Tête* fraglich werden.

»Ich wollte so gerne mit Euch alleine sein. Ist das ein Verbrechen? Verzeiht mir doch, mein entzückender kleiner Igel.«

Als Antwort marschierte der einzige Gast auf den Tisch zu, ergriff eine Vase aus kostbarem Dresdner Porzellan mit Treibhausrosen und schmetterte sie dem Gastgeber vor die Füße.

»Rosen haben immer auch Dornen, wenn man sie falsch anfasst. Merkt Euch das bitte, Hoheit.«

Chartres stand mit nassen Strümpfen und Schuhen da und murmelte: »Aber das sticht mich doch gerade so.«

»Ihr seid ein hinterhältiges Krokodil«, fauchte sie, was er wie ein Kompliment mit schiefem Grinsen quittierte.

Ein guter Stratege ist er schon, sagte sich unwillig Rose, wenn er eine ganze Wagenkolonne umgelenkt hat, ohne dass ich etwas gemerkt habe. Und die Neugier kitzelte sie, wie er nun weiter vorgehen würde.

»Wollt Ihr nicht ein Glas Champagner, meine Schöne?«

Das war nicht sehr originell. Sie schmollte also, recht lange, wie es dem Anbeter schien, um schließlich ungnädig ein Glas zu akzeptieren.

»Euer Benehmen macht zornig und Zorn macht Durst. Habt Ihr etwa dieses Souper ebenso reduziert wie die Gäste?« Der Prinz beteuerte nichts am Menü geändert zu haben.

Rose aß mit gutem Appetit, hielt sich beim Trinken zurück, machte höflich Konversation und ließ erkennen, dass sie in sicherem Abstand von ihm bleiben würde. Sie sah reizend aus an diesem Abend, in einem narzissengelben Kleid aus Chinaseide, übersät mit eingewebten Frühlingsbuketts, die Corsage unter Schleifen begraben. Die gleichen Blumen schmückten die ungepuderten Flämmchenlocken.

Chartres gab sich höflich und aufmerksam. Es war das erste Mal, dass sie ihn so gesittet erlebte. Ohne die Notwendigkeit aus Opposition impertinent zu sein, konnte man mit ihm recht vernünftig reden. Das hieß: solange sein Interesse an einem Thema hielt. Er war ein unsteter Geist, voller Widersprüche in sich selbst und schnell von einer Sache – oder einer Person – gelangweilt.

Als die Desserts auf den Tisch kamen, erschien eine mütterlich aussehende Person in Bedienstetentracht, knickste und fragte den Prinzen, ob er mit allem zufrieden sei. Die Art der Verbeugung und Fragestellung ließen eine gewisse Vertrautheit erkennen und er antwortete im gleichen Ton.

»Bénédictine, deine Mandelcreme war köstlich. Ich habe zweimal genommen, und in der Küche kannst du Merlan ausrichten, dass er sich selbst übertroffen hat. Lasst euch das Übriggebliebene schmecken.«

Die Frau knickste wieder, sie hatte die ganze Zeit Rose ungeniert gemustert. »Ich habe nebenan heizen lassen, Hoheit«, sagte sie und zog sich zurück. Auch der bedienende Lakai war nicht mehr zu sehen.

»Eine alte Bekannte, Hoheit?«

»Meine Amme und Kinderfrau. Und wenn sie mir auch nicht mehr die Brust reichen kann, so nährt sie mich doch mit der süßen Milch ihrer Liebe.« Chartres brach in lautes Lachen aus, um die Ernsthaftigkeit der letzten Bemerkung zu überdecken. »Und mit fantastischen Desserts. Sie weiß, wie verleckert ich bin.«

Rose war schon aufgefallen, dass der Herzog mit seinen Bedienten und jetzt mit dieser ehemaligen Kinderfrau viel menschlicher und freundlicher umging als mit seinesgleichen. Und es fiel ihr ein, dass die Kinder der Großen in ihren ersten Jahren oft kleinen Leuten übergeben werden, Dienerfamilien oder Ammen, und erst in das Elternhaus zurückkehren, wenn sie sich salonfähig benehmen können. Hatte Philippe nur damals Wärme und Zuneigung bekommen und nichts dergleichen später?

»Meine Mutter hat mich selbst genährt und meine großen Geschwister haben mich erzogen«, sagte sie, um dieses aufschlussreiche Thema fortzuführen.

»Meine Mutter sah ich nur bei ihrem *Lever;* und meistens rügte sie mich. Meine Erziehung war streng, nach äußerst rigiden Grundsätzen. Nie durfte ich an kindlichen Vergnügungen teilnehmen, nicht mal eine Kasperle-Vorstellung besuchen.«

»Wie traurig. Ich schon, auf dem Jahrmarkt.«

»Dann habt Ihr mir etwas voraus, meine Butterblume.«

»Und ich glaubte, es sei ein besonderes Privileg als Prinz geboren zu werden.«

»Ein Privileg und eine Zwangsjacke, die mir jedenfalls zu eng ist. Ich hätte lieber in den alten Zeiten gelebt, als wir noch selbstständige Herren in unseren Ländereien waren, mehr Verantwortung für unsere Leute hatten und nicht dauernd in diesem ungemütlichen Paradeschuppen von Versailles antreten mussten. Heute schreibt uns der König jeden Furz vor.«

Die Vorstellung, wie Seine Majestät die Winde der Hofgesellschaft dirigierte, machte Rose lachen bis zum Verschlucken. Chartres saß lässig zurückgelehnt in seinem Sessel und lachte gut gelaunt mit. Eine Hand spielte mit einem Knopf an seinem Rock ›auf polnische Art‹, reich mit Tressen und Goldverschnürung versehen. Auch die Knöpfe waren golden und geprägt wie Dukaten. Auf einmal hielt er einen in der Hand.

»Schau an! Der Schneider hat wieder nicht fest genug genäht, wie Ihr mir geraten. Ein echt goldener Knopf! Welcher Leichtsinn. Wollt Ihr ihn mir annähen?«

Doch bevor Rose antworten konnte, fuhr er fort: »Nein, ich habe eine bessere Idee: Wollt Ihr ein Spiel mit mir wagen?«

Rose war auf der Hut. »Ein Spiel, Monseigneur? Was hätte ich denn einzusetzen?«

»Versucht es. *Faites Votre jeu, Mademoiselle.* Setzt irgend etwas. Vielleicht als erstes Eure Handschuhe.«

Rose streifte langsam einen ihrer narzissengelben Halbhandschuhe ab und legte ihn auf den Tisch. Chartres zog ihn mit einer Hand zu sich heran, mit der anderen hielt er den goldenen Knopf hoch.

»Handschuhe kommen in Paaren, nicht wahr? Also den zweiten bitte, und Ihr gewinnt einen Knopf.«

Das meinte er also, dieser hoch geborene Schlingel.

Rose übergab zögernd den zweiten Handschuh und der Prinz drehte den nächsten Knopf ab. Sie legte nach kurzem Überlegen ihren Fächer hin. Seine Stäbe waren aus Perlmutt, das Papierblatt bemalt mit chinesischen Figuren vor einer goldenen Hügellandschaft.

»Er ist mindestens zwei Knöpfe wert«, forderte sie. Es war wie beim Kartenspiel: Setze überlegt und du gewinnst, vorausgesetzt, du hast das Glück als Partner.

Nun saßen sie sich nicht mehr lässig gegenüber, sondern wachsam aufgerichtet und belauerten sich gegenseitig.

Knopf folgte auf Knopf, die Rockkante riss dabei aus, der Prinz nahm es nicht zur Kenntnis. Nach dem Fächer wehte die Halsrüsche auf den Tisch, dann klickte ein Haarkamm. Rose dachte sich Finten aus, griff wie überlegend an den Verschluss der Corsage, beobachtete schadenfroh die aufkeimende Erregung in seinem Gesicht, dann die nachfolgende Enttäuschung, als sie nur das Ansteckbukett von der Schulter löste.

Ein Atlasschuh mit gelber Rosette folgte, dann der andere. Bei den Ohrgehängen aus je einer kleinen, von Perlen umgebenen Kamee zögerte sie, sie waren ein Geschenk von Jeanne. Er schüttelte abwehrend den Kopf.

Die Goldknöpfe häuften sich vor ihr und seine Rockkanten sahen immer abgeräuberter aus, doch auf den Ärmelaufschlägen und der Weste saßen noch zahlreiche. Dagegen ging bei Rose der Fundus an entbehrbaren Dingen zu Ende. Ein Fichu trug sie nicht zu diesem Kleid, die Ärmelvolants waren angenäht, abreißen wollte sie sie nicht, dafür war sie zu sparsam.

Chartres lächelte siegesgewiss, den nächsten Knopf schon in der Hand. »Wer nichts mehr setzen kann, kann sich ja selbst zum Pfand geben!«, sagte er wie zu sich selbst.

Es war ein aufregendes Spiel geworden, das siedend durch ihre Adern lief, den Atem beschleunigte, die Gesichter rötete. Rose fiel ihr Taschentuch ein, sein Piratenlächeln erstarb. Aber was nun noch setzen?

»Vier! Nein, sechs!«, forderte sie, denn so viele Knöpfe saßen an seinen Rockaufschlägen. Sie begann die koketten Schleifen aufzulösen, die vorne ihr Kleid zusammenhielten. Philippe riss brutal an den Manschetten, diesen Rock konnte er nurmehr dem Lumpenhändler verkaufen.

Ihr Oberkleid wanderte gelbseiden knisternd auf den Stuhl neben Chartres, sein ruinierter Rock daneben. »Dieses Spiel macht wirklich warm«, bemerkte Rose durch die Zähne. Sie saß jetzt in Fischbeinkorsett, Hemd und Unterrock aus dem Kleiderstoff da.

Philippe öffnete eine neue Champagnerflasche. Er tat es zu hastig, der Schaum floss über den gelben Taft neben ihm. Jetzt war also auch ihr Kleid ruiniert. Seine Brokatweste mit den Goldblumen ebenfalls, da er jetzt grob mit dem Obstmesser an deren Knopfreihe ging.

Rose stand entschlossen auf, drehte sich um, raffte den raschelnden Unterrock und ließ die darunter gebundenen Hüftkissen fallen. Es war nicht anzunehmen, dass er diese Prozedur noch nie gesehen und in

Ohnmacht sinken würde. Philippe opferte dafür zwei Westenknöpfe, er hatte leider viel zu viele. Sie war bereit sich auszuziehen, aber nicht zu verlieren.

Die Spieler waren jetzt äußerst erregt, ihre Bewegungen und Atemzüge wurden immer hastiger, Wollust und Spielfieber hatten sie gleichermaßen gepackt. Rose überlegte nicht mehr lange was sie nun auf den Tisch werfen sollte, er wurde großzügiger mit den kostbaren Knöpfen. Die Strumpfbänder brachten vier Mal Gold ein, Rose handelte wie ein Levantiner. Beim Aufschnüren des Korsetts durfte er schon helfen, Rabatt gab es nicht.

Die letzte Spielschuld wurde nicht mehr am Tisch beglichen, sondern auf dem Teppich vor dem Kamin. Philippe de Chartres bestand auch nicht darauf, dass sein Gast verloren habe, obwohl er noch goldene Schuhschnallen als Reservetrumpf besaß.

Beide hatten sie das Gefühl glückliche Gewinner zu sein, und Rose bezog das nicht nur auf die wertvollen Boutons. Ihr war es ergangen wie manch anderer, die ihren Partner mit einer gewissen Berechnung gewählt und dann von unerwarteten Gefühlen überrannt wurde:

Sie hatte sich heftig in den impertinenten Prinzen verliebt.

Diesem Abend folgten weitere und für beide befriedigende. Die Demoiselle Rose nahm keine andere Einladung mehr an, und der Prinz war von der widerborstigen, doch leidenschaftlichen neuen Freundin so angetan, dass die Surprise-Soupers für seine Freunde zugunsten intimerer Überraschungen zu zweit vorläufig nicht mehr stattfanden.

Traf Rose vor ihrem Liebhaber in dem kleinen Landhaus ein, erbat sie sich die Gesellschaft Bénédictines. Sie war immer dort, wo der Prinz war, sah im Haus nach dem Rechten, blieb jedoch diskret im Hintergrund. Und sie mochte Rose. Diese da war keine von den törichten, schnappigen Pariser Ballettratten. Sie war eine intelligente bodenständige Person aus der Provinz, wie sie, mit einem ordentlichen Beruf und fähig Gefühlen nachzugeben, ohne dabei den Kopf zu verlieren. Gebe der Himmel, ihr herzoglicher Tollkopf erkannte ihre Qualitäten.

»Er hat nicht viel echtes Plaisir bisher gehabt«, bemerkte die Ex-Kinderfrau, als sie zusammen wartend eine *Bavaroise* schlürften, eine Art süßes Teegebräu mit aufgeschäumter Milch, wobei sie das ›ER‹ mit einer Betonung aussprach, die es zum überwältigenden ›ER‹ werden ließ.

»Sie haben ihm das Herz gestohlen, mit ihrem verdammenswürdigen Hochmut jedes tiefere Gefühl erstickt. Nie durften ihn seine Lehrer vertraulich anreden, anrühren oder etwa umarmen. Und umgekehrt genauso. Wenn ER mich nicht gehabt hätte! Wohl nicht lang genug. Ich fürchte manchmal, ER hat hier ...«, und Bénédictine legte pathetisch die Hand auf den Schürzenlatz, »nur noch ein kaltes Loch, das sich weder mit Gold noch Titeln füllen lässt.«

Rose dachte unbehaglich an das Goldknopf-Spiel. War es auch nur ein Versuch gewesen dieses Angst machende Loch in der Brust zu füllen? In einer beängstigenden Vision sah sie wie ein Wirbel aus Frauen, wilden Nächten, gewagten Ritten, Kauforgien, Spielkarten, sinnlosen Duellen sich in diese innere Leere hineindrehte und spurlos verschwand. Was für eine schreckliche Vorstellung! Welche Hoffnungslosigkeit!

»ER kann nichts dafür«, murmelte Bénédictine, als habe sie die gleiche Vision gehabt und eilte aus dem Zimmer, denn sie hatte Hufschläge gehört. Einige Zeit später, wieder an einem Abend zu zweit im Landhaus, spöttelte Rose zärtlich: »Dieser Diamant, Monseigneur, auf den ich vorhin in der kandierten Orange gebissen, hat ein solches Feuer, dass es mir sicherlich auf der Heimfahrt die Wagenlaterne ersetzen wird.«

»Hör endlich auf mich mit ›Monseigneur‹ oder ›Eure Hoheit‹ oder ähnlichen Geschraubtheiten zu sekkieren, als sei ich Seine Allerchristlichste Majestät. Die letzte, meine ich, die schon auf ihre verschiedenen Grabgrüfte aufgeteilt ist. Er sah auf Etikette, auch wenn er nichts als die Perücke anhatte, aber ich pfeife drauf.«

»Und wie soll ich Euch nennen?«

»Was dir sonst einfällt, mein Kind: du altes Krokodil, mein großer Affe, mein kleiner Affe, mein Herzensjockey.«

Rose nannte ihn im Geheimen *›le grand Mogul‹*, aussprechen tat sie es nicht, er war schon eingebildet genug.

»Ich möchte meinen Herzensjockey darauf aufmerksam machen, dass er nur ein paar Monate älter ist als dieses Kind.«

»Das hat keine Bedeutung. Monate zählen nicht im Bett, manchmal nicht mal Jahre, sofern der Magnetismus stimmt«, erklärte Philippe und machte in gewohnter Weise einen Gedankensprung.

»Möchtest du ein kleines Haus in Neuilly haben? Ich kann hier nicht immer meine Freunde ausladen.«

»In Neuilly? Das ist doch ein Dorf.«

»Ein sehr hübscher Ort an der Seine. Das Haus hat einen Garten bis zum Fluss, wir könnten Kahn fahren. Oder baden gehen. Und es ist nach dem neuesten Geschmack eingerichtet.«

»Das klingt sehr verführerisch, besonders das Baden. Ich liebe es im Fluss zu baden, aber wie komme ich dahin und wieder zurück nach Paris?«

»Du bekommst eine Equipage. Kutscher inbegriffen.«

Sie zog mit dem Finger langsam die Tätowierung einer recht dornigen Rose auf einer sonst diskret von Kleidung bedeckten Stelle nach. Die vornehmen Herren erlaubten sich manchmal solch intime Huldigungen an ihre Geliebten. Entkleidet seiner Leopardenflekken, ridikülen Perücken, affenbestickten Westen war Chartres ein schöner Kerl, groß und sportlich trainiert.

»Am liebsten würde ich in England leben, als Landedelmann«, bekannte er nach einem neuen Gedankensprung, »dort kann man *Sans gene* leben, nur mit Rössern, Hunden und viel Halah. Fern von Hof und Etikette und ohne die verdammten engen Seidenhosen, die mich am ... nun, eben am ... kitzeln.«

Rose ging nicht darauf ein, das Angebot ihr ein Haus zu geben beschäftigte sie mehr. »Der Kutscher wird viel zu tun haben, jeden Tag in die *Saint Honoré* hin und wieder zurück«, meinte sie nachdenklich, »und dann vielleicht nachts wieder nach Paris.«

»Du wirst natürlich aufhören hinter dem Tresen deiner vertrockneten Patronin zu stehen, meine Wonneblüte«, rief er, um dann an ihr herumzuschnuppern und -zuknabbern, als wolle er sie stückchenweise verspeisen.

»Oh!«, sagte Rose.

Sie bat um Bedenkzeit. Sein schmeichelhafter Vorschlag barg auch Tücken. Sie musste darüber nachdenken.

Am nächsten Tag holte sie ein Billet der Prinzessin Conti in ihr Palais. »Mademoiselle Rose, ich habe einen großen und sehr verantwortungsvollen Auftrag für das Haus Pagelle: Den *Trousseau* für die Hochzeit meiner Enkelin, der Prinzessin Marie-Adelaide de Penthièvre, zusammenzustellen.«

»Das ist eine überaus große Ehre, Madame la Duchesse, und das Haus Pagelle und ich werden unser Bestes dafür tun. Darf ich fragen, wen die Prinzessin heiraten wird?«

»Den Herzog von Chartres.«

»Oh«, sagte Rose wieder, aber diesmal erschreckt. Sie hatte zwar gehört, Philippes Vater sähe sich nach einer Braut um, damit der Sohn etwas gezähmt würde, aber die vollendete Tatsache schockierte sie doch.

»Es hat zunächst einige Vorbehalte auf beiden Seiten gegeben«, fuhr die alte Dame fort, »aber nun sind wir alle sehr erfreut.«

Was gingen die Modistin die Schwierigkeiten der Eheverhandlungen an? Philippes Vater, der dicke Herzog von Orléans, war zunächst einmal völlig gegen diese Verbindung gewesen, weil Marie-Adelaide gleich zweimal von Bastarden Ludwig des vierzehnten abstammte. Es war schon schlimm genug für den Stammbaum der Orléans, dass auch seine eigene Großmutter eine uneheliche Tochter des Sonnenkönigs war. Erst die Aussicht, mit der fünfzehnjährigen Schwiegertochter eine der reichsten Erbinnen Frankreichs in die Familie zu bekommen, zerstreute die Bedenken des dicken Herzogs. Der Sohn wurde nicht gefragt.

Diesmal musste Rose mit jemand darüber sprechen. Sie meldete sich bei Jeanne an, die ja genug Erfahrung mit hohen und auch verheirateten Liebhabern hatte. Der letzte musste so illuster sein, dass sie ein großes Geheimnis daraus machte und sehr oft nach Versailles entschwand.

Mademoiselle de Vaubernier umarmte sie herzlich: »Rose, mein Sz-atz, du kommst genau im richtigen Augenblick, ich habe eine fantasti-sze Neuigkeit für dich. Rate!«

»Du bist beim Dauphin angelangt.«

Sie lachte wie bei einem großen Kindergeburtstag. »Besser! Im Übrigen soll der Dauphin nur am Essen, an der Jagd und an seiner Sz-losserei interessiert sein.«

Während sie sprach, schlenderte Jeanne durch den Raum, schlug hier plötzlich einen Vorhang beiseite, riss eine Schranktür auf, hob die tief hängende Zierdecke eines Tisches hoch.

»Hast du Angst ein Krokodil könnte wieder irgendwo drunter lauern?«, neckte sie Rose.

»Das nicht, aber der Polizeiinspektor Marais. Er ist seit Jahren angesetzt im Auftrag des Königs die hohen Herrsz-aften in ihrem Privatleben zu beobachten und darüber zu berichten. Ganz egal wie er das anstellt. Der Arme hat sich sz-on mehrfach in sz-recklich unbequemen Verstecken gefunden. Und da ich jetzt auch ...«

Sie unterbrach sich, lachte noch überwältigender. Rose riss die Geduld: »Wir waren beim ›besser‹. Also rede endlich!«

»Ich heirate«, sagte Jeanne vergnügt.

Sie hatte es also geschafft. Vielleicht den uralten, aber geistvollen und liebesversierten Marschall Richelieu, der in letzter Zeit ihr Vorzugsmann gewesen? Nein, sie nannte den Grafen du Barry.

»Rose, sieh nicht so verdattert aus. Es ist sein Bruder, Jean ist längst verheiratet. Er kommt extra aus Südfrankreich angereist und wird gleich nach der Trauung wieder abreisen. Aber ich werde eine echte Comtesse.«

»Dann ist vielleicht ...?«, flüsterte Rose, die zwei und zwei zusammenzuzählen begann: hartnäckige Gerüchte, Erratenes, den Wunsch nach besonders extravaganten Kleidern und *Déshabillés,* die der Graf ohne Protest bestellt hatte, wenn auch auf Kredit. Die immer häufigeren Fahrten nach Versailles.

»... dann ist der Mann, den es zu raten gilt?«

»... der König«, flüsterte Jeanne zurück, »seine Allerchristlichste Majestät, mein wundervoller Louis. Und ich bin sz-amlos verliebt in ihn.«

Für den nächsten Sonntag sagte Rose alle Vorhaben ab, blieb in ihrem Zimmer und dachte ernsthaft nach.

Im lockeren Hauskleid, die Füße auf die Fensterbrüstung gestützt, unentwegt Äpfel kauend, saß sie lange da. Die Sonne wanderte, Wolken zogen, Tauben vögelten und flogen knatternd davon, eine Katze ging auf dem gegenüberliegenden Dachfirst spazieren wie der Seiltänzer auf dem Jahrmarkt. Ab und zu hörte sie die Kirchenglocken läuten und wieder verklingen.

Sie bemühte sich nüchtern zu denken, das Pro und Contra aufzulisten, zu vergleichen. Es ging um eine Entscheidung, so schwer wiegend wie der Abschied von Abbéville. Philippes Heirat brauchte an seinem Vorschlag nichts zu ändern. Heirat war Familiensache, Liebschaft dagegen Privatsache. Und er war in letzter Zeit noch drängender geworden, hatte von mehr Dienerschaft, mehr Pferden, mehr Preziosen und mehr Liebe geredet. Aber auch ein Ton von Beleidigtsein, von Ungeduld über ihr Zögern waren mitgeschwungen, sogar die Drohung sie zu entführen hatte er geäußert, wenn sie sich nicht bald und ganz für ihn entschiede.

Rose war sehr in Versuchung ›ja‹ zu sagen, doch da war ein Haken. Er hatte von einem ›kleinen‹ Haus gesprochen. Egal, ob mit Garten, modernem Meublement, Kahn, Kutsche, er setzte damit den Wert und den Horizont für sie fest: eine kleine Geliebte. Jeanne hatte das Zeug für eine große Mätresse. Mit Palais, Vierspännern, Scharen von Domestiken und ganzen Wasserfällen von Diamanten. Sie hatte schon mehreren hohen Herren mit Erfolg den Kopf verdreht, sehr erwachsenen und ausgebufften, die keine roten Ohren mehr kriegten, und jetzt dem König. Und sie würde ihn festhalten, dessen war Rose sicher, entgegen allen boshaften Voraussagen, dass diese schlecht beleumundete Person obskurer Herkunft, nur eine weitere kurze Caprice des alternden Vielgeliebten sein würde.

Jeanne hatte das Talent dazu, ihres dagegen lag nicht zwischen den Schenkeln, es lag in ihren Händen und in ihrem Kopf. »Brauch deinen Grips, Tochter!« Wie gern hätte sie die Mère dagehabt, aber sie lebte weit weg bei Louis und brachte seinen Gören die Tatsachen des Lebens bei.

Wenn sie den Tatsachen ins Gesicht schaute, sich

aus dem goldenen Dunst herausarbeitete, in den sie so bereitwillig getaucht war, musste sie sich eingestehen: Sie hatte zu hoch gepokert. Sie würde Philippe nicht halten können, war nicht raffiniert genug. Der Vorschlag, ihr ein Haus zu finanzieren, war nicht der Gipfel seiner Liebe, sondern schon Beginn ihres Abstiegs, denn er war nicht fähig sich lange auf einen Menschen zu konzentrieren. Treue ödete ihn an. Und wie lange würde der Reiz ihres Körpers und ihres Witzes ausreichen?

Außerdem: Was sollte sie in Neuilly tun? Die Tage vor dem Spiegel verbringen? Blumen ordnen? Kiesel in den Fluss werfen, während sie wartete bis Philippe sich bequemte hinauszukommen? In der Kutsche spazieren fahren. Wohin? Als erfolgreiche Putzmacherin konnte sie Eingang in vornehme Häuser finden, wenn auch über die Hintertreppe, als Herzogsliebchen durch keine. Und lieber wollte sie ihre Moden selbst machen als sie mit fremdem Geld kaufen, lieber ihre eigenen Mädchen kommandieren als Lakaien und Zofen. Konnte Philippe ihr nicht anstelle des Häuschens in Neuilly einen eigenen Laden einrichten? Oder das Geld dafür geben?

Nein, die Demoiselle Rose wollte nicht unter der Herrschaft eines Mannes leben, sondern unter ihrer eigenen und mit ihrem eigenen Geld. Eine herrlich vergnügliche Zeit hatte sie gehabt, aber nichts dauert ewig. Auch Jeanne war sie dabei zu verlieren. In einem Wirbel von Vorbereitungen, Aufregung, wahrhaft königlichen Huldbeweisen war sie nach Versailles abgereist. Noch nicht ins Schloss, aber in seine Nähe. Doch sie wolle weiterhin für ihre Toiletten zum Trait galant und zu Rose kommen, hatte sie versprochen.

Hatte sie versprochen? Jede Modehandlung würde der Königsmätresse limitlosen Kredit einräumen, nicht nur die kühl rechnende Pagelle. Und auch Roses Rolle als Vertrauensperson war nun zu Ende, von einer echten Comtesse übernommen.

»Aber hast du erst dein eigenes Geschäft, mein Sz-atz, werde ich deine beste Kundin!«

Rosaroter Wolkendunst, zu trügerisch, um ihn als Podest für die Zukunft zu benutzen. Jedenfalls solange Jeanne noch nicht bei Hofe vorgestellt und damit gesichert war.

Als Rose meinte zu einer Entscheidung gekommen zu sein, war es Abend, und sie spürte ein elendes Gefühl in ihren Eingeweiden. Zu viele Äpfel, dachte sie ärgerlich, aber mein Kopf ist klar. So schrieb sie – nach mühsamer Wortsuche und vielen wütend zerrissenen Bögen – einen Brief an Philippe de Chartres des Inhalts:

... nach langer und reiflicher Überlegung täte es ihr unendlich Leid nicht in sein Haus in Neuilly einziehen zu können, da ihr eine Modehandlung nach Herkunft und Ausbildung wohl besser anstünde. Hoheit würde sicher ihre Entscheidung verstehen, und sie hoffe ergebenst auf eine Fortsetzung ihrer Freundschaft in der bisher so befriedigenden Weise ...

In der nächsten Zeit ging Rose unter Vorsichtsmaßnahmen aus dem Haus, denn es war gut möglich, dass der über ihre Ablehnung erboste Herzog sie mit Gewalt nach Neuilly bringen und festhalten würde. Und in ihrer zwiespältigen Stimmung war diese Vorstellung sogar tröstlich. Sie vermisste ihn, aber es tat sich nichts.

Endlich kam ein Brief mit seinem Siegel, und sie

begriff, wie sehr er in seiner Eitelkeit verletzt war. Chartres schrieb, es handele sich um eine Einladung für ein Abschiedsmahl, das er für seinen sich verheiratenden Freund Fitz-James gäbe, im vorgezogenen Sinne auch für ihn. Natürlich müsse sie an diesem ›Souper der Witwen‹ teilnehmen. Als Kleidervorschrift gälte für die Damen ein schwarzer Schleier, und es sei unnötig sich über Weiteres zum Anziehen Gedanken zu machen.

Rose hatte im Haus eines Barons ein viel bewundertes Bild des Malers Fragonard zu Gesicht bekommen, der ein Experte galanter Darstellungen war. Man sah darauf die niedliche Mätresse des Barons, wie sie übermütig in windgebauschter Seide und Spitzen auf einer Schaukel über Rosenbüschen schwang. Vor ihr, auf dem Rasen, lag ein hingerissen unter ihre hochfliegenden Röcke starrender Galan.

Auch sie hatte auf einer Blütenschaukel gesessen und gehofft, mit ihren Reizen den langen Philippe zu erobern. Doch war sie zu hoch geschwungen und in die Büsche gefallen, und anstatt sie liebevoll aufzuheben, ließ der Kavalier sie liegen und ging schadenfroh lachend zur Nächsten.

Noch einmal konstruierte Rose mühsam ein Billett, in dem sie bedauerte wegen einer sich ankündigenden, nach Meinung des Arztes sogar ansteckenden Krankheit dem ›Souper der Witwen‹ fernbleiben zu müssen.

An dem betreffenden Tag blieb sie aus Vorsicht im Bett, sogar noch einen weiteren. Es tat gut sich einmal richtig auszuruhen. Und auszuweinen, den Kopf in die verschränkten Arme vergraben, wie es ihre Art war.

8

An einem Aprilabend wartete Rose Bertin auf den Hochzeitszug des Herzogs von Chartres und der Prinzessin Marie-Adelaide.

Da zweimal so viele Einladungen ausgegeben als offiziell Platz in der Spiegelgalerie und den Empfangssalons des Versailler Schlosses vorhanden, stand sie eingezwängt in der Hofgesellschaft. Es war ein Wunder, dass bisher weder die riesigen vergoldeten Kandelaber, noch die auf Konsolen postierten Silberkörbe mit ihren kandierten Fruchtpyramiden umgerissen oder die hohen Spiegel von den Dagegendrükkenden zersplittert worden waren.

Wie alle Frauen um sie herum trugen Rose und die Pagelle die am Hof vorgeschriebene *Robe a la française,* wenn auch in bescheidenerer Ausführung. Ein der Repräsentation vorbehaltener Kleidertyp, dessen seitlich untergeschobene *Paniers* so breit und hoch waren, dass man die Ellbogen auflegen konnte. Vorne tief dekolletiert und eng korsettiert, fiel im Rücken ein loses Faltenteil bis auf den Boden, Überbleibsel des alten Hofmantels.

Die Einladung verdankten die beiden Frauen der alten Prinzessin Conti als Belohnung für den zur vollen Zufriedenheit ausgefallenen *Trousseau* der Braut. Vielleicht war hinsichtlich Rose auch ein erzieherischer Zweck damit verbunden, denn die maliziöse alte Dame wusste Augen und Ohren zu gebrauchen. Sie hatte den beiden auch einen Begleiter verschafft, einen mit den Hofsitten vertrauten Elsässer Baron, denn ohne einen Begleiter wurden Damen nicht eingelassen. Herr von Flachsland war so begeistert von französischer Lebensart und ihren Vertretern, dass er seine Renten in Paris verlebte. Und da er auch ein großer Bewunderer der Prinzessin war, war er ihr gerne gefällig.

Trotz dieses Beistandes fühlte Rose sich unbehaglich. War es richtig gewesen ihrer Neugierde nachzugeben oder pure Selbstverstümmelung? Um sie herum tuschelten und fächelten nervös die Wartenden, und da sie auf der Seite der hohen Fensterbögen stand, jetzt verhüllt von Vorhängen aus blauem Seidendamast mit gold gestickten königlichen Initialen, hatte sie den Eindruck, in der gegenüberliegenden Spiegelwand diese ganze pompös gewandete, vor Schmuck sprühende, rangstolze Gesellschaft ins Unendliche vervielfacht zu sehen. Das erstickte sie mehr als die Hitze der zweitausend Kerzen, die majestätische malachitgrüne und purpurne Marmorverkleidung der berühmten Galerie oder das, mit ihr unverständlichen Allegorien ausgemalte, schwer über ihrem Kopf lastende Deckengewölbe.

Versailles war für die junge ehrgeizige Modistin, die bisher schlimmste aller Mutproben auf ihrem Weg nach oben, überwältigender Beweis noch nicht einmal auf den unteren Stufen angekommen zu sein, wie ihr die Begegnung mit einigen, sie grußlos übersehenden Bekannten bewies.

Auch die sonst so selbstsichere Pagelle schien sich unbehaglich zu fühlen. Besengerade und stumm stand sie da, als wäre sie die von ihr angezogene Modepuppe. Steif hielt sie die Ellbogen über den Paniers abgespreizt, ihr Äffchengesicht wirkte gequält unter dem gepuderten Haaraufbau und der übermäßig aufgetragenen Schminke. Erst später, wenn sie in die Intimität der Kutsche zurückgekehrt, würde sie ihre Lebendigkeit zurückgewinnen, wütend an ihrer Corsage fummeln und gestehen, dass die ›*Planchette*‹, die in der vorderen Mitte des Korsetts für tadellosen Sitz eingearbeitete Metallschiene, sich aus der Verankerung gelöst und schmerzhaft in den Magen gebohrt habe. Und nur mit äußerster Haltung und vorsichtigsten Bewegungen hätte sie das Schicksal eines Huhnes am Grillspieß vermeiden können.

»Wenn Euch die Sinne schwinden sollten, Mesdames, ich habe ein Riechfläschchen dabei«, tuschelte der rundliche Baron, der sehr nett zu ihnen war, denn auch den Vertretern der Pariser Mode galt seine Bewunderung.

»Nein, danke, nein«, hauchte Rose, denn nun konnte sie an dem wellenartig durch die Menge gleitenden Raunen erkennen, dass der Hochzeitszug das Kabinett des Königs verlassen und sich durch die lange Galerie zu bewegen begann.

Es war ein beeindruckend prächtiges und zugleich marionettenhaftes Schauspiel, angekündigt vom gemessen schreitenden, seinen Goldknaufstock starr vor sich haltenden Oberzeremonienmeister. Respektvolles Schweigen lag nun über der Menge hinter den abgrenzenden Balustraden, sodass man das Rauschen und Knistern der steifen Seiden hören konnte, als die Damen in der großen Reverenz, die Herren in tiefer Verneigung vor dem König im edelsteinbesetzten Galakleid versanken.

Als Rose sich atemschöpfend wieder aufrichtete, sah sie Philippe. Fremd und götzenhaft in seinem Rock aus schwerem Goldbrokat, überstickt mit noch mehr Gold, stelzte er vorbei. Kirschrotes Seidenfutter leuchtete auf an Rockschößen und Manschetten. Zeremoniös hielten seine Fingerspitzen der Linken die einer statuettenhaften Figur aus Silber und Diamanten, seine ihm seit mittags in der Schlosskapelle angetraute Frau. Ihr steif bei jedem Schritt wippender Rock spreizte sich seitwärts so weit hinaus, dass der Bräutigam halb hinter ihr gehen musste.

»Jetzt stimmt es!«, wisperte Baron Flachsland. »Denkt doch, *Mesdames,* heute auf dem Weg zur Kapelle soll der Prinz auf der falschen Seite der Prinzessin geschritten sein. Ein schrecklicher Fauxpas.«

»Das passt zu ihm«, flüsterte Rose vor sich hin, dem Zug angestrengt nachsehend.

»Und dann sind Seine Hoheit einfach über die Schleppe der Prinzessin gesprungen, noch ein Fauxpas.«

»Passt auch zu ihm, oui!«

Flachsland fasste seine Begleiterinnen rechts und links zierlich am Ellbogen und zog sie aus der Galerie fort. »Wohin wollt ihr, Monsieur le baron?«, fragte Rose heiser. Ein staubtrockenes Gefühl saß ihr unter dem samtenen Halsband mit angehängter Diamantrose, die allerdings aus Strass war. Dennoch drängte es sie mit den anderen Gästen dem glänzenden Zug zu folgen.

»Vertraut Euch mir an, Mademoiselle Rose. Im ›Salon des Krieges‹ könnte man zwar jetzt versuchen den hohen Herrschaften beim Kartenspiel zuzusehen bis es neun schlägt, aber das ist eine lange Zeit um herumzustehen. Man wird sich dann zum Souper in den Herkules-Saal begeben. Ich möchte uns dort vorsorglich einen Platz sichern. Und außerdem habe ich im ›Salon des Überflusses‹ ein Büfett gesehen. Alles da:

Kaffee, Tee, Sorbet, Schokolade. Was möchten die Damen? Ich glaube, ich brauche ein Glas Wein.«

»Wir auch, Monsieur le Baron«, seufzten seine Begleiterinnen gleichzeitig.

Den Wein bekamen sie, zu essen nichts. Nur die Augen genossen Schüssel um Schüssel, Platte auf Platte des Hochzeitsmahles, unter Trommelwirbel herangetragen, begleitet von der Leibgarde in blauen silber galonierten Röcken zu roten Hosen und Strümpfen. Als symbolische Wache für den Monarchen, der als einziger auf einem Prunksessel zwischen den auf Taburetts platzierten Hochzeitsgästen saß, trugen sie ihre Karabiner.

Rose fixierte den hohen Liebhaber der schönen Jeanne, der unendlich gelangweilt dreinschaute. Obwohl fast sechzig, war er immer noch ein gut aussehender Mann mit seinen starken dunklen Brauen über besitzergreifenden Augen, der imposanten Nase der Bourbonen und dem sinnlichen Mund des Genießers, rot überschminkt wie es Mode war.

»Vielleicht denkt er an Jeanne, die sich jetzt ebenso in irgendeinem Versailler Zimmer langweilt«, mutmaßte Rose und suchte zwischen den aufwartenden Edelleuten und dem das Festmahl dirigierenden Stab des Haushofmeisters vorbei nach dem Bräutigam. Seltsamerweise saß er nicht neben der silber funkelnden Braut, stellte sie fest.

Wieder umgab sie diese einklemmende hochmütige Menge, die das Hochzeitsbankett von einem extra aufgeschlagenen Podium aus wie eine brillante Pantomime genoss. Blickte sie gequält hoch, trug es sie in einen wolkenwirbelnden barocken Himmel, in dem die Göttergesellschaft einen großen Empfang für den Helden Herkules gab und sich sehr viel lebendiger ausnahm als die vor ihr Speisenden.

Was dann kam, blieb in Roses Erinnerung wie von den Wolken des gemalten Himmels verschleiert, nur das bombastische Paradebett im Appartement der Orléans stand erkenntlich da. Der gewandte Flachsland hatte es wahrhaftig geschafft ihnen einen Platz vor den offenen Flügeltüren des Schlafgemaches zu erkämpfen. Alles war publikumsberechnetes Schauspiel im fürstlichen Leben, auch die Vorbereitung zur Hochzeitsnacht.

Der *Grand Almosenier* segnete die prunkvolle Bettstatt bevor die fünfzehnjährige Braut im schleppenden Nachtgewand zwischen die spitzenbesetzten Laken schlüpfe. Nun trat der Bräutigam aus dem Ankleidezimmer, entledigte sich des rotsamtenen Schlafrocks, der wappenbestickten Pantoffeln und stieg seinerseits in das Bett, Nachtmütze in der Hand.

Auf jeder Seite zogen der Kammerherr des Prinzen und die Ehrendame der Prinzessin den Bettvorhang zu. Den letzten, am Fußende, ließen sie noch offen. Ein hübsches Bild, das junge genierte Paar in den Kissen! Zumindest schaute die Braut beklommen, der Bräutigam nur bemüht indifferent.

»Doch Ihr werdet, Madame, Euch später sicherlich nicht über Lustlosigkeit Eures Gatten zu beklagen haben«, redete Rose in Gedanken zu ihr und biss sich anschließend auf die Zunge.

Der König, mit seinem Gefolge am Fußende stehend, machte eine väterlich segnende Geste. Die wirklichen Väter küssten zeremoniös das jeweilige Kind, denn eine Mutter hatten beide nicht mehr. Alle Anwesenden verneigten sich tief und verließen rückwärts schreitend den Raum, während der letzte Bettvorhang zurauschte. Die Türen wurden geschlossen.

Endlich war das junge Paar allein, bewacht von der Schweizer Garde. Bis zum Morgen würde sie in ihren eng anliegenden geschlitzten Beinkleidern und federwallenden Baretts, die schwere Hellebarde über den Schultern, vor dem Appartement patrouillieren. Und jeder würde vom Vater des Bräutigams drei Livres bekommen, weil sie die Hochzeitsnacht des *»Hohen und Mächtigen Seigneurs, Louis-Philippe-Joseph d'Orléans, Duc de Chartres, und der Hohen und Mächtigen Marie-Adelaide de Penthiévre, seiner Gattin und ersten Prinzessin* von *Geblüt«* beschützt hatten.

Was Rose nicht hinter den geschlossenen Türen der Boudoirs hatte sehen können, erzählte ihr die Prinzessin Conti später. Die alte Dame, in einem sinnenfrohen Jahrhundert aufgewachsen, hatte keine Scheu intime Dinge auszusprechen und ihren Spaß daran zu haben.

Sie hatte die Ehre gehabt der Enkelin Braut das Nachthemd zu reichen und dabei über die gleiche Szene im anderen Ankleidezimmer eine pikante Einzelheit gehört.

Als der Bräutigam vor den König getreten, nackt unter dem Schlafrock, um von ihm sein Hemd entgegenzunehmen, hatten die Anwesenden feststellen können, dass er sich vollständig hatte epilieren lassen. Er folgte damit einer ehrwürdigen Tradition, die von einem galanten Vorfahren als *Hommage* für die Braut in der Familie eingeführt worden war.

Keine drei Wochen später veröffentlichte das offizielle Hofblatt folgende kurze Notiz: *»Am 22. dieses Monats hatte die Comtesse du Barry die Ehre dem König und* *der königlichen Familie durch die Comtesse de Bearn vorgestellt zu werden.«*

Diese hochadelige Dame hatte sich – nach vielen Skrupeln – bereit erklärt die neue Favoritin vorzustellen, nachdem man diskrete Bezahlung ihrer Schulden und Rangerhöhung für ihre Söhne in der Armee zugesichert hatte.

Über den Auftritt ihres Schützlings brauchte sich die Gräfin nicht zu schämen, nur darüber, dass Jeanne König und Hof warten ließ, weil sie mit ihrer Frisur nicht zufrieden war. Schließlich erschien sie in einer engelsweißen, mit Diamanten übersäten Robe – der König hatte ihr die Steine am Vortag übersenden lassen – und führte mit Grazie die vorgeschriebenen tiefen Verbeugungen aus. Nach Beendigung der Vorstellung hatte sie sich rückwärts gehend zurückzuziehen. Nachdem sie die Saaltüre erreicht und in die letzte Reverenz gesunken, richtete sie sich stolz auf und warf mit schwungvollem Fußkick die lange Schleppe in die richtige Position zurück.

Es ging das Geraune, Seine Majestät habe bei diesem brillanten Abgang ein wenig gelächelt.

Von nun an hatte die uneheliche Tochter einer Schneiderin und ehemalige Verkäuferin das Recht an der täglichen Messe des Königs teilzunehmen, an der Tafel des Dauphins und der ältlichen Königstöchter, die sie hassten, zu speisen. Und was besonders wichtig war: im Schloss selbst zu wohnen. Der Gräfin du Barry wurde zunächst nur ein kleines Appartement zugewiesen, das durch eine verschwiegene Treppe mit den Privaträumen ihres Liebhabers verbunden war.

Doch mit jeder Nacht, sagte sich die schöne Jeanne

zuversichtlich, werde ich mir mehr Raum erobern. In der Gunst des Königs, in Versailles und anderswo.

9

Habt ihr gehört? Die Demoiselle Rose vom Trait galant hat ein eigenes Geschäft aufgemacht.«

Diese Neuigkeit des Frühjahrs 1770 ging zunächst in gesellschaftlich wichtigeren Ereignissen unter. In Versailles fand wieder eine große Hochzeit statt, noch bedeutender, noch prächtiger. Der sechzehnjährige Dauphin Louis Auguste wurde mit der vierzehnjährigen Erzherzogin MarieAntoinette verheiratet, der jüngsten Tochter der österreichischen Kaiserin Maria Theresia.

Wieder ein Bräutigam in strahlendem Gold, eine Braut in jungfräulichem Silber, eine zeremonielle Trauung unter einem Baldachin aus gleißendem Brokat, der ein imposanter Empfang in den Prunkräumen des Schlosses folgte. Diesmal für sechstausend Gäste in die sich ungezählte durch die Terrassentüren Eingeschlichene mischten, triefend vor Nässe von einem niedergehenden Gewitter. Danach das Hochzeitsmahl mit hunderten von Gerichten und das öffentliche Brautlager, bei dem die junge Herzogin von Chartres der Frischvermählten ins Nachthemd half, und der Bräutigam von einer überreichlichen Mahlzeit so benommen war, dass die schweren Vorhänge nur sein Schnarchen dämpften.

An den folgenden Abenden wurde das großartigste Feuerwerk verpufft, das Frankreich je gesehen, glanzvolle Bälle und für das Publikum offene Gartenfeste veranstaltet, pompös ausgestattete, aber langweilig inszenierte Opern in einem eigens für diesen Anlass gebauten Hoftheater gegeben. Als alles vorbei, wurde dem König eine ungeheure Rechnung präsentiert.

»Habt Ihr gehört, Monsieur, was der Finanzminister gesagt, als Seine Majestät ihn fragte, wie ihm die Festlichkeiten gefallen hätten?«

»Nun, Monsieur?«

»Sire, ich finde sie einfach ... unbezahlbar.«

Rose Bertin war inzwischen zu der Überzeugung gekommen, dass ein eigenes Geschäft nicht mehr unbezahlbar war. Sie hatte zuvorkommende Kreditgeber gefunden und die Aussicht auf einbringliche Kundschaft. Die alte Prinzessin Conti wie die junge Herzogin von Chartres gehörten dazu, auch deren Schwägerin, die elegante Prinzessin Lamballe. Ob sie die Gräfin du Barry dazu zählen könnte, war fraglich, sie war zu sehr beschäftigt Schmuck, Schlösser, einflussreiche Freunde zu sammeln, ihren Louis bei Laune zu halten und sich über die hochnäsige Dauphine zu ärgern, von ihr verschnupft ›die kleine Rothaarige‹ genannt.

Philippes Frau war mit ihrem *Trousseau* so zufrieden gewesen, dass sie mehr aus der gleichen Quelle haben wollte. Außerdem gefiel ihr Rose, die auch jung war, nicht den üblichen liebedienerischen Modehändlerinnen glich und es verstand, ihr brüchiges Selbstbewusstsein mit Komplimente erregender Kleidung zu untermauern.

Marie-Adelaide de Chartres sah das Leben eher grau als rosig gefärbt an, das verriet sich schon in der Angewohnheit, die Hände eng um den Fächer gepresst und den schmalen Kopf leidend zur Seite geneigt zu halten wie eine Blume, der es an Wasser fehlt. Unter farblosen Wimpern schaute sie oft verloren ins Ungewisse. Jedes Anstoßen, jede Unfreundlichkeit hinterließ blaue Flecken, auf Körper wie auf Seele. Jeder Windhauch trug der blassen Herzogin eine Erkältung zu, und wenn einer in ihrer Umgebung zu stark parfümiert war, klagte Sie:

»Ah! Monsieur – Madame – nähert Euch bitte nicht, Ihr habt heute zu bedrängende Odeurs an Euch!«

Klostererziehung, eine früh verstorbene Mutter, ein wie sie introvertierter Vater, der ein stilles Leben auf seinen Besitzungen bei weitem dem unruhigen am Hofe vorzog, hatten die Scheu der Prinzessin vor der rastlosen, sich ständig in Szene setzenden Welt noch verstärkt. Aber Marie-Adelaide war sich auch ihrer hohen Stellung durch die Einheirat in das Haus Orléans und der damit verbundenen Verpflichtungen bewusst. Also trat sie heroisch die Flucht nach vorne an, stürzte sich in das gesellschaftliche Leben, bemüht ihre Hemmungen hinter anerzogener Haltung zu verstecken, zusätzlich gewappnet mit einer umfangreichen Garderobe nach neuestem Geschmack.

Rose freute sich über die Auszeichnung und Aufträge, die einzukleidende Person freute sie vorerst nicht. Lieber war ihr die Prinzessin Lamballe, in ihrer beweglichen Magerkeit und der selbstverständlichen Nonchalance, mit der sie die gewagtesten Toiletten trug, eine ideale Botschafterin für eine Modehändlerin. Auch sie zählte erst zwanzig Jahre, war aber schon mit neunzehn Witwe geworden und trug diesen Status wie einen Trauerschleier. Ihr Gatte, der Bruder Marie-Adelaides, hatte sich bei der zu unbekümmerten Jagd nach sinnlicher Befriedigung eine tödliche ›Galanterie‹ geholt.

Vor allem war es der Demoiselle Bertin unangenehm das Palais Royal, Stadtschloss der Orléans, zu betreten. Meistens konnte sie es vermeiden Philippe zu treffen, da sie Nebeneingänge und Hintertreppen benutzte und er nie bei den Modekonferenzen zugegen war. Aber einmal begegnete sie ihm doch.

Betont devot versank Rose in eine tiefe Reverenz.

»Aber erhebt Euch doch, Mademoiselle«, sagte er wolfsfreundlich und machte dazu eine rund ausholende Handbewegung, die seine Begleiter als leutselige Bekräftigung seiner Worte deuten konnten, aber Rose wusste besser, was sie besagte:

»Deinen hübschen Hintern würde ich mit Vergnügen versohlen, kleine Kanaille, wenn ich nur die Gelegenheit dazu hätte.«

»Monseigneur sind zu gütig«, flötete Rose und stöckelte sobald es ging weiter, ihre Schachtel unter dem Arm und die rund geblähte Kapuze aus gewachstem Taft – die man eine ›Kalesche‹ nannte – wippend über den vorzüngelnden Locken, denn es regnete mal wieder in Paris.

Aber Auftrag war Auftrag, und mit der Zeit wurde ihr das unscheinbare junge Mädchen – denn so sah die schmächtige Herzogin noch aus – immer sympathischer. Dazu tat sie ihr Leid, denn Marie-Adelaide hatte sich in ihren rüden, lebensstrotzenden Gatten verliebt. Rose wusste, wie wenig Philippe an einem so farblosen und depressiven Frauentyp interessiert war, wie sehr sie ihn trotz aller Bemühungen langweilen würde. Schon munkelte man, er habe seine Surprise-Soupers wieder aufgenommen, entziehe sich durch berufliche Aufgaben – wie Reisen zu seinen Regimentern oder Dienst bei Hofe – den Ehepflichten.

Und wie naiv doch diese Prinzessin war. Beim ersten Opernbesuch des jungen Paares hatten sich im Parkett erstaunlich viele schwarz verschleierte junge Frauenzimmer befunden, die beflissen zur Herzogsloge hinaufgegrüßt.

»Mein Gott, wie viel junge Witwen es doch geben muss. Wie traurig!«, hatte die kleine Herzogin mitleidig bemerkt. Darauf hatten sich die Damen ihres Gefolges den Fächer vors Gesicht gehalten und die Herren aufmerksam die vergoldete Stukkatur an den Logenwänden betrachtet.

»Oui, Madame, das Leben in Paris kann sehr gefährlich sein«, bestätigte der Ehemann und grüßte höflich zu den Witwen hinunter.

Keiner sprach der Herzogin von der ›Witwe‹ Rose Bertin. Die alte Conti bestimmt nicht und die Hofdamen nicht, da sie eine Modistin als nicht erwähnenswert betrachteten. Chartres' Freunde aus Courtoisie gegenüber der jungen Frau nicht und er selbst erst recht nicht.

»Du fällst wirklich wie eine Katze immer auf die Füße«, hatte die Pagelle säuerlich bemerkt und zugefügt, sie wäre gerade dem Gedanken näher getreten, Rose eine Teilhaberschaft anzubieten. Doch diese eigensinnige und undankbare Person hatte es vorgezogen die Risiken eines eigenen Geschäfts auf sich zu nehmen und ihr auch noch Pierrette ausgespannt. Madeleine Pagelle nahm das wirklich übel und verwandelte sich von einer wohlwollenden Chefin in eine unangenehme Konkurrentin.

Das neue Geschäft lag ebenfalls in der Rue Saint

Honoré – wo auch sonst? Gegenüber dem Kloster Saint Honoré und einen Steinwurf weit vom Palais Royal. Auf dem eigens dafür gemalten Ladenschild war ein morgenländischer Prinz mit mächtigem Turban und impertinentem Ausdruck zu sehen, denn die Modehandlung trug den Namen Au Grand Mogul.

Der Laden hatte einem *Limonadier* gehört, den die gerne für eine Erfrischung von der Oper im Palais Royal herüberkommenden Theaterleute so mit dem Bühnenbazillus infiziert, dass er sich selbst um einen Posten im Tempel der Illusionen beworben hatte.

Groß war die Boutique in dem schmalen Eckhaus nicht, man würde sie mit Spiegeln optisch strecken müssen, doch es gab zum Hof hinaus Raum für das Lager und zwei Kabinette. Außerdem mietete Rose in den oberen Stockwerken Räume für das Atelier und ein vorerst gemeinsames Schlafzimmer mit Pierrette. Die alte Alkovengenossin aus Abbéville war nun Roses *Premiere.*

»Mag sein, du hast mehr Talent als ich, Geldgeber zu finden, aber besser rechnen und die Arbeiterinnen antreiben kann ich«, konstatierte Pierrette und kritisierte sofort, warum sich die Freundin eine so teure Ladeneinrichtung leisten wolle.

»Aufmachung bestimmt den Preis«, erklärte diese knapp.

»Und stürzt dich sofort in Schulden. Vergiss nicht, dass die Begleichung mit jedem Monat, den du älter wirst, schwieriger wird.«

Sie wurde immer scharfzüngiger, die Pierrette, und bestimmt war es nicht nur Freundschaft, die sie bewogen hatte bei dem neuen Unternehmen mitzumachen.

Eher die Überlegung mit Rose beim Nachobenkommen eine nützliche Gemeinschaft zu bilden. Beide waren sich in Fragen des Geschmacks und der Kundenbehandlung einig, beide besaßen Ehrgeiz, Fachkenntnisse und zähe Ausdauer.

»Nur in der Liebe haben wir einfach kein Glück. Wegen dieser Schweinekerle!«, murrte Pierrette, als wieder mal ein Alkovenabenteuer für sie zu Ende war. Mit ihren rundschwarzen Augen im weiß und rot bemalten Gesichtchen ähnelte sie in diesem Augenblick sehr einem über seine beifallsgeizigen Zuschauer verbitterten Clown.

»Ach, Glück ist wie Glas und wie leicht bricht das. Lässt sich aber auch wieder ersetzen.«

»Auch das gold gerandete?«, spöttelte Pierrette, die sehr befriedigt gewesen, als Roses hoher Galan verschwunden war.

Sie wird wie die Mordant, dachte diese und daran, dass es jetzt gute zehn Jahre her war, seitdem die mürrische *Premiere* ihr mit dem Fingerhut auf die Knöchel gehauen. Aber das war nur ein flüchtiger Abstecher in die Vergangenheit, da die Gegenwart ihr genug an Beschäftigung auflud.

Sehr mühsam war es gewesen gute Mitarbeiter zu finden, die nicht von der Pagelle mit Drohungen eingeschüchtert oder sonst nicht brauchbar waren. Sie fand sie schließlich, und mit manchen arbeitete sie dann über zwanzig Jahre zusammen.

Inzwischen waren die Zunftvorschriften weniger streng und Modehändler nicht mehr nur auf ›Kopf und Schultern‹ der Frauen beschränkt. Die Wagemutigsten konnten sich als Vermittler zwischen Kundenwünschen und den sie ausführenden Handwerkern einschalten, und Rose Bertin hatte Unternehmungsgeist. Sie nahm Kontakt auf mit talentierten Schneidern, Korsettmachern und Stickern, diesen Miniaturmalern mit der Nadel, die aus bunten Seidensträngen, Metall-, Woll- oder Chenillefäden die tragbaren Mode-Illustrationen verwirklichten, oft nach Künstlerentwürfen. Sie sicherte sich Spezialisten für die Verarbeitung delikater Stoffe, für die kostbaren Spitzen, die Herstellung von Kunstblumen, benötigt für Ansteckbuketts und Ausputz. Sie suchte Ateliers für Perlenarbeiten, Federn und Pelze. Und natürlich zuverlässige Lieferanten für Stoffe und ihr Fertigsortiment an modischem Zubehör.

Die neue Unternehmerin wollte aber nicht nur Anbieterin und Vermittlerin sein, sie wollte mit eigenen Ideen die Wünsche ihrer Kunden dirigieren. Dazu gehörten in erster Linie die Kopfbedeckungen, denn sie wurden immer wichtiger und fantasievoller. Rose witterte eine neue, erfolgreiche Variante ihres Metiers, das der Modistin, und sie sollte Recht behalten.

Aus dieser Überlegung heraus sah sie sich nach einem Haarkünstler um, der bei der Gestaltung der betörenden Kopfstücke mithelfen könnte. Obwohl man behauptete, es gäbe über tausend Coiffeure in Paris, war Rose lange auf der Suche nach dem geeigneten. Leider war der große Legros nicht mehr, der die Pompadour frisiert und eine *Académie des Coiffures* gegründet hatte. Im wüsten Gedränge des Riesenfeuerwerks zu Ehren der Hochzeit des Dauphin war er niedergetrampelt worden.

Es war Baron Flachsland, der sie unbeabsichtigt mit Léonard Autier bekannt machte. Der joviale, immer gerne gefällige Elsässer hatte Rose zu einer Ballettaufführung eingeladen. Er zeigte sich gerne in der Öffentlichkeit mit jungen eleganten Frauen, während er im Privatleben junge Elegants bevorzugte.

»Man spricht von einer Tänzerin, bisher eine unter anderen im *Corps de Ballet*, die auf einmal ins Rampenlicht rückt. Und wisst Ihr warum, Mademoiselle Rose? Wegen ihrer Coiffure. Plötzlich tritt diese uninteressante Julie mit einer fulminanten Création auf, als ob lauter kleine Sterne über ihrem Haupt mitzutanzen scheinen. So was fällt auf, bringt Applaus, ermuntert die Kleine kecker in ihren Sprüngen zu werden. Ja, ich habe das verfolgt, meine Liebe, wie die Raffinesse der Coiffure mit jeder Vorstellung zunahm, genauso wie die Aufmerksamkeit des Publikums. Jetzt hat sie schon einen Solo-Part.«

»Auf Grund ihrer exquisiten Coiffure?«

»Auf Grund der Wirkung, die diese auf die Zuschauer und auf ihr Selbstbewusstsein hatte. Nur Vertrauen in sich selbst bringt den Erfolg, Mademoiselle. Aber wem sage ich das!«

Nach der Vorstellung gingen Flachsland und Rose hinter die Bühne. Der Baron wollte einem jungen Tänzer Komplimente machen, Rose dem Friseur des neuen Stars. So traf sie auf Leonard Autier, einen kleinen, pfiffigen Gascogner. Wie sie bald feststellte, war er nicht nur ein begabter Haar-Arrangeur, sondern kannte auch *Tout Paris,* war voller Unternehmungsgeist, dazu ein leidenschaftlicher Röckeschürzer und der Liebhaber des aufsteigenden Sternchens Julie.

Rose hatte ihren Teilhaber an der aussichtsreichen Modistenkunst gefunden und Léonard in ihr. Und da er ein Theaternarr war und hinter allen Kulissen zu Hause, schlug er vor, das Probestück gemeinsamen

Könnens an der Primaballerina der Oper vorzunehmen.

»Meine Beste, die Guimard wirft das Geld ihrer Liebhaber raus wie eine Hühnermagd die Körner und das meiste für ihren persönlichen Auftritt. Wisst Ihr, dass sie ein kleines privates Theater in ihrem Haus unterhält?«

»Ich weiß: das *Théâtre d'amour*. Man spielt dort die anzüglichsten Stücke, auch mit begabten Amateuren. Die hohen Herrschaften drängeln sich geradezu, um sich an ihnen zu delektieren. Als ob sie zu Hause nicht genug Boudoirstücke aufführten.«

»Kommt rechtzeitig vor der Vorstellung hin, und wir werden ihr einen neuen Kopf aufsetzen. Den der Liebesgöttin, sie ist in jeder Hinsicht geschaffen dafür. Und bringt den gewagtesten Kleiderkram mit, die Guimard ist immer bereit ihren Kostümfundus aufzuschärfen.«

Rose und Pierrette kamen bepackt mit Kartons an. In einem Salon hinter der kleinen Bühne, der als Garderobe diente, fanden sie eine hektisch durcheinander wuselnde Theatertruppe aus Profis und Laien, die in ihrer Zusammensetzung selbst die an viel Extravaganz gewöhnten Modehändlerinnen verblüffte.

Das zur Aufführung kommende Stück war eine getanzte und gesungene Parodie auf das Privatleben der antiken Götter. So schnürte hier ein königlicher Musketier das kürassartige Korsett seiner Diana zu und brach in wilde Flüche aus, als die Seidenschnur unter dem zu martialischen Zugriff riss. Dort hörte ein eleganter Abbé einem aufgeregten Götterboten den Text ab, ihm dabei beruhigend die Kehrseite unter dem plissierten Chiton tätschelnd. Ein sehr junger

Kavalier versuchte die Sandalenbänder an den üppigen Waden der Göttermutter zu befestigen, da sie sich wegen der Fischbeinstäbe nicht bücken konnte, und hatte schon vor der Aufführung einen heißen Kopf, und auf einem wolkenbemalten Thron saß die eher magere Liebesgöttin und Hausherrin im silber umflitterten kurzen Reifrock und ließ sich von Leonard mit den flinken Bewegungen eines Taschenspielers frisieren.

»Oh, Venus, hier kommen meine Musen, um Eure göttliche Erscheinung noch göttlicher zu gestalten«, schrillte er, und die Damen vom ›Großmogul‹ öffneten ihre Schachteln zu Füßen der Primaballerina.

»Man muss auf den ersten Blick sehen, wen ich darstelle, *Amore in persona*«, verlangte Venus, und beäugte kritisch einen rosa Gazepouf, auf der Amor den Liebesbogen anlegte, obwohl ihn Perlenschnüre fesselten.

Léonard fixierte die Wolke mit weiteren Pfeilen auf der Frisur, und Venus erklärte sich befriedigt. Der als Inspizient wirkende Sohn eines reichen Generalpächters winkte nervös von der Bühne her, denn vom Salonparterre erhoben sich ungeduldige Rufe und auf Lehnen klappende Fächer.

»Lasst eure hübschen Sachen hier, Mädchen, ich nehme alle«, befahl die Diva und entschwebte auf die Bühne, gefolgt von dem beruhigten Götterboten, der den Modehändlerinnen empfahl im Gartensalon eine Erfrischung zu nehmen.

Dort befanden sich schon andere ehrenamtliche Garderobiers samt den für den Bühnenerfolg unentbehrlichen Kammerzofen, Schneiderinnen, Floristinnen und Lakaien. Da sie auf der Hauptbühne nicht gebraucht wurden, spielten sie ihr eigenes Théâtre d'amour.

»Heiliger Antonius, steh uns bei!«, murmelte Pierrette in gespielter Entrüstung, da hier der Beistand des keuschen Heiligen am gerechtfertigsten schien.

»Und auch Ihr, Heilige Sünderin Marie Madeleine«, ergänzte Rose kichernd. Da beide aber wegen eines hinter ihnen liegenden langen Arbeitstages und eines ebenso langen kommenden, keine Lust hatten, an dieser Liebhaberaufführung teilzunehmen, retteten sie sich in den Garten.

Die Luft war lau, echte Blumenbeete dufteten, eine Fontaine plätscherte melodisch, aber leider konnte man keinen Schritt tun ohne über etwas zu stolpern, hier über einen hingekrumpelten Umhang, dort über einen Degen, geleerte Bouteillen, abgestreifte Schuhe. Auch ein miefendes, seine Herrin suchendes Hündchen lief ihnen über die Füße und aus den Bosketts drangen Laute, die nicht einer schluchzenden Nachtigall zu gehören schienen.

»Oh, Sodom und Gomorrha!«, hauchte Pierrette.

»Ja, und mögen sie zu Salzsäulen erstarren, genau in der Position, in der sie sich gerade befinden, oui!«, fügte Rose böse hinzu, denn sie hatte an einem bestimmten Lachen und impertinenten Ausruf einen ihr bekannten Sünder identifiziert.

»Lass uns abhauen«, zischelte Pierrette, »wir haben für heute unser Geschäft gemacht und Statisten stören hier nur.«

Die neue Unternehmerin Bertin fühlte sich voller Tatkraft. Es machte ihr nichts aus sechzehn Stunden am Tag zu arbeiten, denn es war für ihre eigene Kasse.

Was ihr schwer fiel, war jene Tätigkeit, die nur mit Gänsekiel und Tintenfass zu erledigen war, wie Geschäfts- und Behördenpost, vor allem aber das Schreiben von Fakturen. Denn Rechnungen mussten ausführlich und blumig verfasst werden, als könnten sie dadurch dem Schuldner die fällige Zahlung versüßen:

Geliefert an MADAME LA DUCHESSE DE CHARTRES – durch Mlle Bertin, *Marchande de Modes:*
Für den Ausputz einer Robe aus Lyoner Soie chiné: zwei Reihen Plissee aus dito Stoff die Taille garniert ›en coquille‹ aus Crêpe und Tüll, ein Volant am Jupon. Die Ärmelaufschläge besetzt mit einer sehr schönen breiten Blende aus Spitzen
280 livres

Ein Halsschmuck aus drei Schleifen auf breitem Band und mit einer sehr schönen Spitze 14 livres
Geliefert an MONSIUR LE MARQUIS DE BOISGELIN durch Mlle Bertin, *Marchande de Modes:*

Als Geschenk für Madame seine Nichte:
Ein Hut à la Devonshire aus weißem englischen Stroh, rundherum ein Band aus rosa und schwarz geflecktem Satin, dazu ein Feder-Panache aus zehn neuen Federn, marmoriert in Schwarz und Weiß: 120 livres

Rose saß in ihrem Privatkabinett, richtiger in einem mit Schachteln und Regalen voll gestellten düsteren Hofzimmer, das von einem tropfenden Leuchter mäßig erhellt wurde. Sie stöhnte herzhaft. Was sie zu Papier gebracht, klang ihr recht ungeschickt. Schreiben war nun mal nicht ihre Stärke, aber sie musste es üben bis das Geschäft so gut ging, dass sie sich jemand dafür nehmen konnte.

Sie schüttete Löschsand auf das Geschriebene und wedelte unzufrieden mit der Rechnung durch die Luft. Was ihr noch dringender fehlte als ein Buchhalter, war ein kräftiges und ehrliches Mannsbild als Hausdiener und um sie bei ihren Gängen zu begleiten. Zu oft wurde ein allein gehendes Frauenzimmer in auffallender Kleidung angepöbelt oder sogar von der Stadtwache angehalten.

Das ›kräftige und ehrliche Mannsbild‹ fand sich bald, wie von ihr bestellt, vor dem ›Großmogul‹ ein.

»Da schleicht er wieder draußen rum!«, bemerkte Pierrette missmutig, »seit Tagen tut er das, so ein abgewrackter Militär, richtig kriminell sieht er aus. Ganz sicher will er unsere Kunden anbetteln oder bei Gelegenheit einbrechen.«

»Hast du ihn das gefragt?«

»Na ja, nicht ganz so krass und hab einen Mistkübel an Unflätigkeit übergestülpt bekommen. Jetzt ruf ich die Garde.«

»Oder gib ihm was. Er wird keinen Sou haben.«

»Das kannst du tun, du bist die Patronin. Dann sieht er wenigstens, dass hier was zu holen ist.«

Rose gab dem Haubenstock einen ärgerlichen Stoß, auf dem sie einem Hut die letzte Perfektion anputzte, und ging selbst vor die Tür. Der abgewrackte Militär – es gab ihrer Tausende – lehnte an der Hausecke, ein stämmiger Mensch in einem alten Uniformrock ohne Galons und in abgetragenen Reiterstiefeln. Er sah ihr nicht kriminell aus, sondern eben wie ein verabschiedeter Soldat, etwas verschlampt und mit einem Ausdruck von trotziger Erwartung im stoppeligen Gesicht.

»Endlich kommste, Majeanne. Ja, endlich«, begrüßte er sie stockend.

Es war Jacquot Copin, der Spielkamerad aus Abbéville, nun ein verabschiedeter Dragoner ohne Pension und mit angeschossenem Bein, maulfaul wie eh und je und sehr hungrig.

Sie mussten jedes Wort über das Woher und Warum aus ihm herausholen, während er im Privatkabinett Brot, Käse und einen Schoppen verwässerten Wein schluckte. Nein, es wäre nicht schwer gewesen sie zu finden, jeder in Abbéville wusste, dass sie in der *Saint Honoré* Karriere gemacht. – Nein, die Pension eines halben Soldes bekamen nur Leute, die sechzehn Jahre gedient, er hatte knapp zehn. – Ja, er wäre in den letzten Tagen hier herumgestrichen, weil er sich nicht in den Laden getraut. Der sei ihm zu fein gewesen.

Wo er denn nachts geblieben sei, fragte Rose. – Unter den Arkaden des Klosters gegenüber. Wer oft biwakiert hat, ist nicht zimperlich in der Auswahl seines Lagers.

Rose musste an die Erzählungen des Père denken. Der hatte mehr Glück gehabt als Jacquot. »Und nun?«, fragte sie. »Was willste denn nun tun?«

Er sah sie unter struppigen Haaren an wie der schwarze Gendarmeriehund, wenn er auf ein Kommando wartete. Fast war sie versucht »Komm her!« und »Platz!« zu sagen.

»Du kannst hier arbeiten, wenn du Lust hast«, schlug sie vor und vermied ›bei mir‹ zu sagen. »Wir brauchen jemand als Hausdiener zur Begleitung und später vielleicht mal einen Kutscher.«

Rose hatte ihren Stab zusammen, der Aufstieg des Hauses Bertin konnte beginnen.

10

Die ersehnte Nachricht kam mit dem Abendläuten von Saint Honoré.

In der Modehandlung Au Grand Mogul hatte man schon die Kerzen angesteckt, denn auch an Sommerabenden wurde es früh dunkel in dem nur durch die Fenstervitrinen erhellten Geschäft. Zwei Kundinnen waren noch anwesend, keine so wichtig, dass Rose sich um sie kümmern musste. Das konnte Zéphire tun, während sie im Hinterzimmer eine Bestellung prüfte und dabei mit Françoise Dupin redete. Ihr Mann vertrat eine große Lyoner Seidenfirma, und da sie wie Rose aus der Picardie stammte, verkehrten sie auch außerhalb der geschäftlichen Beziehungen freundschaftlich miteinander. Rose hatte sogar als Patin die kleine Colombe Rose über das Taufbecken gehalten, in raschelnder Seide und mit Diamanten auf den Schuhrosetten, inzwischen echten.

Die Freundin war nur vorbeigekommen um an das abends geplante Souper zu erinnern, an dem auch Monsieur Leduc teilnehmen würde, der angereiste Junior des Lyoner Hauses. Er freue sich auf das Wiedersehen und würde morgen gerne selbst ihre Meinung über seine Nouveautés hören.

Rose freute sich ebenfalls, denn Monsieur Leduc war ein sympathischer Mann. Schon seit den Pagelle-Jahren kannte sie seine Firma. Gelegentlich war der

Senior erschienen, der würdige Monsieur Corbelin im flohfarbenen Rock aus flandrischem Tuch und mit altmodischer Lockenperücke, der die Vorlage seiner Stoffe wie eine feierliche Messe zelebrierte. Und dann, letztes Jahr, war statt seiner der Schwiegersohn gekommen. Der brauchte keine Perücke, so voll war sein Haar, und seine über straffem Torso sitzende Weste war aus der letzten Seiden-Nouveauté des Hauses geschneidert.

Wie der Senior achtete auch der Junior auf Formen, doch wirkte er weder gravitätisch wie der Alte, noch steckte in seiner Courtoisie die zuckrige Zuvorkommenheit sonstiger Lieferanten oder der flapsige Ton der Kavalierskunden. Monsieur Leduc war eine angenehme Erscheinung in Roses fast nur noch auf das eigene Geschäft ausgerichtetem Leben.

Das war auch richtig so, denn sie war nun Siebenundzwanzig, da hatte man nicht mehr an Amouren zu denken, sondern an sein Metier, an Mehrung von Ansehen und Besitz. Doch seit dem letzten Karneval war dieser so gesetzt wirkende Seidenmann daran schuld, dass sie nicht nur daran dachte.

Trotz solcher ablenkender Gedanken und Françoises Geplapper, beobachtete Rose mit Hilfe eines geschickt aufgestellten Spiegels ihren Laden. Eine der Kundinnen kannte sie, die sich immer langweilende Frau eines reich gewordenen Armeelieferanten. Die andere war eine zerstreut in Spitzenblonden wühlende junge Person mit offenherzigem Ausschnitt und einer übergroßen *Mouche* seitlich des Auges. In der Sprache der Galanterie wurde sie als die ›Leidenschaftliche‹ bezeichnet.

»Ist nur hier, um sich mit ihrem Liebhaber zu treffen«, mutmaßte Rose und musste innerlich über sich selbst lachen, da sie ebenso ungeduldig auf ein Wiedersehen wartete.

»Warum glaubst du das?«

»Weil ein Frauenzimmer wie sie sonst schon beim Umziehen für's Theater oder den Spieltisch wäre.«

Sie hatte Recht. Ein Mann trat in die Boutique, wie man ihn in den Gärten des Palais Royal müßig herumschlendern und die sich anbietenden Dirnen taxieren sah. Einer von der Sorte, deren Weste zu schreiend gemustert, das Haar zu bauschig aufgekämmt und gelbblond gepudert war.

»Wie ein großer gefärbter Pudel sieht er aus«, bemerkte Rose.

»Aus der sensationellen Hundenummer des Père Coquelicot?«

»Nur dass ein Pudel geradere Beine hat.«

Stöckchenschwingend war der Elegant an die Theke getreten, an der die junge Frau jetzt noch hektischer in den Spitzen herumsuchte, und fragte in herablassendem Ton ob man auch Geldbörsen führe.

»Aber sicher, Monsieur«, zirpte Zéphire mit den erstaunlich dichten Brauen im zarten Gesicht, »sucht Ihr eine aus bestickter Seide oder aus Silbergarn gestrickt?«

»Ich suche eine aus Haaren geknüpft, mein schönes Kind, und zwar aus blonden«, entgegnete der Stutzer, und Rose konnte erkennen wie etwas von seiner in die Hand der Kundin wanderte. Natürlich war eine Börse aus blonden Haaren nicht vorhanden, der Stutzer ging stöckchenschwingend aus der Tür, wenig später erklärte die junge Frau sich heute nicht entscheiden zu können und trippelte ebenfalls hinaus.

»Wird nur kurze Freude an ihm haben, das Schätzchen«, bemerkte Rose trocken, »und hoffentlich kein übles Andenken an ihn behalten.«

Françoise Dupin kicherte zustimmend. Das Abendläuten von Saint Honoré drang in die Boutique, denn die Kirche lag gegenüber, und sie rief entsetzt:

»Mein Gott, so spät! Ich tue, als ob ich nur die Katze zum Essen hätte und nicht einen Tisch voller anspruchsvoller Gäste!«

Sie stürzte hinaus, wurde aber in der Tür von einem hereinkommenden Lakaien aufgehalten. Rose kannte die Livree, sie gehörte zum Haushalt der Herzogin von Chartres. Nachdem der Zusammenstoß überwunden, Françoise enteilt war, zog der Bediente ein gesiegeltes Billett aus dem breiten Ärmelaufschlag und sagte von oben herab, er warte auf Antwort, da sie noch heute Abend mit dem Kurier zurückgehen solle.

Es war die Nachricht, auf die Rose seit Wochen gewartet, die aber durch den Tod des alten Königs verzögert worden war: Marie-Adelaide de Chartres bat sie am nächsten Morgen mit einer Auswahl ihrer schönsten Artikel nach Schloss Marly zu kommen, um der jungen Königin Marie Antoinette als vielleicht in Frage kommende Lieferantin vorgestellt zu werden. Ein herzoglicher Wagen würde ihr zur Verfügung stehen. Außerdem bäte sie den hoffentlich fertig gestellten *Chapeau à la Cères* mitzubringen, sowie ein Paar zu ihrem Morgenrock aus *crème Gros de Tours* passender Pantoffel, da das Hündchen ihrer Majestät einen leider zernagt hätte.

Von einem Augenblick auf den anderen wurde aus der geruhsamen Atmosphäre in den Räumen der Modehandlung aufgeregte Geschäftigkeit und schwappte bis zum Atelier hoch, das keines der Mädchen verlassen sollte. Die Anordnungen der Patronin flogen durch die Luft. Dies und das sollte herausgesucht, auf tadelloses Aussehen geprüft, gebügelt, hergerichtet, sorgfältig verpackt werden.

»Unsere Königin ist jung, will *à la mode* gekleidet sein, man muss sich bei der Auswahl danach richten«, verkündete Rose mit Nachdruck, »also die schönsten Hauben, die amüsantesten Hüte, die kostbarsten Schals aus Alencon-Spitze, die Fichus aus besticktem Holland-Batist, unsere teuersten Fächer.«

Rose geriet in einen Rausch der Vorzeigelust. Sie würde die Königin mit ihrem Angebot überwältigen, musste erreichen, dass alle anderen Modehändler dagegen verblassten, ob Briand vom *Bouquet galant*, die Dubois vom *Dauphin* oder ihre ehemalige Arbeitgeberin Pagelle. Sie sah das Wort ›Hoflieferantin‹ an der Ladenfront und auf dem Briefkopf, ganz Versailles sich vor ihrer Theke drängen, die Hofkutschen vor ihrer Tür.

»Kannst doch nicht den ganzen Laden mitschleppen, schließlich bekommst du keinen Viererzug zum Transportieren«, bremste Pierrette, die eilig vom Atelier heruntergepoltert war.

»Nehme ich zu wenig mit, werde ich nie in einen Viererzug steigen können.«

»Wie wär's mit Lasteseln?«

Sie begannen sich anzuschreien, die Aufregung brauchte ein Ventil. Schließlich einigten sie sich, dass Pierrette das Passende im Lager heraussuchen sollte, Rose in der Boutique. Zusammen würden sie dann entscheiden. Die Nacht war lang.

Die Nacht war lang? Rose fiel ein, dass sie für ein

Souper zu kurz sein würde. Wie ärgerlich, aber natürlich hatte eine Königin Vorrang.

»Jacquot, hol deinen Hut! Du musst zu den Dupins.«

Sie kritzelte ein Absagebillett, auch für die Stoffvorlage am nächsten Morgen. Könne Monsieur Leduc es vielleicht möglich machen übermorgen zum Großmogul zu kommen?

»Höre, Jacquot, du läufst dann gleich weiter zu Monsieur Léonard, er muss mich morgen in aller Frühe frisieren, koste es was es koste. Erkläre wie dringend es ist.«

»Warum denn?«, murrte der Hausdiener, seinen dreieckigen Filz auf den Kopf klatschend, »siehst doch immer aus wie ein geputztes Lämmchen vor der Preisverteilung.«

In der Boutique wurde gesucht, geprüft, gepackt, diskutiert bis nach Mitternacht. Jacquot kam zurück und berichtete: Der Coiffeur ginge in Ordnung, die Dupins wünschten Glück, der Monsieur aus Lyon genauso, doch er bedaure übermorgen schon weiterreisen zu müssen.

Rose war enttäuscht, aber vielleicht war es besser so, denn der sympathische Lyoner war verheiratet, und Bürgerfrauen machten mehr Ärger über die Affären ihrer Männer als jede Dame von Rang.

Bei Sonnenaufgang wachte Rose auf. Sie war von Kindheit an gewöhnt zu dieser Stunde aufzuwachen, obwohl sie diese Nacht wenig geschlafen. Mit dem Gefühl Leim auf den Lidern und im Kopf zu haben, ging sie zur Tür ihres nun eigenen Zimmers und rief gähnend nach Minette.

Verschlafen kam der Lehrling an, mit einem Krug Wasser und dem noch gestern Abend gerichteten Unterrock. Minette sollte sie mit den Kartons begleiten. Sie war dreizehn, im dritten Lehrjahr, groß für ihr Alter und angenehm anzusehen mit dem semmelblonden Kraushaar, den Apfelbacken und einer runden Babystirn. Ihr Vater war einer der besten Bäcker im Vorort Gonesse. ›Die Nährväter von Paris‹ nannte man sie, denn von dort wurde das Brot für die Stadt geliefert.

Rose sah vorsichtshalber aus dem Fenster: Es schien ein schöner Tag zu werden. Schwalben schossen durch den Himmel, noch nicht verhüllt vom Rauch unzähliger Kamine. Über den Hof, tief unten, lief die Hauskatze mit etwas Pendelndem im Maul.

»Minou hat schon ihre fette Beute, hoffentlich bekomme ich heute die meine.«

Sie stand noch mit einem Fuß auf dem Schemel um ihre feinsten durchbrochenen Strümpfe unter die Strumpfbänder zu bringen, als Pierrette hereinstöckelte und hinter ihr Monsieur Léonard.

Pierrette hielt über einem steifen Arm die Robe, mit der anderen Hand erhielt Minette einen Knuff: »Steh nicht rum und halte Maulaffen feil, leer das Nachtgeschirr aus und lass dich von Zéphire anständig herrichten.«

Der Coiffeur bat seinen Galanteriedegen ablegen, den Rock ausziehen zu dürfen, denn er kleidete sich als Kavalier, machte seine Besuche nicht rocklos wie ein ordinärer Friseur in roter Weste zu schwarzen Kniehosen.

»Mein Kompliment, teure Freundin, zu dieser königlichen Visite. Hättest du mir etwas gesagt, Rose, längst wäre sie erfolgt, denn ich habe schon mehrmals Ihre Majestät frisiert, schon als Dauphine.«

Léonard ist nun mal ein Aufschneider, keiner versteht so die Werbetrommel für sich selbst zu rühren wie er, dachte Rose und flötete: »Sehr liebenswürdig, mein Freund, aber die Herzogin von Chartres ist auch eine ausgezeichnete Verbindung.«

Der Haarkünstler begann Kämme, Haarteile, Puderbeutel, Pomadentöpfe und Brenneisen mit raschen Bewegungen auf dem Toilettentisch auszubreiten, während Pierrette das Fischbeinmieder mit energischem Rucken zuschnürte. Rose zog japsend den Bauch ein. Dieser Magendrücker würde bei der stundenlangen Wagenfahrt eine Tortur sein, nie würde sie sich daran gewöhnen, aber selbst die Königin konnte sich nicht davon befreien. Hatte sie es nicht als Dauphine versucht und damit so viel Protest von den schockierten königlichen Tanten und, vor allem, von ihrer kaiserlichen Mutter erhalten, dass sie nachgeben musste?

»Pierrette, nicht so fest! Mein Magen sitzt mir schon zwischen den Brüsten.«

»Der Zweck heiligt die Mittel«, erwiderte die Schnürende unbarmherzig und zog stärker. »Zu Hause kannst du rumlaufen wie ein Pudding im Hemd, aber es gehört sich nicht, wenn man eine gewisse Stellung einnehmen möchte. Und du möchtest ja eine sehr hohe einnehmen, soweit ich unterrichtet bin?«

»Apropos: Magen!«, fiel Léonard dazwischen, »unsere berühmte Madame du Deffand hat allen Ernstes behauptet, der Magen sei der Sitz der Seele. Nach ihm richte sich das Schicksal, er regiere das Universum. Also setzt diese bekannt kluge Dame ihre ganze Hoffnung auf ihn.«

»Hoffentlich hat sie Unrecht, sonst wäre meine längst zerquetscht, oui«, keuchte Rose.

Während Léonards geschickte Hände die Naturlokken der lieben Rose über einem Unterkissen in die Höhe toupierten und mit Pomade festigten, plapperte er alles aus, was letztlich von *Tout Paris* berichtenswert war. Zwischendurch erlaubte er sich eine Prise aus einer schönen Schnupftabaksdose, verziert mit den Profilen des neuen Königspaares.

»Welch teurer Trost im nationalen Leid«, spöttelte Rose und deutete auf den Trauerrand der kostbaren Tabatiere. Damit war das Gespräch bei dem aktuellsten Thema angekommen: dem jungen Herrscherpaar.

»Diese Dose ist doch nicht originell«, rief Léonard pathetisch, »aber du hättest meinen *Pouf de circonstance* sehen sollen, den ich für einige, das Besondere schätzende Damen kreiert habe. Viel Trauerflor natürlich und eine Zypresse aus schwarzen Blüten auf der Nackenseite der Coiffure, aber *en face* ein zierliches Füllhorn und eine Ährengarbe.«

Léonard schlang Roses Nackenhaare geschickt zu einer breiten Schlaufe: »Ein tragbares Symbol für eine aussichtsreiche Zukunft, denn wir alle ...« seine hastige Stimme sank zum verschwörerischen Flüstern, »... fühlen uns doch erleichtert, sind trunken von der Jugend auf dem Thron. Ein neunzehnjähriger König! Oh! Eine achtzehnjährige Königin! Ah!«

Rose antwortete nicht, da ihr Gesicht jetzt in der Kartontüte steckte, damit die auf die fertige Frisur gestäubte Puderwolke sie nicht zum kunstgefährdenden Niesen brachte.

Auf dem Haargipfel wurde nun ein von apfelgrünen Bändern umflatterter breiter Gazestreifen ›à la

Hahnenkamm‹ befestigt, einige Rosenblüten dazwischengesteckt. Dann brach der Künstler in glucksende Freudelaute für seine Schöpfung aus, in die Rose klugerweise einstimmte. Vorsichtig stieg sie in das hingehaltene Kleid. Nun noch die apfelgrüne Taftschürze, die fingerfreien Handschuhe und der Fächer.

Der Coiffeur packte seine Utensilien ein und bat in seinem Namen der Königin eine Reverenz zu machen. Oder, noch besser, höchstdero Kleidsaum zu küssen. Rose lachte, küsste Léonard und schlüpfte in die Schuhe, rosenfarben wie das Kleid mit weißen Absätzen.

Unten an der Treppe wartete Minette. Auch sie trug nun einen abstehenden Rock – wenn auch ohne *Paniers* – und ein steifes Mieder. Zéphire hatte ihre semmelblonde Krause mit Pomade straff hoch gebürstet und obenauf ein Rüschenhäubchen gesetzt. Stolz und aufgeregt stand das Mädchen da, in geraffter Schürze noch etwas in letzter Minute Zusammengesuchtes haltend.

Bei der Fahrt durch die morgendliche Stadt saß Rose sehr gerade und mit geschlossenen Augen da. Nicht nur wegen ihrer Aufmachung, nein, sie überlegte konzentriert, ob sie Wichtiges vergessen hätte und dann über die Zeremonie der Vorstellung. Letzteres beunruhigte sie nicht allzu sehr, mit hohen Herrschaften hatte sie oft genug zu tun, wenn sie auch sicher nicht mit »mein Herz«, wie von der alten Conti, oder mit »mein süßer Bett-Igel« angeredet werden würde.

Der Wagen folgte lange der Uferstraße um dann die Steigung zu den Seinehöhen zu nehmen. Rose döste bei der nun langsamen Gangart der Pferde ein, doch auf der Höhe weckte sie Minettes verzweifeltes Flüstern auf.

»Mademoiselle! Oh, Pardon Mademoiselle, aber ich muss ganz dringend.«

Rose nahm die Gelegenheit mit wahr, wer weiß, wie lange sie in Marly warten mussten. Dann griffen die Pferde aus und Rose memorierte, was sie über die ›Österreicherin‹ wusste. Nicht viel. Ihr Herkunftsland und die Stadt Wien mussten da liegen, wo sich die Füchse im Osten *Bon jour* sagten. Auch, dass die kaiserliche Mutter recht energisch und unzählige Kindbetten überstanden, dagegen ihre Tochter sich noch in keines gelegt, obwohl schon seit vier Jahren verheiratet.

Marly kündigte sich an mit dem Schnaufen und Klirren der berühmten *Machine,* einem technischen Wunderwerk aus mächtigen Schöpfrädern und über zweihundert Pumpen, das die riesige Wassermenge für die Bassins und Fontänen der Schlösser von Marly und Versailles von der Seine hochhievte und auf einen Aquädukt pumpte.

Rose fragte sich wie Jeanne du Barry diesen infernalischen Lärm in ihrem nahe gelegenen Schlösschen ausgehalten? Und würde die Freundin je wieder dorthin zurückkehren können? Armer gefallener Liebesengel! Gleich nach dem Tod des königlichen Liebhabers, mitten in der Nacht, hatten sie die Mätresse in das Kloster *Pont aux Dames* verfrachtet, bewacht von einer ganzen Escadron, als ob sie aus ihrer Kutsche herausspringen und davonlaufen würde. Doch Jeanne hat nur den ganzen Weg über wie ein sehr verzweifeltes Kind geschluchzt.

Wie tückisch doch das Schicksal sein konnte, erst

der triumphale Aufstieg in das Prunkbett des Königs und nun eine harte Nonnenliege in einem der strengsten Klöster Frankreichs.

Grobe Pflasterung schüttelte die Kutsche, sie mussten vor dem Schloss angelangt sein. Dann ein brüsker Schwenk, der die Schachteln durcheinander warf und Rose unwillkürlich nach ihrem Haaraufbau fassen ließ. An ihnen vorbei zog ein Viererzug mit Bereiter und steif aufgesessenen Lakaien.

»Ich habe Angst, Mademoiselle«, flüsterte Minette.

»Ja, vor mir, wenn du dich nicht anständig benimmst.«

Vor dem schmiedeeisernen Gitter des Schlosses ging es in dieser Vormittagsstunde lebhaft zu: Der Viererzug hatte ein hofmäßig gekleidetes Paar entlassen, andere Gespanne warteten wohl auf Fahrgäste, die Kutscher nutzten die Wartezeit um sich Neuigkeiten und Späße zuzuschreien. Gerade wurde die Wache abgelöst, der Korporal brüllte Befehle, Gewehrkolben klappten. Neugierige drängelten am Portal, oder waren es Bittsteller? Und mitten auf dem runden Platz stand eine Gruppe Jäger in grünen, gelb bordierten Röcken mit ihren ungeduldig an den Leinen zerrenden Hunden herum.

Die Luft war hier herrlich kühl, das musste von den vielen Bäumen, den großen Wasserbecken und der Kaskade kommen. Was für eine Verschwendung mit Wasser die Großen doch trieben, in Paris musste jeder Eimer von der Seine herangetragen und teuer bezahlt werden.

Sie folgten einem königlichen Lakai, der unwillig einen Teil ihrer Schachteln übernommen hatte, sahen die rosige Fassade des Hauptgebäudes mit seiner vergoldeten Dachbalustrade und den goldumrahmten Fenstern im Park blinken. Marly war von dem Sonnenkönig für intime Sommeraufenthalte geplant worden, und der Architekt hatte die glorreiche Idee gehabt, dem großen Königspavillon wie der Sonne zwölf kleinere Planeten in Gestalt von Gästehäuschen beizugesellen. Sie standen aufgereiht am kanalartigen Wasserbecken. Die Revolution würde diese Anlage bis auf den letzten Stein zerstören.

In einem der Pavillons wurde die Modehändlerin gebeten zu warten. Es dauerte einige Zeit bis die Kammerfrau der Königin erschien. Obwohl nicht älter als Rose, wirkte Madame Campan sehr würdig in ihrem schwarzen Kleid und makellosen weißen Batistfichu. Ungemein gebildet wäre sie, hatte die Herzogin erzählt, hoch geschätzt vom seligen König, schon als Halbwüchsige hätte sie seinen Töchtern vorlesen dürfen.

Zurückhaltend begrüßte sie die Modehändlerin. Bücher und Schreibfeder zog sie bei weitem dem eitlen Tand vor, ließ aber zur Erfrischung Limonade und Gebäck servieren. Rose trank durstig, aß aber nichts, da ihr der Magen wie zugeschnürt schien. Sollte doch Minette die königlichen Kekse in sich hineinstopfen.

Dann erschien Marie-Adelaide von Chartres, besorgt und nach Heuschnupfen aussehend. Ihre Nase war gerötet, ihr Kopfputz, mit einem ländlichen Arrangement aus Feldblumen, Ähren und einem Vogelnest, verrutscht.

»Wie schön, dass Ihr gekommen, Mademoiselle Rose. Habt Ihr auch an meine Bestellung gedacht?«

Rose knickste, bejahte, dankte für die Empfehlung und bat den derangierten Kopfschmuck richten zu dürfen. Das wurde gnädig gewährt. Rose richtete und Marie-Adelaide redete: über die Langeweile der Königin, da der Aufenthalt in Marly diesmal der Genesung dienen sollte. Der König und seine Brüder, die Grafen Artois und Provence, waren gegen die Pocken geimpft worden. Der Tod des alten Königs an dieser tückischen Seuche hatte diese mutige Entscheidung herbeigeführt, aber das Experiment schien gut abgelaufen.

»Oh, mein Gott, dieser entsetzliche Schnupfen!«, schloss Marie-Adelaide, »wenn man nur dagegen geimpft werden könnte«, und nieste mehrfach und ruckartig in ihr Spitzentaschentuch. Rose war nun klar, warum kein Kopfputz sitzen konnte.

Die Herzogin entschwand, Rose wartete. Ein neuer Besucher wurde in das Kabinett geführt, ein kleiner, von brauner Seide umschneiderter Herr, scharfblau rasiert und mit zwei kostbaren *Chatelaine*-Ketten unter der Weste. Er hielt eine Schatulle wie eine Reliquie an sich gepresst und gebrauchte ebenfalls öfter sein Schnupftuch, allerdings um sich die Schweißperlen am Ansatz der Perücke abzutupfen.

»Monsieur Boehmer, bitte«, hörte Rose, und er schritt unter Bücklingen durch die Tür. Und bei Nennung des Namens konnte sie den Schwitzenden einordnen: einer der großen Pariser Juweliere. Die schöne Jeanne hatte manches Schmuckstück von dieser Adresse bekommen, vor allem Diamanten, die sie so liebte.

Ein kratzendes Geräusch kam vom Nebenraum her, die Tür öffnete sich einen Spaltbreit, gerade genug, um ein Hündchen durchzulassen. Der Eindringling begann im Raum herumzuschnüffeln, Minette um den letzten Keks anzubetteln. Rose pirschte sich an den Türspalt heran.

»Wirklich, Monsieur Boehmer, das ist horrend. Vierhunderttausend Livres! Ist das nicht übertrieben, wenn ich auch zugeben muss, dass diese Ohrgehänge superbe sind.«

»Darf ich Majestät auf das unvergleichliche Feuer, die makellose Klarheit dieser Steine aufmerksam machen? Auf die vollkommene Gleichheit dieser herrlichen Diamanttropfen.«

»Ihr dürft, Boehmer, aber das nützt auch nichts. *Impossible.* Was Ihr dafür wollt, übersteigt bei weitem die Mittel meiner Privatschatulle, und dem Schatzmeister kann ich mit so einem Fantasie-Objekt nicht kommen.«

Der Juwelier murmelte beschwörend etwas von einem Kompromiss. Könne man nicht die Begleichung dieser einmaligen Stücke auf längere Zeit verteilen? Wie es Ihrer Majestät genehm sei, doch bräche es ihm das Herz diese Pretiosen an einer anderen, nicht so strahlenden Schönheit zu sehen.

Widerlicher, geldgieriger Lügner, dachte die Horchende, als ob Jeanne nicht die strahlendste Schönheit gewesen, die je in Versailles über das Parkett geschritten.

»Vielleicht könnte man die beiden Diamantknöpfe durch welche aus meinem Besitz ersetzen? Das würde den Preis doch senken, nicht wahr?«, sann die Königin.

Das Hündchen war zurückgeschlüpft, jemand klinkte die Türe zu, Rose konnte nichts mehr hören.

Das Warten ging weiter. Es wurde heiß im Raum, denn es ging auf Mittag, die Limonade war ausgetrunken. Rose fächelte sich unentwegt, Minette rutschte auf ihrem Sitz herum, knackte mit den Fingerknöcheln, nestelte an Haar und Häubchen.

»Hör auf dich zu kratzen«, fuhr Rose sie an, »sonst könnte man glauben, du hast Läuse, oui! Und putz dir die Nase!«

11

Rose Bertin stand das erste Mal vor ihrer Königin.

So sah sie also aus, ›die kleine Rothaarige‹, wie Jeanne sie genannt hatte. Richtig rothaarig war sie nicht, allenfalls ein goldener Schimmer im ungepuderten Blondhaar. Und ›klein‹ war sie überhaupt nicht. Beneidenswerter Teint, dafür ihrer Ansicht nach das Gesicht ein wenig zu lang, die Kinnpartie zu schwer. Da es Vormittag war und es sich um keine offizielle Angelegenheit handelte, trug Marie Antoinette ein lockeres Morgengewand aus weißem Taft, rundum und an den Ärmeln mit breiten Rüschen besetzt.

Ich würde ihr ein gefälligeres machen, dachte Rose, während sie in einem tiefen Knicks versank. Rascheln und ein aufgeregter Japser hinter ihr verrieten, dass Minette das ebenfalls tat. Rose kam wieder hoch. Und was nun? Warten, bis Ihre Majestät geruhten das Wort an einen zu richten.

Marie Antoinette hatte sie mit Kopfneigen begrüßt, nun sagte sie freundlich, sie freue sich die renommierte Demoiselle Rose kennen zu lernen.

»Zu viel Güte, Majestät«, murmelte die Komplimentierte und machte Minette mit einem verstohlenen Tritt verständlich die Deckel von den Schachteln zu nehmen. Eine hinzutretende Kammerfrau half die Sachen auf dem Tisch auszubreiten. Madame Campan und eine andere Person waren im Hintergrund geblieben, die Herzogin von Chartres lehnte an einem Tisch, Taschentuch vor der Nase und sah unbehaglich aus.

Rose knickste wieder, die Königin machte eine ermunternde Handbewegung. Sollte sie von sich aus reden oder wieder warten? »Man muss den Mund aufmachen, wenn Brei angeboten wird,« hörte sie die Mère sagen. Gut, sie würde den Mund aufmachen.

»Wenn Majestät erlauben?«

Marie Antoinette sagte »Ich bitte!« Das Hündchen sprang auf einen Fauteuil und kratzte sich, die Herzogin nieste erstickt. Von draußen hörte man Sensen dengeln, sie mähten wohl den Rasen. Rose nahm sich zusammen. Oh Saint Gilles, oh Sainte Cathárine, Schutzpatronin aller Modistinnen, steht mir bei!

Sie begann die *Chapeaux galants*, die *Bonnets à la mode* auf ihren Händen drehend zum Leben zu erwecken, das Licht auf dem makellosen Weiß von Gaze und Batist schimmern zu lassen, die Spitzen schaumig aufzuschlagen, die *Rubans de fantaisie* abzurollen, zu berückenden Schleifen zu schlingen, während sie Vorschläge für ihre Verwendung murmelte. Sie brachte die Fächer mit einem Schlag zur Entfaltung, damit die originelle Malerei in die sehr blauen königlichen Augen dringen konnte.

Die Modehändlerin Bertin redete mit sanfter Stimme, in abgewogenen Wendungen. Sie wusste, wie man auf Dinge aufmerksam macht, mit deren Hilfe jeder Anzug die unvergleichliche Eleganz und Einmaligkeit erhält. Auf die superbe Qualität und feine Verarbeitung ging sie nicht ein, das sprach für sich. Zwischendurch machte sie achtungsvolle Pausen, damit die Königin ihre Meinung äußern konnte. Und Marie Antoinette äußerte sich.

»Ich habe gehört, Mademoiselle, Ihr habt ein Talent für diese amüsanten Pouf aux sentiments?«

War das bis zu ihr gedrungen? Hatte Marie-Adelaide den für sie entworfenen verrückten Kopfputz vorgeführt? Er war aus Anlass der Geburt ihres ersten Sohnes entstanden. Rose hatte zunächst nur eine Variante dieser getürmten Kopfstücke mit den üblichen Zutaten schaffen wollen – Band, gebauschter Gazestoff, Federn, künstliche Blumen – doch dann waren Léonard und sie auf einen köstlich verwegenen Einfall gekommen.

Der Coiffeur hatte das Haar der Herzogin über Rosshaarkissen hoch und breit toupiert, dann wurde das von Rose vorbereitete Stillleben wie auf ein moosiges Plateau platziert. Es zeigte den prinzlichen Säugling an der Brust seiner aufgeputzten Amme, beschirmt vom Mohrenpagen der Herzogin. Auch ihr Lieblingspapagei hatte noch Platz auf dem Pouf gefunden, auf einem Kirschbaum hockend. Und als Eigenanteil hatte Léonard diesem sentimentalen Kopfwerk noch Haarsträhnen der gesamten prinzlichen Familie mit hineingeflochten.

Marie-Adelaide musste die Geburt ihres Sohnes so zu Kopf gestiegen sein, dass sie das verrückte Machwerk akzeptiert. Es war sogar ein großer Erfolg geworden, dieser Pouf aux sentiments, und hatte viele weitere, noch verrücktere Varianten nach sich gezogen.

»Sehr amüsant, dieses Arrangement, sehr elegant.

Ich habe noch nie ein einfallsreicheres gesehen, Madame«, kommentierte die Herzogin von Chartres hinter ihrem Taschentuch hervor.

»Könntet Ihr mir einen Vorschlag für so einen Pouf machen, Mademoiselle?«

Rose war noch nie um Ideen verlegen gewesen. »Mit Verlaub, Majestät, vielleicht würdet Ihr an einer Creation Gefallen finden, welche die glücklich verlaufene Impfung Seiner Majestät versinnbildlichen könnte?«

»Ah! Vielleicht«, sagte die Königin und bat um Details.

Doch abgesehen von diesem Kopfschmuck war Marie Antoinette nicht bei der Sache. Nicht bei Roses Modesachen. Zögernd griff sie nach einem Fächer, hob ihn nahe an ihre schönen kurzsichtigen Augen, sagte ›sehr hübsch‹, fächelte sich ein wenig, legte ihn nieder. Hob eine Haube, dann den Chapeau galant versuchsweise vor dem Spiegel über ihre Haare, fragte ihre Damen, wie ihr das stünde. Ließ Spitzen über das Handgelenk gleiten, nahm dieses, jenes hoch, ließ es wieder fallen und seufzte abgrundtief.

»Lasst mir diesen Fächer da, auch den Hut dort. Ja, und diese Morgenhauben. Meine Garderoben-Aufseherin wird Euch den Erhalt bestätigen. Ihr hört von uns, Mademoiselle, danke.«

Marie Antoinette neigte entlassend das Kinn, dieses ein wenig zu gepolsterte Kinn. Die Herzogin erhob sich und nickte ebenfalls. Ihr Kopfputz war schon wieder verrutscht. Rose und Minette versanken in Verbeugungen. Im Hintergrund wurde eine Tür geöffnet, Prinzessinnen, Kammerfrauen und Hündchen entschwanden.

Erst in der Kutsche erlaubte Rose ihrem Zorn auszubrechen. Welcher Aufwand an Zeit, Vorbereitungen und Kosten, und was war herausgekommen? Der Verkauf von ein paar Morgenhauben, eines einzigen Hutes! Und nur eines Fächers, wenn auch eines teuren. Nicht einmal ein fester Auftrag. Zwei Stunden gewartet und nach zwei Augenblicken wieder verabschiedet.

Sie fühlte es in sich sieden, atmete stoßweise, verfluchte die Sommerhitze, das Fischbeinmieder, das sie nicht tief genug Luft holen ließ. Vor Ärger hatte sie sich auch noch unvorsichtig hingesetzt, sodass die ganze bauschige Rückfront zerdrückt sein würde, vielleicht die Reifen schon den Stoff zerrissen hatten.

Wütend stieß sie mit den Absätzen gegen die Bank gegenüber, auf der Minette sofort entschlummert war, völlig erschöpft von der Anstrengung sich im Angesicht ihrer Königin auf den Beinen zu halten. Ihr Kopf mit dem lächerlich obenauf sitzenden Häubchen pendelte mit dem Schwanken des Wagens hin und her. Wie eine von Sägespänen ausgeleerte Puppe sieht sie aus, armes Ding, ich hätte Zéphire mitnehmen sollen.

Rose kam auf einmal Mitleid an, schnell abgelöst von dem Gedanken, ob die Königin nicht deshalb an der Modehändlerin gespart, weil sie ihr Geld lieber dem Juwelier geben wollte? Das hätte sie, Rose, jedenfalls getan. *Spare im Kleinen und du kannst dir größere Dinge leisten!* Aber für diese schwer reichen Damen sollten doch ein paar Modeartikel einen Klacks bedeuten – einen Taubenklacks.

Sie wusste nichts vom Brief Maria Theresias, den der Kurier aus Wien am gleichen Morgen überbracht hatte. Madame, die geliebte Mutter, hatte ihrer teuren und jüngsten Tochter wieder einmal die Leviten gelesen und ihr damit die Freude an Frivolitäten vergällt.

»Heute ist folgender Punkt wichtig: Bis jetzt war die Vergnügungssucht groß und sogar eine notwendige Folge der Veränderung. Ich fürchte diesen Punkt bei Euch mehr als alles andere. Ihr müsst Euch unbedingt mit ernsteren Dingen befassen, die Euch nützen können, wenn der König Euch um Rat fragt oder zu Euch als Freundin spricht. Zieht ihn nicht in außerordentliche Ausgaben hinein ... Alles hängt davon ab, dass dieser glückliche Anfang, der alle Erwartungen übertrifft, fortdauere und Euch beide glücklich mache, indem Ihr Eure Völker, die ihr Heil nur von Euch erwarten, ebenfalls glücklich macht. Ein durch Gerechtigkeit bestimmter Charakter, mit Güte und zulässiger Sparsamkeit verbunden, wird diesen Monarchen von Freunden und Feinden respektieren lassen ...«

Und am Schluss des Briefes erwähnte die kaiserliche Mutter noch einmal, dass »*Trägheit und Vergnügungssucht die einzigen Feinde wären, die Marie Antoinette zu fürchten habe.*«

Aber warum war sie so vergnügungssüchtig? Warum so träge? Weil die junge Frau sich unnütz fühlte? Weil sie gar keine Frau war, sondern ein unbefriedigtes Mädchen, dessen vor vier Jahren mit großem Pomp angetrauter Gatte es nicht schaffte sie zu seiner Frau zu machen. Wieder und wieder versuchte er es, immer häufiger in der letzten Zeit, ohne dass sein intimes Szepter sich von ihm handhaben ließ. Eine kleine Anomalie, durch eine leichte Operation zu beheben, meinten die Hofärzte, doch der scheue und langsam denkende junge Mann schreckte vor dieser beschämenden und sicher schmerzhaften Korrektur zurück. Könnte nicht auch stetige Übung die Haltung stärken wie beim Reiten?

Unnütz fühlte Marie Antoinette sich also, denn die wichtigste Aufgabe einer Königin war es doch dem Land einen Thronfolger zu gebären. Wie sie das anstellte, fragte keiner. Schon redete man hämisch über sie, immer hatte die Frau Schuld, wenn der Nachwuchs ausblieb. An dem Gatten konnte es nicht liegen, waren nicht die Bourbonen bekannt für sexuelle Leistungsfähigkeit? Wie viel Frauen hatte doch der Großvater des Monarchen mit Kindern beglückt, legitimen wie illegitimen.

Die Prinzessin fühlte sich hinter ihrem Rücken vom Hof verhöhnt, im Stolz einer Habsburgerin getroffen und von den unfruchtbaren Umarmungen des Gatten entsetzlich frustriert. Ein Liebhaber kam bei ihrer streng katholischen Erziehung nicht in Frage, also hielt sie sich an Liebhabereien, um sich von dem fatalen Problem abzulenken. Und Mode gehört zu den unterhaltsamsten Ablenkungen.

Rose Bertin brauchte nicht zu verzweifeln, es war nur der falsche Tag für ihren ersten Auftritt bei Hofe gewesen. Bessere würden bald folgen.

12

Lange an einer Enttäuschung zu kauen, lag nicht in Roses Natur. Man musste sich eben eine Kompensation für diesen – wie sie dachte – Fehlschlag in Marly suchen. Und so gerieten ihre Gedanken, als sie in Paris einfuhren, wieder zu dem sympathischen Seidenfabrikanten.

Bei seinem letzten Besuch, zur Karnevalszeit, hatten die Dupins sie und ihn zur Opernredoute eingeladen, doch lehnte sie ab mit der Begründung, ihre Mutter sei gerade gestorben. Wie könne sie Gefallen an einer öffentlichen Ausgelassenheit finden? Doch die Freunde hatten sie überredet. Ablenkung täte ihr gut, sie brauche ja nicht zu tanzen, und Monsieur Leduc solle doch andere Eindrücke von Paris mitnehmen als nur die Hinterzimmer der Modegeschäfte und das Pariser Kontor.

So hatte sie nachgegeben, im schwarzseidenen Domino und Halbmaske in einer der oberen Logen gesessen, hoch über dem summenden Gewoge im Parterre. Was für ein Hexensabbat aus bizarren Haaraufbauten, weiß leuchtenden Busen, falschen Nasen, grinsenden Masken und im Kerzenschein spiegelnden Stoffen.

Die Dupins hatten sich bald in dieses Getümmel eingefügt, der höfliche Monsieur Leduc blieb in der Loge. Und plötzlich meldeten sich in Rose Gewissensbisse, weil sie inmitten dieses lebenslustigen Gebrodels an die Mère denken musste. Nie war ihre Mutter in Paris gewesen, hatte nie in einer Opernloge Wein geschlürft, ein Seidenkleid getragen. Und ihre Lieblingstochter hatte ihr dazu nicht verholfen, obwohl sie es in den letzten Jahren gekonnt hätte. Immer wieder hatte sie ihre Einladung hinausgezögert, war nicht ein einziges Mal in Abbéville gewesen. Nun war es zu spät.

Diese Niedergeschlagenheit hatte der Domino neben ihr beendet, indem er sehr laut gesagt – denn der

Lärm aus Stimmen und Musik war gewaltig –, er verstehe ihre Schwermut inmitten der Ausgelassenheit sehr gut. Auch er hätte erst nach dem Tod seines Vaters erkannt, was er ihm gewesen, was die gemeinsamen Gespräche und Reisen ihm bedeutet, wie ihm seine hintergründigen Späße, sogar seine Eigenheiten gefehlt. Auch wäre plötzlich ein kindliches Entsetzen hochgekommen von nun an, ohne das Bollwerk der älteren Generation, im ersten Rang vor dem sensenden Tod zu stehen.

»Wirklich?«, hatte Rose ganz dumm zurückgefragt. Der handfeste Monsieur Leduc schien so unerschrokken im Leben zu wurzeln, so gar nicht mit Furcht und Todesangst in Verbindung zu bringen. Worauf er abschwächend gesagt, dass dieser horrible Zustand gottlob vorübergehend gewesen und am ehesten mit dem Trost vertrauter Zweisamkeit zu überwinden sei.

»Auf den Ihr hoffentlich zurückgreifen könnt, verehrte Mademoiselle.«

»Sicher. Auf den schwachen Trost der Demoiselle Bertin«, hatte sie trotzig zurückgegeben. Daraufhin hatten sie sich einige Augenblicke stumm angeschaut und plötzlich in den Armen gelegen. Hatte sie ihn als Erste geküsst? Das sah ihr ähnlich, denn sie fühlte noch das überraschte Zucken seines Mundes unter ihrem, bevor er sich öffnete. Dann allerdings hatte auch er sie geküsst, erst unter der Halbmaske, dann ohne sie, sogar recht leidenschaftlich.

Gewissensbisse und Schwermut waren verschwunden, das Leben wieder wundervoll, rann wie Champagner durch die Adern, als er auf einmal zurückgezuckt war. »Was ist? Hat Euch meine Busennadel gestochen?«, hatte sie auflachend gefragt, worauf der

Seidenfabrikant stotternd erklärt, wie sehr er sie vom ersten Augenblick an bewundert habe. – »Und dieser Bewunderung habt Ihr nun Ausdruck verliehen«, hatte sie leichthin gesagt, zugleich den Eindruck gehabt als rücke er weiter und weiter von ihr ab, obwohl er sich nicht vom Platze rührte. Dann waren die Dupins in die Loge zurückgekehrt, am nächsten Tag Monsieur Leduc nach Lyon, unter Hinterlassung eines höflichen Abschiedsbilletts und eines steifen Buketts.

Auf den Lyonern schien immer noch ihre calvinistische Vergangenheit zu lasten, die Rücksicht auf die ehrpusselige Dame Moral. Einerseits gefiel ihr diese Ernsthaftigkeit, das Bewusstsein für Verpflichtungen, die man eingegangen. Andererseits reizte es Rose deren Festigkeit zu untergraben. Der Umgang mit den ›Goldfasanen‹ hatte ihr den Spaß an der Lustjagd beigebracht.

Der Wagen quälte sich durch den Pariser Verkehr, der hatte schon an der Zollstation begonnen und sich im Stadtteil Saint Germain fortgesetzt. Dazu waren zwei Lastkarren vor ihrer Kutsche zusammengerempelt und hatten dabei ihren Inhalt auf die Straße gekippt, das musste erst weggeräumt werden. Beim Warten kam Rose der Gedanke, dass die Dupins – und damit auch Monsieur Leduc – nur eine Ecke weiter wohnten. Kurz entschlossen befahl sie den Umweg.

»Los, klopft! Aber laut«, forderte sie ungeduldig den sie begleitenden Lakaien auf, »ich habe keine Zeit zu verlieren.«

Sehr schnell ging die Tür auf. Der öffnende Gehilfe teilte erstaunt mit, dass Monsieur bei einer Kundin, Madame ausgegangen und der junge Patron aus Lyon eben zurückgekommen.

»Dann meldet mich bei Monsieur Leduc an.«

Im Empfangszimmer tigerte Rose unruhig hin und her, zugleich aufgeregt und entzückt über ihren schnellen Entschluss.

Leduc kam eilig durch die Tür. Er musste sehr hastig in seine Überkleider gefahren sein, hatte sie vielleicht wegen der Hitze abgelegt, denn die Spitzenmanschetten steckten noch halb in den Rockärmeln, die Weste war schief zugeknöpft und frisiert war er auch nicht. Die Seitenhaare nicht aufgedreht, das dichte Haar im Nacken mit einer simplen Kordel zusammengefasst. Geradezu zum Anbeißen war er in seiner derangierten Aufmachung.

»Mademoiselle, welche Überraschung! Ich glaubte Euch von der Königin beschlagnahmt. Gerade wollte ich mich für das Theater umziehen. Man muss genießen, was man nicht in der Provinz bekommt, nicht wahr?«

»Sehr richtig«, lächelte Rose.

Er schien nervös, zupfte an seinen Manschetten. Es war kein Karnevalsfeuerchen gewesen, stellten sie beide für sich fest, die Gegenwart des anderen zündete nach wie vor.

»Wäret Ihr gegebenenfalls bereit, Monsieur, mit Rücksicht auf eine gute Kundin den Theatergenuss zu verschieben?«

»Wie meint Ihr das, Mademoiselle?«

»Ich meine, wir könnten doch Eure neuen Stoffe noch heute Abend durchsehen, da Ihr morgen fort müsst. Es ist noch nicht spät und mir liegt sehr daran.«

»Noch heute Abend? Sicher, mit Vergnügen, aber werdet Ihr nicht zu müde sein? Außerdem könnte mich Monsieur Dupin nicht begleiten. Er ist mit Mustern zur Demoiselle Pagelle gegangen, kommt sicher spät zurück und sagte mir, er brauche mehr als einen Abend um sich danach von seinen Kopfschmerzen zu erholen.«

»Die Pagelle bereitet manchem Kopfschmerzen«, bestätigte Rose, »lassen wir den armen Dupin sich also erholen.«

Leduc vermied seinem Gegenüber in die Augen zu schauen, dem direkten, vielsagenden Blick standzuhalten. Dafür geriet er in den Bann der in Erwartung seiner Antwort aufgewölbten vollen Lippen, die er im Karneval so durch und durch gespürt. Und tiefer auszuweichen schien ihm noch gefährlicher für seinen Gleichmut.

»Einer so guten Kundin zu Gefallen werde ich natürlich auf das Theater verzichten.«

»Wir haben ja eine Vorführung«, sagte Rose, Honig in der Stimme, »also nach acht. Ich werde eine kleine Collation richten lassen. Bis dann, und meine Reverenz, Monsieur.«

Und war schon aus der Tür.

Gerade noch für eine halbe Stunde kam Rose in den Genuss ihrer kupfernen Sitzbadewanne.

Bei der Heimkehr war sie von Pierrette mit einer langen Klagelitanei empfangen worden: Camille wäre frech und Zéphire wegen ihrer Tage weinerlich und beide zu nichts zu gebrauchen gewesen; die Kunden besonders ekelhaft, von zwei Lieferungen, auf die sie dringend warteten, eine wegen Unzulänglichkeit nicht akzeptabel, die andere überhaupt nicht gekommen. Und dieser Jacquot schon am Nachmittag sturzbetrunken.

»Aus Freude über deine Fahrt zur Königin hat der abscheuliche Kerl sich entschuldigt, obwohl die einzige Freude, die bei unserer Ernennung zu Hoflieferanten für ihn zählen würde, seine eigenen Gäule wären.«

Und nun hatte Pierrette die Nase bis oben gestrichen voll, dazu Magenschmerzen. Die Stoffvorlage könne Rose, bitteschön, allein vornehmen, sie ginge ins Bett.

Rose hatte ihrer ersten Kraft ein paar Trostworte gesagt und dabei dankbar gedacht, dass der Schutzpatron ihr gnädig gesonnen, da eine schlecht gelaunte Pierrette bei dem Abendbesuch eine Heimsuchung und auch sonst hinderlich gewesen wäre. Dann hatte sie den noch anwesenden Kunden liebenswürdige Aufmerksamkeit gewidmet, dabei etwas von einer königlichen Aufforderung murmelnd, die sie von Paris weggeführt. Schließlich Jacquot in der Hofecke, wo er auf leeren Säcken seinen Rausch ausschnarchte, einen aufweckenden Tritt und die Order für Badewasser gegeben. Sonst nichts, in Anbetracht ihrer gemeinsamen Kindheit war sie duldsam ihm gegenüber.

Vor sich hindösend, wiegte sie jetzt die Knie hin und her, spürte das sanfte Streicheln des lauwarmen Wassers, dem sie etwas Molke zum Weichmachen der Haut und Rosenessenz zugefügt hatte. Siebenundzwanzig Jahre waren vielleicht doch nicht das Ende aller fleischlichen Freuden. Sie würde nachher nur ein leichtes *Caraco*-Jäckchen zu einem umrüschten Unterkleid anziehen, es war zu heiß für mehr, und Monsieur Leduc trotz seines Namens kein Herzog. Auch schminken würde sie sich kaum, ein wenig *Rouge de*

Portugal auf die Wangen und Puder, damit die Nase nicht unschön glänzte.

Für die Ansicht der Stoffe hatte Rose das Anprobezimmer vorgesehen, dort auf dem Tisch eine Collation richten lassen. Da der Hunger sie zwickte, biss sie in eine der kleinen Pasteten, spürte unter ihren Zähnen den krustigen Mantel aufblättern, leckte hinterher wie eine Katze die Finger ab und spülte mit einem Schluck Wein aus dem kühl haltenden Tonkrug nach.

Für Rose gehörten die Pastetenbäcker zu den erfreulichsten Erscheinungen von Paris. An fast jeder Ecke bediente einer seinen Ofen, zu jeder Zeit, auch an Sonn- und Feiertagen. Die Mahlzeiten könnten für sie nur aus diesen leckeren Teigtaschen bestehen, und oft genug taten sie es auch.

Vom Hof her hörte sie das Öffnen des Tores, das Geräusch eines einfahrenden Wagens. Der Lyoner war angekommen. Jacquot begann die Musterkästen hereinzuschleppen. Leduc folgte, die Arme voller Stoffrollen. Bei der Verbeugung fiel ihm eine aus der Hand und zog eine schimmernde Bahn zwischen ihnen.

»Rollt Ihr einen Ehrenteppich für mich aus, Monsieur?«

»Steht Euch das nicht zu, Mademoiselle, da Ihr doch Eintritt bei Hofe erlangt habt?«

»Ach, erinnert mich nicht daran, ich glaube, es ging schief. Die Königin war nicht in der glücklichsten Stimmung.«

Heute Abend war seine Kleidung tadellos, die Manschetten zurechtgezupft, das Nackenhaar vom schwarzen *Catogan* gebändigt. Auch die talergroßen Westenknöpfe hatten ihr richtiges Knopfloch gefunden, sehr geschmackvoll aus graviertem Metall auf Elfenbein.

Rose musste unwillkürlich an die Goldknopf-Szene denken, obwohl doch überhaupt keine Ähnlichkeit bestand.

Sie bat sich vom Hergerichteten zu bedienen.

Leduc dankte höflich, wollte jedoch erst mit der Durchsicht beginnen. Rose stimmte zu, die Arbeit musste getan werden. Sie hielt ihr Stoffmusterbuch immer auf dem neuesten Stand, ob für die an die Schneider weitergegebenen Aufträge oder für die Ausputz-Arbeiten in ihrem Atelier. Ihre Kundinnen wussten das zu würdigen.

Leduc hob eines nach dem anderen der in den Kästen aufgehängten Musterstücke heraus, kommentierte kurz Besonderheit, Qualität und Preis, griff bei besonders schönen Entwürfen nach einer Rolle und ließ sie sich schimmernd entfalten. Die Auswahl war groß, denn in Wahrheit war er ein ›*Manipulant*‹, dessen Angebot aus mehreren Webereien kam, in denen auf bestimmte Artikel spezialisierte Meister für sein Haus arbeiteten.

Vor Rose passierten die schönsten Seiden Revue, beginnend mit den Taften, einfarbig, zweifarbig changierende, durchzogen von Streifen in verwirrender Fülle, viele mit eingewebten Fantasiebordüren. Satin spiegelte in den Augen, Moiré ließ an gefrorene Wasserwirbel denken, Chinemuster träumten wie unter unsichtbarem Nebel, blumenübersäte Broches erinnerten an feenhafte oder exotische Gärten.

Vor den Augen der Modefrau paradierten die schönsten *Cannelés, Damassés, Louisines, Nattés* und andere kunstvoll gewebte Verheißungen für neue Roben, um unter zartsinnlichem Knistern anderen, noch begehrenswerteren Platz zu machen.

Langsam drehte der Seidenmann die Musterstücke hin und her, damit ihre ganze Schönheit durch Bewegung und Lichteinfall zur Geltung käme. Schließlich inszenierte er mit den Prächtigsten, den Brokaten, eine Art Schlussapotheose. Diese Prunkmacher für die großen Roben, durchwebt mit echten Silber- oder Goldfäden, waren auch im Preis mit Gold aufzuwiegen. Sie wurden von ihren Besitzern wie Schätze gehütet und als Wertgegenstände in den Nachlässen oder Aussteuern aufgeführt.

»Ich habe mich immer gefragt, wie solch komplizierte Muster überhaupt gewebt werden können«, erklärte Rose, wieder ganz in die Haut der engagierten Modehändlerin hineingeschlüpft.

»Kommt nach Lyon, Mademoiselle, und Ihr bekommt die Antwort. Das Weben ist übrigens nicht so mühsam wie das Aufschären der vielen Schäfte an den Webstühlen. Ich kenne aber einen jungen Webmeister, er heißt Jacquard, der an einer einfacheren Möglichkeit arbeitet. Soweit ich es erklären kann, ist es ein System mit gelochten Kartons, das die Dessins selbstständig steuert. Wenn er das fertig bringt, wäre das eine Revolution in der Seidenweberei.«

»Lasst mich wissen, wenn die Revolution Tatsache wird«, sagte Rose etwas zerstreut, weil sie der Überlegung nachhing, ob sie eines Tages solche königlichen Stoffe würde bestellen können.

Auf Sesseln, Tischchen, dem mit erdbeerfarbenem Damast bezogenen Canapee mit seinen acht zierlichen Beinen, auf dem schon manche vom Auswählen erschöpfte Kundin geruht, häuften sich die Coupons, überkreuzten und umschlangen sich die entrollten Stoffe. Trotz geöffnetem Fenster und heraufgezogener

Nacht war der Raum sehr warm, hatte sich im Licht der vielen Wachskerzen in eine farbglosende, seidengefütterte Ali Baba-Höhle verwandelt.

Abgesehen von der Gegenwart des jungen Kaufmanns und dem Wein war Rose dem Rausch der Seide verfallen, trunken von dem Überfluss an fragiler, schmiegsamer, luxuriöser Materie, die so viele Möglichkeiten für das nie ermüdende Verkleidungsspiel und ihr Dekorationstalent bot.

Bisher hatte sie gestanden oder war, ihre Bestellung überlegend, hin und her gegangen. Jetzt setzte sie sich ein wenig ermüdet auf das fraisefarbene Canapee. Etwas zu abrupt, wie sich erwies, denn der Ruck brachte die über die Lehne gehängten Seidenbahnen ins Gleiten. Ein schimmernder Katarakt ergoss sich über die Demoiselle Bertin. Sie versuchte die Flut zu stoppen, konnte es nicht, gab schnell auf, ließ sich längelang fallen, hemmungslos lachend begraben unter Atlas, Taft, Damassé und Brokat.

Der Seidenmann kam eilfertig zu Hilfe und Gott Amor wahrscheinlich auch. Erst hatte er die Arme voller Seide, dann voller Rose, spürte kitzelnde Rüschen, ihn umschlängelnde Schleifen. Flämmchenhafte Lokken erhitzten ihn, sich an ihn schmiegende Rundungen zündeten noch mehr.

Auch der ernsthafte Monsieur Leduc war nicht so puritanisch, dass er einer guten und bewunderten Kundin die Huldigung verweigerte, die ihren Reizen zustand und so sehr ihren und seinen Wünschen entgegenkam.

Dennoch fühlte er sich auf der Heimfahrt in äußerst zwiespältiger Stimmung. Dieses überraschende Rencontre unter den Seidenbahnen war überwältigend gewesen. Eine wundervolle Überwältigung. Aber auch von fataler Ähnlichkeit zu der Szene mit der Frau des ägyptischen Potiphar:

»*Und sie erwischte Joseph bei seinem Kleid und sprach: Lege dich zu mir! Aber er ließ das Kleid in ihrer Hand und floh.*«

Oh ja, er kannte sein Altes Testament. Nur dass er, Remy Josèphe Leduc, nicht geflohen, sondern sich hemmungslos in die Arme der Verführerin gestürzt hatte. Was für eine Niederlage für seine Grundsätze! Denn wie manch ernsthafter Bürger dieser leichtsinnigen und galanten Zeit hatte Leduc sich immer bemüht aus moralischer Überzeugung Distanz zu ihren Versuchungen zu halten. Auch wenn er sie mit seinen luxuriösen Produkten bekleidete.

Als er, wie vorgesehen, am nächsten Morgen abreiste, hinterließ er wieder nur ein betont förmliches, wenn auch etwas konfus formuliertes Briefchen. Ohne ein einziges Wort der Leidenschaft, die in ihm nun schrecklich wütete. Dagegen war Rose, trotz der Enttäuschung von Marly und einer weiteren kurzen Nacht, glänzender Laune, weil sie doch ein Erfolgserlebnis gehabt hatte.

Zwischen den Vorbereitungen für den reichhaltigen *Trousseau* einer Präsidenten-Tochter und einer sehr schwierig zu gestaltenden Mahnung wegen einer seit acht Monaten fälligen Rechnung, dachte sie über den Seidenmann nach. Wie anders war er doch als ihre früheren Männer, im Vergleich richtig schüchtern, ungraziös, voller ehrwürdiger Skrupel. Sie musste ihm klarmachen, dass sie weder sein Status als Ehemann störte noch sie ihn kompromittieren wolle. Nur ein wenig Plaisir haben, sofern er sich etwas lockerer geben könnte. Denn Leduc war kein raffinierter Liebhaber, aber gut zum Anfassen gewesen.

Und sie wusste, er würde wiederkommen.

Der Seidenmann erschien schneller im ›Großmogul‹ als sie angenommen. Er müsse ihr alles erklären, sagte er gequält, und Rose erriet aus seinen Worten Verlangen nach ihr und Gewissensbisse darüber. Sie schlug ein unverfängliches Abendessen im renommierten Gasthof ›*Roi de Sardaigne*‹ zur Aussprache vor.

Zur Suppe gab es höfliche Erkundigungen nach Befinden und Reiseverlauf, zum Entree ein Fachgespräch über die Frage, ob man einen *Droguet liseré* mit seinen markanten kleinen Mustern – eigentlich für Männerkleidung bestimmt – auch für Damenkamisols verwenden könne. Beim Fisch erging sich Leduc in geradezu flehentlichen Entschuldigungen über seine unverzeihliche Entgleisung bei einem Geschäftsbesuch, die Rose geschickt versuchte zu entgräten.

Und anstelle des Desserts waren sie schon bei einem süßeren Genuss in einem der Gastzimmer. Remy Leduc war es unbegreiflich wie er dahin gekommen. Diese Bertin war eine Hexe, eine unwiderstehlich verruchte Hexe.

In einer körpersatten Pause nach Mitternacht kam er seltsamerweise auf einen gewissen Jean-Jacques Rousseau zu sprechen. Eine Hand unter ihrem Nacken, in die frei über das Kissen lodernden Lockenflämmchen geschoben, fragte er zaghaft, ob sie nicht ein paar Tage mit ihm auf dem Lande verbringen wolle?

»Ich könnte das während einer Herbsttour einrichten. Es ist so angenehm in dieser Jahreszeit, die Hitze vorbei, die Luft wie Samt und überall reift etwas. Ich genieße diese Tage immer besonders auf meinem Landgut.«

Wie denn das? dachte Rose. Welche Überraschung? Dieser sich mit dem exquisitesten Salonmaterial beschäftigende Städter entpuppt sich als ein romantischer Landbewohner.

»Ein paar Tage? Du vergisst, dass ich ein Geschäft führe, mir nicht mal an den Sonntagen frei nehme.«

»Hast du noch nie die Freuden der Natur entdeckt, meine schöne Rose?«

Die nächtlichen Ritte mit François tauchten blitzartig auf, der wabernde Milchdunst über den Sommerwiesen, das Lager in den Dünen, die Bäder in der Somme. Aber daran wollte sie nie mehr denken. Auch nicht an einen gewissen Pavillon vor der Stadt, in dem man nachts die Pfirsichplantagen riechen und fern die Wachhunde in den Höfen bellen hörte.

»Ach, die Natur! Einfach ein neues Modewort. Alle Welt schwärmt davon wie von den Poufs au sentiment und von diesem Monsieur Rousseau, der das in Umlauf gebracht hat. Dabei sitzt er meistens im ›*Café de la Régence*‹, ein paar Häuser weiter von mir, und spielt Schach in pfeifenblauer Luft.«

»Er spielt nicht nur Schach, er ist auch ein berühmter Philosoph und Pädagoge.«

»Von mir aus. Für meine Philosophie ›Tu was, und du wirst was‹ brauche ich ihn nicht. Schon wahr, eine Stadt ist im Sommer ein stinkiger Steinhaufen, ein Schwitzkasten, ein dich röstendes Fegefeuer, aber Natur? Das bedeutet stechendes Ungeziefer, Mäuse im Bett, Hühnerkacke bis auf den Tisch, Wege in denen man bis zum Bauch im Dreck versinkt. Ich kenne das. Nein, danke!«

Leduc zeigte sich unbeirrt. Was diesen Rousseau angehe, so versuche er zu beweisen, dass es einen glücklichen, naturhaften Urzustand des Menschen gegeben, der nur von der Zivilisation verdorben worden wäre. Schuld daran hätte auch die in Klassen eingeteilte Welt mit ihren Ungerechtigkeiten und Zwängen.

»Auch die gegenwärtige Kleidung zwängt uns ein«, fuhr er leise fort und seine auf Roses seidenweicher Vorderfront spazierenden Finger begannen den Spuren zu folgen, die das Fischbeinmieder brutal hinterlassen. Sie umkreisten zart die sich kühn emporreckenden zwei Kuppen mit ihren empfindsamen Spitzen, fuhren sanft die misshandelten Rippen entlang, glitten in die Längsfurchen der Korsettstäbe.

Rose packte ärgerlich die erkundenden Finger. »Lass das! Du hast keine Landpomeranze neben dir, die außer ihrem elenden Leben nichts einzwängt. Ein Korsett zeigt auch, dass man kein miserables Leben mehr führen muss, nicht mehr ackern, spinnen, schrubben, gebückt leben. Kein Korsett tut so weh wie Armut und Abhängigkeit.«

Leducs Lippen besänftigten sie, doch seine Hände bewirkten das Gegenteil, erforschten Rose mit Inbrunst. Seine Frau trug diese Furchen der Eitelkeit aus Bequemlichkeit nicht, besaß aber auch nicht Roses Eleganz und aufreizende Selbstdarstellung. An Denise haftete nicht der beunruhigende Duft nach Aufsässigkeit und Alkovenabenteuern und, obwohl von guter Herkunft und gut gestellt, lebte sie wie gebückt, niedergedrückt von Pflichten, die ihr keine Freude machten, von Sorgen um die Kinder, Angst um die Zukunft und noch mehr um ihn bei jeder Reise. Immer war sie verbissen bemüht den Alltag sauber zu schrubben von Ungezogenheiten und nie ganz dabei bei der aufregendsten Sache der Welt.

Der die Geliebte und dabei sich selbst entdeckende Seidenmann erkundete behutsam die kleine knopfgarnierte Kuhle, als ihn andere Finger energisch fassten und die Mittelspur des Korsetts hinunterzogen, tiefer und tiefer. Einen immer heißer und feuchter werdenden Pfad, den er nicht mehr verlassen konnte, auch wenn er zur Hölle führte.

Als sie wieder denken konnte, machte Rose ihm ein Kompliment in ihrer gewohnt schnippischen Art: »Heute Nacht habe ich endgültig meine Meinung über die ernst- und tugendhaften, nur an der Fütterung ihrer Seidenraupen und Webstühle interessierten Lyoner Herren korrigiert.«

»Du wirst noch mehr zu korrigieren haben«, sagte Remy Leduc darauf und beeilte sich das bei weiteren Zusammenkünften im ›*Roi de Sardaigne*‹ zu beweisen, in dem er für die Zeit seines Aufenthaltes ein Appartement gemietet hatte.

Im Gegensatz zu Philippe de Chartres, der zwischen den Umarmungen das leichte, von Thema zu Thema springende Geplauder bevorzugte, wurde der Seidenmann sofort wieder ernsthaft und diskutierte, Rose fest im Arm, gerne ein wissenswertes Thema. So kam die berühmte *Encyclopédie* zwischen die Betttücher.

»In diesem bemerkenswerten Werk könntest du dich über alles informieren, was dich interessiert. Auch über alles, was mit meinem oder deinem Beruf zusammenhängt. Es ist der umfangreichste *Dictionnaire* für Kunst und Wissenschaft, den ich kenne, ungemein anschaulich durch die Illustrationen. Ein Jahrhundertwerk! Ich wäre bereit meine Uhr und mehr zu versetzen, um jeden Band erwerben zu können.«

»Und wie viel kostet dich dieser Jahrhundertwälzer?«

»Der Subskribtionspreis beträgt bisher etwa achthundert Livres.«

»Dafür könnte ich eine große Galarobe mit allem Drum und Dran liefern, mit viel Stickerei, Spitzen, Halsband und Schulterbukett. Allerdings ohne den Stoff.«

»*Terrible Rose!*«

»Wird darin auch erklärt, warum einer Frau – beispielsweise – viele Männer vollkommen gleichgültig sind, während sie mit anderen sofort ins Bett gehen möchte? Wie mit dir.«

»Das ist nicht darstellbar.«

»Nicht darstellbar?«, fragte sie gespielt ungläubig, da sie die Necklust packte. »Ein Liebesakt nicht darstellbar? Was tun denn die Maler heute anderes?«

»Nicht darstellbar, weil es die Folge eines in unserem Körper ablaufenden chemischen Prozesses und eines viel komplizierteren in unserer Seele ist«, dozierte Leduc.

»Das wollen wir doch nachprüfen, ob Seele nicht zu sehen ist! Macht die Kerze wieder an, *Monsieur le professeur,* damit ich in Eure Augen schauen kann, die, wie man sagt, doch die Spiegel der Seele sind!«

Rose war im Grunde der Seelenzustand ihrer Liebhaber weniger wichtig wie ihr physischer, doch nach Leducs zweiter Abreise erhielt sie einen Brief, den sie ähnlich noch nie erhalten hatte. Nach einer kurzen Schilderung der Fahrt und Fragen nach ihrem Ergehen, fuhr der Seidenmann in akkurater Schrift fort:

So ist es nun also geschehen, schöne Freundin, und ich kann es nicht mehr ändern: Die Freuden, die ich nicht mit dir teilen kann, scheinen nur zur Hälfte mir zu gehören. Ja, meine Rose, ich möchte dein Herz mit den süßesten Gefühlen umgeben, jedes seiner Regungen sollte dir eine Empfindung des Glückes hervorrufen; und ich würde doch glauben, dass ich immer nur einen Teil wiedergeben könnte, welches ich von dir empfangen habe.

Lass uns, sobald ich wieder kommen kann, diese gemeinsamen Tage fern der unruhigen Stadt wagen! Die Natur erfrischt und lässt, von uns unbemerkt, Harmonie wie Tau in unsere Seele sinken. Und wird auch Gewissheit über die Festigkeit unserer Zuneigung bringen, welche schon bei mir von Tag zu Tag wächst wie ein schönes Stück Seidenstoff auf dem Webstuhl das einen mit seinem Glanz und unnachahmlichem Muster entzückt, und in welches ich mich ganz einhüllen möchte.

Adieu, meine schöne und kluge Freundin, ich erwarte deine Antwort und vor allem, den Augenblick der Rückkehr zu dir, mit großer Ungeduld.

Rose erschreckte dieser Brief so, als ob ein würgendes Lasso sich über sie gelegt. Die Eroberung des ernsthaften Bürgers Leduc hatte sie gereizt, sie hatte ihn erobert, ihre Lust dabei gehabt und nichts gegen eine gelegentliche Fortsetzung der Unterrichtsstunden im Roi de Sardaigne einzuwenden, wobei jeder von ihnen auf anderem Gebiet erfahren war. Aber nun wollte der Seidenmann schon das vierte Mal in diesem Jahr nach Paris kommen und ein seriöses Verhältnis beginnen.

Die Folge war, dass sie sich selbst Bedenken fabrizierte, dringlich zum Rückzug riet: Meine liebe Rose, du hast den Wurm in dieser Affäre am falschen Ende nagen sehen. Wie sollten seine Frau oder die Lyoner Ehrenmänner etwas von einem Pariser Techtelmechtel merken? Hier, auf deiner Seite, liegen Ärgernisse.

Auf eine erfolgreiche Modehändlerin richteten sich mehr neidische Augen als auf eine kleine Modistin, warteten nur die boshaften Zungen der Konkurrenz darauf ihr einen liederlichen Lebenswandel und damit fragwürdige Zuverlässigkeit als Geschäftsfrau anzutratschen. Ihr perfider Herzog hatte den Glorienschein des großen Namens und eines stadtbekannten Libertins gehabt, doch wenn sie mit einem braven Bürger ein schlampiges Verhältnis anfinge, würde man nicht so nachsichtig sein. Und natürlich wäre sie die *cause fatale,* immer schob man die Rolle der Sünderin den Frauen zu.

Mit dem eigenen Geschäft war Rose wieder mit einem Fuß in die bürgerliche Moral eingestiegen. Der ›Großmogul‹ bedeutete ihr alles, diesem so mühsam erworbenen Unternehmen galten ihre Gedanken, ihr Ehrgeiz, ihre ganze Liebe.

Nein, so Leid es ihr tat: Monsieur Leduc sollte sich woanders in sein ›schönes Stück Seidenstoff‹ einhüllen.

Doch als der schon in Gedanken verabschiedete Seidenmann in Paris erschien, musste sie ihren ganzen Willen aufbieten, um ihm nicht in die Arme zu fallen. Er war einfach zu gut zum Anfassen und so rührend aufrichtig, als er mit Zärtlichkeit in der Stimme sagte:

»Auf dem ganzen, langen Weg hierher konnte ich immer nur an eines denken, an dich und unser Wiedersehen, meine Rose.«

MEINE Rose! Das war das Stichwort, an dem ihr Widerstand sich entzünden konnte. Ich bin nicht seine

Rose, bin keines einzigen Eigentum, zwang sie sich zu denken, stand wie angewurzelt da, die Arme fest verschränkt, wie um sich selbst festzuhalten.

»Das habe ich gefürchtet, mein Freund. Wir sind verrückt gewesen, närrisch und toll wie Märzhasen. Doch inzwischen habe ich wenigstens meinen Verstand wiedergefunden, oui! Wir haben jede Contenance vergessen, und ich gebe zu: Ich war die Schuldige.«

Rose sagte das so schroff, als hätte sie ihm: ›Ich bin die Schuldige, aber du hast es mir verdammt leicht gemacht‹, an den Kopf geworfen, und er antwortete befremdet:

»Warum quälst du dich auf einmal? Ich war es, der sich vergessen hat, wenn du unbedingt einen Schuldigen suchst. Und ich bereue nichts, ich bin noch nie so glücklich gewesen.«

»Nein, nein, es ist nur eine Verirrung, du tatest nur, was jeder Mann tun würde, wenn eine Frau für ihn die Röcke hebt.«

Leduc gefror und das hieß, er wurde wieder der beherrschte, ungemein höfliche Mann, wie ihn jene kannten, die nicht sein Herz umgedreht hatten. Steif sagte er:

»Mademoiselle, auf keinen Fall wollte ich Euch inkommodieren. Oder kompromittieren, wenn Ihr das meinen solltet. Aufrichtig meinen solltet. Ich bitte untertänigst das zur Kenntnis zu nehmen.«

Mein Seidenmann ist so empfindlich wie seine Stoffe, dachte Rose zornig, wieder diese unangreifbare *Courtoisie,* die es unmöglich macht einen handfesten Krach vom Zaun zu brechen, und somit eine Affäre entweder in die Luft zu jagen oder sich anschließend leidenschaftlich in die Arme zu fallen.

»Gut, gut«, sagte sie ungeduldig, »wir können ja noch mal darüber reden, aber im Augenblick habe ich schrecklich viel zu tun. Die Saison beginnt.«

Aber es war kein guter Abschied, sondern einer, der ihr wie eine schwer verdauliche Pastete im Magen lag, tagelang, und unangenehme Erinnerungen an andere Abschiede wachrief, die ähnlich unerfreulich verlaufen waren. Es schien, als sei gerade dann auf ihren sonst so gut funktionierenden Verstand kein Verlass, wenn sie ihn wie einen ungehorsamen Hund zur Ordnung rufen wollte.

Es wurde auch nicht mehr über ›schuldig‹ oder ›nicht schuldig‹ geredet, denn Remy Leduc ließ nichts mehr von sich hören. Er war eben besonders empfindlich. Dafür bekam Rose einen Brief, gesiegelt mit Marie Antoinettes Emblem: Die Königin bat sie zur Stunde des *Levers* in Versailles zu sein. Die Trauerzeit um den alten König war vorbei, die Ermahnungen zur Bescheidenheit der kaiserlichen Mutter nur noch Schnee von gestern.

Eine Woche später konnte die Modehändlerin Bertin in ihren Büchern eine Bestellung von zwanzigtausend Livres für die Auffrischung der königlichen Garderobe zusammenzählen. Und neue Aufträge waren in Sicht.

Und gibt es ein besseres Pflaster, tröstete sich Rose, um dieses verdammte Verlangen nach einem Mann, der noch dazu ein Herr Rühr-mich-nicht-an ist, zuzudecken?

13

Die Königin konnte sich mit der steifen Etikette am französischen Hof nicht abfinden.

In der Hofburg zu Wien war man, mit Ausnahme offizieller Anlässe, lockerer im Umgang gewesen, doch in Versailles hatte sie den Eindruck, als blicke der Sonnenkönig noch immer wie das strenge Auge Gottes von jedem bemalten Plafond herunter, als dirigiere sein diamantenbesetzter Stock jede Einzelheit im Tagesablauf seiner Nachfolger.

Beim Erwachen fing es schon an. Während Marie Antoinette ihre Schokolade trank, ihr Garderobenbuch durchblätterte, in dem sie mit Stecknadeln neben den Stoffmustern bezeichnete, was sie an diesem Tag tragen wollte, sahen ihr die mit dem Privileg des *Petite Entrée* Ausgezeichneten devot zu, darunter ihr erster Arzt, ihr erster Chirurg und ihr Vorleser. Nun gut, aber warum musste sie sich auch noch von den vier ersten Kammerdienern des Königs, deren vier Anwärtern sowie den Ärzten und Chirurgen ihres Gemahls anstarren lassen?

Wenigstens mussten die Herren verschwinden, falls sie ein Bad nehmen wollte, für das ein Zuber mit Baldachin hereingerollt wurde. In einem weiten Badehemd aus Flanell, unter dem sie sich wusch, stieg sie ins Wasser und danach wieder ins Bett. Das verlangten die Ärzte, um einer Erkältung vorzubeugen. Dort las sie oder machte Handarbeiten bis es Zeit für das offizielle *Lever* war.

Das war eine Zeremonie, die sie geradezu hasste. Bekleidet mit spitzenbesetztem Hemd, Morgenmieder, darüber ein Negligé, setzte die Königin sich vor den Toilettentisch, um den ein Kreis von Faltstühlen für die hohen weiblichen Hofchargen aufgestellt war. Die männlichen standen herum, und alle sahen zu, wie sich Ihre Majestät frisieren und schminken ließ, alle warteten auf ein huldvolles Wort. Dem König erging es nicht besser, aber er ertrug es mit seinem gewohnten Phlegma. Erst wenn die für den Tag ausgewählte Garderobe, in grüne Taftbahnen eingeschlagen und in flache Körbe gelegt, hereingetragen wurde, zogen sich die Anwesenden zurück.

Unter genauer Einhaltung der Etikette überreichte nun die Oberhofmeisterin der Königin das Taghemd, allerdings über den Umweg einer assistierenden Kammerfrau. Die Dienst habende Hofdame folgte mit den weiteren Kleidungsstücken. Trat aber eine Prinzessin von Geblüt ein, wurde es noch umständlicher.

So erlebte Marie Antoinette an einem frostigen Wintertag, dass in dem Augenblick, da sie splitternackt auf das Hemd wartete, die Herzogin von Chartres an die Tür klopfte. Nachdem sie die Handschuhe umständlich abgelegt hatte, wollte sie das Chemise von der Oberhofmeisterin in Empfang nehmen um es, wie vorgeschrieben, an die Kammerfrau weiterzugeben. Da trat die Schwägerin der Königin ein, noch höher gestellt als die Herzogin. Also wanderte das Chemise zur Gräfin Artois.

Zitternd vor Kälte und Zorn, die Arme über der Brust gekreuzt, stand Marie Antoinette da. Schnell wollte die Gräfin ihr das Hemd überstreifen, zu schnell, sie derangierte ihr die kunstvolle Frisur. Marie Antoinette lachte auf, um ihren Ärger zu verbergen, konnte es doch nicht und murmelte:

»Widerlich! Wie unerträglich und widerlich ist das

doch alles.« Und sobald sie sich stark genug in ihrer Stellung fühlte, da ihr weiblicher Charme auf den trägen König zu wirken begann, fing sie an die Hofetikette zu vereinfachen. Hatte der Coiffeur sein Haarwerk getan, stand sie nun auf, grüßte höflich die Anwesenden und verschwand mit ihren Kammerfrauen in ihre *›Petits Appartements‹* und in ihr Privatleben.

Gelobt wurde sie deshalb nicht, im Gegenteil, denn damit brachte sie den, wie eine Uhr eingestellten Tag in Versailles durcheinander, und verschaffte vielen Granden das deprimierende Gefühl ihrer Aufgabe und Wichtigkeit beraubt zu werden.

Die ›Kleinen Appartements‹, in den oberen Stockwerken des Schlosses, hatte der fünfzehnte Louis zusammen mit seiner Pompadour einrichten lassen. Sie waren gemütlicher und heizbarer als die großen und vor allem, besser vor unerwünschten Personen abzuschirmen. Denn nicht nur Hofleute, auch jeder halbwegs anständig gekleidete Besucher, ob Landeskind oder Tourist, konnte sich frei im Schloss bis in die Staats-Schlafzimmer hinein umsehen. Lakaien und Wachen waren zwar angewiesen auf Benehmen und Wertvolles zu achten, doch immer wieder gab es Ärger, verschwanden Dinge, einschließlich Vorhangquasten oder Türgriffe, um irgendwo als Souvenir stolz herumgezeigt zu werden.

Marie Antoinette hatte ihre Privaträume nach neuestem Geschmack umdekorieren lassen. Am liebsten hielt sie sich in einem achteckigen Salon mit weißgoldener Täfelung auf, von der Amouretten und Sphinxe sie anblickten und sie sich in hohen Spiegeln bewundern konnte. Hier stand ihre vergoldete, mit geschnitzten Girlanden verzierte Harfe, ihr immer offenes Pianoforte, ein Schemel mit ihrem Körbchen für Tapisserie-Arbeiten. An den Wänden hingen Miniaturen ihrer Familie und Freunde. Ein Kamin aus rotem Marmor heizte angenehm und auf Teppich wie Sesseln blühten das ganze Jahr üppig Rosenmuster.

Bevorzugte Modehändler und Schönheitsberater empfing Marie Antoinette ebenfalls hier, während sonst alle Aufträge und Lieferungen über die Intendantin der königlichen Garderobe gingen.

An diesem Tag hatte sie die zur *Marchande de Mode de la Reine* avancierte Rose zu sich gebeten, wie auch ihren ersten Coiffeur, Léonard Autier, der sich nun vornehm ›Physiognomist‹ nannte. Es ging um die Toilette für ein Porträt der Königin, das die begabte junge Malerin Vigée-Lebrun, Liebling der Gesellschaft, für die kaiserliche Mutter anfertigen sollte.

Marie Antoinette war an diesem Wintermorgen glänzender Laune, da sie sich die Nacht davor großartig amüsiert hatte.

»Mademoiselle Rose, habt Ihr eine gute Fahrt gehabt? Mit dem Wagen muss das bei diesem Schnee schwierig gewesen sein, deshalb hatte ich auch gestern Abend zur Opernredoute die Schlitten befohlen.«

»Und so sind Eure Majestät wie der Blitz in Paris gewesen«, bestätigte Rose, die in dieser Nacht mit zweien ihrer Mädchen in einem provisorisch hergerichteten und schlecht beheizten Appartement des unbewohnten Tuilerien-Schlosses gewartet, um ihrer ballsüchtigen Fürstin in das Maskenkostüm zu helfen und notwendige Änderungen vorzunehmen.

»In fünfunddreißig Minuten! Als ob wir geflogen wären. Der Ball war sehr gelungen, so gut habe ich mich noch nie amüsiert. Dazu bin ich sicher von keinem erkannt worden zu sein. Ihre Maskerade war superbe, Rose.«

Rose verriet der Königin nicht, dass man natürlich dieses Schweizer Landmädchen mit dem großen Gefolge erkannt hatte. Die Fama hatte es schon am Morgen von Haus zu Haus getragen. Eine als Marktweib verkleidete männliche Person hatte sich sogar vor der Loge der Königin aufgebaut und ihr scheltend vorgeworfen, warum sie zu dieser Stunde nicht bei ihrem – sicher laut schnarchenden – Ehemann im Bett läge? Und Marie Antoinette hatte sich, um noch mehr von diesen spaßigen Ungezogenheiten zu hören, so tief über die Logenbrüstung gebeugt, dass die Maske beinahe ihre Brust hätte berühren können.

»Habt Ihr Euch hübsche Vorschläge für diese wichtige Toilette überlegt, Rose?«

»Sicher, Majestät, und auch gleich die neuesten Modefarben mitgebracht. Sie sind ungemein elegant geraten, als ob sie die vom Schnee gedämpften Farben der Natur aufgreifen würden.«

»Mir gefällt besonders dieser aschblonde Ton hier, wirklich nobel. Was meint Ihr, Monsieur?«, fragte Marie Antoinette den König, der als Entspannung von den Staatsgeschäften entweder auf die Jagd ging oder schlosserte. Im Augenblick bearbeitete er an einer der Türen ein schlecht schließendes Bronzeschloss.

Louis der Sechzehnte kniff die Augen zusammen, denn wie seine Frau war er kurzsichtig. Doch bevor er eine Meinung äußern konnte, er brauchte dafür immer einige Zeit, antwortete sein schneller denkender und pfiffigerer jüngster Bruder, der Graf von Artois:

»Eine ganz bezaubernde *Couleur,* meine Schwester, da sie Eurer unverwechselbaren Haarfarbe gleicht.«

»Ein königlicher Vergleich«, säuselte Léonard, und die neue Modefarbe *Cheveux de la Reine* war geboren.

Nach vielem Diskutieren, Skizzen betrachten und Durchsicht von Stoffen wie Besatz einigten sich die Hauptbeteiligten auf die anzufertigenden Kleider. Gewinnerin wurde eine große Robe aus perlblassem Satin in der Farbe ›Königinnenhaar‹.

Rose hatte auf dem breit ausladenden Reifrock von goldenen Kordeln und Troddeln gefasste ballonleichte Drapierungen angebracht, dazu eine sylphidenhafte Corsage aus Spitzenrüschen und Satinschleifen entworfen. Léonard eine hohe Coiffure geschaffen, königlich gekrönt von einem Arrangement aus weißen Straußenfedern, blasssilbernen Bändern und überstrahlt von einer Diamant-Agraffe. Die junge Porträtistin malte Marie Antoinette stehend, mit einer vollerblühten Rose in der Hand.

Was die Frisur anbelangte, hatte die Königin eine Bedingung geäußert: sie nicht zu pyramidal auszuführen, da sie letzthin fast gezwungen war in ihrer Karosse zu knien.

»Und konnten sich Eure Majestät an diesem Abend über fehlende Aufmerksamkeit beklagen?«

»Nein, nein, im Gegenteil. Aber das ist keine Entschuldigung für Seine Extravaganzen. Er ist ein *Filou,* ein ganz schlimmer Schelm.«

Léonard wusste, dass Marie Antoinette nichts mehr als Extravaganzen liebte.

Das Echo aus Wien fiel anders aus, als die Tochter erwartet hatte: Hier läge wohl eine Verwechslung vor, kam es tadelnd von der Kaiserin, denn so könne vielleicht eine Schauspielerin, nicht aber die Königin von Frankreich aussehen.

Das war Wasser auf die Mühle der ersten Kammerfrau, Madame Campan, die sowieso die Anwesenheit dieser Mode-Kamarilla in den königlichen Privaträumen ungebührlich fand. Das ließ sie auch ihren Schwiegervater, Privatsekretär der Königin, wissen.

»Es ist zu fürchten, mein Vater, dass der intime Umgang mit einer Modehändlerin sehr ärgerliche Folgen für Ihre Majestät haben kann.«

»Inwiefern, meine Tochter?«

»Der enge Kontakt mit dieser Person wird die Königin verführen jeden Tag eine neue Mode zu kreieren. Bisher hat sie keinen besonderen Geschmack an diesen Äußerlichkeiten gefunden; nun wird sie daraus eine Hauptbeschäftigung machen. Und diese Bertin ist geschickt genug, um einen ständigen Wechsel des Aussehens herbeizuführen.«

»Und weiter?«

»Natürlich werden die Damen unsere Königin, da sie ihre Toiletten mit so viel Charme trägt, imitieren wollen. Dieselbe Aufmachung, die Federn, Girlanden, die hohen Coiffuren, der reiche Schmuck. Die Ausgaben der jungen Frauen werden ins Unermessliche steigen, fürchte ich. Schulden werden gemacht werden, Familienszenen und Ehekräche folgen. Und dann wird es heißen: Die Königin hat das alles angerichtet, sie ruiniert unsere Frauen.«

»Ich glaube, meine Tochter, Ihr seht zu schwarz.«

Wie sollte auch die zwar intelligente, hochgebildete, doch nüchterne Madame Campan die berauschende Wirkung des Modespiels verstehen? Der Faszination des schnellen Wechsels verfallen sein, wie sie ein Verkleidungskünstler beim Publikum hervorbringt? Marie Antoinette spielte begeistert Theater, doch nur die königliche Familie durfte zusehen, während es für die gesellschaftliche Verkleidung eine immense Zuschauerschaft gab, die bereit war jede Mode bis zur Maßlosigkeit mitzumachen.

Welche Befriedigung lag doch darin die von der Natur verliehenen Reize durch raffinierte Kleidung noch zu steigern, die Männer zu provozieren ohne ihnen etwas Greifbares zu gewähren, denn trotz ihrer zur Schau getragenen Unbekümmertheit blieb Marie Antoinette der Tugend treu.

Und wer ahnte etwas von der stummen Kumpanei, die sich zwischen Königsfrau und Modefrau zu bilden begann, in der die eine den großen Namen und reiche finanzielle Mittel, die andere überbordende Fantasie und deren praktische Umsetzung einbrachte. Es war ja nicht einmal beiden bewusst, genauso wenig wie der Zweck dieser Interessengemeinschaft, bestimmte Daseinslücken zu füllen.

Was waren sie denn anderes als zwei junge kinderlose Frauen in einer Zeit, in der dieser Zustand ohne religiöse Gründe als unnormal und bedauernswert galt. Und beide Frauen waren Fremde ohne Familienhalt in einer Umgebung, die ihnen eher abweisend als gutwillig gegenüberstand, in der sie sich behaupten und durchsetzen wollten.

Was Marie Antoinette Geburt und Stellung zusicherten, fand sie zu selbstverständlich, um es als persönlichen Erfolg zu werten. Sich als Mäzenin von Kunst, Literatur und Wissenschaft hervorzutun, verhinderten mangelnde Bildung und Oberflächlichkeit. Einmischung in Politik brachte ihr mehr Niederlagen als Siege, doch als Mode-Idol war der Triumph garantiert, den ihr keiner, vor allem kein Mann, streitig machen konnte. Rose war die begabte Mitstreiterin, mit der sie ihre viel beachteten Auftritte durchführen konnte. Wenn ihre Kleidermacherin dabei einen Teil des Triumphes abbekam, war das nur gerecht.

Die Demoiselle Bertin kam nun zweimal die Woche nach Versailles oder in andere Schlösser, begleitet von ihren Assistentinnen wie von dem in grüner Livree mit goldenen Tressen auf dem Bock sitzenden Jacquot und einem Lakaien. Aus großen Kartons kam das Neueste, alles bisherige in den Schatten stellende an Kleiderzauber heraus. Die ›Arbeitssitzungen‹ dauerten stundenlang, verlangten Geduld, Diplomatie, unerschöpfliche Ideen und Standfestigkeit, denn setzen durfte sich Rose nicht.

»Ich habe mit der Königin gearbeitet«, fasste sie selbstbewusst das Ergebnis dieser Besuche zusammen, was viele als unerhörte Anmaßung einer *Marchande* ansahen, der die Huld der Herrscherin in den hochtoupierten Lockenkopf gestiegen war.

»Aber es ist harte Arbeit, auch wenn man so viel Talent hat wie die Königin, eine bessere Modebotschafterin zu werden als die berühmte Pandora-Puppe je gewesen ist«, versicherte Rose nach einer Rückkehr von Versailles. »Und jetzt kopiert man uns überall, auch im Ausland, ganz egal was für gewagte Einfälle wir ausprobieren ... oh, Pardon, Comtesse!«

»Wenn mein Louis nicht gestorben wäre, hätte ich das auch gesz-afft«, sagte die Gräfin du Barry schmerzlich, dabei einen teuren Genueser Samt so zärtlich streichelnd, als prüfe sie dessen Sexappeal.

Die schöne Jeanne war wieder in die mondäne Welt zurückgekehrt. Nach zwei Jahren und fünf Monaten Buße, vom neuen König auferlegt für die Intimität mit dem alten, bekam sie ihr Schlösschen *Louveciennes* zurück, ihren reichen Schmuck, ihr Vermögen und die Freiheit. Sie konnte gehen, wohin sie wollte, außer dorthin, wo der Hof sich aufhielt. Und jetzt führte sie ihre wappengeschmückte Karosse auch oft zum ›Großmogul‹.

Sie unterhielten sich im eleganten Anprobesalon im ersten Stock, denn inzwischen besetzte das Modegeschäft das ganze Haus in der Rue Saint Honoré, und in den Ateliers arbeiteten dreißig Mädchen.

»Du musst mir nicht unbedingt Freundsz-aftspreise machen, liebste Rose, obwohl ich das sehr sz-armant von dir finde«, beteuerte die Ex-Mätresse, während sie sich den blauen Samt versuchsweise vor dem Spiegel anhielt.

»Ich könnte dir eine ›Robe nach Tscherkessen-Art‹ daraus machen, pelzbordiert und mit getigerter Bandgarnierung. Sie würde umwerfend werden! Aber sonst trägst du doch immer Weiß?«

»Er sz-wärmt aber mehr für Blau und Violett.«

›Er‹ war Louis-Hercule-Timoléon, Herzog von Brissac, Gouverneur von Paris und Jeannes neuer Beschützer. Ein blonder Riese, ein richtiger Herkules und, wie groß geratene Männer oft, von gutmütigem und großzügigem Charakter. Schon in Versailles hatte er die bezaubernde Mätresse bewundert, und kaum durfte sie ihr Kloster verlassen, suchte er sie auf. Wenig später sanken sie sich in die Arme. Zu beider Glück war Brissacs Gattin kränklich und reiste unentwegt von einer Kur zur anderen.

Mitte Dreißig muss sie jetzt sein und ein wenig Speck angesetzt hat sie auch, meine schöne Jeanne, dachte Rose und versuchte probeweise auf dem jetzt um sie drapierten violetten Satin einen seidenen Fliederzweig. Aber der engelhafte Eindruck ist noch immer da, ihre Haut herrlich und die Büste ein schwellendes Ruhekissen. Glücklicher Herkules! Und doch hat sich etwas verändert, aber was?

»Kannst du dir vorstellen, mein Sz-atz, wie wütend die Königin war, weil ihr allerdurchlauchtigster Bruder bei seinem Besuch in Paris unbedingt den Park meines Sz-lösschens sehen wollte? Als wir uns dort begegneten, ganz zufällig natürlich, bot er mir denArm für eine gemeinsame Promenade. Ein wirklich sz-armanter Mann! Denn als ich wegen der Etikette ablehnen wollte, sagte er sehr liebenswürdig: Aber ich bitte Euch, Madame! Die Sz-önheit ist immer Königin.«

Jetzt wusste Rose, was sich an der Freundin verändert hatte: Der leichte Hautgout der jungen, unbekümmerten Kurtisane war fort, das prickelnde Air von köstlicher Unanständigkeit. Sie wirkte und benahm sich jetzt wie eine geborene Comtesse.

Die schöne Jeanne ließ sich von ihrem Mohrenpagen ihr *Réticule* reichen, um ein Bonbon herauszunehmen.

»Sag mir noch sz-nell: Wer ist von den wichtigen Personen dabei, wenn du zu den Anproben nach Versailles kommst? Dann weiß ich, wer jetzt das Sagen in der Umgebung der Königin hat. Der Herzog erzählt mir fast nichts.«

Rose nahm ihre Finger zu Hilfe. »Der König, manchmal des Königs Brüder, die Grafen Provence und Artois.«

Jeanne lachte ihr nicht mehr ganz so kinderglückliches Lachen. »Als ich fortmusste, war Artois ein halbwüchsiger Schlingel, der die Hofdamen kitzelte und die Pagen zu Dummheiten anstiftete.«

»Den Kopf voller Dummheiten hat er immer noch, auch an mir wollte er eine ausprobieren, hat versucht mich auf dem Flur in eine Nische zu ziehen und ... na ja.«

»Olala, Rose!«

»Nein, danke, ich bin schon bedient. Dann deren hochgeborene Gemahlinnen, die Schwestern Savoyen. Sie sind beide potthässlich und so mit blauem Blut aufgepumpt, dass sie sich kaum bewegen können.«

»Das ist sehr despektierlich gesagt, Mademoiselle«, rügte die Gräfin du Barry.

»Oh Pardon, dann sage ich respektvoll gar nichts mehr, Madame la Comtesse.«

»Rose! Sei kein Fro-sz!«

»Die Gräfin Artois ist die nettere, aber der Königin fällt es wohl schwer mit ihr wirklich befreundet zu sein. Wahrscheinlich kann sie nicht vergessen, dass nach der Geburt ihres Neffen die Marktweiber ihr im schlimmsten Hallenjargon zugerufen, dass es ihre Aufgabe wäre für den Dauphin zu sorgen.«

»Und noch keine Aussichten? Du probierst doch ihre Kleider an?«

Rose drehte wie unabsichtlich eine kokette *Toque à la Provençale* in den Händen, ähnlich einer flach gedrückten Haube, die sie lancieren wollte.

»Aussichten schon, wie du sicher auch weißt, aber keine Anzeichen. Also weiter. Wirkliche Herzensfreundinnen unserer Herrscherin sind einmal die Prinzessin

Lamballe, jetzt Oberintendantin ihres Hofstaates. Sie ist auch meine Kundin, hat viel Chic, trägt aber am liebsten Traurigkeit, oui. Und dann die Comtesse de Polignac. Ich fürchte, sie wird der armen Lamballe Platz und Rang abnehmen.«

»Die sz-nukelige Comtesse Jules? Man erzählte mir, ihr Liebhaber sei der beste Freund ihres Mannes.«

»Warum nicht, das ist ja modern. Sie ist wirklich schnuckelig, ein bisschen wie du in Brünett, dazu die Sanftheit in Person. Von ›anmutiger Bescheidenheit‹, wie die Königin neulich sagte. Nur in ihren finanziellen Anforderungen für sich und ihre Familie ist sie nicht bescheiden.«

»Man muss das Eisen sz-mieden, solange es heiß ist. Und was ist mit Sz-artres, der zu meiner Zeit eine so große Rolle am Hof gespielt hat?«

»Abgekühlt«, sagte Rose trocken.

»Gehst du noch mit ihm ins Bett?«

Rose zuckte mit den Achseln. »Mit einem mehrfachen Familienvater, dessen Geliebte die Gouvernante seiner Kinder ist? Eine von seinen vielen Geliebten. Und dessen Frau meine zweitbeste Kundin? Mit einem Verrückten, der aus lauter Langeweile Zaubern lernt oder diese irrsinnigen, von England importierten Pferderennen arrangiert?«

»Du sagst das etwas zu hitzig, mein Sz-atz, um an deine Abkühlung zu glauben. Und sonst?«

»Sonst nichts in Hosen. Warum auch? Ich kann mich vor Arbeit nicht retten, die Kasse stimmt, die Kunden tragen Kronen, und Ihre Majestät setzte mir den schmeichelhaften Titel einer Hoflieferantin auf. Dazu hat mir die Corporation der Modehändler, Federverarbeiter und Blumenmacher für ein Jahr den ehrenvollen Posten einer Geschäftsführerin aufgebrummt. Genügt das nicht vollauf?«

»Mir würde das nicht genügen«, sagte Jeanne entschieden, »und dabei fällt mir ein: Mache mir doch etwas in Weiß. Ein *Déshabillé;* du weißt schon wie es sein soll. Eines, dass ...«

»Ich weiß«, sagte Rose lächelnd, »ein *Déshabillé,* dessen Anblick einem Mann die Hose ausbeult.«

14

Es gab aber doch jemand in Hosen, der im Augenblick die Hoflieferantin Bertin sehr beschäftigte.

An einem Sommerabend war ein Dragoneroffizier, mittleren Alters, im ›Großmogul‹ erschienen und überreichte, nachdem er höflich den Helm mit Rossschweif und Leopardenband abgenommen, ein Billett der Königin. Darin bat sie, sich des Chevalier d'Éon als Kunden anzunehmen. Zwar würde die Erfüllung seiner Wünsche ihr vielleicht seltsam vorkommen, aber sie beruhten auf einer Verordnung des Königs.

»Was kann ich also für Euch tun, Monsieur?«, fragte Rose liebenswürdig. Er gefiel ihr, dieser große schlanke Mann mit den ausdrucksvollen schwarzen Augen.

»Zunächst mich in Ihr kleines Privatkabinett zu führen, Mademoiselle.«

Wahrscheinlich will er ein ausgefallenes und nicht in der Öffentlichkeit präsentables Kleidungsstück für seine Mätresse bestellen, dachte Rose. Aber das stimmte nicht mit der ›Verordnung des Königs‹ zusammen, genauso wenig wie sein im Kabinett geäußerter Wunsch selbst mit Frauenkleidern ausgestattet zu werden.

Nun, das Warum ging sie nichts an. Und Männer, die es liebten bei Gelegenheit in Frauenkleidern aufzutreten, waren in dieser, alle Facetten des Amüsements ausprobierenden Gesellschaft keine Seltenheit.

»Und an welche Art von Robe dachtet Ihr, Monsieur? *A la mode?* Eher distinguiert? Oder ein bequemes *Déshabillé?*«

»Stellt mir eine Trauergarderobe zusammen, denn wenn ich schon freiwillig dieses Unglück trage, will ich doch nicht lächerlich aussehen.«

»Ein Unglück, Monsieur? Ich dachte, Ihr wünschtet vielleicht an einer Maskerade in Versailles teilzunehmen.«

»Ich wünsche diese Verkleidung, um in meine Heimat, nach Burgund, zurückkehren zu können.«

Rose fragte nicht weiter sondern holte das Musterbuch für Trauerstoffe, bat der Diskretion halber Maß nehmen zu dürfen und erwähnte, dass auch Korsett- und Reifrockmacher gerne hierher kommen würden.

»Wenn Ihr die Diskretion wahrt, Mademoiselle, genügt es. Nur muss ich Euch bitten die Anproben in die Dunkelheit zu legen, denn in meiner jetzigen Aufmachung ist Tageslicht für mich gefährlich«, sagte der Chevalier, knöpfte seinen Rock auf und legte die dunkle Halsbinde ab. Dann stellte er sich stocksteif hin, die Arme erhoben, und Rose legte das Maßband um das Hemd.

Jetzt erst kam Verwunderung in ihr hoch. Das Maßband umschlang in Brusthöhe eine Kurvung, die im allgemeinen nicht männlich war. Als sie die Augen hob – der Chevalier war fast einen Kopf größer als sie

– sah sie genau auf seinen Mund. Einen sehr kleinen Mund für einen Mann und mit verlockend sinnlich gewölbten Lippen.

»Ich habe zur Abwechslung immer gerne Frauensachen getragen, allerdings freiwillig«, sagte er halblaut, und aus der Nähe bemerkte Rose, wie erstaunlich glatt sein Gesicht rasiert war.

»Es wird keine Mühe machen Euch in kürzester Zeit das Gewünschte anfertigen zu lassen, Ihr habt eine sehr gute Figur«, sagte Rose unbewegt und notierte das Gemessene in ihrem Buch.

In diesem Augenblick wurde Monsieur Léonard gemeldet.

»Es ist der Coiffeur der Königin, könnt Ihr mich einen Augenblick entschuldigen?«

»Empfangt ihn doch hier, ich brauche sowieso einen Rat für eine passende Frisur«, schlug der Dragoner vor, seinen Rock wieder anziehend, und fügte auf Roses zweifelnden Blick hinzu:

»Ihr müsst nicht sagen, dass die Coiffure für mich ist.«

Léonard kam in aller Pracht eines grasgrünen Habit, gesäumt mit Paillettenborten, hereingetänzelt. Wie immer führten Körper und Gesicht bei ihm eine nie endende Pantomime auf, alle Muskeln arbeiteten unablässig und seine Hände standen nie still. Jetzt faltete sich die Stirne vor Staunen hoch, als er in Roses Privatkabinett einen Dragoner mit aufgeknöpftem Rock, ohne Halsbinde und von sich gestreckten Stiefeln sitzen sah. Aufmerksam glitten seine Augen zwischen den beiden hin und her. Hatte Rose etwa einen neuen Liebhaber?

»Meine Verehrung, Monsieur. Meine Liebe, hast du

gehört, dass sich heute Morgen im Boulogner Wäldchen der Bruder des Königs mit dem Herzog von Bourbon duelliert haben?«

»Noch nicht, aber jetzt habe ich es gehört. Und? Wie ist es ausgegangen?«

»Hoheit haben den Herzog leicht am Arm verletzt, danach war das Duell beendet, die Herren haben sich umarmt«, teilte der Chevalier mit und goss sich aus einer Karaffe Südwein ein. Léonards sensible Nüstern bebten vor Neugierde.

»Ihr habt das schon gewusst, Monsieur?«

»Ich habe das schon gewusst, Monsieur Léonard«, bestätigte Monsieur d'Éon, stand auf und schlang vor einem Spiegel seine Halsbinde neu.

»Kannst du mir einen guten Friseur empfehlen, Léonard, der nicht ein wandelndes Nachrichtenbüro ist und keinen Ehrgeiz hat den noch nie dagewesenen Kopf zu kreieren? Monsieur sucht einen für seine – hm – Schwester, die gerade – hm – zu Besuch ist. Sie ist sehr heikel, denn sie ... hmhm.«

»... denn meine Schwester lebt auf dem Lande und ist zudem in Trauer«, ergänzte der Chevalier, der im Spiegel Blickkontakt mit Rose gehalten hatte, was ihr das aufregende Gefühl eines gemeinsamen Geheimnisses gab.

»Ich schicke dir den Sieur Bonnet, ein sehr diskreter und auf die Wünsche der Kundschaft eingehender Mensch. Lass mich wissen, wann du ihn brauchst.«

»Ich danke dir, Léonard. Möchtest du morgen Abend zu mir zum Souper kommen? Ich bekomme die ersten Spalierpfirsiche und die zartesten Poularden aus Caux.«

»Deine Einladung ziehe ich jeder anderen vor, mein

Schatz. Und jetzt muss ich aber im Galopp nach Versailles, Ihre Majestät wartet. Bis morgen also. Euer Diener, Monsieur«, und Léonard verschwand mit einer nicht gerade vornehmen Geste, die Rose mitteilte, wie sehr er ihr zu dem neuen Bewunderer gratulierte.

Der Chevalier war nun wieder korrekt militärisch angezogen.

»Wie schade, dass Ihr den morgigen Abend vergeben habt, Mademoiselle, ich hätte Euch selbst gerne zu einem Souper eingeladen.«

Die mokanten schwarzen Augen des Fremden brachten Rose in ungewohnte Verlegenheit. Sie glaubte beim Maßnehmen Gewissheit über das wahre Geschlecht dieses Kunden gewonnen zu haben, nun zweifelte sie wieder. Vor allem, da von ihm eine physische Faszination ausging, die sie bei einer Frau noch nie gefühlt. Oder doch? Wie war das bei Jeanne gewesen, deren Gegenwart sie immer in unerklärliche Unruhe versetzt, am meisten, wenn sie mit ihr in der grauseidenen Kavalierstracht ausgeritten war.

»Ich könnte Euch dabei eine Geschichte erzählen, die viele Personen interessieren würde, aber die sie nicht erfahren werden«, lockte der echte – oder falsche – Dragoner.

»Und warum hätte ich die Ehre sie erfahren zu dürfen?«

»Weil ich Euch für eine diskrete und feinfühlige Person halte. Und sehr sympathisch finde.«

Rose fasste einen Entschluss. »Monsieur, ich mache Euch einen anderen Vorschlag: Kommt ebenfalls zu meiner Abendtafel, sie wird immer sehr gelobt. Es werden nur wenige, nicht in Versailles verkehrende Personen da sein. Außer Léonard, aber er kann, wenn der König im Spiel ist, auch seinen Mund halten. Kommt früher, wenn Ihr einverstanden seid, so dass wir eine Generalprobe Eurer Verwandlung vornehmen können.«

Der seltsame Monsieur d'Éon war einverstanden. Und als Rose die Türe öffnen wollte, nahm er ihre Hand und küsste sie lange.

Am nächsten Abend wurden die Gäste der Rose Bertin mit einer Mademoiselle d'Éon bekannt gemacht, einer distinguierten, sicher in den Vierzigern stehenden Dame, dennoch von straffer jugendlicher Figur und mit feurigen schwarzen Augen. Leider war sie mit zu kräftiger Nase und Händen ausgestattet. Mit angenehmer Altstimme nahm sie an der Konversation teil, und die Tischgäste erfuhren, sie weile nur kurz in Paris, einiger Trauerkleider und sonstiger Anschaffungen willen, um dann mit ihrer alten Mutter nach dem heimatlichen Burgund zu reisen.

Léonard hatte das Fräulein unauffällig studiert, und als er nach dem Essen Rose einen Augenblick allein sah, zischelte er:

»Ist das die hässliche Schwester deines gut aussehenden Verehrers von gestern? Du scheinst dich ja schon ausgezeichnet in die Familie eingeführt zu haben, meine liebe, zukünftige Madame d'Éon!«

»Mademoiselle d'Éon ist zwar die Schwester des Gestrigen, mein kluger Freund, aber nach Burgund wirst du mich nicht entschwinden sehen. Und den Gestrigen wirst du auch nicht mehr sehen, sein Dienst führt ihn sehr weit fort von Paris.«

Ganz so schnell verschwanden Bruder und Schwester nicht aus Paris, sie kamen noch mehrere Male zur

Anprobe zum ›Großmogul‹. Rose wies dann den Türhüter an, spätabends am Hoftor zu sein.

Bei diesen ›Anproben‹ erfuhr Rose etwas von dem abenteuerlichen Leben des Chevalier d'Éon, der auf Grund seiner Wandlungsfähigkeit dem fünfzehnten Louis als erfolgreicher Geheimagent gedient hatte. Sehr jung hatte er es verstanden Vorleser der russischen Zarin zu werden, war später in ihre Armee eingetreten und hatte sich militärische Ehren geholt.

»Ich bin, darf ich wohl behaupten, ein hervorragender Fechter und Schütze, und Angst habe ich nie gekannt«, erklärte er in melancholischem Ton, während Rose vor ihm am Boden kniete und verschiedene Damenschuhe anprobierte. Er hatte recht große Füße.

Später wäre er unter dem Deckmantel eines französischen Diplomatenpasses nach London geschickt worden, und dort erreichte ihn das Unglück. Aus einem nur dem König erklärten Anlass hatte er den französischen Gesandten so tödlich beleidigt, dass dessen Familie ihm mitleidlose Feindschaft geschworen, sogar ihn umzubringen drohte, beträte er jemals wieder französischen Boden. Der König, der ihn wegen seiner Verdienste retten wollte, hatte ein salomonisches Urteil gefällt: Falls der Chevalier d'Éon in seine Heimat zurückzukehren wünsche, könne er es nur in Frauenkleidern tun, denn dem weiblichen Geschlecht verzeihe man alles in Frankreich.

Das hatte er gewollt, und der neue König hatte die Verordnung des alten bestätigt.

»Und so, Rose, kam ich zu Euch als der besten und einfühlsamsten *Marchande de modes* in Frankreich. Was Ihr mir auch bewiesen habt. Eure Bemühungen werden mir ein gewisser Trost in meinem nun recht langweiligen Leben sein, denn ich werde meine Lederpantalons sehr vermissen.«

»Ihr könntet sie doch beim Reiten unter dem Rock tragen«, tröstete Rose.

Nachdem die Garderobe mitsamt Korsetts, Paniers, Hauben geliefert – Halsrüschen waren abgelehnt worden, dafür ein schwarzer schmaler Schal gewählt, der an eine aufgelöste Offiziersbinde erinnerte –, fuhr Mademoiselle d'Éon zunächst nach Versailles, um Seine Majestät die Ausführung der Verordnung sehen zu lassen. Ihre Schleppe fegte das Parkett und die Königin, die es sich nicht nehmen ließ dabei zu sein, bewunderte die aparte Garnierung à la Bertin und die schönen Spitzen an den dreifach gestaffelten Ärmelvolants.

Rose trug nach der Abreise noch einige Zeit Verwirrung mit sich herum. Sie grübelte über die geheimnisvolle Verteilung von Männlichem und Weiblichem im Menschen nach. Das schien nicht klar getrennt zu sein: hier Adam, dort Eva und dazwischen nur die Schlange oder das Paradies. Bei schwulen Männern oder lesbischen Frauen konnte man erkennen, dass die Waage des Sexus nicht ausbalanciert war, und bei den Hermaphroditen beschwerte eine ungute Zwittermischung die Lebensschale. Aber Rose begann zu zweifeln, ob nicht auch bei den ›Ausbalancierten‹, ab und zu die Gewichtsteinchen auf die falsche Seite gerieten.

Wie weibisch wirkten doch oft die Kavaliere, mit ihren Spitzen, Schminken, ihren kokett klimpernden Chatelaine-Ketten rechts und links vom Hosenlatz und den in Seidenstrümpfen verpackten, sogar gepolsterten Waden. Dazu benahmen sie sich oft zimperlich und launenhaft wie verwöhnte Dämchen, waren klatschsüchtig und ränkehaft wie sie.

Wie reizvoll jünglingshaft konnten Frauen aussehen, wenn sie im Reithabit mit zusammengebundenen Locken dahingaloppierten, manchmal sogar im Herrensitz. Die Königin hatte sich so malen lassen, auf einem temperamentvollen Rappen, im chamoisledernen Reitrock zu Stiefelhosen und mit federumwehtem Musketierhut. Frei und glücklich sah sie auf diesem Porträt aus, viel lebendiger als in den pompösen Hofroben, das musste Rose zugeben.

Männerkleidung zu tragen, war nicht ungefährlich, sofern man nicht hoch gestellt oder prominent war wie die Komödiantin Thérèse Raucourt, die auf der Bühne wie im Leben als Eva oder Adam auftrat und in der Liebe genauso wechselte. Doch weniger prominente Frauen oder wenn sie aus Notwendigkeit – wie für eine beschwerliche Reise – in Hosen stiegen, mussten immer befürchten von, über ihre Anmaßung empörten Männern, handgreiflich über ihr wahres Geschlecht belehrt zu werden.

Und was die als männliche Eigenschaften so sehr gerühmte Intelligenz und Tatkraft anbelangte, überlegte Rose weiter, besaßen viele Mitschwestern mehr davon im kleinen Finger als die Hosenträger in ihrem Bizeps. Allein bei den Händlerinnen und Modehandwerkerinnen ihres Viertels konnte sie das beobachten, gar nicht zu reden von den Frauen der niederen Stände, die oft mit Männerarbeit und Frauenlist ihr Leben und das der Familie verdienten.

Rose fiel die kleine Obstverkäuferin an der Straßenkreuzung gegenüber ihrem Laden ein, die sich in dieser ausgezeichneten Lauflage etabliert hatte, was der

Polizei bald wegen ›Behinderung des Verkehrs‹ nicht passte. Trotz wiederholter Mahnungen und Strafandrohung wich sie nicht von der Stelle. »Hier bin ich, hier bleib ich«, wiederholte sie hartnäckig und erst der Polizeipräsident bewog dieses standhafte Mädchen mit ihrem Obst und Grünzeug ein paar Schritte weiter zu rücken. Und keiner der Beamten hatte, aus uneingestandenem Respekt, gewagt sie mit Gewalt fortzubringen. Ein aufmunterndes Beispiel für weibliches Beharrungsvermögen, aber es gab wenige.

Solche Überlegungen beschäftigten Rose, beunruhigten sie auch, weil sie die von Gott und der Kirche vorgegebene Weltordnung durcheinander brachten. Bei solchen Zweifeln oder wenn ihr die überspannte Kundschaft, das Geschäft, die unermüdliche Selbstbespiegelung um sie herum auf die Nerven gingen, gab es für sie ein erprobtes Mittel: ein paar Stunden bei ganz normalen Menschen zu verbringen.

15

Roses beste Freunde waren Baptiste und Françoise Dupin, ihre Ersatzfamilie. Bei ihnen konnte sie die Geschäftsfrau vergessen und an einem Leben teilnehmen, wie es nach der gewollten Ordnung sein sollte.

Es machte ihr Freude Geschenke zu verteilen, mit Françoise Gerichte auszuprobieren, die Kinder zu Bett zu bringen. Und mit Baptiste zu lachen, wenn er über ihre ›Hahnenkamm-Haube‹ lästerte.

Die Vertretung für die Seidenfirma Corbelin & Cie war einträglich, denn Dupin war tüchtig. Seine Frau pflegte zu sagen, dass ihr geliebter Baptiste, den auch die besten Kochkünste nicht fett bekämen, eine Mischung aus Clown und Shylock wäre. Er schiene nichts ernst zu nehmen, doch seine spitze Nase röche geradezu, was die Kunden an Stoffen bräuchten und ob sie zahlen konnten.

Seitdem Rose sich mit Remy Leduc entzweit hatte, kam er allein mit den Mustern und vermied taktvoll ihn zu erwähnen, doch Rose erriet, dass auf dessen Anweisung ihr zuerst die *Nouveautés* gezeigt und Baptiste über den ›Großmogul‹ nach Lyon zu berichten hatte.

»Denn dein Erfolg ist auch der unserer Seidenstoffe, also interessiert es die Firma«, erklärte Dupin mit einem aufrichtigen Blick, und Rose bedauerte einen Augenblick lang ihren netten Seidenmann so vor die Tür gesetzt zu haben.

Françoise mischte gelegentlich kleine Mitteilungen über das Ergehen Monsieur Leducs in ihr munteres Geplauder: was er, seit der alte Corbelin gestorben sei, für Gewinn bringende Neuerungen in der Firma eingeführt habe, nun sogar bis in die amerikanischen Kolonien, die französischen wie die englischen, ausgezeichnet verkaufe. Dass er noch zugeknöpfter sei, und seine Ehe ein ziemliches Fiasko, obwohl eine Vernunftehe das nicht unbedingt sein müsse.

»Sieh dir unsere an, Geld schmiert eben auch nicht zusammenpassende Schlösser und Schlüssel«, warf Baptiste ein, und Françoise zwickte und küsste ihn gleichzeitig, denn sie hatte keinen Sou in die Ehe gebracht, aber Talent für ein behagliches Zuhause und fröhliche Gastlichkeit. Ihre Liebesgeschichte hatte sich Rose mehrfach erzählen lassen.

Baptiste hatte gerade die Vertretung für Corbelin & Cie bekommen und war, um das zu feiern, mit einem Freund zum Essen gegangen. Da es zu regnen begonnen, hatten sie sich auf dem Rückweg einen Fiaker geleistet. An einer Straßenkreuzung überholten sie zwei Fußgängerinnen, die eine beachtete Baptiste nicht weiter, aber die andere! Oben herum war nichts unter dem Regenumhang zu erkennen gewesen, aber unter dem hochgerafften Rock zeigten sich die bezauberndsten Waden und hochhackigsten Schühchen, auf denen sein Blick je geruht. Er war so fasziniert gewesen, dass er Wagen und Freund im Stich ließ und den beiden Frauen folgte, mitten durch die besonders dreckige Rue des Lombards, die seine Seidenstrümpfe ruinierte, aber auf den weißen der Aufgeschürzten nicht den geringsten Spritzer hinterließ. Und dazu tänzelte sie so anmutig vor ihm her wie auf Salonparkett.

»Und vor der Haustür hat er uns dann angesprochen, mich und meine Tante«, erzählte Françoise. »Ich glaube allerdings erst, nachdem er im Licht der Türlaterne mein Gesicht gesehen.«

»Beim Heiligen Seidenwurm: Ihre Waden und dieser aufregende Gang hätten genügt, um dieser Frau für immer zu verfallen, rettungslos!«, widersprach Baptiste.

»Glaube mir, Rose, mein Mann ist ein unheilbarer und gefährlicher Beinfetischist.«

»Es gibt schlimmere Laster«, grinste Baptiste, »und du hast bestimmt schon festgestellt, Rose, dass dieses kokette Luder von Françoise immer noch die höchsten und dünnsten Absätze trägt, die sich anfertigen lassen. Und da sie auch noch sehr kleine Füße besitzt, hat die Gassensoße eben keine Chance bei ihr.«

Das klang wie eine amüsante Boulevard-Farce, aber Rose wusste es besser. Es war Liebe auf den ersten Blick gewesen, und seitdem hingen die Dupins wie die Kletten aneinander, ergänzten sich wunderbar, auch in der Seidenhandlung. Und wenn Remy Leduc frei gewesen und nicht so mimosenhaft, sinnierte Rose, hätte aus uns beiden vielleicht eine ähnlich gute Gemeinschaft werden können.

Der Schlag traf sie an einem Frühsommermorgen.

Jacquot kam von einer Besorgung mit der verstörten kleinen Tochter Dupins und einer Nachricht zurück, die Rose und die anderen im ›Großmogul‹ in fassungsloses Entsetzen stürzte.

Das Ehepaar war tot. Die Magd hatte sie morgens, als sie mit der Wasserkanne kam, leblos im Alkoven gefunden, schreiend das Haus geweckt. Der herbeigestürzte Kommis Rauchgeruch im Zimmer gewittert und der herbeigeholte Arzt festgestellt, dass sie wahrscheinlich erstickt waren.

Warum? Ein Bewohner des Nebenhauses hatte spät abends Lust auf ein warmes Bad bekommen, einen lange nicht benutzten und verstopften Kamin mit Kohle angeheizt und die Abgase sich den Weg durch die Mauerritzen gesucht. Und weil Baptiste wegen seines Ischias Zugluft fürchtete, hatte das Paar trotz des engen Raumes bei geschlossenem Fenster geschlafen.

Rose scheuchte ihre aufgeregt lamentierenden Mädchen an die Arbeit zurück und versuchte die kleine Colombe mit Worten und warmer Milch zu beruhigen.

Der ältere Bruder hatte sich geweigert das Haus zu verlassen. Sie schickte Jacquot zu einem Advokaten das Nötige zu veranlassen, auch die Firma Corbelin & Cie zu benachrichtigen. Und nachdem sie Pierrette die Kunden überlassen und Colombe der mitleidigen Minette, zog sie sich zurück um einen schwierigen Brief schreiben.

Der Brief ging an Monsieur Leduc. Darin bat sie ihn um Rat für die Zukunft der Dupin-Kinder. Beide wären noch nicht in dem Alter um für sich sorgen zu können, und sie befürchte, das Erbe würde nicht ausreichen, um ihnen ein finanziell gesichertes Leben zu verschaffen. Ihre Freunde hätten sich nie Sorgen um die Zukunft gemacht, wären überaus freigebig und gastfreundlich gewesen, aber diese löbliche Eigenschaft hätte auch Ersparnisse verhindert. Nähere Verwandte wären ihres Wissens nicht vorhanden. Sie bäte um Antwort über den Advokaten.

In den nächsten Tagen verspürte Rose im Magen ein schmerzhaftes Ziehen und Flattern, das sie wie auf schwankendem Boden gehen ließ. Und sie litt wieder unter der schrecklichen Vorstellung vom schwarzen Höllenpfuhl verschlungen zu werden, dem sie nicht entrinnen konnte. Die knieharten Gebete in Saint Honoré brachten keinen Trost und die angezündeten Kerzen hellten das Dunkel in ihr nicht auf. Glich das Leben nicht selbst einer Kerze, die jeder unvermutete Windstoß ausblasen konnte, ganz ohne das Zutun von Krankheit, Alter und Seuchen? Aber was war diesem Unvermuteten entgegenzusetzen?

»Den Trost vertrauter Zweisamkeit«, antwortete ein imaginärer Remy Leduc von sehr fern, doch es klang wie Hohn.

Rose war in der schlimmsten destruktiven Stimmung. Hätten sich ihre Gedanken um die Dupins zu Totenkränzen winden lassen, würden sie den Friedhof füllen. Nur gut, dass der Versailler Hof in der beginnenden schönen Jahreszeit zu seiner üblichen Rundtour von Schloss zu Schloss aufgebrochen und sie nicht die unentwegt lächelnde, konziliante Modehändlerin spielen musste.

Und dann stand der wirkliche Remy Leduc in ihrem Empfangssalon, noch im Reiseanzug, und sagte mit unpersönlicher Stimme:

»Ich bitte sehr um Pardon, Mademoiselle, dass ich Euch ohne Ankündigung überfalle. Doch schien es mir bei diesem bejammernswerten Unglück die beste Lösung alles persönlich zu regeln, vor allem wegen der Kinder. Im Übrigen muss ich mich auch nach einem anderen Repräsentanten umsehen.«

Rose antwortete mit genauso artiger, in ihren Ohren entsetzlich falsch klingender Höflichkeit, bat ihn Platz zu nehmen und ob sie ihm nicht eine Stärkung anbieten könne?

Leduc lehnte umständlich ab, er habe wenig Zeit, müsse schnellstens weiter an die Küste, denn durch den Krieg der einstigen englischen Kolonien gegen ihr Mutterland, und das mit Hilfe Frankreichs, müsse er andere Frachtwege nach Übersee organisieren. Aber selbstverständlich werde er alles erledigen was in der Sache Dupin zu tun wäre.

Uff! seufzte Rose, als er gegangen. Einem ehemaligen Liebhaber unvermutet gegenüberzustehen, war ja noch schlimmer als ihn loszuwerden. Wir beide haben uns wirklich aufgeführt wie in einem schlechten Theaterstück.

Als Leduc wiederkam, akzeptierte er ein Glas Wein, erzählte dann, was er veranlasst. Er würde den Jungen mitnehmen. Eine Lehre in der Firma wäre schon mit den Eltern vereinbart worden, und für die Schwester bestünde doch die Möglichkeit sie bei Verwandten unterzubringen. Er hatte herausgefunden, dass Dupin eine Schwester in Meudon besäße.

»Sie standen sich wie Hund und Katz, hatten jede Verbindung abgebrochen, besuchten sich nie«, protestierte Rose.

»Dennoch werde ich mir erlauben am Sonntag mit dem Seine-Boot hinzufahren, um das zu klären.«

»Ihr wollt also hinfahren, Monsieur? Wie liebenswürdig von Euch, wie außerordentlich hilfsbereit. Aber was Ihr vielleicht nicht wisst: Colombe ist mein Patenkind. Sie wohnt jetzt auch bei mir, ich fühle mich für sie verantwortlich. Sollte also nicht eher ich nach Meudon fahren?«

Leduc überlegte, drehte an seinem Glas herum, sah frostig und distanziert aus. Vor vier Jahren hat mir dieser Mann versichert, er wolle sich in mich einhüllen wie in ein schönes Stück Seidenstoff, dachte Rose. Wie verschlissen ist es doch jetzt, aber schließlich war ich es, die die Schere angesetzt.

»Wir könnten beide fahren«, sagte der Seidenmann zögernd, »denn, wie Ihr wisst, halte ich sehr viel von Eurem Urteil.«

»Wir könnten beide fahren?«, wiederholte Rose verblüfft. War das aus Zuvorkommenheit oder mit hinterhältigen Absichten gesagt? Die Aussicht mit ihm für Stunden zusammen zu sein, passte ihr gar nicht, aber wenn ihr an der Zukunft von Colombe etwas lag, und das tat es, musste sie sich diese Verwandten ansehen. Baptiste hatte sie als knickrig und kaltherzig bezeichnet.

Am frühen Sonntagmorgen stiegen Leduc und Rose unterhalb des *Pont Royal* in ein Passagierboot. Es ankerte zwischen den flachen überdachten Kähnen, von denen aus die Wäscherinnen im Fluss rubbelten und spülten. Ihr Schiff war eines, das nicht gemächlich von Ufer zu Ufer kreuzte, sondern flussabwärts rauschte, so schnell Strömung und Segel es erlaubten.

Von dem rechten Ufer mit dem stattlichen Komplex des Tuilerien-Schlosses – wenn auch jetzt unbewohnt –, seinen Gärten mit Alleen und Springbrunnen, dem riesigen, neu angelegten Platz mit dem Reiterstandbild Louis des Fünfzehnten sahen sie nicht viel, dafür waren die Kaimauern zu hoch. Sichtbar waren nur die Pferdeköpfe und Kutschendächer, die auf der Straße nach Versailles dahinstrebten. Dagegen war das linke Ufer, fand Rose, eine Schande für die Stadt, ungepflastert, schlammig, voller unordentlicher Lagerplätze und wirr durcheinander stehender, baufälliger Behausungen.

Das Boot war gut besetzt, die Leute machten sonntags gerne Besuche oder Ausflüge in die Seine-Dörfer. Seidenroben sah Rose nicht, sondern einfache Kleider aus Leinen oder geblümtem indischen Kattun wie ihres heute, fest über die Haare gezogene Hauben, wollene Umschlagtücher, und an den Männern ehrwürdige Schoßröcke und derbes Schuhzeug. Auch Leduc trug wieder seinen Reiseanzug, eine schlichte blaue Redingote zu chamoislederner Weste und Hose, dazu Stulpenstiefel und einen runden englischen Hut. Das machte ihn jünger und weniger gesetzt aussehend. Im Übrigen benahm er sich mit solch unpersönlicher

Freundlichkeit, dass der ehemalige Liebhaber darin unterging.

Die Stadt blieb zurück, die herrschaftlichen Landhäuser auf den Höhen von Chaillot und Passy glitten mit ihren bis zum Wasser hinabreichenden Gärten heran und wieder davon. Um sie herum begannen die Passagiere es sich gemütlich zu machen, Vorratskörbe auszupacken. Ein sommersprossiger Junge blies recht geschickt auf einer Maultrommel, ein schnapsnasiger Alter klopfte mit dem Krückstock den Takt. Davon angeregt jaulte ein kleiner Hund, ähnlich einem Lammpelzmuff, bis sein Herr ihm die Schnauze zuhielt.

Rose amüsierte sich über die Unterhaltung zweier rundlicher Bürgerfrauen, eine mit ihrem eng eingewindelten Kind an der Brust. Sie redeten über zahnende Babies, unerfreuliche Verwandte und das Rezept für ein gelind abführendes Pulver, das aus Rhabarber, weißem Magnesium und präparierten Krebsaugen zu bereiten war. Dann musste sie sich mit ihrem neumodischen Sonnenschirm beschäftigen, in den der Fahrtwind zerstörerisch hineinfuhr.

Wind und Fluss schienen die Modehändlerin Bertin fortzutragen, die Jahre auch, nun war sie wieder die von Geschäft und Reputation unbelastete Marie Jeanne, die auf einem schwarz geteerten Somme-Kahn mit Eltern und Geschwistern einen Ausflug stromabwärts machte, um das Meer zu sehen und frisch gebrühte Langustines und neuen Apfelwein zu gustieren.

»Ihr seid sehr in Gedanken, Mademoiselle«, bemerkte Leduc, der selbst mit allerlei Gedanken beschäftigt schien.

»Ich überlegte, dass ich wirklich in diesem Jahr einen Besuch in meiner Heimat möglich machen sollte.«

Windmühlen zeichneten sich auf den Uferhöhen gegen den langsam an Bläue gewinnenden Himmel ab, unten führten roh gezimmerte Stege zu Ausflugslokalen und Fischerhütten. Kühe tranken und Kinder plantschten im Uferwasser. In der Ferne kräuselte schwarzer Rauch über dem Grün.

»Das wird die Glashütte von Bellevue sein«, mutmaßte einer der neben ihnen sitzenden Passagiere.

»Eher die neue chemische Manufaktur in Javel«, behauptete ein anderer. »Man erhofft viel Gewinn von ihr, der Bruder des Königs selbst hat die Schirmherrschaft übernommen. Soll vor allem Vitriolöl herstellen, damit wir von dem hochnäsigen englischen Pack unabhängig werden.«

»Chemie wird die Zukunft bestimmen, Chemie und Technik«, prophezeite Leduc, »es werden Erfindungen gemacht werden, von denen wir uns noch nicht träumen lassen. Ich weiß nicht, ob ich das begrüßen oder bedauern soll.«

»Jedenfalls stinkt sie grässlich, diese Chemie«, stellte die geruchsempfindliche Rose fest.

Das Schiff schabte sich am Landesteg von Meudon fest. Sie erkundigten sich nach der Wohnung von Dupins Schwager, Gartenaufseher des Schlosses Bellevue, das der Pompadour gehört hatte.

Es stellte sich schnell heraus, wie wenig geneigt die Verwandten waren ein weiteres Kind zu ihrer eigenen Brut aufzunehmen, es sei denn, die Entschädigung dafür würde beträchtlich ausfallen.

»Beträchtlich? Nein. Aber meiner Meinung nach ausreichend, wenn man zu wirtschaften versteht«, sagte Leduc sehr bestimmt.

»Monsieur, Ihr habt keine Ahnung wie teuer das

Leben an einem Ort wie hier ist. Schlossvolk verdirbt die Preise«, versetzte der Onkel.

»Baptiste hat seinen eigenen Kindern die Zukunft verdorben, da er mit Geld nur so um sich warf«, sekundierte seine Frau, »er schuldet mir sowieso noch einiges aus dem Erbe unseres Vaters. Wie ist es denn damit, Monsieur?«

»Ich gebe Euch die Adresse von Maître Boulot, Madame, er hat alle Unterlagen«, sagte Leduc genauso bestimmt.

»Warum schickt Ihr die Göre nicht in die Picardie zu Françoises Verwandten? Dort ist das Leben billiger, und auf dem Land können Kinder gut mitarbeiten, so fallen sie keinem zur Last.«

Rose wollte heftig erwidern, aber Leduc legte kurz seine Hand auf ihre, und ruhiger sagte sie: »Ich möchte einen Vorschlag machen, der Euch die schwere Verantwortung für das Kind abnehmen würde: Mein Patenkind kann bei mir bleiben, vielleicht als mein Lehrling, und ich verspreche gut für sie zu sorgen. Lehrgeld werde ich nicht verlangen.«

»Wir wollen das mit dem Lehrgeld schriftlich«, forderte misstrauisch der Onkel.

Sie verabschiedeten sich kühl voneinander. Rose nahm hastig den nächsten, ihr unter die Füße kommenden Weg, er führte hügelauf. Kriegerisch schwang sie ihren Schirm und bedachte die Verwandten mit einem giftigen Kommentar. Leduc lenkte ab:

»Wie ich an Euren zielsicheren Schritten erkenne, Mademoiselle, habt Ihr auch gehört, dass es auf der Höhe idyllisch sein soll: schattige Alleen, klare Teiche, freundliche Gasthäuser. Ihr habt Recht das genießen zu wollen, da Ihr nun einmal hier seid.«

Rose blieb abrupt stehen, blickte den Weg hinauf, dann zurück und fing an zu lachen. Die Komik der Situation ging ihr auf. Nun standen sie allein in der Landschaft, nachdem sie sich geflissentlich vier Jahre aus dem Weg gegangen waren. Wenn er sich nur nicht so zugeknöpft gäbe.

»Ich bin ein stupides, kopfloses Frauenzimmer, oui!«

»Richtig. Stupide und hitzköpfig.«

»Dann lasst uns in dieser Richtung weitergehen«, sagte sie munter. »Ich wäre Euch übrigens sehr verbunden, Remy, wenn Ihr ein altes Missverständnis nicht weiter herumschleppen würdet wie Eure steifen Stiefel.«

»Ihr schaut nur nicht genau hin, Rose«, sagte er.

So stiegen sie in gemütlicherem Tempo weiter und Rose nutzte ihren langen Schirmstock als Spazierstock. Dann blieb sie stehen, um kurzerhand den Saum des beim Steigen hinderlichen Oberrockes in die Taschen des kürzeren Unterrockes zu stopfen, sodass der indisch geblümte Kattun als großer Bausch ihre Hüften umplusterte. Sie hatte damit etwas improvisiert was als ›*Robe polonaise*‹ der letzte Schrei einer bequemeren Kleidversion und sonst nur mit raffiniert angebrachten Zugschnüren zu verwirklichen war.

»Ich habe Durst und grausamen Hunger«, jammerte sie wenig später. »Dieses hart gesottene Gespann hat uns nicht einmal eine Schale Milch angeboten.«

Die bekamen sie in einem kleinen Gehöft, eher einer Hütte, vor der zwei braune Kühe grasten und Hühner glucksend pickten. Eine alte Frau erschien in der Tür, lächelte zahnlückig, mümmelte Unverständliches auf ihre Frage, verschwand und kam mit Näpfen gestockter Milch und Schwarzbrot wieder.

Sie saßen an der Hüttenwand in der Sonne und hielten eine Jause, hatten auch wieder zum Normalton zurückgefunden. Leduc förderte Papier und Bleistift aus seinem Knappsack zu Tage und begann Roses Profil zu skizzieren. Doch die Porträtierte hielt das Stillsitzen nicht lange aus und lief, den Rockbausch schwenkend, in die Wiesen, um nach einer umweltpassenden Garnierung für ihren Strohhut zu suchen. Sie fand sie mit Margeriten, rotem Klee und gelbem Hahnenfuß, steckte noch ein paar Hühnerfedern hinter das Band, dabei vor sich hinträllernd:

Auch im Lande der Inkas,
schmückt sich die Frau mit Federn,
aber dort sind die Schönen Wilde,
und die unsrigen sind dies nicht.

Das Glück am Leben und wieder mit dem versöhnten Seidenmann zusammen zu sein, überkam Rose. Sie war sich nur im Zweifel, ob sie eine völlige Auftauung wünschte. Was für eine unmögliche und misstrauische Person war sie doch!

»*Aber dort sind die Schönen Wilde*«, summte sie und tänzelte zur Hütte zurück, um zu sehen, was der Begleiter inzwischen gezeichnet. Er tat geniert und hielt die Hand über das Papier. Sie tat beleidigt und er nahm die Hand fort.

Schwarz auf Weiß sah Rose sich pflückend zwischen den Hühnern auf der Wiese, den Rock ballonartig gerafft, Strohhut bis auf die Nase gerutscht und die Flämmchenlocken im Nacken aus dem zusammenhaltenden Kamm lodernd.

»Wie adrett ich doch aussehe, wie überaus possierlich «, rief sie spöttisch.

»Die elegante *Marchande de modes* zwischen Hühnern und Kuhfladen, das muss man festhalten«, neckte er sie und verriet, dass er Zeichnen akademisch gelernt und viele Stoffdessins für seine Firma selbst entworfen habe.

Sie wanderten weiter bis sie vor einem Dorf auf eine ihnen angenehm aussehende Gastwirtschaft stießen. Das schien auch eine Schar vergnügter junger Leute gefunden zu haben, die sich unter den alten Kastanien vor dem Haus niedergelassen hatten. Ein Teil kam aus Paris, der andere aus den umliegenden Dörfern. Nach kurzer kritischer gegenseitiger Betrachtung von befremdlicher Tracht und Benehmen schienen sie sich auf ein gemeinsames Sonntagsvergnügen geeinigt zu haben.

Die neuen Gäste zogen die Gartenlaube hinter dem Haus vor. Rose ging die Wirtin suchen und fragte nach einem Mahl. Sie hatte schon wieder Hunger. Man brachte es ihnen zuvorkommend unter die jungen Weinranken: frische Eier, grünen Salat, Weißbrot, Ziegenkäse und als Nachtisch Garten-Erdbeeren mit Rahm. Die freundliche Wirtin hatte sauberes Leinen aufgelegt, noch einmal die Zinnteller an ihrer Schürze blank gerieben und ging den von ihr empfohlenen Wein aus Argenteuil holen.

»Habe ich genug Geld zusammen, kaufe ich mir ein hübsches Landhaus«, verkündete Rose, die schuhlosen Füße auf seine Bankseite gestützt.

»Trotz Eurer Abneigung gegen die Natur?«

Also das wusste er noch. Ihr kam es vor, als setzten sie nach kurzer Trennung einfach ein Gespräch fort.

»Eine wie hier herum gefällt mir. Außerdem werde ich mir ein heizbares Badekabinett einrichten lassen, oui!«

»Ja, zurück zur Natur«, bekräftigte Leduc und starrte auf das bis zur Wade sichtbare Bein im roten Strumpf neben ihm. »Ich – beispielsweise – würde gerne meine Kinder auf dem Land aufwachsen lassen, ganz frei, ohne den züchtigenden Stock, einengende Kleider und Schuhe. Wie es Monsieur Rousseau in seinem Erziehungsroman ›Emile‹ überzeugend beschrieben hat. Leider ist meine Frau dagegen.«

»Recht hat sie, denn diese Lebensart bringt nur laufende Nasen von nassen Wiesen und Durchfall von unreifen Äpfeln.«

Vom Kastanienplatz her kamen die ersten Töne von Brummbass, Flöte und Fiedel, gefolgt von begeistertem Geschrei und erregtem Gelächter. Dann wurde daraus eine Tanzweise, in der man mit etwas gutem Willen einen *Contredance* erkennen konnte.

»Wollt Ihr tanzen, Rose?«, fragte Leduc und lächelte plötzlich, als habe er eine Last abschütteln können.

»So alten Leuten steht das nicht mehr zu«, verneinte sie, bewegte aber die rotbestrumpfen Zehen flink nach der Melodie hin und her.

»Scheinheilige!«, sagte Leduc.

»Ja, genau das Gegenteil einer Heiligen.«

»Glaubt Ihr, ich bin besser?«

Sie sahen sich stumm und lange an, wie in der Karnevalsnacht in der Oper. Die Wirtin kam in die Weinlaube geraschelt und fragte, ob die Herrschaften noch etwas wünschten. Leduc räusperte sich, als habe er einen Maikäfer im Hals, schluckte krampfhaft und sagte, dass Madame recht müde vom Gehen und der frischen Luft sei, und ob sie nicht ein Zimmer zum Ausruhen habe? Rose schenkte ihm daraufhin einen kreisrunden Blick, in den sich Bewunderung und Betroffenheit mischten.

Die Wirtin stieg die steile Eichenstiege voran, Wasserkanne und ein Handtuch tragend. »Wenn Monsieur, Madame, bitte auf ihre Köpfe aufpassen würden!«

Leduc folgte mit Weinflasche und Gläsern. Rose trug nur ihre Zweifel nach oben.

Im Gastzimmer ging die Wirtin auf eine schmale Tür zu und verschwand. *»La Garde robe!«*, sagte sie triumphierend, als sie ohne Kanne und Handtuch herauskam. Rose schaute selbst hinein, sah einen Schemel mit einer napfkleinen Waschschüssel und unter der Dachschräge einen Stuhl mit einem Loch in der Mitte, darunter einen Kübel. Für Komfort war also gesorgt.

Die Wirtin war schon am Himmelbett mit den blauweiß gewürfelten Vorhängen angelangt und schlug einladend auf das Bettzeug.

»Das Laken frisch von der Bleiche, der Strohsack ganz neu gestopft. Es kommen oft Herrschaften aus Paris und sind immer sehr zufrieden.«

»Wir sind Euch sehr verbunden«, sagte Leduc ernst.

»Ich wünsche wohl zu ruhen, Madame, Monsieur«, sagte die Wirtin und raschelte hinaus.

»Ihr werdet allein zu ruhen wünschen, Rose, also verschwinde ich besser«, sagte Leduc und stand steif an der Bettkante.

Durch das offene Fenster kam gedämpft Musik und Lachen, die Hausecke war dazwischen. Davor tanzte ein Mückenschwarm in der Nachmittagssonne.

»Nein! Lieber verschwinde ich, denn hier gibt es

Ungeziefer, wie überall auf dem Lande.« Rose zeigte empört auf den Mückenschwarm draußen und eine diskret in der Zimmerecke aufgestellte Mausefalle.

»Sicher gibt es das. Darf ich im Namen der Natur eine Entschuldigung für diese Inkonvenienzen aussprechen, auch wenn es überhaupt nichts ändert?«

Hat sich überhaupt etwas geändert? dachte Rose. Sie zweifelte noch immer, an sich und der Einschätzung seiner Person.

»Erlaubt Ihr? Es ist heiß«, sagte der Seidenmann und zog langsam seinen blauen Reitfrack aus, legte ihn pedantisch ordentlich über einen Schemel, dabei wie zu sich selbst sprechend:

»Hat diese Frau sich denn noch immer nicht genug eigenen Willen bewiesen?«

Rose explodierte: »Nein, nicht genug. Niemals! Hörst du, Remy! Hast du immer noch nicht kapiert, dass ich mich nicht einwickeln lasse? Weder mit Liebesschwüren noch mit vornehmer Zurückhaltung? Ich mag dich, ich mag dich sehr, du hast mir wirklich gefehlt in diesen verdammten vier Jahren, aber Liebe ist für mich eine Falle, und eher reiße ich mich selbst in Fetzen als mich von einem Mann fangen zu lassen.«

»Kommt diese Erklärung nicht ein bisschen spät? Hättest du sie nicht damals geben können, anstatt dich hinter Konventionen zu verstecken? Ich hätte dich sofort von jeder Verpflichtung ausgewickelt«, keuchte Remy, denn er zog heftig an seinen Stiefeln.

»Hast mir ja keine Zeit dafür gelassen, bist gleich auf und davon«, schrie Rose, »einfach Visier runter und davon. Das ist doch kein Benehmen für einen vernünftigen Menschen. Wenn ich schon ein Tollkopf bin, kannst du doch deinen aufbehalten! Aber nein, du bist der schlimmste Rühr-mich-nicht-an, dem ich in meinem ganzen Leben begegnet bin, oui!«

»Wer liebt, hat eine dünne Haut«, murmelte Remy und saß auf einmal in so hilfloser Haltung und mit so bekümmertem Ausdruck auf der Bettkante, als sei er mutig einen überwucherten Weg gegangen, wisse nun aber vor Gestrüpp nicht mehr weiter.

Rose sah's, ihre Verteidigungswut erlosch. Wortlos ging sie auf ihn zu und warf sich ihm auf den Schoss, so vehement, dass sie zusammen umkippten.

»Das habe ich tun wollen, seitdem ich dich wiedersah!«

»Vergiss nicht, ich bin ein Rühr-mich-nicht-an«, warnte Remy und bewies schon das Gegenteil.

Wieder einmal hatten die wundersam vereinigenden Kräfte der Natur über die auseinander strebenden des Verstandes gesiegt.

Als sie die Welt wieder wahrnahmen, war es Abend. Dabei hatten sie sich die meiste Zeit in den Armen gehalten und geredet. Die ganzen Jahre nachgeredet, wenn auch nicht nur.

Die Falle war nicht zugeschnappt, die Mücken tanzten nicht mehr, Musik und Lachen waren verstummt. »Und wie kommen wir nun nach Paris zurück?«, fragte Rose, die rotbestrumpften Beine übermütig in der Luft kreuzend und entkreuzend. Sonst hatte sie im Augenblick nichts an.

»Der Wirt wird uns bis zur Stadtgrenze fahren. Ich hab's mit ihm besprochen, während du mit der Wirtin in ein schwerwiegendes Gespräch über das Bleichen von feinem Leinen vertieft warst.«

Rose begriff, dass Remy Leduc zwar sein Herz verlieren konnte, aber höchst selten seinen Kopf. Er blieb in jeder Situation der umsichtig planende Kaufmann, und das war eine von ihr hoch geschätzte Eigenschaft.

Es war nach Mitternacht, als sie sich vor dem ›Großmogul‹ trennten. »Heute Abend?«, fragte Rose zärtlich, ihre Hand in seiner.

»Meine schöne Freundin«, antwortete der Seidenmann, diese Hand küssend, »ich bin ein schwerfälliger Mensch, während du zu einer sehr wandlungsfähigen Branche gehörst. Deshalb möchte ich nicht beim nächsten Wiedersehen wie ein alter Hut behandelt werden.«

Schweigen. Das Fiakerpferd scharrte, der Kutscher brummte Ungeduldiges, in der Ferne grölte eine sonntagstrunkene Gruppe. Rose zog ihre und seine Hand an ihre Wange, rieb sich lange dran wie ein zutrauliches Kätzchen und murmelte schließlich:

»Ich habe heute einen Entschluss gefasst: neue Hüte im Geschäft, alte im Privatleben.«

16

Nach acht Jahren Ehe erwartete Marie Antoinette von Frankreich endlich ein Kind.

Überwältigt von diesem gemeinsamen Erfolg wurde der königliche Ehemann nun so besorgt um sie wie irgendein Handwerker um seine Toinette, die er aus Zuneigung geheiratet und mit deren Mitgift er ein gemeinsames Geschäft aufgebaut hatte.

Der Hochsommer 1778 war besonders heiß, kein Gewitter kühlte ihn ab. Die Königin litt unter der Schwüle und ihrem sich verändernden Körper. So verbrachte sie die Tage ruhend hinter fest geschlossenen Fenstern und wagte sich erst abends für einen Spaziergang auf die Schlossterrasse.

Um sie zu unterhalten, hatte man davor ein Musikpodium errichtet und ließ wie vom Nachtwind gesäuselte Serenaden über abgezirkelte Beete, Buchsbaumhecken und sprudelnde Fontänen wehen. Natürlich wollten auch die Bewohner von Versailles diese *Musique à vent* genießen und drängten sich vor der Terrasse, manchmal gelang es auch einem kühnen Besucher sich neben die Königin zu setzen. Solche Keckheit amüsierte sie, sie fing selbst eine Unterhaltung an und bedachte nicht, dass die so Ausgezeichneten das stolz überall herumerzählen würden. Das zog Kreise wie ein ins Wasser geworfener Stein, bald entrüstete sich Paris, Frankreich, das Ausland über die vulgären Umgangsformen einer Herrscherin.

»Solch üble Nachrede verletzt mich tief, das ist in diesem Land eine schlechte Gewohnheit!«, beklagte sich Marie Antoinette während einer Anprobe bei Rose. »Ein so unschuldiges Vergnügen abends Luft schöpfen zu wollen und dabei ein wenig Musik zu hören. Außerdem war ich in Gesellschaft meiner Schwägerinnen und bis zur Unkenntlichkeit verschleiert. Wenn sich jemand zu beklagen hätte, dann doch ich, weil mein Inkognito nicht respektiert wurde. Findet Ihr nicht auch, Rose?«

»Eure Majestät haben bestimmt Recht, aber man muss vielleicht diesen armen Menschen zugestehen, dass die Möglichkeit, ihrer bewunderten Königin so nahe zu kommen, sie den Kopf verlieren ließ. Eine Wirkung wie Champagner – die Sommernacht, die himmlische Musik, die Gegenwart Eurer Majestät.«

Der Königin war auch eine Person nahe gekommen, auf die sie nicht wirkte wie Champagner, sondern wie das Licht auf die Motte. Die Gräfin du Barry hatte die Gelegenheit ebenfalls genutzt sich unbemerkt unter die Musikhörer zu mischen. Von ihrem Schlösschen war es nicht weit nach Versailles, und mit der gewohnten Unbekümmertheit hatte sie sich, wenn auch tief verschleiert und ohne zu reden, neben die Königin gesetzt. Doch Madame Campan, als aufmerksame Kammerfrau, hatte es bemerkt, weil sie den begleitenden Lakai noch aus Versailler Zeiten kannte.

»Ihr plädiert ausgezeichnet für meine Untertanen, obwohl ich manchmal Zweifel habe, ob sie mich wirklich lieben. Ich habe ein Pamphlet in die Hand bekommen, das ganz abscheulich ist. Und gerade jetzt! Hoffentlich schadet mir nicht die Aufregung in meinem augenblicklichen Zustand.«

Die Königin legte mit dramatischer Geste die Hand dahin, wo Rose versuchte eine Schärpe nicht zu eng und doch gefällig über einer *Lévite* zu schlingen, ähnlich einem nur mäßig taillierten Mantelkleid mit kurzen Ärmeln, das über einem langärmeligen Unterkleid getragen wurde.

»Versteht Ihr, meine liebe Rose, ich trage die Hoffnung Frankreichs, den lange erwarteten Erben, und es darf auf keinen Fall enttäuscht werden.«

»Das verstehe ich sehr gut, Madame, und ich bin sicher, die Heilige Jungfrau wird Euch beistehen.«

»In Wien hätte ich eine Wallfahrt gemacht, aber hier zaudere ich. Wohin sollte ich mich wenden?«

»In meiner Heimat besitzen wir die wundertätige Madonna von Monflières, ihr Ruf geht weit über die Provinz hinaus. Vor mehr als hundert Jahren hat sie eine schlimme Seuche beendet, die damals wütete. Seitdem führt immer eine große Wallfahrt am Sonntag vor Himmelfahrt zu ihrer Kapelle. Aber ich möchte Majestät nicht langweilen. Sollten wir nicht das Revers dieser Robe wie das Bandeau am Unterrock im gleichen Blau wählen?«

»Ja, vielleicht. Doch erzählt mir mehr von dieser wundertätigen Madonna von ...? Wie hieß doch gleich der Ort?«

»Notre Dame de Monflières. In der Picardie. Ich könnte verschiedene Beispiele für ihre erfolgreiche Hilfe anführen, wie meine Schwester, der es während einer Schwangerschaft so übel ging, dass sie dachte das Kind zu verlieren. Sie schleppte sich an den Altar der Jungfrau, die Schmerzen hörten auf und sie bekam ein gesundes Mädchen, oui!«

Marie Antoinette wurde sehr nachdenklich und in dieser abwesenden Stimmung bestellte sie noch mehrere der so bequemen *›Léviten‹*, drei Morgenkleider aus weißem Taft, bordiert in zarten Farben, dazu die passenden Mantelets mit duftigem Rüschenbesatz aus Fantasiegaze. Ferner einige leichte Fichus und der Sommerzeit entsprechende Hüte aus englischem Stroh.

Ihre Ausgaben für Garderobe waren nach wie vor enorm, wenn auch nicht so hoch wie ihre Spielschulden, ihrer anderen Leidenschaft. Aber warum sollte sie sich zurückhalten, wenn der König anstandslos immer alles bezahlte?

Kurze Zeit darauf wurden im Büro der Eilpost in der *Rue Saint Denis* zwei Plätze nach Abbéville auf den Namen *›Mlle Bertin, Modehändlerin der Königin, samt Begleitperson‹* bestellt.

Die Diligence verließ Paris am späten Freitagabend

und nahm die gleiche Straße auf der die unbekannte kleine Putzmacherin vor fast genau fünfzehn Jahren nach Paris gekommen war. Aber welch Unterschied in der Beförderung! Vor Wind und Wetter im Kutscheninneren und gegen die Nachtkälte von ihrer pelzgefütterten Pelisse geschützt, schlief Rose fest, die Füße unter Minettes Rocksaum gegenüber geschoben, während die Pferde mit tingelnden Glöckchen am Geschirr eilig in Richtung Norden trabten.

Unter ihrem reichhaltigen Gepäck auf dem Kutschendach war auch ein mit königlichem Wappen verzierter Kasten. Mademoiselle Bertin reiste im Namen der Königin, um ein kostbares Kleid aus Goldbrokat der Madonna von Monflières als Weihgabe zu überbringen.

Erst beim Pferdewechsel am Morgen wachte Rose auf. Sie hatte zuletzt geträumt in Remys zärtlicher Umarmung auf dem wellengeschaukelten Seine-Schiff zu liegen, eine sehr angenehme Vorstellung, nur war der Wirkliche weit weg und bemühte sich seine Seiden an den Kriegsfregatten im Atlantik vorbei zu seinen amerikanischen Kunden zu schaffen.

Zu Mittag machte man Rast im besten Gasthof von Clermont, wo hundertfach sich wiederholende chinesische Motive die Wände des Gastsaales tapezierten, die Deckenbalken vom Kerzenrauch geschwärzt und der Spießbraten unvermeidlich zäh war. Gegen Abend war man dann in Amiens.

Rose spazierte ein wenig mit Minette die breite *Rue de Beauvais* entlang. Eine Dankeskerze für die bisher pannenlose Reise in der Kathedrale anzuzünden, schien ihr zu früh, das konnte sie in Saint Gilles tun. Minette, nun eine hübsche, dralle Sechzehnjährige, die sich Rose mehr als Zofe denn als Putzmacherin herangezogen, war so aufgeregt von dieser ersten großen Reise, dass sie entgegen ihrer sonstigen ruhigen Art vor Fragen und Bemerkungen überlief.

Am nächsten Morgen stand Rose früher auf als nötig. Sie war nervös, denn sie hatte einen großen Auftritt vor sich: den des zur großen Dame und Vertrauten der Königin verwandelten kleinen Putz- und Nähmädchens. Ganz Abbéville würde Zuschauer sein, die Familie Wunder von ihr erwarten. Der Auftritt musste also sorgfältig vorbereitet werden, das hatte sie von ihren Bühnenkunden gelernt.

Ein Coiffeur kam, ein Hausmädchen rannte hin und her, und Minette musste in der Gasthausküche ein Eisen heiß machen und das Caraco-Jäckchen mit plissiertem Rückenteil wie den nur noch knöchelkurzen modischen Rock aufbügeln. Und wo war der Hutkarton mit dem *Chapeau en pouf?* Er fand sich schließlich unter dem Bett.

Am Sonntag standen Bruder Louis und der Schwager Webmeister an der Posthalterei von Abbéville und empfingen die Ankommende. Was sie gegenseitig von sich dachten – Rose von den beiden behäbigen und ergrauten Männern im steifen Sonntagsstaat, jene von der geziert aussteigenden Pariserin – wurde von den Begrüßungsfloskeln überdeckt.

Louis hielt seine Tochter und den jüngsten Sohn, dessen Patin Rose war, an der Hand. Die Kinder sahen gespannt zum geöffneten Schlag hoch. Ein bauschiger Seidenrock drängte heraus, eine Schuhspitze, gesattelt mit funkelnder Rosette, tastete nach dem Tritt. Und nun tauchte auch der dazugehörige Kopf auf, ein Lächeln auf sehr roten Lippen, darüber flämmchenhaft hoch lodernde Locken und obenauf ein von rosiger Tüllwolke und exotischem Federschwanz gekröntes Gebilde.

»Macht eurer Tante eine Reverenz, na, wird's bald!«

»Aber, Louis, lass sie doch, sie werden verlegen sein. Hier, lasst euch von eurer Tante umarmen.«

Das waren sie auch, richtig erstarrt. Diese nach dem ganzen Paradies duftende, überirdisch schillernde Erscheinung war zu überwältigend, so etwas hatten sie noch nie gesehen.

»Es ist spät für das Mittagessen, aber Cathrine und Jacqueline wollten warten, da du ja als Pariserin an solche Essenszeiten gewöhnt sein wirst«, verkündete der Schwager, vom Faserstaub des Websaales und schlechter Blutzirkulation wie aus Gips modelliert, zumal er sich bemühte einen würdigen Eindruck zu machen. »Und Marthe wird wohl auch warten?«

»Sie wird nicht da sein, da sie den Sonntag immer bei den frommen Schwestern verbringt, mit Rosenkranzbeten und Andachten. Sie ist sehr bedacht sich ein Konto im Himmel anzulegen, da es ihr auf Erden nicht gelungen ist.«

»Sie hofft also auf eine Himmelfahrt? Ich hoffe zunächst auf einen schönen, *deftigen Hochepot,* denn ich habe Hunger und die ganze Zeit habe ich mich darauf gefreut.«

»Einen *Hochepot?* Am Feiertag? Natürlich nicht. Ist all das da dein Gepäck? Unser Karren wird nicht ausreichen.«

»Ich werde meine Sachen direkt in den Gasthof bringen lassen. Außer den Kartons mit den Geschenken. Minette, du weißt, welche. Kümmere dich drum.«

Das Gepäck war zahlreich, doch nicht alles enthielt Persönliches. Diese Reise war eine gute Gelegenheit, jene Artikel der Modehandlung, die in Paris nicht mehr *Dernier cri* waren, in Abbéville loszuwerden.

In den nächsten Tagen genoss Rose ihren Triumph. Sie merkte, wie ihr die Leute auf der Straße nachsahen und über sie tuschelten, denn ihre Karriere war stadtbekannt. Völlig Unbekannte, auch Honoratioren dem Aussehen nach, grüßten sie achtungsvoll, und die sie wie eine schwarz gekleidete Duenja begleitende Marthe, zischelte respektvoll die Namen. Der Gastwirt erging sich in Artigkeiten, sie hatte das beste Zimmer. Unter Verneigungen des Personals wurde sie mit ihren Pariser Kartons durch den Herrschaftseingang in jene Häuser geleitet, die sie einst als Lehrling über die Hintertreppe betreten hatte.

»Meine liebe Demoiselle Bertin, nehmt doch Platz! Was für ein wundervoller Auftrag hat Euch hergeführt. Ich habe mir gedacht, dass ich vielleicht die Spitzen zu dem Gewand der Madonna stiften könnte? Beratet mich doch. Und natürlich werden wir Euch unsere Kutsche nach Monflières zur Verfügung stellen. Es wird uns ein Vergnügen sein, auf diese Weise unserer Königin einen Gefallen zu tun.«

Die Familie gab sich alle Mühe dieses zu Ruhm gekommene Mitglied entsprechend aufzunehmen. Steif saß sie in ihrer Festtagskleidung um den mit bestem Geschirr, besticktem Leinen und blinkend geputzten Zinnleuchtern bestückten Tisch herum und redete gestelzt. Oder gar nicht.

Wie bei einer Beerdigung, dachte Rose halb amüsiert, halb verärgert. Sogar der *Hochepot* mit Schweinsohr wurde ihr zuliebe aufgetischt, schade nur, dass er der Heimgekommenen überhaupt nicht mehr schmeckte. An so etwas Deftiges war sie nicht mehr gewöhnt. Und ihre Präsente wurden zwar sehr bewundert, aber Rose hatte den Eindruck, dass sie nach ihrer Abfahrt sorgfältig verpackt in den Truhen landen würden. Jedenfalls wurde den Kindern das Spielzeug sofort entrissen.

»Heilige Jungfrau, so kannst du doch nicht damit umgehen! Siehst du nicht – Nicolas, Claude, Marie Louise –, wie kostbar sie sind? Viel zu schade, um sie euch Bande täglich in die Dreckspfoten zu geben.«

Der Älteste ihres Bruders gefiel Rose am besten, obwohl Nicolas nicht ihr Patensohn war. Irgendwas erinnerte an die Mère. War es der kritische Blick? Die kargen, aber treffenden Antworten und die entschiedene Art, mit der er an ihm übertragene Arbeiten ging?

»Er ist gut im Rechnen und Schreiben, soll eine anständige Schulbildung haben«, versicherte der Bruder, »aber leider miserabel in Latein.«

»Gute Voraussetzungen mir einmal im Geschäft zu helfen«, sagte Rose, und der Neffe sah sie prüfend an und verkündete dann: »Wenn Ihr das ernst meint, Tante, werde ich vielleicht annehmen.«

Er war zehn Jahre alt.

Und da war noch Cathrines erwachsene Tochter, Marie Marguerite, die auf Rose Eindruck machte. Wie ihre Großmutter hatte sie Krankenpflege gelernt, beaufsichtigte nun im Klosterhospital die Abteilung der Findel- und Waisenkinder, schien energisch und zuverlässig. Zögernd vertraute sie der Tante an, wie gerne sie aus Abbéville fortwollte.

»Und du hast keinen Schatz hier?«

»Ich hatte einen, aber er zog eine mit Geld vor.«

»Sehr töricht von ihm, eine tüchtige Frau ist mehr wert als jede gefüllte Geldkatze. Vielleicht kann ich etwas für dich tun.«

Mit den Tagen wurde die Familie etwas lockerer und meistens war es sowieso Rose, die mit ihren Erzählungen das Zusammensein beherrschte.

»Ihr könnt euch nicht vorstellen, wie natürlich die Königin sein kann, ganz wie unsereins. Natürlich nur privatim. Wie sie Schabernack liebt, und dabei jeden in ihrer Umgebung zum Mitmachen heranzieht. Auch mich. Da hatte Ihre Majestät doch einem Parlamentspräsidenten versprochen seiner Tochter, einer Äbtissin, einen Orden zu verleihen. Also kommt diese Klosterfrau angereist. Und stellt euch vor, die Königin hatte den Termin total vergessen! Hatte sogar an diesem Morgen ihre Hofdamen beurlaubt, weil sie mit mir in Ruhe arbeiten wollte. Eine fatale Situation. Was also tun? – ›Ihr müsst mir beistehen, Rose,‹ sagt sie, ›lasst Euch eine Hofrobe geben und spielt meine Kammerfrau.‹ – ›Aber Majestät‹, stottere ich wie vom Donner gerührt, ›eine Robe macht noch keine Hofdame, ich könnte Euch blamieren.‹ – ›Ihr seid gewandt genug um keinen zu blamieren, Rose‹, sagt ihre Majestät daraufhin lachend. Also stellt euch eure Schwester und Schwägerin im *Grand Habit* vor, wie sie das Kissen mit dem Ordensband präsentiert und stolze Miene zum improvisierten Spiel macht.«

»Unglaublich! – Fantastisch! – Dein Mut, Marie Jeanne! Wir wären vor Angst tot umgefallen!«, riefen die Familienmitglieder im Chor.

»Es ist natürlich nicht alles Honig, was du in Versailles zu schlecken kriegst. Manchmal ist auch Bilsenkraut dabei. Und viel Konkurrenz, das kann ich Euch flüstern! Wie dieser Beaulard, dieser Herr Schönspeck. Er schaffte es irgendwie bis zur Königin vorzudringen. Und womit schmeichelte er sich ein?

Mit einer Rose, einer künstlichen, penetrant duftenden Rose.«

Und die Erzählerin gab ihrer Stimme einen schmeichelnden Fistelton: »Wenn Majestät die Güte, die große Güte haben würden auf diese kleine Feder unter dem Kelch zu drücken.«

Rose pausierte spannungssteigernd.

»Und dann? Was passierte dann, Marie Jeanne? Ging sie in die Luft?«

»Unsinn. Der Kelch öffnete sich und als man dachte, die Blätter fallen auseinander, sah man eine Miniatur der Königin mittendrin.«

»Nein! Ist so was denn möglich? Ein Kunstwerk!«, riefen die Zuhörer.

»Ein Tüftler-Trick, nichts sonst. Und das ist er auch nur, dieser Schönspeck, ein gewiefter Tüftler. Das hat nichts mit ernsthafter Mode zu tun.«

»Und die Königin hat ihm Aufträge gegeben?«, fragte Marthe mit ein klein wenig Genugtuung in der Stimme.

»Hat sie. Aber nicht lange, dafür werde ich schon sorgen.«

»Dessen bin ich gewiss«, entgegnete Marthe.

Nach einer Woche reiste Rose zurück. Unmöglich länger zu bleiben, das Geschäft, die wartende Kundschaft! Und vor allem brauchte die Königin sie. Jetzt besonders, da sie sich nicht wohlfühlte und man sie mit amüsanten Hüten und geschickten Arrangements ihre deformierte Figur vergessen lassen musste.

Schon als der Reisewagen das Somme-Tal entlang nach Amiens rollte, kam bei Rose Katerstimmung hoch. Das lag nicht nur am Abschied von Verwandten und

Heimatstadt, sondern eher an der Erkenntnis, dass nichts so schön ist, wie man es sich vorgestellt hat. Solange sie da gewesen, war das im Triumph der Rückkehr und der allgemeinen Bewunderung untergegangen, aber nun, da Abbéville in Nebel und Distanz verschwand, setzte die nüchterne Realität sich neben sie.

Da war die Enttäuschung vieles anders vorgefunden zu haben als in der Erinnerung. Die einst als so großartig bewunderten Stadtpalais hatten im Vergleich zu Pariser und Versailler Maßstäben richtig armselig gewirkt, die Stadt selbst wie zusammengeschnürt. Bei Saint Gilles, ganz Abbéville könnte man auf dem neuen Platz des fünfzehnten Louis aufstellen!

Auch die Zuvorkommenheit der Honoratioren hatte ihre Kehrseite. Sicher, sie war in die besten Häuser eingeladen worden, aber dafür würde sie auch zahlen müssen. Alle die betuchten Herrschaften würden früher oder später im ›Großmogul‹ erscheinen und sowohl Extrabedienung wie reduzierte Preise erwarten. Und manche der so überaus freundlichen Bekannten, Fürsprache am Hof für die Anstellung dieses oder jenes Angehörigen.

»Meine liebe Marie Jeanne, sicherlich wird es dir nicht schwer fallen bei deinen exzellenten Beziehungen etwas für deine alten Freunde zu tun.«

Dabei hatte sie kaum alte Freunde getroffen. Die Barbier und ihr geiler Bruder tot, das Geschäft wurde von einer Unbekannten geführt. Die sanfte Suzanne im Kindbett gestorben, Dorine unbekannt verzogen, der uralte Forst-Michel in ein geistiges Niemandsland abgereist. Nur Berthe war sehr lebendig aus ihrem Dorf aufgetaucht, jetzt wie drei übereinander getürmte Kissen aussehend. An einem Arm hatte sie einen Korb mit frischen Eiern und selbst gebackenem Kuchen, im andern ihr Jüngstes gehabt, das die seidenraschelnde Fremde genauso fassungslos unter dem zu großen Leinenhäubchen angestarrt, wie die Neffen.

Berthe schluchzte vor Wiedersehensfreude. »Marie Jeanne, du bist wiedergekommen! Und wie elegant du aussiehst, wie eine Marquise. Aber wir wissen ja, dass du vierspännig nach Versailles fährst, um der Königin die Nachthemden und Hauben anzuprobieren.«

Ja, so konnte man ihre Karriere auch formulieren.

»Und wie hat's dir gefallen, Minette?«, fragte Rose, um sich selbst abzulenken. »Ich hatte den Eindruck, du hast ganz schön mit dem Sohn meiner Schwester geäugelt?«

»Vielleicht hat ER geäugelt«, antwortete Minette, und da sie nicht rot wurde, schien das nicht ernsthaft gewesen. Ihre Patronin bohrte ein wenig nach und bekam heraus, dass die hübsche Bäckerstochter verliebt in einen jungen Drucker war, ihr Vater aber von diesem Verehrer nichts wissen wollte.

»Er will, ich soll seinen ersten Gesellen heiraten, aber ich will partout nicht.«

Auch in bürgerlichen Kreisen wurden Kinder als Investition betrachtet, und Rose geriet mit ihren Gedanken wieder auf ihre eigene Familie. Dass es ihren Geschwistern nicht glänzend ging, hatte sie schon vorher gewusst. Louis würde es nie weit mit seiner Schreinerei bringen, er war zu wenig unternehmend und zu langsam. Cathrines Mann war tüchtiger, vom

Webmeister hatte er es zu einer Beteiligung an der Wollmanufaktur gebracht, nur machten sie keine großen Umsätze. Was konnten sie ihren Kindern an Zukunft bieten, außer einer handwerklichen Lehre wie ihr?

Vor allem Louis' Sprösslinge hatten ihr gefallen, sie waren gesund und aufgeweckt. Vielleicht könnte sie mehr für sie tun, als gelegentlich Geld oder ein Geschenk zu schicken? Eigene Kinder würde sie nie haben, warum sollte sie nicht ihre Neffen an deren Stelle setzen? Doch dann durften sie nicht in der Provinz aufwachsen.

So brachte Rose außer der Idee für ein schmuckes *Bonnet picard* aus weißem Linon mit gerüschten Kinnbändern, auch den Entschluss mit ein Haus in der Umgebung von Paris zu suchen. Es sollte zugleich ihrer Erholung wie als Familiensitz dienen. Vielleicht fand dort auch ihr anderes Patenkind, Colombe Dupin, sein Gleichgewicht wieder. Immer schon war sie sensibel und verträumt gewesen, doch seit dem tragischen Tod der Eltern hatte sich das beunruhigend gesteigert. Sie sprach kaum, erschrak leicht und verschwand oft für Stunden, sodass sie Jacquot zum Suchen losschicken musste. Meistens fand er sie vor dem einstigen Zuhause, wo sie verloren zu den Fenstern hochstarrte.

Das Geschenk des goldbrokatenen Kleides an die Jungfrau von Monflières musste geholfen haben – vielleicht haben auch Himmelsköniginnen Freude an schönen Kleidern –, denn im Dezember des gleichen Jahres kam *Madame Royale* gesund zur Welt.

Rose brachte dieses Ereignis noch einen besonderen

Triumph. Die glücklichen Eltern richteten hundert Paaren die Hochzeit aus und stifteten eine großzügige Mitgift, zuzüglich eines extra Monatsgeldes, wenn die jungen Frauen ihre künftigen Kinder selbst stillen würden. Und die Stadt Paris bereitete dem Königspaar einen großartigen Glückwunsch-Empfang.

Auf dem Rückweg von Notre Dame, wo die frisch getrauten Paare. »*... in langer Reihe aufgestellt, einen rührenden und ergreifenden Anblick bietend ...*« den Majestäten ihren Dank aussprachen, kam der imponierende Wagenzug aus achtundzwanzig vergoldeten Karossen, begleitet von der Leibgarde und leichter Kavallerie, auch durch die menschengesäumte Rue Saint Honoré.

Auf ihrem Balkon stand die Hoflieferantin Bertin inmitten ihrer aufgeputzten Mädchenschar. Als Trompeter den ›Leibwagen‹ der Majestäten ankündigten, beugten sich einige so tief über das Geländer, dass die hinter ihnen Stehenden sie aufgeregt an den Rockfalten zurückzerren mussten.

»Passt auf! Da kommt die Königin, da kommt sie!«

»Wo? In welchem Wagen?«

»Mach doch deine Augen auf! Da, in der rot und goldenen Kutsche! Mit den acht Schimmeln und den aufgedonnerten Dienern drumherum. Und den Pagen zu Pferd. Was für hübsche Jungen das sind! Richtig Appetit kann man auf sie bekommen!«

Und alle sahen, wie eine behandschuhte kleine Hand aus dem Karossenfenster winkte, die von Marie Antoinette. »Ah! Da ist ja Mademoiselle Bertin«, soll sie zum König bemerkt haben, worauf Seine Majestät sich schwerfällig im Wagen erhob und der Bertin ein leutseliges Händeklatschen hochschickte, während Rose über ihm, mitsamt ihren Mädchen, in einen tiefen Knicks versank. Es sah aus, als seien alle Bonnets à la mode auf diesem Balkon gestapelt worden.

Aus allen nachfolgenden Wagen wurde geklatscht, als sie langsam zwischen der berittenen Garde mit ihren wippenden Federbüschen auf blinkenden Helmen vorbeirollten. Der Applaus knatterte an den Hauswänden hoch wie Schwärme aufgescheuchter Tauben. Rose kam aus der Reverenz gar nicht mehr hoch, aber vielleicht waren ihr nur von dieser Ehrung vor der ganzen Straße die Knie weich geworden. Wenn sie jemals an der Prophezeiung der Zigeunerin gezweifelt, in diesem Augenblick entfaltete sie ihre strahlende Wahrheit.

Aus der Zuschauermenge stiegen vereinzelte Rufe: »Es lebe die Modeministerin!«

Mochte diese Bezeichnung einen spöttischen Unterton haben, die Gendarmentochter sah darin einen stolzen Ehrentitel. Denn welche Frau auf dieser männerbeherrschten Welt erreichte schon einen solchen Ministerrang?

17

An einem späten Juniabend, schwül und gewittrig, begann die Pariser Oper noch während der Aufführung zu brennen.

Der Anlass war banal: eine gelöste Kordel hinter der Bühne fing Feuer an einem Lämpchen und setzte eine aufgehängte Dekoration in Brand. Der Inspizient befahl das Kulissenstück zum Löschen herabzulassen und das gerade auftretende Ballett zu stoppen. Im Saal wurde empört über diese Unterbrechung gezischt, denn noch sah man die Flammen nicht.

»Schnüre kappen!«, befahl der Inspizient, die Bühnenarbeiter beeilten sich, doch in der Eile kappten sie nur eine Seite. Die nun quer hängende Leinwand loderte auf, in kurzer Zeit war das Theater in Rauch gehüllt, die Flammen folgten, griffen auf Vorhang und nahe Logen über.

In Panik drängelten die Zuschauer auf die Straße, Taschentücher vor dem Gesicht. Ihre aufgeregten Schreie brachten das ganze Viertel in Aufruhr, denn ein Brand in einem der eng zusammenstehenden Häuser konnte leicht viele einäschern.

Stadtwache und Feuerwehr rückten prompt an, nur hatten sie zu wenig Wasser zum Löschen. Es gab zwar Feuerspritzen und einen Wassertank im Theater, doch das Reservoir war leer. Streitereien um Zuständigkeiten hatten die Überprüfung vergessen lassen. So brannte das Theater neben dem Palais Royal ab, nur die Fassade zur Rue Saint Honoré hin blieb stehen.

Rose hatte an diesem Abend Rechnungen durchgesehen. Obwohl sie längst einen Kontoristen hatte, prüfte sie von Zeit zu Zeit alles nach. Ihr Arbeitskabinett ging zum Hof, so hörte man von der Straße nichts, nur die Geräusche aus Ateliers, Lager und Stall, manchmal auch Jacquot, wenn er mit seinen Rössern redete, wortreicher als mit jedem Zweibeiner.

Um diese späte Stunde waren nur wenige Leute im Haus, auch mehrere der bei Rose wohnenden Mädchen waren ausgegangen. In dieser Beziehung war die Bertin freizügiger als die Pagelle, wenn sie auch sonst genauso auf Disziplin sah.

Rose überlas ärgerlich ein *Mémoire* an die Comtesse

du Barry, denn wie viele vornehme Kunden ließ auch die schöne Jeanne gerne Rechnungen liegen.

Geliefert an Madame la Comtesse du Barry.
Für die Garnierung einer Robe aus blausilbernem Stoff: die Vorderteile besetzt mit bouillonierten Blenden aus italienischer Gaze, darüber eine Anordnung von Girlanden aus Silberkordel gehalten von goldenen Kornähren und Spangen aus gefassten blauen Steinen und weißen Perlen.
Dazu der Jupon aus Silberstoff mit Fransensaum gearbeitet, die Vorderseite ganz überzogen mit Gaze. Saumvolant in Muschelarbeit, gehalten von Gold- und Silberkordeln, darüber eine Girlande aus goldenen Halmen, mit Steinen überstickt.
Zusammen: 900 Livres

Die Aufzählung noch nicht bezahlter Lieferungen an die Comtesse du Barry ging noch weiter. Bisher hatte Rose aus alter Freundschaft Hemmungen gehabt sie deswegen zu mahnen, nun überlegte sie, ob das nicht einfach dumm sei. Bevor sie zu einem Entschluss gekommen, flog die Tür auf und Minette schrie herein:

»Es brennt, Mademoiselle! In unserer Straße brennt es! Oh, mon Dieu!«

Was Rose als Nächstes tat, hätte sie nie mehr rekapitulieren können. Rannte sie zunächst mit Minette auf den Balkon vor dem Anprobesalon, um sich selbst über das Feuer zu vergewissern? Die Oper lag schräg gegenüber, keine hundert Meter von ihrem Haus. Noch schien sie nur zu rauchen, von innen zu glimmen. Überall hingen Menschen rufend aus den Fenstern, knäulten sich lamentierend auf der Straße.

»Ich seh die Löschkette noch nicht, die Löschkette bis zum Fluss. Wo bleibt sie?«, jammerte Minette.

Ja, wo blieb sie? Und ist sie gebildet, muss sie sich am alten Louvre mühsam vorbeiwinden, was für ein Zeitverlust! kam es Rose und sie stürzte zurück ins Haus, Befehle schreiend. Alles Wasser, das man hatte, in Kübeln und Gefäßen im Haus verteilen und Säcke zum Nässen daneben legen. Wer an Männern da war, sollte mehr Wasser von der Seine holen. Und die Mädchen die kostbarsten Artikel im Laden verpacken, sodass sie im Notfall schnell fortgeschafft werden konnten.

»Aber wohin, Mademoiselle? Die ganze Straße kann brennen.«

»Zum Fluss, Idiotin, runter zum Quai. Und dort setzt ihr euch auf die Kartons und passt auf sie auf, sonst gerbe ich euch das Fell.«

Rose stürzte wieder treppauf, um in ihrem Zimmer das Wertvollste zusammenzusuchen, trotz der steilen Treppe vor sich hin fluchend. Die Schuhe hatte sie von sich geschleudert, jetzt riss sie sich auch das enge Jäckchen herunter, die Hüftkissen. In diesem Augenblick, da das so mühsam erworbene Haus, Hab und Gut in Flammen aufgehen könnte, war sie bereit alles, was sie an der Rettung hindern könnte, kurz und klein zu fetzen, sich wie eine Furie gegen das Schicksal zu wehren.

Ladenkasse und Schmuckkassette leerte Rose selbst in Strümpfe und band sie sich um die Taille. Saint Gilles, was tun mit ihrem schönen Bett, dem ersten eigenen? Und was mit den wertvollen Salonmöbeln, dem Eßzimmer, den Bildern?

»Jacquot, Jacquot, verdammter Rumtrödler, wo steckst du? Hilf mir die Porträts der Königin und der Prinzessinnen abzuhängen und in den Keller bringen!«

»Bring mal erst die Pferde weg. Und Colombe«, schrie der vom Hof, wo er schon die Kutsche angespannt hatte, mit herangeschleppten Kartons und Sachen voll lud, um schließlich Colombe hineinzuhieven, die seit dem Ruf ›Feuer, Feuer!‹ als heulendes, zuckendes Bündel in einer Ecke gekauert war.

»Fahr in den Hof von Durand, am Quai«, schrie Rose. Aber wie wollte er durch die zum Feuer Rennenden kommen? Denn bestimmt waren auch schon die Sensationslüsternen unterwegs.

Treppauf, treppab, der Schweiß lief ihr unter dem Korsett herunter, so schwül war es. Oder kam das vom Brand? Wieder auf den Balkon, um zu sehen, wie es draußen stand. In diesem Augenblick explodierte die Oper als sei sie ein zwischen die Hausdächer geratener, glutrotzender Vulkan. Unter dem Aufschrei der Menge schickte er eine sprühende Feuerpyramide in den dunstigen Nachthimmel, die stieg und stieg, dabei eine wilde, ungezügelte Farbigkeit entwickelnd, als wären ein Dutzend Regenbogen in seiner Glut geschmolzen.

»Das kommt von dem, was die Flammen gerade fressen«, erklärte gellend unter ihrem Balkon jemand den wie gelähmt Starrenden, »die Ölgemälde in den Gängen, die Vergoldung der Logen ...« Das Weitere ging im Gebrüll der die jetzt gebildete Eimerkette befehlenden Stadtwache unter. Rose sah, wie sie rücksichtslos mit Stiefelabsätzen und sogar Bajonetten diejenigen malträtierten, die ihrer Meinung nach nicht schnell genug die Kübel weiterreichten, ganz gleich wie hoch der Rang oder wie alt die Person, die man rücksichtslos zum Löschen angehalten und eingesetzt hatte.

Wann würden die ersten Funken auf ihren ›Großmogul‹ niederregnen? Wie viel Zeit zum Retten hatte sie noch? Und das Palais Royal neben der Oper? Musste es nicht wie Zunder mitbrennen? Gerade hatte Philippe de Chartres diese Riesenanlage von seinem Vater übereignet bekommen, und fast empfand sie es als eine Genugtuung wenn auch sein Hab und Gut in Flammen aufging.

Rose stand wie angenagelt auf ihrem Balkon, stierte weiter auf das gloriose Schauspiel, denn der Anblick eines großen Feuers setzt Sinne und Seele mit in Brand. Von unten hörte sie die *›Gare! Gare!‹* – Rufe derer, die dabei waren ihre wertvollsten Sachen davonzuschleppen, Kinderheulen, das schrille Wiehern gepeitschter Wagenpferde, die dennoch nicht vorwärts kamen und vor dem Feuer hochstiegen. Wie eine Sturmbö fegte der Sog des Feuers durch die Straße, mächtiger Atem der frei gewordenen Flammen.

Für einige Minuten – denn es waren nur Minuten – überließ sich Rose lähmender Verzweiflung. Nicht nur ihre Habe würde sie verlieren, dessen war sie auf einmal gewiss, sondern symbolisch mit dem Feuer auch das ihr bisher treu gebliebene Glück. Auf den unaufhaltsamen Aufstieg der Rose Bertin folgte nun der Sturz der Rose Bertin, wie nach dem Aufflackern der Scheite die schwelende Asche, und schon war es von menschlichen Verlusten, bösen Demütigungen, rußschwarzen Enttäuschungen angekündigt worden.

Der Tod der alten Prinzessin Conti hatte sie mehr getroffen, als eine dankbare Modistin für die erste wichtige Kundin fühlt. Und noch tiefer das Sterben der jungen Nichte, Cathrines Tochter, die ihr so sympathisch gewesen. Rose war es gelungen sie als Gouvernante für die Ammen des königlichen Säuglings zu platzieren. Zu aller Befriedigung, denn Marie Marguerite hatte sich als besonders erfreuliche Verwandte herausgestellt. Was für eine Stellung hätte diese tüchtige Person noch erreichen können – zumal die Königin wieder schwanger war – wenn nicht eine unbehandelbare Krankheit in wenigen Tagen alles zunichte gemacht.

Dazu kam die Verbitterung durch den neuerdings vom Hof protegierten Konkurrenten Beaulard! Nicht nur die Kammerfrau Campan förderte ihn, sondern auch ihre alte Kundin, die elegante Prinzessin Lamballe. Als Rose es erfahren, war sie so außer sich gewesen, dass sie die Oberintendantin nicht mehr bedienen wollte, was einen richtigen Aufruhr am Hof verursachte. Natürlich hatte sie den Kürzeren gezogen. Die Königin selbst hatte eindringlich mit ihr gesprochen, sogar mit dem Entzug des Hoflieferanten-Titels gedroht. Was war ihr übrig geblieben als zu kuschen? Aber ihr verletzter Stolz biss sie wie eine Natter.

Wie eine Natter! Wie dieses Giftstück von Pierrette. Sie konnte diese hinterlistige Schlange nur hassen und verfluchen. Für ihren Verrat am ›Großmogul‹, für das, was sie ihr mit diesem Prozess angetan, für die daraufhin erfolgte hämische Reaktion der Gesellschaft.

Pierrette hatte sich selbstständig gemacht, noch dazu in der Rue Saint Honoré. Lange und vorsichtig hatte sie das vorbereitet und eine Reihe Kunden mitgenommen, die sich auf Grund der königlichen Aufträge von Rose zurückgesetzt fühlten. Pierrette hatte das ausgenutzt wie sie einst bei der Pagelle. Doch sie hatte weit Schlimmeres getan, sie überall verleumdet.

Hatte herumerzählt, dass die Bertin mit diesem oder jenem Kunden oder Lieferanten ins Bett ginge, der Vorteile willen, und weil sie unersättlich in ihrer Geld- und Fleischeslust sei, dagegen geizig und ekelhaft zu ihren Angestellten. Das wäre für eine alte Mitarbeiterin nicht länger tragbar gewesen.

Hatte das schon genügt, um Rose in Siedehitze zu bringen, so war sie explodiert wie das Dach der Oper, als ihr Pierrette bei einem Besuch in Versailles über den Weg gelaufen. Sichtlich ebenfalls wegen eines Auftrages dort. Rose hatte nicht gefragt von wem, aber als die ehemalige Freundin sie herausfordernd angegrinst, konnte sie nicht mehr an sich halten, war in Beschimpfungen ausgebrochen und hatte – was zwar unfein, aber verzeihlich – ihr ins Gesicht gespuckt.

Und nun hatte sie einen Prozess wegen tätlicher Beleidigung am Hals, musste einer gehörigen Geldstrafe gewärtig sein und bekam offen den Hohn ihr neidisch gesinnter Leute zu spüren. Schon kursierten Spottgedichte über sie, schon war eine freche Karikatur erschienen, die sie als aufgeplustertes Huhn zeigte, einen überladen garnierten Hut auf dem Kopf.

All das blitzte Rose durch den Sinn, als sie auf das Feuer starrte, und dauerte doch nur wenige Augenblicke, bevor sie sich wieder der Gegenwart stellte. Treppauf, treppab rannte sie wieder, während ihr Tränen herunterliefen und sie zornig dachte: Könnte ich sie wenigstens zum Löschen benutzen!

War Jacquot zurück? Nein, noch nicht. Der Laden sah aus wie nach einer Plünderung, im Hof stapelten sich Sachen, völlig wertloser Plunder wie Küchenzeug versperrte die Einfahrt. Rose brüllte, es erleichterte. Einige Mädchen heulten vor Angst, wohl auch vor ihr, während sie versuchten an Kleidung übereinander zu ziehen, was möglich war, um die Hände frei zum Tragen zu haben. Sie wirkten wie eine Herde ins Gewitter geratener Schafe.

Und wieder auf den Balkon. Die lodernde Pyramide schräg gegenüber schien auf einmal in der Luft still zu stehen, um dann unter splitterndem Krachen und nachfolgendem Dröhnen zusammenzusacken. Die Glut hatte das Dachgebälk zernagt. Rose schrie aus körperlichem Schmerz auf, sie hatte vor Schreck das Eisengeländer gepackt, es war sehr heiß, wie ein Bügeleisen. Um sie herum füllte sich die Luft mit Glutpünktchen und heranschwebenden Feuerfähnchen. Jemand schlug ihr grob auf die Frisur, sie schwang wütend herum, wollte auf den Frechen zurückschlagen.

»Hat schon gezündelt, dein Haar, Majeanne«, sagte Jacquot entschuldigend, selbst rauchig wie ein Schinken.

»Wir müssen auf's Dach, Mademoiselle, sonst kann's bös enden«, lamentierte der Diener Sylvain, die grüne Livreejacke mit den goldenen Tressen offen und das Jabot weggerissen. Minette, die auch hinausgekommen, hatte Kopf und Schultern gegen den Funkenflug in ihren von rückwärts hochgeschlagenen Rock eingewickelt.

»Du hast auch deinen Jupon um den Kopf«, sagte Rose tadelnd und Minette juchzte auf, denn ihre nackte Kehrseite wollte sie selbst bei Lebensgefahr nicht zeigen.

»Minette passt hier auf, die andern Fräuleins passen unten auf, Sylvain und ich gehn nach oben, aufs Dach«, befahl Jacquot.

Rose tobte schon wieder. »Neiiin! Sylvain schert sich nach unten, sofort! Glaubst du, die Mädchen könnten Plünderer aufhalten? Gibst du hier den Ton an oder ich?«

»Steig mir auf'n Buckel und geh selbst aufs Dach, wenn's dir beliebt. Und brat wie'n Huhn«, brüllte Jacquot zurück und wandte sich zur Treppe. Das Feuer hatte ihm die Wortkargheit weggebrannt.

Rose folgte ihm, vor sich hinwütend, in den Mansardenstock. Jacquot schleppte einen Kübel Wasser und sackumrollte Besen als Feuerpatschen mit. Oben nässte er sie, kippte dann einen Schwall Wasser über sich und einen mit Schwung über Rose.

»So brennste nich an, Majeanne.«

Sie schüttelte sich und lachte kurz auf. Das Wasser tat wirklich gut, auch der Raserei in ihrem Kopf. Jacquot kletterte aus einer der umgiebelten Luken, um das Dach auf der Saint Honoré-Seite im Auge zu haben, während Rose auf das zur Seitenstraße zugewandte achten sollte. Es stieg steil zum First an, begrenzt von hohen Kaminen. Moos und sogar Gras wuchsen zwischen den wulstigen Schindelreihen und da lag die Gefahr des Funkenflugs.

Jacquot kauerte neben seiner Luke, Rose hing aus der ihren, von Zeit zu Zeit mit den nassen Sackpatschen dorthin schlagend, wo die glühenden Sternchen und Feuerfetzchen hinsanken. Auch auf den Nachbardächern waren Gestalten mit gleichem Vorhaben beschäftigt.

Von der Straße drang eine zornige Frauenstimme hoch. Rose konnte erkennen wie in das Haus gegenüber hastig ein Pulk von Bedienten hineinstrebte, auch sie trugen Eimer und Patschen als hätten sie am

Brandort geholfen. Die erregte Stimme kam aus dem offenen Portal.

»Wie? Trotz meines Verbotes habt ihr dem Theaterdämon Hilfe geleistet? Sollen sie doch brennen, verbrennen – alle die Jünger Satans. Mögen sie schmoren wie er! Wie ich wünschte, dass nicht ein einziger Schauspieler und Zuschauer entkommt!«

Es war hell genug, um auf der Schwelle die kleine magere Hausbesitzerin zu erkennen, die immer weiter keifte, während ihre Dienerschaft an ihr vorbeischlüpfte:

»Ich jage euch alle aus dem Haus! Was! Ihr wolltet dieses Haus des Satans retten? Diesen Tempel der Geilheit? Los, alle auf die Knie! Danken wir Gott über dieses unverhoffte Glück ihn vernichtet zu sehen.«

Eine kleinlaute und zugleich beschwichtigende Männerstimme antwortete, wahrscheinlich die des Haushofmeisters: »Madame, keiner eurer Leute hat Hilfe geleistet, es war auch nicht mehr nötig, alles war schon vorbei.«

»Majeanne, pass auf! Da, oben am First!«, röhrte Jacquot und riss sie zu ihren eigenen Problemen zurück. Es stimmte, auf dem First hinter ihrer Dachluke hatte es angefangen zu rauchen.

»Komm gleich rüber«, schrie Jacquot und verschwand auf seiner Seite. Doch Rose wollte nicht warten, schwang sich hinaus und kroch mit der Sackpatsche nach oben. Es ging ganz gut, Schwindel kannte sie nicht und die Schindelreihen boten rauen Halt. Sie erreichte die schwelende Stelle, schlug zu und zu, bis der Rauch verlosch, und schlug noch einmal kräftig zu. Doch bei dieser heftigen Bewegung gaben die alten Dachpfannen unter ihr nach, polterten nach unten, Rose mit, bäuchlings auf den Rand des Daches zurutschend.

Nichts zum Festhalten, zu steil dazu, die Strümpfe fesselten die greifenden Zehen, das Satinmieder glatt wie Seife und unter ihr fünf Stockwerke. Rose dachte gar nichts, versuchte nur instinktiv sich irgendwo festzukrallen.

Und dann hörte sie die tadelnde Stimme der Mère: »Brauch deinen Grips, Tochter!« Sie spreizte Arme und Beine, um mehr Bremsfläche zu haben, es wirkte, und als schon die Füße über den Dachrand scheuerten, spürte sie die Giebelspitze des darunter liegenden Fensters, stemmte sich dagegen und kam zum Stillstand. Regungslos lag sie da, hörte ihr Herz im Hals pumpen, während die losgetretenen Schindeln tief unten aufschlugen.

Dann fühlte sie sich am ausgestreckten Arm gepackt, wieder losgelassen, rutschte sogleich weiter, der Giebel schrammte jetzt am Schienbein entlang. Und wieder gepackt, diesmal am weiten Rock.

»Hab dich schon! Nich' rühren!«, keuchte Jacquots raue Stimme. Er hatte sich mit dem Oberkörper aus ihrer Dachluke gestreckt, um sie zu fassen, hing selbst gefährlich weit über dem Sims und begann sich nun vorsichtig zurückzuhangeln, sie mit sich ziehend. Es war Roses Glück, dass sie sich am Abend einen kühleren Leinenrock, und damit aus festerem Gewebe, angezogen hatte.

»Kleid perdu, aber ein Seidenkleid hätt mich umgebracht«, japste sie, als sie beide schließlich sicher auf den Boden der Mansarde plumpsten, von dem sich Jacquot sofort wieder erhob, um von neuem hinauszuklettern und nachzuschauen.

»Mach dir'n neues«, war sein einziger Kommentar.

Von unten kam jetzt doch Sylvain herauf. Die schlimmste Gefahr schien vorüber, die Oper war ausgebrannt, Funken und glühende Holzrestchen schwebten nur noch vereinzelt.

»Wir haben Schwein gehabt, war kein Wind«, bemerkte Sylvain stolz, als hätte er die Windstille befohlen.

»Ich geh jetzt runter«, sagte Rose und betrachtete ihre aufgeschürften Unterarme, »und schaue dort nach dem Rechten.«

»Es regnet, es regnet!«, schrie Sylvain und Jacquot sekundierte: »Wie aus'm Wasserschaff!« Und wirklich begann jetzt das so dringend benötigte Nass vom Himmel herunterzuschütten. Keiner von ihnen hatte das Gewitter kommen gehört, nun rollte und schäumte es über die Stadt.

Die Treppe trapsten die nach Hause gekommene Köchin und ein Nachbar herauf, sich laut ihre Erleichterung mitteilend. Unten hätte man Boutique und Hoftore verrammelt, die Mädchen säßen hinter vorgelegten Läden und söffen mit Branntwein gemischten Wein, berichteten sie. Den hatte Rose auch nötig, auch sich umzuziehen. Kaum ist die Gefahr vorbei, denke ich an mein Aussehen, verspottete sie sich selbst. Und dann sah sie wie an Jacquots aufgerissenen Strümpfen das Blut herunterlief, bei der Rettungsaktion hatte er sich die Haut bis aufs Fleisch abgeschürft.

Im Morgengrauen ging Rose noch einmal auf den Balkon. Das bösartige rote Licht über der Stadt war erloschen, doch der Morgenhimmel schon hell genug, um zu erkennen, wie sie von der Oper die Brandopfer in die Klosterkirche schleppten. Elf dunkle Bündel zählte Rose und erfuhr später, dass mehrere Tänzer dabei gewesen, die zu spät versucht hatten sich durch das qualmende Treppenhaus zu retten.

Erschöpft und zugleich überwach stieg sie hinauf in ihr eigenes Zimmer, um Blut stillendes Alaun, Salbe und Leinenbinden zu holen, dann wieder hinunter zum Pferdestall, wo sie Jacquot vor einer Wanne mit kurzerhand hineingegossenem Wein gelassen, denn Wasser gab es nicht. Er solle das Blut abwaschen, Wein hülfe auch einer Inflammation vorbeugen, sie würde ihn dann verbinden. Und wahrscheinlich würde er auch eine innerlich kühlende Waschung vorgenommen haben.

Seine Kammer war nur durch eine halbhohe Bretterwand vom Stall getrennt, so konnte er seine Pferde hören und sie ihn im Winter wärmen. Bettgestell mit Strohsack, eine einfache Truhe, Kleiderhaken, Ablagebrett – das war die ganze Möblierung. In einer Ecke häuften sich Säcke mit Hafer, denn Jacquot passte höllisch auf das ihm Anvertraute auf.

Da saß er im Licht einer Stalllaterne auf einem Schemel, der alte Kumpan, in hochgekrempelten Kniehosen und von Ruß und Rissen geziertem Leinenhemd. Der Zopf hatte sich gelöst, wie als Junge fielen ihm die widerspenstigen dunklen Strähnen ins Gesicht, das schon vom Nachtbart überstoppelt war.

»Lass mich mal sehen«, befahl Rose.

»Nich' so schlimm, kann selbst mit zurechtkommen«, brummte er geniert.

»Kannst du nicht, siehst aus wie ein gehäuteter Hase. Morgen, nein, heute, gehst zum Wundarzt, ich zahl's. Und jetzt halt still!«

Rose kniete vor dem Patienten nieder und begann

ihr Samariterwerk, während er mucksmäuschenstill dasaß, die Augen zugekniffen und die kräftigen Finger um den Hockerrand gekrampft.

Als sie anfing das zweite Bein mit den Leinenbinden zu umwickeln, hob er die Lider und sah auf sie herunter, mit einem so besonderen Blick in seinen tief liegenden, dunklen Augen, dass Rose anfing sich konfus zu fühlen. Noch einmal musste sie anfangen zu wickeln, so ungeschickt benahm sie sich nun, denn da kam etwas von Jacquot herüber, das sie von anderen Männern her kannte, aber bei ihm immer geflissentlich übersehen hatte.

Sie hatte ihn überhaupt übersehen, seitdem er bei ihr war. Sich kaum um ihn gekümmert, mal ein paar Worte, mal eine vom Souper übrig gebliebene Flasche Wein für ihn und nach ihrer Reise nach Abbéville ein kurzer Bericht.

Er hielt sich fast immer im Hofbezirk oder in seiner Kneipe auf, hätte ein Verhältnis mit einer Köchin in der Gegend, hieß es, die ihn gerne heiraten würde, er aber nicht sie. Striegelte an seinen Pferden herum, und wenn er sie zur Schwemme in den Fluss ritt, blieb er meist lange fort. Und war besonders nett zu Colombe, die sich revanchierte, indem sie ihm aus der Gazette oder einem Andachtsbuch vorlas.

Und sonst? Sonst wusste Rose nichts über ihn. Doch jetzt, da er sie von oben ansah, in ihr Gesicht, dann auf ihren Busen, und dann, wie erschrocken über sich selbst, sich wieder in ihr Gesicht rettete, dabei heftiger atmend, als der Wundschmerz erklären könnte, begriff sie mehr. Er hatte sie immer bewundert und immer geliebt, hoffnungslos und stumm, und sie hatte ihm nie erlaubt, wie dem Gendarmeriehund, sich einmal neben sie zu kuscheln und von ihr gestreichelt zu werden. Und ihm nie gesagt wie froh sie war ihn in der Nähe zu haben, nicht einmal ein Dankeswort für sein Zupacken in dieser Nacht hatte er erhalten.

Diese Nacht, durch die sie wie ein Fegefeuer gegangen, voller hilfloser Raserei, brennender Furcht und quälender Visionen. Und in der letzten Stunde, als sie wusste der Gefahr entronnen zu sein, war mit der Erleichterung darüber auch ein Schub Reue gekommen: über ihre Rücksichtslosigkeit, ihren bösen Stolz, ihre Blindheit gegenüber anderen. Vor allem, als sie ihre Mädchen zusammengehuddelt im Laden hatte hocken und – trotz des beruhigenden Alkohols – ihr mit furchtsamen Mienen entgegensehen. Würde die Patronin sie wegen des Trinkens und müßigen Herumsitzens wieder angiften?

»Geht ins Bett, Kinder. Die Gefahr ist vorbei, wir können in der Frühe aufräumen«, hatte sie nur gesagt.

Und nun teilte ihr Jacquot stumm etwas mit, was ihr als alte Freundin, Landsmännin und auch Brotgeberin nicht zur Ehre gereichte. Sie hatte ihn behandelt wie einen Hund, dabei war er ein gesunder Mann und ein verflixt einsamer dazu.

Rose kniete noch immer vor ihm, und plötzlich rutschte dieser kantige, in sich eingemauerte Mann vom Schemel, ein wenig stöhnend, wegen der aufgeschrammten Beine, und kniete seinerseits vor ihr. Sie rührte sich nicht, sah ihn nur mit einem kleinen Lächeln aus ein wenig entzündeten Augen an. Das gab ihm wohl Mut, er ließ sich gegen sie fallen, so dass sie ihrerseits auf die Hafersäcke kippte. Ein halb voller neigte sich, die Körnerflut rieselte auf den Boden, verteilte sich um sie herum.

Jacquots mächtiger Schädel vergrub sich in ihrem Ausschnitt, seine Hände umtasteten sie. »Majeanne, Majeanne«, hörte sie ihn in ihr Mieder stammeln.

Rose lag steif da wie auf dem Dachrand, ihr Kinn auf den wirren, rauchig riechenden Strähnen, wusste nicht was tun. Was war das Feuchte zwischen ihren Brüsten? Ihre eigenen Schweißtropfen, oder? Sollte ihr Jacquot etwa heulen? Wegen ihr? Die dunklen Strähnen schwangen zurück, jetzt sah sie seine Augen. Es war ein Flehen in ihnen, vor dem sie endgültig kapitulierte.

»Wenn du willst«, murmelte sie. Und irgendwie schien der stark süße Geruch nach Pferdestall und Getreide die unerklärliche Nachgiebigkeit der Modeministerin gegenüber ihrem Kutscher zu rechtfertigen.

18

Der Weg zur Hölle ist mit guten Ideen gepflastert. Vermeintlichen«, behauptete Remy Leduc. Seine Bemerkung bezog sich nicht auf die neben ihm mit angehobenem Rocksaum über eine recht ungepflegte Wiese trippelnde Rose, sondern auf den neuen Finanzminister Calonne, der die Staatsschulden durch Anleihen zu sanieren versuchte, die er sofort wieder ausgab und so neue Schulden machte.

»Wenn der Weg zu holprig wird, muss er eben aufgeben wie der letzte«, sagte Rose leichthin und fingerte an dem großen Kragen aus drei Lagen Volants, der als neuestes das Brusttuch ersetzte und vom Oktoberwind dauernd in Unordnung gebracht wurde.

Der Seidenmann war wieder einmal in Paris. Nicht nur die Liebe zu Rose und seine Stoffe hatten ihn hergeführt, sondern eine Sensation: der Warmluftballon der Brüder Montgolfier. Er war der Gesprächsstoff des Jahres 1783 schlechthin, mit allen Varianten über atmosphärische Experimente, Gefährlichkeit oder Nützlichkeit von Gasen, vor allem aber die unvorstellbare Möglichkeit fliegender Wagen und damit von Luftpromenaden.

Im Juni war der erste, noch unbemannte Ballon mittels von Strohfeuer erwärmter Luft aufgestiegen. Zwei Monate später eine vom Physiker Charles, mit Gas gefüllte und verbesserte Ausführung vor tausenden zahlenden Zuschauern entschwebt, trotz strömenden Regens, und eine dreiviertel Stunde in der Luft geblieben. Beim nächsten Ballonaufstieg reisten ein Schaf, ein Hahn und eine Ente als erste Fluggäste in der Gondel mit. Sie landeten verschreckt, aber wohlbehalten wieder auf der sicheren Erde. Und heute sollten die ersten Menschen eine Luftfahrt wagen.

Um eine mögliche Katastrophe vertuschen zu können, hatte man den Aufstieg nicht publik gemacht und den abgelegenen Vorort *La Muette* gewählt. So war die Zuschauermenge nicht allzu zahlreich. Rose und Leduc gingen langsam der Stelle zu, wo ein großer knautschiger Klumpen aus leuchtend gelben und roten Rhomben anzeigte, dass hier das Luftgefährt mit Ameisengeschäftigkeit präpariert wurde.

»Wir hätten näher heranfahren sollen«, bedauerte Leduc, »du wirst im Gras deine hübschen Schuhe ruinieren ...«

»... und wir wären stecken geblieben«, folgerte Rose, geschickt über ein Rinnsal hüpfend. Ihr Kutscher hatte sie vor der Wiese abgesetzt. Es war nicht mehr Jacquot, der in der grünen goldbetressten Livree auf dem Bock saß. Als Rose bald nach dem Opernbrand ein Landgut in der Umgebung von Paris erworben, hatte er gebeten dorthin gehen zu dürfen. Er fühle sich auf dem Land wohler als in der Stadt, gab er als Begründung an und hatte stur an Roses Gesicht vorbeigesehen.

Sie hatte sofort zugestimmt. »Eine gute Idee, mein Jacquot, ich brauche einen verlässlichen Mann für die Wirtschaft, und du wirst dich dort wohl fühlen.«

Die Brandnacht und andere unerquickliche Ereignisse waren inzwischen wie eine dunkle Wolke vorübergezogen. Die Königin war ihr zugetan wie eh und je, die elegante Prinzessin Lamballe in Ungnade gefallen, die Aufträge waren noch reichlicher. Auch eine neue tüchtige *Première* war gefunden.

Die Wachen um den Ballon ließen das Paar, nach einem taxierenden Blick auf die Kleidung, nahe heran. Sie gesellten sich einer gelehrt aussehenden Gruppe von Männern zu, von denen einer sein Binocular an einer Schar Krähen in der Ferne prüfte, ein anderer unermüdlich die kleinen runden Gläser seiner Brille putzte und alle miteinander wissenschaftliche Berechnungen austauschten.

Sie warteten. Leduc hatte in der letzten Nacht poetisch gesagt, sie sei sein Garten, sein schöner Lustgarten und sich wieder zärtlich an seine Erkundigung gemacht. Jetzt umfasste er verstohlen Roses Taille in fraisefarbener Seide. Nicht mehr so leicht zu umfassen wie am Anfang ihrer Beziehung, doch schmal wirkend durch den neuen Kleiderschnitt. Der lose Rücken der Robe à la française und die seitlich ausladenden Paniers waren nur noch den Galaroben vorbehalten, jetzt war die ganze Rockweite über dem *Derrière* konzentriert, so ergab sich eine verlockend pralle Rundung, die Jacquot drastisch mit der Kruppe eines Tausend-Dukaten-Pferdes verglichen, es aber bewundernd gemeint hatte.

Inzwischen war der Fesselballon aufgeblasen und zerrte im Herbstwind an seinen Seilen, während Arbeiter die blaugoldene Gondel mit Macht festhielten. Ein Herr im Offiziersrock war schon eingestiegen, eine stattliche Gestalt im Reiterdress half einer zweiten, zivil gekleideten Gestalt über den Rand.

»Der Marquis d'Arlandes und der Physiker Rozier. Was für mutige Männer!«, erklärte einer der Zuschauer ehrfurchtsvoll.

»Und selbst wenn sie runterfallen sollten, landen sie in der Unsterblichkeit«, witzelte ein anderer.

»Und landen sie sicher, dann auf goldenem Boden«, versetzte der Kaufmann Leduc. Etwas, wovon alle Welt sprach, war auch gut zu verkaufen.

»Unser Tollkopf von Herzog ist natürlich auch dabei. Hat er nicht die Subscription für eine Ehrenmedaille an Monsieur Montgolfier mit unterschrieben?«, verkündete ein Dritter.

Wahrhaftig, der breite Rücken im Reiterdress gehörte Philippe de Chartres. Wollte er etwa mitfliegen, da so ein luftiges Unternehmen sicher nach seinem Abenteuerherzen war? Rose hatte gute Augen und fühlte sich in der Menge und von Leduc gedeckt. Stattlich aussehen tat er noch immer, doch auch auf ihm hatte sich die Zeit abgelagert, den Hals mehr in die Halsbinde gedrückt, das Gesicht gerötet, die Stirn höher und den impertinenten Mund bitterer gemacht.

»Jetzt geht's los! Sie gehn in die Luft!«, schrien die anwesenden Buben und warfen ihre Hüte hoch.

Und wirklich hatten die Arbeiter die Seile losgelassen, der Ballon neigte sich ein wenig hin und her, als wisse er nicht recht wohin. Dann hob sich die Gondel taumelnd, schürfte langsam über den Rasen, der Leerraum unter ihr wurde größer. Militärisch grüßte der Marquis nach unten, der Physiker schwenkte ein Fähnchen. Der Herzog war nicht eingestiegen.

Der Ballon war in der Luft, die Zuschauer schrien sich die Stimmbänder wund. Rose sah ihm fasziniert nach. Ihr *Chapeau* à *la Basile* verlor seine Verankerung und kippte nach hinten, sie merkte es nicht, auch nicht, dass sie vor Aufregung heftig in Remys Arm kniff. Er merkte es auch nicht, schwenkte enthusiastisch seinen Chapeau.

Fantastisch musste es sein in der bootsartigen Gondel zu sitzen, von oben auf die Köpfe, die geschwenkten Hüte, die herbstglühenden Baumkronen und auf die gefleckten Schindeldächer der Landvillen zu blicken. Aber nicht wie von einem unbeweglichen Turm aus, sondern dahingleitend wie ein Vogel, gehalten von dieser rotgelb leuchtenden Kugel. Kein rumpelndes, kreuzbrechendes Fahrgestell unter sich, nein, nur das flüchtige Element und pure Wonne. Höher und höher könnte man steigen bis die Wolken zum Greifen nah und ganz Frankreich unter einem liegen würde, wie von Gott auf das Tablett Erde gelegt. Hier, bedient euch, Rose Bertin!

Es war eine großartige, Schwindel erregende Vorstellung bis ein Ruck am Arm sie zur Seite riss. An ihr vorbei galoppierten rücksichtslos einige Reiter. Sie erkannte Chartres, hatte den Eindruck, als erkenne er sie auch. War schon vorbei und Leduc fluchte hinter ihm her, völlig entgegen seiner sonstigen Beherrschung.

So schnell wie die Beine seines englischen Rennpferdes es schafften, preschte der tolle Herzog der Montgolfiere nach, überquerte die Seine auf einer Fähre und traf nur wenig später nach ihrer Landung auf dem linken Ufer ein. Rechtzeitig genug um den Ballonfahrern zu Hilfe zu kommen, da die begeisterte Menge versuchte ihnen die Kleider vom Leibe zu reißen. Was für ein unbezahlbares Souvenir doch ein Fetzchen des ersten Luftmenschen wäre!

Auf der Rückfahrt beschäftigten sich Roses Gedanken unwillig weiter mit Philippe de Chartres. Ihrer Meinung nach musste er ein unbefriedigendes Leben führen. Nach einem unglücklichen Marine-Kommando im Seekrieg gegen England hatte er sich endgültig mit seinem königlichen Cousin und noch mehr mit dessen Frau überworfen, durfte nicht mehr am Hof erscheinen. Er lebte als Privatmann, reiste viel, baute sein Palais Royal vollkommen um und begann die mit der ›Clique von Trianon‹ Unzufriedenen um sich zu sammeln. Nach wie vor liebte er verwegene Sportarten und alles, was englisch war, eben weil das der König nicht liebte. Die ›Flugmaschine‹ schien seine neueste Leidenschaft zu sein.

Das alles war Rose ziemlich gleichgültig, doch zwei Dinge nahm sie dem ehemaligen Liebhaber übel: die Vernachlässigung seiner Frau, der scheuen Marie-Adelaide, die ihm immerhin fünf Kinder geboren, deren Erziehung der Vater ihrer ehemaligen Hofdame und seiner Geliebten, Félicité de Genlis, übergeben hatte. Und – unlogischerweise – die königliche Ungnade. Denn die Verbannung vom Hof brachte Rose um eine süße Rache. Wie gerne hätte sie den Herzog zum Zeugen gehabt, als sie bei einer Theateraufführung in Marly, in großer Hofrobe und an der Hand eines Marschalls, auf einen bevorzugten Platz geführt worden war.

Nun, diese Gedanken brachten nichts, so stürzte sich Rose in ein Gesprächsthema, das befriedigender war, ihr Geschäft:

»Du würdest staunen, wen du alles bei mir sehen könntest, kämest du nur öfter, mein Freund«, begann sie, und Leduc, der ebenfalls mit den Gedanken woanders gewesen, kam von dem Ausflug mit dem rotgelben Ballon zurück und fragte höflich:

»So? Wer denn, mein Herz?«

»Der Marquis de Marboeuf, der die riesigen Gärten an den *Champs Elysées* besitzt und mich eingeladen hat dort jederzeit zu promenieren, oui! Und unser selbstherrlicher ›Gott des Tanzes‹, Monsieur Vestris von der Oper. Du kennst doch seinen viel belachten Ausspruch, wonach es in Europa nur drei große Männer gäbe: ihn selbst, Voltaire und den König von Preußen.«

»Voltaire und der große Friedrich leben nicht mehr«, korrigierte Leduc.

»Sehr traurig, aber Vestris' himmlische Beine wiegen für mich drei Männer auf. Aiii! Du wirst ja brutal! Ja, und dann die Comtesse de Nord, von der jeder weiß, dass sie die Frau des Zarewitsch ist. Beide waren inkognito auf Besuch in Paris. Sie hat eine phänomenale Bestellung gemacht, mein ganzes Haus sah aus wie ein Kleidermarkt, wenn sie nur nicht als Kontrolle eine Jugendfreundin eingesetzt hätte. Wirklich die bigotteste der Goldfasanen, eine Elsässer Baronin, die alles durch ihr Lorgnon kritisch beäugte und äußerst indigniert darüber war, dass ich mich mit Prinzessinnen ungestelzt unterhalte.«

Rose hatte die letzten Sätze in dem missbilligenden Tonfall der Baronin Oberkirch gesprochen, und Leduc lachte und setzte einen Kuss auf ihr Ohrläppchen. – »Und was ist mit der Schönsten und Stolzesten der Goldfasanen? Unserer Königin?«

»Ihre Majestät haben leider die Masern und sich deswegen in ihr Schlösschen Trianon zurückgezogen. Aber ich glaube, sie leidet nicht zu sehr, da ihre engsten Freunde bei ihr sind.«

»Rose, weißt du, dass diese ›Zurückgezogenheit‹ mit mehreren Kavalieren, aber ohne den König, Wasser auf die Mühlen ihrer Gegner ist? Weißt du, wie viel böser Klatsch um ihren Lebenswandel kursiert? Der ›Österreicherin‹, wie man sie spitz nennt.«

Rose fing an sich zu erregen. »Das ist perfide! Sie ist nicht leichtsinnig. Wenn eine Frau weiß, was sie ihrer Stellung schuldig ist, dann Ihre Majestät, oui! Und sie fühlt sich französischer als du und ich zusammen. Ich glaube, sie versteht nicht mal mehr Deutsch.«

»Du bewunderst sie wohl sehr, mein Herz?«

»Tue ich, oui. Und ich habe allen Grund dazu. Ohne sie wäre ich nur irgendeine Modetante von der Saint Honoré. Aber sie ist auch immer freundlich zu mir gewesen, zu jedermann freundlich, wenn man sie nicht beleidigt. Und das tun so viele. Die Königin mag verschwenderisch sein, aber sie machen es ihr verflucht leicht, der König und dieser neue Finanzminister. Ein Schnipp mit dem Finger und sie werfen ihr Millionen zum Ausgeben zu. Würdest du sie dann nicht nehmen?«

»Würdest DU sie nehmen?«

»Aber ja. Wenn Brei gratis gereicht wird, soll man ihn essen.«

»Mag alles wahr sein, was du sagst, meine Rose, aber das weiß nur, wer zu ihrer Umgebung gehört. Die Bevölkerung weiß es nicht. Unsere Königin ist nicht beliebt, auch die Geburt des Dauphin hat daran nichts geändert. Sie hat zu viele Fehler begangen, wenn auch vielleicht unwissentlich.«

Rose erinnerte sich widerwillig wie eisig die Stimmung der Straße gewesen, als Marie Antoinette aus Anlass der Geburt des Thronfolgers durch Paris zog, und das hatte ihr weh getan. Wütend zerrte sie an ihren Handschuhen, zog einen aus, knetete nervös das Leder bis Leduc mit der für ihn typischen Geste seine Hand auf ihre legte und sie so zur Ruhe brachte:

»Man sagt, ihr Einfluss auf den König sei groß und immer in der falschen Richtung, zu Gunsten Österreichs. Und leider ist es so, dass man lieber die Schuld für Staatsprobleme Ausländern in die Schuhe schiebt, denn der eigenen Unzulänglichkeit.«

Doch Rose hatte genug von diesem Thema. »Ich habe mich so auf diesen Tag mit dir gefreut, Remy, und nun fühle ich mich richtig am Boden zerschmettert.«

»Steig in die Montgolfiere!«

»Das täte ich mit Vergnügen, wenn es machbar wäre. Allen Problemen zu entschweben, wenn man sie satt hat ... ein Gedanke voll purer Wonne, aber leider nur ein Wunsch.«

»Bisher nur ein Wunsch«, wiederholte Leduc, »aber auch Wünschen ist eine Möglichkeit zu entfliehen.

Machen wir etwas aus, mein Herz, da das Leben oft voller Probleme ist: Beschwören wir den Wunderballon, rufen wir Montgolfiere, wenn wir den irdischen Ärgernissen entschweben wollen. Gemeinsam, wenn wir können. Einverstanden?«

»Du hast ein romantisches Gemüt. Aber einverstanden. Übrigens verspricht uns der heutige Abend Montgolfiere-Wonnen, denn wir sind zu einer sicher sehr lustigen Hochzeit geladen.«

19

Es war Minettes Hochzeit, die endlich ihren Drucker hatte heiraten können. Als die Pariser am frühen Abend zum Feiern in Gonesse ankamen, standen die Braut, ihr frisch angetrauter Mann und der Brautvater schon vor dem Haus. An der Einfahrt des Bäckerdorfes postierte Späher hatten ihre Kutsche angekündigt.

Rose umarmte Minette, vorsichtig wegen Kleid und Schminke, denn sie trug sich konventionell mit weit ausladenden Paniers und getürmter Frisur. Der Bräutigam dagegen hatte sich mit einem schlichten Tuchrock begnügt, nur die mit antik-heroischen Szenen bemalten Knöpfe fielen auf.

Michel Maquet war ein gut gebauter Bursche, doch was Rose an ihm störte, war ein verbissener Zug um den Mund und dass er selten lachte. Sie hatte einmal eine Bemerkung darüber gemacht und Minette darauf geantwortet, dass sie grimmige Männer möge. Da sei so ein gewisser Kitzel.

»Wir haben etwas zum Feiern mitgebracht,« rief Rose

vergnügt und die Bäckerlehrlinge holten zwei große Körbe mit Burgunder aus der Kutsche.

»Aber das war doch nicht nötig, Mademoiselle, Monsieur,« zierte sich Minette, »Ihr habt mich doch schon so verwöhnt.«

Rose hatte, wenn auch offiziell im Namen des Bräutigams, den ›Hochzeitskorb‹ gestiftet, in dem sich alles befand, was eine junge Frau zum Schönmachen liebte: schöne Bänder, Seidenblumen, Handschuhe, Häubchen fürs Haus, zarte Fichus und einen der neuen Kaschmirschals.

Im Haus war eine lange Tafel gerichtet, Gläser wurden gefüllt, Berge von Patisserie dazu gereicht. Das Hochzeits-Souper würde erst später folgen. Leduc und Rose warfen jeder den traditionellen Verzehr-Louisdor in den Hut des Bräutigams, obwohl der Form halber laut dagegen protestiert wurde. Musiker spielten auf und die jungen Leute – von denen die Mädchen fast alle aus Roses Atelier stammten – begannen zu tanzen.

Die Hitze aus Körpern und Kerzen stieg unter der niedrigen Decke an. Rose fächelte sich unentwegt, sich dabei mit dem Brautvater unterhaltend. Er war ein behäbiger Fünfziger, appetitlich und krustig wie seine Brote, der es zu einigem Wohlstand mit seiner Bäckerei gebracht, aber keinen Sohn für die Übernahme hatte.

»Nun, Meister, habt ihr Eure Vorurteile gegen den Schwiegersohn begraben? Ich glaube, Ihr habt einen sehr tüchtigen bekommen, wenn er auch besser Worte als Brot backen kann.«

»Inzwischen ja, denn meine Julie wird nun vierzehn und kann im Frühjahr den Jean, meinen ersten Gesellen, heiraten.«

Rose schaute unglaublich dumm drein, denn was wie ein Erfolg ihrer zähen Überredungskünste und Versprechungen hinsichtlich der Unterstützung des jungen Paares ausgesehen hatte, war nur ein diplomatisches Hinhalten gewesen bis die zweite und gehorsamere Tochter heiratsfähig geworden.

Leduc, der mitgehört hatte, hob sein Glas: »Monsieur, ich beglückwünsche Euch zu den Enkeln, denn wenn sie Eure Voraussicht erben, werden sie es weit bringen. *A votre Santé!* «

»Vielleicht fliegen sie schon mit der Flugmaschine über den Kanal,« spaßte Rose, um wieder Boden zu gewinnen. Und damit waren alle am Tisch bei der Luftsensation, zumal die Reise des vorletzten Ballons bei Gonesse geendet hatte.

»Als ob der Prophet Elias selbst mit dem feurigen Wagen gelandet wäre. Die Bauern haben sich bekreuzigt, mit Heugabeln bewaffnet und das Flugding nur aus sicherer Entfernung und mit großer Vorsicht berührt.«

»Und nun versuchen schon Menschen zu fliegen. Das ist gegen die Natur!«

»Schlimmer! Das ist eine Gotteslästerung, denn damit wird das Wunder der Himmelfahrt Jesu und der Jungfrau Maria zunichte gemacht.«

Das nun aufgetischte Souper machte der Erregung vorläufig ein Ende. Aus der Küche erschien die Brautmutter, eine ältere Ausgabe von Minette, nur dass ihre Apfelbacken nicht mehr so glatt, der Mund von den Folgen eines anstrengenden Lebens umkerbt war. Die schönen Spitzenschleifen auf der Festtagshaube waren von der Herdhitze etwas zusammengefallen, ihr Gesicht glühte ...

Alles war superbe und reichlich: unzählige Poularden und Lendenbraten vom Spieß, im Pergamenthemd gegarter Fisch, hausgemachte Pasteten und fette Friture, frische Nüsse und knusprig warmes Brot. Die Fröhlichkeit stieg, der Weinpegel in den Bouteillen sank und schon vor dem Dessert wurde gesungen, mehr laut als melodisch. Dann breitete sich nach vielen ›Psst! Psst!‹ und *Silence* -Rufen Stille aus, weil Minettes Freundinnen ein Chanson anstimmen wollten. Die Melodie war gerade populär, der Text individuell abgewandelt, er spielte ungeniert auf die Freuden von Brautstand und Brautnacht an. Grölend und juchzend ging der Refrain um den Tisch.

Wieder wurde getanzt, die Bewegungen nun schneller, Hände und Taillen fester gefasst, die gewechselten Blicke kecker. Leduc beobachtete sinnend die sich in *Menuett* und *Contredance* umeinander Drehenden. Rose fragte, welche der Tänzerinnen er am hübschesten fände und er antwortete todernst:

»Sie tragen wenigstens noch Seidenstoffe.«

»Ihr seid ein unverbesserlicher *Commercant!*«, rügte sie, denn sie vermied ihn in der Öffentlichkeit zu duzen. Minette, die es im Vorbeitanzen gehört, rief dazwischen:

»Aber Ihr doch auch, Mademoiselle.«

Der Bräutigam flüsterte auf sie ein, und als das *Menuett* zu Ende und die Jugend sich zur kichernden Gruppe klumpte, waren beide verschwunden. Oder wollten verschwinden, denn gemeinsames Geschrei hinderte sie daran.

»Das Strumpfband! Das Strumpfband! Das ist unser Recht, her damit!«

Minette genierte sich zunächst, setzte dann einen

Fuß auf den herbeigerückten Stuhl, schürzte umständlich den Rock und enthüllte ein herzblutrotes Rüschenband. Der ›beste Mann‹ wollte zugreifen, wie es sein Recht, doch der Ehemann puffte ihn ungehalten beiseite und löste selbst die Schnalle.

»Er wird leider eifersüchtig sein,« dachte Rose.

Im Nu wurde das Strumpfband in mehrere Stückchen geschnitten und jeder ledige männliche Gast steckte sich eines ins Knopfloch. Remy Leduc hatte man auch eines zugesteckt, er hielt es in den Fingern als blute es.

Rose stahl sich aus dem Raum, der Treppe zu. Dort stand die Braut, widerstand der heraufziehenden Hand des Ehemanns, die Tränen liefen ihr über die Schminke. Als ihre Patronin erschien, warf sie sich ihr an den Hals.

»Ich wei-eiß nicht,« schluchzte sie, »hab mich so lange gefreut auf diesen Tag, und nun bin ich ri-ichtig unglücklich.«

»Pscht,« machte Rose, »ist nur der Burgunder, der hat's in sich. Morgen bist du wieder glücklich, meine Minette, und bis an das Ende deiner Tage. Ich schwör's dir.«

Im Zimmer wurde weiter getafelt, die Reste verzehrt, die letzten Flaschen ausgetrunken. Die Väter hatten sich miteinander und mit Bacchus verbrüdert, die Mütter versuchten ihre wie Zicklein übermütig herumhüpfenden Töchter wieder zur Raison zu bringen. Leduc ging den Kutscher suchen, Rose ihre jüngsten Arbeiterinnen, die sie nicht mit den Männern zusammen im Morgengrauen auf den Brotkarren nach Paris sehen wollte.

Zunächst wurde im gedrängt vollen Kutscheninneren gelacht und Rückschau gehalten, dann trat schläfrige Stille ein. Rose saß eng an ihren Seidenmann gedrückt, sein Arm um ihre Schulter. Mehr Umarmung würde sie wohl diese Nacht nicht bekommen.

Sie waren noch nicht angekommen, als der Wagen hielt. Ein dünnes Glöckchen und der Ausruf des Kutschers »Gott sei den armen Seelen gnädig!«, war zu hören. Leduc steckte erkundend den Kopf aus dem Fenster.

»Was ist?«, fragte Rose schläfrig.

»Der Totenkarren,« antwortete er leise und bekreuzigte sich. Sie wurde sehr wach und sah selbst hinaus. Die jungen Mädchen rührten sich nicht. In der Dunkelheit kam ihnen langsam und schattenhaft ein knarrender, keuchender Zug entgegen. Als er vorbeizog, erhellten die Wagenlaternen ein wenig die seltsame Prozession. Voran eine schwarze, wie bein- und armlos wirkende Gestalt, der in seine lange Soutane eingehuddelte Armenpriester. Ihm folgte ein gebückt schlurfendes, menschliches Zwölfer-Gespann wie die Apostel der Finsternis und Hoffnungslosigkeit. Sie zogen einen riesigen, schwerfälligen Karren, auf dem Rose zunächst Säcke gestapelt glaubte, bis ihr die Erkenntnis kam: Das waren Leichenbündel!

Jeden Morgen um vier begann die Fahrt des Totenkarrens vom *Hotel-Dieu,* dem großen Armenspital im Herzen von Paris, zu einem der Armenfriedhöfe am Rande der Stadt, dessen Grabgruben offen blieben bis sie gefüllt waren. Bis zu fünfzig Leichen konnte der ungefüge Karren fassen, die der Kinder zwischen den Beinen der Erwachsenen, und fast immer war er voll.

Rose schauderte es, sie hatte erzählen gehört, wie schnell nach dem Ableben die nackten Körper in Sackleinwand genäht, die abgezogene Kleidung verhökert würde. Wie oft es vorgekommen –, und gerne übertrieb man die gruseligen Schilderungen darüber – wie Eingenähte nur ohnmächtig oder scheintot wären und Glück hätten noch auf dem Karren schreiend zu erwachen, bevor der ungelöschte Kalk und die Toten sie unbarmherzig zudeckten.

Pierrette hatte davon gerne erzählt und war auch an Allerheiligen auf diesen Friedhof gegangen, weil sie einen ihrer Liebhaber dort begraben wusste. Nichts wäre zu sehen, kein Grabmal, Halm, Blumen, Inschrift, nur die nackte Erde, auf der die Besucher niederknien und beten würden, um dann in der nächsten Kneipe sich flüssiges Leben einzuverleiben.

»Und nachts klettern die jungen Chirurgen über die Mauer«, hatte Pierrette mit der ihr eigenen Wollust am Grauen berichtet »um sich umsonst das Material für ihre anatomischen Schnipseleien zu holen. *Quelle horreur!* «

»Welcher Horror!«, flüsterte Rose und ließ sich schaudernd in den Sitz zurückfallen. Sie fasste an ihre *Jeannette*, den von der Patin zur Kommunion geschenkten Kreuz-Anhänger, und betete, sie möge im Himmel ihre Fürsprecherin sein, damit sie nie in so einem Leichensack durch Paris transportiert würde.

In dieser Zeit begann Leduc zu fürchten, dass auch die Seidenweber von Lyon in absehbarer Zeit in den Leichensack gesteckt werden könnten. Die Mode hatte sich geändert, war einfacher geworden und anstelle der anspruchsvollen Seiden begannen die Frauen die unprätentiöseren Cotonnaden zu bevorzugen.

»Mir sagt zwar auch das simplere Aussehen mehr zu

als das alte, so schrecklich gedrechselte, nur schmerzt es mich als Seidenhersteller, dass es unbedingt mit diesen ordinären Baumwollstoffen verwirklicht werden muss,« seufzte Leduc. »Rose, wenn das so weitergeht, kann es die Lyoner Seidenindustrie ruinieren.«

Sie fühlte Gewissensbisse, weil sie selbst diesen Trend anheizte und ging deshalb zum Angriff über. »Du bist doch selbst mit Schuld daran, Liebster.«

»Ich? Mit Schuld? Ich bitte dich!«

»Aber ja. Hast du mir nicht immer ›Natürlichkeit‹ gepredigt? Den Zwängen zu entfliehen? Das Lob der ländlichen Einfachheit gesungen? Jetzt haben wir Frauen die hinderlichen Paniers, steifen Stoffe und hohen Kopfputze, sogar das Rouge von uns geworfen.«

»Wir? Du meinst ›ich und die Königin‹, mit der du diesen *Stil à la Trianon* lanciert hast.«

»Du musst mir nicht alles zuschieben, was in der Mode passiert.«

»Nicht? Eine schöne Modeministerin bist du, wenn du dich vor der Verantwortung deiner Taten drücken willst!«

Rose lachte und schlug vor sie zu zwei Unternehmen zu begleiten, die von der neuen Mode profitiert hatten. »Wenn die Seide mich im Stich lässt, muss ich mein Garn woanders spinnen,« überlegte Leduc und kam mit zur Manufaktur von Jouy.

Sie war von Monsieur Oberkampf gegründet worden, einem gelernten Färber deutscher Herkunft, der als junger Mann nach Paris gekommen war und sein Glück gemacht hatte. Nahe Versailles hatte er mit einem kleinen Betrieb für Druckstoffe begonnen, anfangs selbst die Muster entworfen, die Formen hergestellt und die Stoffe bedruckt. Inzwischen beschäftigte Oberkampf über tausend Leute, als Techniker vor allem Deutsche und Schweizer, als Musterdesigner Franzosen, denn er wollte von allem das Beste. Seine Stoffe gingen reißend ab, und er erwirkte sogar ein königliches Patent auf ihre Herstellung.

Die Manufaktur mit vielen Gebäuden, Kapelle und Bleichwiesen lag malerisch im Tal des Flüsschens Bièvre, denn jede Stoffherstellung braucht viel Wasser. Im Kontor empfing der Patron selbst seine berühmte Pariser Kundin, tadellos angezogen im dunklen Frack, grauen Kniehosen, Seidenstrümpfen und Perücke. Es ging die Rede, der König wolle den erfolgreichen und viel Steuer zahlenden Fabrikanten in den Adelsstand erheben.

Nach dem Beruf des Begleiters der Demoiselle Bertin fragte Monsieur Oberkampf nicht, zeigte ihnen gern die neuesten Muster, war aber nicht zu dem gewünschten Rundgang durch seinen Betrieb bereit.

»Mademoiselle, ich weiß Ihr Interesse zu schätzen, aber warum die Mühe? Darf ich Euch, und Monsieur, gewissermaßen wie mit der *Laterna magica,* den Herstellungsprozess auf die übersichtlichste und bequemste Art vor Augen führen? Bitte, nehmt doch Platz.«

Die Laterna magica war ein gerade fertig gestellter Stoff im Röteldruck, auf dem jeder Rapport die einzelnen Fertigungsstufen der Jouy-Imprimés schilderte, wenn auch des gefälligen Effektes willen in eine fiktive Landschaft transponiert. Stoffe für Wand- und Möbelbespannungen erzählten immer gerne Geschichten und holten sie sich aus Reisebeschreibungen, Mythologie und berühmten Romanen.

Auf diesem Coupon sah man die Vorbereitung der

Baumwollbahnen durch Waschen, Rasenbleiche und Glätten in einem Kalender. Dann das Drucken, das bei kleineren Metragen, vor allem für Kleider, mit Handmodeln auf langen Tischen ausgeführt wurde, während für große Aufträge das eine Maschine übernahm, die wie eine Mangel den Stoff über gravierte und eingefärbte Kupferwalzen presste. Dann folgte eine chemische Behandlung, um den Stoff waschbar und lichtecht zu machen, schließlich die Nachbesserung unscharfer Motive mit dem Pinsel, eine delikate Frauenarbeit. Als Abschluss der langen Prozedur wurde eine verschönernde Appretur aufgebracht.

Monsieur Oberkampf kassierte befriedigt die anerkennenden Ausrufe, dann überreichte er Rose das Stoffpaket mit dem Jouy-Programm.

»Darf ich bitten dieses Souvenir anzunehmen. Es soll Euch erinnern, wie viel Mühe und Arbeit bis zum Gelingen eines Jouy-Calicos nötig sind und außerdem Freude über eine hübsche Wandbespannung bereiten.«

»Nun, siehst du dich schon als erfolgreicher Drucker von Toile und Kattun?«, wollte Rose auf der Rückfahrt wissen. Der Freund hob zweifelnd die Schultern. »Ich bin nun mal ein Luxusweber,« murmelte er entschuldigend.

»Wenn du dem Luxus treu bleiben willst, gibt es noch eine Möglichkeit,« sagte Rose und nahm ihn mit nach Chantilly zum Spitzenhändler Desjardins.

Dieser Besuch verlief viel privater. Er begann mit einem ausgedehnten Mahl, bei dem die Herren sich schnell näher kamen, da beide Seidenmänner waren, und Madame Desjardins unverdrossen eine Platte nach der anderen aus der Küche bringen ließ. Unter ihrer geklöppelten Haubenaureole und mit einem kostbaren

Spitzenschal um die Schultern war sie eine lebendige Werbung für die zarten Artikel ihres Mannes. Überall in den kleinen Häusern saßen die Heimarbeiterinnen vor ihren hart gestopften Kissen, und das feine Klicken der Holzklöppel schien den ganzen Ort zu füllen.

Chantilly-Spitzen wurden aus dem feinsten, hart gedrehten Seidengarn zu Streifen geklöppelt und dann kunstvoll zusammengesetzt. Ihre Motive, mit glänzendem Garn konturiert, hoben sich von tüllartigem Grund ab. Die meistbegehrten waren die eleganten schwarzen Chantilly-Spitzen.

Nach dem Essen und einem selbst gebrauten Likör gingen sie in den Verkaufsraum und der Händler legte ihnen die erlesensten Stücke seines Sortiments vor, sorgfältig auf blauen Kartons aufgespannt oder zwischen Lagen feinem Papier gesichert. Er führte nicht nur die Produkte seines Ortes, sondern auch die anderer Klöppelzentren, wie die von Valenciennes, wo man die allerfeinsten fertigte. Eine Breite von zehn Zentimetern erforderte schon achthundert Klöppel. Bevorzugt als Kleid- und Wäschebesatz und deshalb solider aus Leinengarn gearbeitet waren die Spitzen aus Cluny.

Desjardins legte auch ›Alencon‹-Spitzen mit graziösen Mustern von Schmetterlingen, Vögeln und Girlanden vor, und Rose zwitscherte ihr Entzücken über diese mit der Nadel zusammengeschlungenen und gestickten Zärtlichkeiten, die sie der Königin andekorieren wollte.

Die filigrane Vielfalt versetzte sie in den Rausch der von Mode Süchtigen, gefolgt von der Gier nach dem Habenwollen, bis der Freund sanft bremsend seine Hand auf ihre legte.

»Ihr habt Recht mich zu stoppen, mein Freund, denn wenn es keiner tut, werde ich zu einer Mademoiselle Maßlos.«

»Nun, solange Ihr Euch nicht den Titel einer Mademoiselle Defizit einhandelt, sehe ich darin nichts Gefährliches,« bemerkte Monsieur Desjardins schmunzelnd als Anspielung auf den Spitznamen der Königin.

Rose hörte nur das Wort ›Defizit‹, das ihr immer wie ein Stachel im Fleisch saß, da sie zwar um Zahlungsmoral gegenüber ihren Lieferanten und Mitarbeitern bemüht war, aber sie bei ihren Kunden öfter vermisste. Und auch eine Krone war keine Garantie.

20

Ich bin einfach zu alt für diese blumigen Spielereien«, seufzte Marie Antoinette und betrachtete wehmütig eine von Rose mitgebrachte, mit Blütengirlanden überreich garnierte Robe mit passendem Kopfputz.

Die Königin übertrieb, sie war noch keine dreißig, andererseits hatte sie Recht: Die mädchenhaft verspielte Person, der nichts verrückt genug sein konnte, war verschwunden. Marie Antoinette war seit der Geburt der Kinder voller und fraulicher geworden, im Wesen ausgeglichener und zugleich auch majestätischer. Sie fand Gefallen an der neuen Rolle der liebenden Mutter, engagierte sich dafür und ließ die kleine Marie-Thérèse kaum mehr von ihrer Seite. Den Dauphin allerdings musste die Königin aus Staatsgründen den Erziehern und Kinderfrauen überlassen.

Sie hat also genug von ihren Extravaganzen, sagte sich ihre Modeministerin, und wie ich schon ahnte, entdeckt sie das Gegenteil, die *Simplicité* . Das kommt mir sehr zupass, denn wir waren wirklich am Ende der Fahnenstange angelangt.

Um sich für das neue Aussehen Marie Antoinettes zu inspirieren, fuhr Rose auf ihr neues Landgut in Epinay. Mit einem schnellen Wagen war es in eineinhalb Stunden zu erreichen, sofern die Straße frei. Hier war sie nun Herrin über ein hübsches dreistöckiges Haus, Wirtschafshof mit Taubenturm, Park und Wäldchen, Obst- und Gemüsegarten für ihre eigenen frischen Erzeugnisse. Zu ihrem Vergnügen ließ sie einen Billardraum und das erträumte Badehaus in der ehemaligen Kapelle einrichten. Und wenn die stolze Besitzerin von ihrer Terrasse nach Süden blickte, konnte sie an klaren Tagen über Wiesen und eine blinkende Seine-Schleife hinweg bis zu den Türmen von Paris sehen.

Während Rose in einem bequemen Chemisekleid und großem Strohhut *à la Gainsborough* durch das schattige Wäldchen streifte, hier einen zu schlagenden Baum markierend und dort eine wilde Erdbeere pickend, stellte sie sich die Königin vor wie sie durch den englisch angelegten Park ihres geliebten Schlösschens Trianon wandelte.

In dieser Sommerresidenz war die verhasste Etikette abgeschafft. Keiner aus der kleinen Hofgesellschaft musste in einer Reverenz versinken, wenn Marie Antoinette in den Salon trat noch Klavier- oder Billardspiel unterbrechen. Einfachste Kleiderordnung war angesagt, auch die Herren verzichteten auf ihre bestickten Seidenhabits zu Gunsten schlichter Fräcke ›von der

Farbe Londoner Rußes‹, die nur durch scharlachrote Samtkrägen ein wenig aufgeputzt waren.

Man musste also einer ›Mode à la Trianon‹ Gestalt und Reiz verleihen, das Zeitgemäße zum Gewand werden lassen. Die ›Zurück-zur-Natur‹-Devise ebenso in Mode fassen wie die Bewunderung für die Antike, ausgelöst durch die Ausgrabungen in Pompeji. Nicht zu vergessen den Einfluss englischer *Casualness.* Nie hatte sich die dortige Oberschicht so dem höfischen Leben unterworfen wie in Frankreich, nie den Aufenthalt auf ihren ländlichen Besitzungen aufgegeben, wo sie ein ungezwungenes und sportliches Leben führte. Die Männer fühlten sich wohl im simplen Reitfrack, Jockeystiefeln und runden Hut; die Frauen in der bequemen *Robe à l'anglaise* ohne Fischbeinmieder und Reifrock, ließen frei die Locken auf die Schultern fallen, nur noch leicht oder gar nicht gepudert.

Der neue Stil muss zwar den Eindruck von *Simplicité* machen, überlegte die nachdenklich wandelnde Rose, doch dürfen es Ausführung und Zutaten nicht sein, denn das würde Atelier und Zulieferanten schmerzliche Einbußen bringen. Außerdem kannte sie ihre Kundschaft: Auch Schlichtheit musste kostspielig dargeboten werden.

Und was das Chemisekleid anbelangte, das Rose zwischen ihren Bäumen spazieren trug, so hatte sie diese Idee von den anmutigen Kreolinnen der heißen französischen Kolonien entliehen: duftige weiße Kleider, die nur von einer Schärpe tailliert wurden und deren Ausschnitt Volants umfächelten.

Einige Zeit später wurde im Pariser Salon von 1783 ein Porträt Marie Antoinettes in einer *Chemise à la reine* ausgestellt, das sie, dem neuen Stil entsprechend, mit offenen blonden Locken unter einem großen, federgeschmückten Strohhut zeigte. Es erregte viel Aufsehen. Einige fanden allerdings, ihre Königin sähe darauf aus wie ein Stubenmädchen, andere fragten bissig, ob dieses Bild vielleicht eine Allegorie sein sollte? Frankreich in Gestalt Österreichs, das seine Blößen mit einem Fetzen Zeug bedecke.

Verärgert zog Marie Antoinette das Bild des Anstoßes aus der Ausstellung zurück; den Grund der Kritik begriff sie nicht. Untertanen mochten zwar die Verschwendung ihrer Herrscher heftig kritisieren, zogen aber im Grunde den das Auge ergötzenden Prunk der langweiligen Schlichtheit vor. Schlicht mussten sie selbst herumlaufen.

Doch die neue Mode setzte sich durch und, wie Rose vorausgesehen, konnte dieser Stil weiterhin sehr luxuriös sein. Er verbrauchte Ellen um Ellen feinster Spitzen und angekräuselter Volants, schwelgte in zartem Baumwollbatist, besticktem Musselin, delikatem Florentiner Taft und diese Stoffe waren empfindlich und kurzlebig. Was für ein Aufwand an Arbeit und Zeit war doch nötig, um diese Einfachheit makellos zu erhalten, zu waschen, stärken, bügeln, neu zu kräuseln und zu plissieren!

Was die Kopfbedeckungen anging, so verbannte man zwar die pittoresken Bühnenaufbauten der Poufs aux sentiments und turmhohen Fantasiefrisuren, dafür erschienen genau so auffallende Hüte und Toques für dic weiterhin ein enormer Verbrauch an kostspieligen Zutaten notwendig war.

So war es nicht erstaunlich, dass trotz der Simplicité die Toilettenkosten Marie Antoinettes nicht geringer wurden. Der für die Garderobe der Königin neu ernannten Hofdame, der tüchtigen und gewissenhaften Comtesse d'Ossun, stockte der Atem als sie das erste Mal die Aufstellung der Kosten durchging. Im Budget für die Hoffhaltung der Königin waren für ihre Garderobe einhundertzwanzigtausend Livres pro Jahr vorgesehen, der zu zahlende Betrag ging weit darüber. Die Gräfin atmete tief durch und verfasste zu den Rechnungen ein Begleitschreiben an den Schatzmeister:

»Indem ich dem König diesen Etat unterbreite, bitte ich Euch, ihm mein tiefstes Bedauern zu übermitteln, dass ich ihn um einen so hohen Zuschuss bitten muss. Die Mehrausgaben ergeben sich, unter anderem, aus den Rechnungen der Demoiselle Bertin ...«

Wie die erste Kammerfrau, Madame Campan, nahm auch die Garderoben-Intendantin der ›Modeministerin‹ persönlich übel, dass sie die Königin unentwegt mit Mode zu verführen verstand, ganz gleich, welche gerade an der Reihe war. Dazu hätte die Bertin eine Finanzpolitik entwickelt, die, ohne illegal zu sein, doch auf Verschleierung der wahren Kosten hinauslief.

Rose hatte das Privileg direkt an die Königin liefern zu dürfen statt an die Garderobe. Die Rechnungen schickte sie mit Absicht erst einige Monate später, weil sie die Zustände hinter den Kulissen des Hofes kannte: Keiner konnte sich dann mehr genau an das Gelieferte erinnern, deshalb auch nicht exakt nachprüfen. Man musste es anerkennen und bezahlen, und zwar mit Haute-Couture-Preisen.

Die gewissenhafte Gräfin ärgerte sich über die hohen Beträge, die Erste Kammerfrau sprach wohlgesetzten Unmut aus, und der Garderobensekretär schlug vor in

Zukunft Mademoiselle Bertin zu Detailangaben ihrer Rechnungen zu zwingen, andernfalls die fraglichen Sachen gestrichen würden. Doch Rose fühlte sich völlig im Recht. »Bezahlt man denn den großen Malern auch nur die Leinwand und Farben?«, argumentierte sie empört. Und warum sollte ausgerechnet sie sparen, wenn es keiner am Hofe tat?

Die Königin hatte für das Jahr 1782 hundertsiebzig neue Kleider bestellt: große Staats- und Galaroben, die immer noch mit Paniers und Schleppe getragen wurden. Sogenannte *Robes sur le petit panier* – auf kleinem Reifrock –, die beim Kartenspiel oder den Soupers in den Privatappartements angezogen wurden. Und jede Menge Fantasieroben, Überkleider, Negligés und Zubehör à *la mode.*

Alle Toiletten – viele von ihr nie getragen – wurden am Ende der Saison ausgemustert. Es sei denn, sie hatten Marie Antoinette besonders gut gefallen. Einen Teil bekamen die ersten Kammerfrauen, zuzüglich Jupons, Schuhen, Seidenstrümpfen, Handschuhen. Die wertvollsten Roben und Staatskleider durfte die Garderoben-Intendantin auf eigene Rechnung verkaufen. Dagegen war nichts einzuwenden, denn die Gräfin d'Ossun leistete die Arbeit einer Top-Managerin, bekam aber nur ein geringes Gehalt und ihre Unkosten ersetzt. Ihr unterstanden die Garderobenfrauen und -diener samt Gehilfen und Ersatzpersonal. Sie musste die Lieferungen prüfen und abzeichnen, das Garderobenbuch auf dem Laufenden halten, in dem jedes Kleid mit einem Stoffmuster vertreten war. Und sie musste auch die zahlreichen Angestellten im Auge behalten, die neben den auswärtigen Modehändlerinnen und Schneiderinnen im Schloss selbst mit der Instandhaltung der königlichen Kleider beschäftigt wurden, darunter eine gewisse Demoiselle Brisemiche, die nur die Volants an den Jupons der Königin anzubringen hatte.

Die Gräfin bemühte sich um sparsameres Wirtschaften, doch die Kosten stiegen weiter. Und im nächsten Jahr musste sie, so unangenehm es ihr war, dem Schatzmeister Rechnungen in Höhe von über zweihundertachtzigtausend Livres überreichen.

21

Wisst ihr schon, Madame? Die Bertin hat eine neue Adresse. Das Haus in der Saint Honoré war ihr nicht mehr gut genug.«

Rose war umgezogen, weniger weil ihr das alte Haus nicht mehr gut genug, sondern zu eng geworden, und weil die stattlichen Karossen und sperrigen Sänften in der schmalen belebten Straße weder wenden noch warten konnten. Die neue Adresse lag im gleichen Viertel, in der *Rue de Richelieu,* auch sie verkehrsreich, aber weniger von Nebenstraßen behindert. Sie führte vom Palais Royal kerzengerade zu den weinbewachsenen Hügeln des Dorfes Montmartre.

Die Ladenfront ließ Rose nach modernstem Geschmack herrichten, bestehend aus drei Arkaden in römischer Manier mit kannelierten Pilastern dazwischen. Zwei waren als Vitrinen gedacht, die dritte als Eingangstür. Schritt man hindurch, gelangte man zunächst in einen Vorraum, in dem zwei, die Aufträge notierende Angestellte hinter zierlichen Pulten saßen und Fauteuils, Blumentischchen und dekorierte Modeartikel eine günstige Stimmung schufen. Dann erst folgte der Verkaufssalon, von dessen seidenbespannten Wänden Marie Antoinette und andere hohe Kunden wie die Großfürstin Marie oder die Kronprinzessin von Portugal wohlwollend herunterschauten.

Auch die Modeministerin war mit einem Porträt von Madame Vigeé-Lebrun vertreten. Majestätisch und ein wenig doppelkinnig hing sie da, die vollen Schultern von weißem Pelz umschmeichelt, die gepuderte Frisur hochgetürmt und gekrönt von einem Œuvre aus zart gestreiftem Band.

Anhaltender Erfolg trägt gerne die Schleppe der Selbstgefälligkeit, auch die Demoiselle Bertin war der Versuchung erlegen. Und so kam es schon vor, dass ein Tag mit Rosen bekränzt begann und wie in einem Brennnesselfeld endete.

An einem Mittsommermorgen erschien vor ihrem Bett der Neffe mit der Morgenschokolade und einem großen Bukett. Es war Tradition allen, die Jean oder Jeanne hießen, am Johannistag Blumen zu schenken, und schon am Vorabend waren die Fleuristinnen mit dem Ruf ›Blumen für Jeannot und Jeannette!‹ durch die Straßen gezogen. Roses Strauß kam aus Epinay, zusammen mit den Gutserzeugnissen, und würde auch der einzige bleiben, denn wer wusste sonst schon in Paris, dass sie einmal Marie Jeanne gerufen?

»Der Eltern und meine ergebensten Glückwünsche, liebe Tante«, sagte der junge Mann mit einer artigen Verbeugung. »Außerdem habe ich Euch als Bukett der allgemeinen Verehrung eine Ode von Monsieur Delille abgeschrieben.«

Jacques Delille, gelehrter Übersetzer lateinischer Dichtung, tat sich auch mit eigenen Werken hervor, darunter einer Ode an die Fantasie, zu deren glücklichsten Geschöpfen er die Mode zählte, *›denn sie vervielfache und verschönere die Natur‹*. Mademoiselle Bertin wurde darin als ihre strahlende Muse besungen, unter deren fähigen Händen sich der Stoff zu hunderterlei Formen wandele, deren Nadel dem Malerpinsel gleiche – und was dergleichen blumige Vergleiche mehr waren.

Rose las es mit mokantem Lächeln, war dennoch geschmeichelt und sagte: »Oh, là, là! Gebt der Liebe einen Schleier, dem Ruhm eine Schärpe? Das ist wohl etwas überspannt, wenn auch sehr poetisch ausgedrückt. Aber ich danke dir dennoch sehr für diese Aufmerksamkeit, mein Junge.«

Nicolas war ein netter Bursche, der sich anstellig im Geschäft erwies und liebenswürdig mit den Kunden; außerdem fühlte er sich verpflichtet dem Ruf seiner Tante mit der allermodischsten Kleidung Ehre zu machen, trug also hohe Jockeyhüte und Goldringe in den Ohren.

Aber das gehört eben zu seinen achtzehn Jahren, dachte seine Tante nachsichtig, wenn er auch selbst nie mit eigenen Mode-Ideen Ruhm erringen wird. Seit einiger Zeit lebte Bruder Louis mit den Seinen in Epinay, es hatte nicht einmal viel Zuredens bedurft ihn aus Abbéville zu locken, und Rose besaß auf einmal Familie in der Nähe.

Als sie angezogen herunterkam, stieß sie auf ihren wartenden Kontoristen, der sie verschwörerisch in eine Ecke zog.

»Ich habe sie gefunden!«, flüsterte Monsieur Dupont. Rose begriff sofort »Colombe! Wo? Wie? Nein, sagt nichts, kommt erst in mein Kabinett.«

Ihr scheues Patenkind war immer ein Problem gewesen. Sie hatte keinerlei Geschick für eine Putzmacherlehre gezeigt und so hatte Rose sie auf Leducs Rat in ein Klosterinternat gegeben. Sollte sie Nonne werden wollen, hatten sie nichts dagegen, denn ohne Vermögen und den Willen zu gefallen schien sie für das weltliche Leben wenig geeignet. Aber mit sechzehn war sie aus dem Kloster zurückgekehrt, und da sie begabt im Lesen und Schreiben, dazu eine angenehme Stimme besaß, hatte Rose ihr eine Stelle als Vorleserin besorgt.

Vor mehreren Wochen hatte sie dort das Haus verlassen, war aber nicht in der *Rue de Richelieu* angekommen. Alles Nachfragen und Suchen hatte nichts ergeben. Rose hatte sogar Jacquot von Epinay kommen lassen, er kannte sich besser in Paris aus als andere. Nichts. Auch unter den Toten in der *Morgue* war sie nicht gewesen. Und nun hatte Dupont, als er gestern spät heimgekehrt, Colombe gefunden.

»Was heißt: gefunden, wenn Ihr sie nicht mitgebracht? Wo war sie, wo ist sie jetzt? Warum habt Ihr mich gestern nicht sofort unterrichtet?«

»Mademoiselle sind noch später heimgekommen als ich«, bemerkte der Buchhalter etwas spitz, »und dann hätte ich die Demoiselle gar nicht mitbringen können, da die Stadtgarde mich daran gehindert ...«

»Wieso gehindert? Haben sie sie beim Stehlen erwischt? Unmöglich.«

»Ja, unmöglich. Leider gehörte die Demoiselle Colombe zu einem Trupp ... ähem ... aufgegriffener Prostituierter, die gerade unter Bewachung nach Saint Martin gebracht werden sollten.«

Saint Martin war das spezielle Dirnengefängnis von Paris. Rose wollte es nicht glauben. »Colombe unter den Huu ...?«, rief sie und schlug sich sofort auf den Mund. Ihre scheue, klostererzogene Patentochter? Die in ihrer blassen Zierlichkeit noch immer wie ein Kind wirkte. Was war bloß mit ihr passiert?

»Habt Ihr sie gesprochen, Dupont?«

»Ja, kurz. Das arme Ding. Was war sie froh mich zu sehen. Sie scheint von einem Mann im Stich gelassen oder zu diesem schändlichen Metier gezwungen worden zu sein.«

Rose blieb alles unerklärlich, aber zunächst musste man handeln. Sie beschlossen, dass Dupont mit einem Schreiben von ihr nach Saint Martin gehen solle, um Colombe frei zu bekommen. Gerne wäre sie selbst hingefahren, aber in ihrem Geschäft war trotz der frühen Stunde der Teufel los. Schon stürzte eine ihr unbekannte Person auf sie zu.

Wie sich herausstellte, war sie eine Modehändlerin aus der Provinz, die eine Anzahl Hüte à la reine bestellen wollte.

»Bitte, Adeline, zeige Madame die entsprechenden Modelle vom letzten Monat!«

»Meine verehrte Mademoiselle Bertin, ich bevorzuge die Modelle von diesem.«

»Das geht aber nicht, Madame, denn Ihre Majestät und ich haben beschlossen, dass die für sie kreierten Modelle erst einen Monat später kopiert werden dürfen.«

Die Kollegin aus der Provinz war über den Sperrtermin sehr verschnupft, Rose unerbittlich, außerdem erschienen jetzt der Redakteur des *Cabinet des modes* zusammen mit der Korrespondentin des *Journal des*

Luxus und der Moden. Eine Neuerscheinung aus Weimar, die sehr erfolgreich sein sollte wie Rose schon an entsprechenden Aufträgen aus Deutschland bemerkt hatte. Ein Zeichner war auch dabei.

»Wir versprachen im vorigen Monat unseren Leserinnen die Zeichnung und Beschreibung der neuen *Robe à la Turque,* so wie man sie jetzt in Paris trägt. Und wo könnten wir uns besser instruieren als bei der berühmten Bertin?«, erklärte die deutsche Dame, die einen französischen Literaten geheiratet und sowohl modeinteressiert wie arm genug war, um diese Tätigkeit interessant zu finden.

»Ich bin Euch sehr verbunden«, sagte Rose mechanisch, die diese brauchbare Redewendung von Leduc übernommen. Sie dachte unentwegt an Colombe, und wie es zu dieser Katastrophe hatte kommen können.

»Und mir auch, Verehrteste«, fiel der Redakteur ein, »denn ich habe Madame gleich zu Euch gebracht«, und Rose wusste, dass eine ihm zusagende Aufmerksamkeit aus der Boutique fällig war.

»Wenn wir dem Herrn Redakteur und der Unfehlbarkeit seines Urteils vertrauen, so geht nichts über eine Robe à la Turque«, fuhr die Korrespondentin fort.

»Oh ja, sie ist wie ein Talisman, der eine schöne Frau zur Herrscherin aller Herzen macht«, behauptete der kleine rundliche Journalist ekstatisch, der in den neuesten und engsten Frack mit eiergroßen Knöpfen, bis zum Kinn reichender Halsbinde und englisch gestreiften Strümpfen eingezwängt war.

»In einer Robe à la Turque feiert eine hübsche Frau, ob im Theater oder bei einem Besuch, die sichersten und angenehmsten Triumphe, als sei sie eine Georgierin oder Tscherkessin im Harem von Konstantinopel.

Selbst eine Sultanin würde eifersüchtig auf ihre Eleganz, ihre Grazie, auf die Huldigungen werden, die man ihr zuteil werden lässt ...«

»Adeline«, rief Rose, die Elogen unterbrechend, »holt bitte die türkische Robe aus dem Atelier, die ich für die Comtesse de Talleyrand vorbereitet habe. Außerdem die Haubenmodelle à *la Figaro*, à *la Jeannette* und à *la Milchmädchen.* Und lasst den Herrschaften eine geeiste Mandelmilch servieren.«

Für einige Zeit konnte sie die beiden Journalisten alleine lassen, da die Deutsche beschäftigt war eine ausführliche Beschreibung bis zum *»Halstuch von Flor, garniert, und mit einer blasslila Brustschleife gefasst«* anzufertigen, der Zeichner den Crayon in Bewegung setzte und der Redakteur die neuesten Accessoires durchsah, wobei ihm Rose die englische Erfindung des Strumpfbandes *›à Ressort‹* mit eingearbeiteter elastischer Spirale zur Berichterstattung empfahl.

Sie selbst musste sich um eine Hofdame der Prinzessin Lamballe kümmern, gerade aus Versailles gekommen und von ihr gerne gesehen, da sie immer strahlender Laune war und immer amüsante Neuigkeiten mitbrachte. Leider war sie auch eine große Spielerin, sodass ihr Garderobengeld oft auf dem Kartentisch verloren ging.

»Habt Ihr die Königin letzthin gesehen, Madame la Comtesse? Fühlt sie sich wohl?«, erkundigte sich Rose, da die hochschwangere Marie Antoinette in letzter Zeit wenig Bedarf für ihre Modeministerin gehabt hatte.

»Sie hält sich hauptsächlich in *Petit Trianon* auf, ihrem ›glücklichen Dorf‹, wie sie es gerne nennt. Es ist gerade fertig geworden, wirkt aber, als stünde es seit der Zeit des guten Königs Henry im Park von Versailles. Komplett mit Mauerrissen, verwitterten Ziegeln, bemoostem Strohdach und Teich mit Entengrütze. Mon Dieu! Wirklich sehr naturnah, eine echte Idylle, wenn man das mag. Glückliche Kühe und glückliche Hühner, Buttern anstelle von Billard und unsere Fürstin mit ihren Damen im Milchmädchen-Gewand mittendrin.«

»Ich weiß«, sagte Rose befriedigt, »ich hatte die Ehre dabei mitwirken zu können.«

»Sie muss mir auch so etwas machen, Mademoiselle, wenn auch mit viel *Chic* und wenig *Campagne.* Immerhin scheint dieses ländliche Vergnügen die beste Therapie für den empörenden Affront zu sein, den die Königin durch den Freispruch des Kardinals hat einstecken müssen.«

»Es war ein schlimmer Schock für Ihre Majestät, sie hätte zu früh niederkommen können«, bekräftigte Rose.

Der Prozess gegen den Kardinal de Rohan, Großalmosenier von Frankreich, hatte hohe Wellen geschlagen. Ein Halsband aus Diamanten für anderthalb Millionen hatte den Skandal ausgelöst. Angeblich sollte die Königin es sich leidenschaftlich gewünscht und heimlich über den Kardinal bei dem Juwelier Boehmer gekauft haben. Erhalten hatte sie es nie, auch nichts davon gewusst, da das ganze von einer Betrügerin großen Stils inszeniert worden war. Sie hatte den in Marie Antoinette verliebten und naiven Kardinal mit gefälschten Briefen und einer Doppelgängerin der Königin an der Nase herumgeführt, und als sie den Schmuck in Händen, auseinander genommen und für ihre eigene Kasse verkauft.

Als alles aufkam, landete der gedemütigte Kirchenfürst in der *Bastille,* die Hochstaplerin wurde ausgepeitscht, gebrandmarkt und zu lebenslänglichem Kerker verurteilt. Es war die Königin, die auf strengster Bestrafung aller Beteiligten bestanden; sie ahnte nicht, dadurch selbst an ihrer späteren Verurteilung mitzuwirken. Denn für ihre Gegner stand fest, auf die eine oder andere Art wäre sie bestimmt in diesen Skandal verwickelt gewesen, ob aus ihrer bekannten Gier nach Diamanten, aus Amüsement oder aus Lust am Intrigieren. Marie Antoinette wurde das Opfer ihres schlechten Rufes.

»Als die Königin von dem Freispruch hörte, brach sie in Tränen aus«, erinnerte sich die Comtesse, aber es klang nicht mitleidig, sondern leicht schadenfroh. Auch ihre Prinzessin hatte die Launenhaftigkeit Marie Antoinettes zu spüren bekommen und lebte nun traurig bei ihrem Schwiegervater.

Rose äußerte sich nicht. Keiner brauchte zu wissen wie in ihr langsam Zweifel an dem Benehmen ihrer königlichen Mäzenin wuchsen.

Von der Tür zum rückwärtigen Flur winkte ihr verstohlen Monsieur Dupont zu. Rose entschuldigte sich, überließ die Hofdame der ersten Verkäuferin und ging eilig hinaus. In ihrem Kabinett stand Colombe gegen die Wand gelehnt, übernächtigt und verwahrlost aussehend. Als Rose erschien, ließ sie sich an der Wand hinunterrutschen, wie ein Häufchen Elend zusammengekauert, Kopf in den Armen verborgen und begann leise zu weinen.

Das war Wasser auf die Zornesmühle ihrer Patin, ein wütender, doch in der Stimmlage gedrosselter Wortschwall zischte auf das Mädchen herunter, denn Rose wollte keine Zuhörer.

»Kannst mir erklären, kleine Schlampe, welche Tollheit dich gebissen hat? Was du mir mit diesem schamlosen Streich angetan, hirnlose Herumtreiberin? Erst recht dir selbst. Du bist ruiniert, Colombe, fürs Leben ruiniert, oui! Gut, dass deine Eltern im Grab sind, um diese Schande nicht mehr zu erleben.«

»Er ... er hat mich so an Papa erinnert. Und ... und er hieß auch so ... Baptiste«, schluchzte Colombe.

Die Erwähnung von Baptiste Dupin dämpfte sofort Roses Empörung über das, was dieses gedankenlose und liebestolle junge Ding sich selbst und ihr eingebrockt hatte.

»Dumm, dumm, pure Dummheit. Kannst du nicht endlich zur Realität aufwachen? Ich hielt dich für weniger einfältig. An deinen Vater hat er dich erinnert? Blödsinn. Er war einmalig, dein Vater, so was gibt's nicht noch mal, oui!«

Rose betrachtete das schluchzende Bündel vor ihr und sagte ruhiger. »Hör auf zu heulen, kleine Idiotin! Hörst du! Es ist passiert, aber wir kriegen das schon wieder hin. Müssen wir wohl.«

Colombe schluchzte leiser, Rose tigerte in ihrem Kabinett hin und her. Der Kontorist stand verlegen an der Tür.

»Ihr vergesst diese Sache, Dupont«, sagte sie schließlich energisch, »und ich werde mich erkenntlich zeigen. Und du, Colombe ...« und Rose holte aus einem Schränkchen ein Flakon, »... schluckst was Kräftiges, hier, und ziehst dir saubere Sachen an. Nein, du gehst als erstes in die Wanne.«

Zum Déjeuner war sie zwar von Monsieur Desjardins, dem Spitzenhändler aus Chantilly, in das für seine Küche bekannte Hotel d'Aligre eingeladen worden, aber sie würde absagen. Und in der entspannenden Wärme des Badezubers – Rose wusste, das half immer – erzählte Colombe bruchstückartig was ihr passiert.

Der Ehemann der Dame, der sie vorgelesen, war besonders nett und aufmerksam zu ihr gewesen, hatte sie ›mein Täubchen‹ und ›mein Töchterchen‹ genannt. Colombe glaubte, zumal er ihrem Vater ähnelte, einen väterlichen Freund gefunden zu haben. Bis er von ihr wenig töchterliche Zuneigungsbeweise verlangte. Sie hatte nicht gewusst, wie sie ihm verweigern.

Das Mädchen gab nicht zu verstehen, dass mit ein Grund für ihre Hingabe die im Kloster, wie bei Rose vermisste Zuwendung an Zärtlichkeit und Aufmerksamkeit eine Rolle gespielt hatten, und Rose wäre gar nicht darauf gekommen. Sie war aus anderem Holz, und sie hatte den Kopf zu voll. Das leert das Herz.

Er wolle sie ganz für sich haben und für immer, hatte er geschworen, flüsterte Colombe während Rose sie stumm mit dem Schwamm bearbeitete, aber in ihrem Interesse dürfe keiner davon erfahren, bis alles geregelt. Deshalb hatte er sie in einer verschwiegenen Pension untergebracht, wo auch andere recht nette Mädchen wohnten. Aber dann war Baptiste weniger häufig gekommen, hatte ihr zugeredet sich mit anderen Besuchern der Pension zu zerstreuen. Auch diese waren zärtlich gewesen, es war ihr sowieso alles egal. Erst als die Pensionsinhaberin sie unter Drohungen auf die Straße schickte, hatte sie begriffen, dass sie zur Prostituierten geworden.

»Hinterhältiger heuchlerischer Satyr«, fauchte Rose, an dem Mädchen herumschrubbend, als könne sie die an dem nymphenhaften Körper kleben gebliebene

Männergier abreiben, den alten Zustand wieder herstellen. Konnte sie den Ehemann zur Rechenschaft ziehen? Wahrscheinlich nicht, er würde alles abstreiten oder Colombe beschuldigen, Schlimmes herumzuerzählen. Griff sie ihn nicht an, würde er wegen seiner Frau den Mund halten. Nein, man musste möglichst die ganze Sache vertuschen.

»Wir werden sagen – wenn wir etwas sagen müssen – du hättest dich spontan zu der Pfingstwallfahrt nach Chartres entschlossen, oui! Jeder nimmt dir Wirrkopf das ab. Wärst dann dort von einem hitzigen Fieber ergriffen worden, im Spital gelandet, hättest nicht gewusst, wer du seist und wo zu Hause. Wiederhole mir das!«

Colombe wiederholte, brav und mechanisch.

»Und ich werde mit der Mutter Oberin sprechen. Denn am besten gehst wieder für einige Zeit in dein Kloster.«

»Ja«, murmelte Colombe, »und nie mehr will ich einen Mann ansehen. Nie mehr. Ich schwör's!«

In dieser Hinsicht sollte man noch weniger an dieses ›niemals‹ glauben, als bei anderen Schwüren, dachte Rose. Sie rief die Magd, denn sie wurde ihrerseits von der Première gerufen.

Es wurde Abend bevor Rose eine Minute für sich hatte. Am Nachmittag war noch Korrespondenz an die Höfe von Schweden und Portugal zu besprechen gewesen, dann waren ›ihre‹ Russen erschienen.

Mit dem Grafen Razomowsky und der Gräfin Skavronsky, die oft den Winter in Paris verlebten, umgänglich und ohne Allüren waren, stand sie inzwischen auf so gutem Fuß, dass Rose gewagt hatte, sie nach Epinay einzuladen. Es war ein fröhlicher, angenehmer Besuch geworden, mit Geschenken von östlicher Großzügigkeit und mit vielen geleerten Burgunderflaschen. Nun fühlte sie den dringenden Wunsch nach Entspannung.

Vielleicht konnte der Spitzenhändler sie anstelle des abgesagten Essens ins Ballett begleiten? Der göttliche Vestris hatte zwar inzwischen Auftrittsverbot, weil er wegen einer Fußverletzung vor dem König von Schweden nicht tanzen wollte. Kein Grund für den Intendanten ihn zu entschuldigen. Aber nichts war unersetzbar, nicht einmal die göttlichsten Beine.

Doch wieder winkte ihr der Kontorist verschwörerisch zu.

»Was ist denn jetzt, Dupont? Kann ich nicht mal abends meine Ruhe haben? Dieser Tag reicht mir bis an die Halskrause«, stöhnte Rose.

»Mademoiselle, es ist dringend. Ich hätte schon längst mit Euch sprechen sollen, aber bei all diesen Aufregungen! Es ist nämlich ... ich fürchte ... also: Unsere Lieferanten bedrängen mich wie der Teufel die arme Seele, und ich kann sie nicht zahlen. Auch die Arbeiterinnen fangen an wegen ausstehender Löhne aufsässig zu werden.«

»Dupont, hat er den Verstand verloren? Wir haben mehr Aufträge als wir ausführen können, oui!«

»Aufträge schon, aber kaum Geldeingänge. Wir haben zwar letzthin von der Hofkasse eine größere Summe für Lieferungen der Modehandlung bekommen, zuzüglich viertausend Livres für Spitzen. Aber das sind Tropfen auf den heißen Stein.«

»Das glaube ich einfach nicht. Ihr werdet im Verzug mit den Rechnungen sein, ich kann mich doch nicht um alles kümmern.«

»Unter anderen schuldet uns die Comtesse du Barry über vierzigtausend Livres, Mademoiselle haben sie selbst gemahnt, aber bisher ohne Erfolg. Und Ihr vergesst, dass der Prince de Guémené Konkurs anmelden musste, und mit dreimal hunderttausend in unseren Büchern steht.«

»Natürlich, sie haben alles bei uns bestellt, sogar einen kompletten *Trousseau* für die Puppe ihrer Tochter, diese Hochstapler! Ich hatte sie mit dem feinsten Leinenhemd, Seidenstrümpfen und einem richtigen Korsett ausgestattet.«

»Wurde auch nicht bezahlt.«

»Und was ist mit den Hunderttausend, die wir für die Prinzessin von Portugal berechnen konnten und auch erhielten?«

»Wenn ich darauf hinweisen darf: Mademoiselle waren in letzter Zeit etwas zu ... ähem ... großzügig mit den eigenen Ausgaben.«

»Aber nein, was redet Ihr da!«, protestierte Rose und wusste doch, er hatte Recht. Genau wie die Königin war sie leichtsinnig im Ausgeben geworden. Nicht, weil man ihr das Geld, sondern die Aufträge nachwarf.

»Zeigt mir Eure verdammte Aufstellung, Dupont, ich möchte das selbst sehen, oui.«

Es standen nicht Hunderttausende aus, sondern über eine Million. Rose konnte es nicht glauben. Sie ging die Aufstellung rauf und runter, rechnete nach, überlegte, murmelte Schlimmes über die säumigen Kunden. Und dann kam ihr die rettende Idee.

»Dupont, ich werde meinen Bankrott ankündigen, genau wie der Prince de Guémené.«

»Euren Bankrott? Mademoiselle, das ist nicht Euer

Ernst. Das wäre doch unser Ende. Der Ruin unserer Reputation!«

»Danach hätte die ganze Branche eine ruinierte Reputation. Ihr wisst doch, wie viele schon Konkurs gemacht, sich dann saniert und wieder fröhlich von vorne angefangen. Ich sagte aber nur: ankündigen! Das heißt noch nicht es auch zu tun. Und ich könnte mir denken, dass die entsetzliche Vorstellung kein Modell der Bertin mehr zu bekommen, meine Schuldner zahlungswilliger macht. Und meine Kreditgeber auch. Wir könnten überbrücken.«

»Überbrücken?«, wiederholte der Kontorist ungläubig.

»Oh, mein Freund, ich höre schon die verzweifelten Schreie dieser Modenärrinnen: Oh weh, an wen sollen wir uns nun wenden? Wer wird unsere Köpfe arrangieren, wer die Federn stecken, eine neue Mode erfinden? O weh, o weh!«

Und Rose fing an zu lachen, unbändig zu lachen. Sie glaubte an ihr Glück, an ihre Fähigkeit weiter auf dem Wellenkamm des Erfolges zu reiten, alle Hindernisse zu nehmen. Sie war noch keine Vierzig und konnte noch lange, lange die Königin und die modegierigen Goldfasanen mit ihren Ideen füttern.

22

An den »Sturm auf die Bastille«, der ersten heftigen Bö vor dem Unwetter der Revolution, wurde Rose Bertin in späteren Tagen ungern erinnert.

Ihr war es einfach peinlich einzugestehen, dass sie

dieses Signal einer neuen Zeit kaum zur Kenntnis genommen hatte, obwohl die Anzeichen schon im Frühjahr 1789 zu spüren gewesen. Immer nach einer schlechten Ernte – und die vom Vorjahr war verheerend gewesen – kam es wegen der steigenden Nahrungsmittelpreise zu Unruhen, in Paris zu wilden Demonstrationen vor dem Rathaus, zu lautstarkem Weiberauflauf vor den Bäckereien, Anstieg der Diebstähle und noch mehr Bettlern in den Straßen.

Rose nahm das nicht so tragisch. Die Pariser regten sich gerne auf, ließen gewissermaßen Dampf ab, wenn sie unpopuläre Maßnahmen der Regierung zum Anlass nahmen lärmend durch die Straßen zu ziehen, hier eine Karosse zu zertrümmern, ein Weindepot zu plündern, das Haus eines verhassten Unternehmers anzuzünden, wie die Ateliers eines Tapetenfabrikanten, der das wirklich nicht verdient hatte. Und dann endete alles mit dem Dreinschlagen des Militärs, danach mit besänftigenden Zuteilungen, im Suff und wieder hergestellter Ruhe.

Dazu las Rose selten Zeitung, auch nicht die Anschläge oder die immer zahlreicher verteilten politischen Flugblätter. Die Unternehmerin Bertin hatte Wichtigeres zu tun. Sie musste ihren Betrieb auf Trab halten und außerdem war sie vollauf mit dem Heiratsprojekt für ihre Nichte Marie Louise beschäftigt. Louis' Tochter sollte in die ›*Grande Bourgeoisie*‹ einheiraten. Der Auserwählte war der Sohn eines angesehenen Handelsherrn, dessen Frau adlige Vorfahren aufweisen konnte. Eine großartige Partie für eine Bertin.

Da Rose keine Kinder hatte, übertrug sie den Ehrgeiz für einen gesellschaftlichen Aufstieg auf ihre Neffen und Nichten, dafür war sie bereit Geld hinzulegen und ihre Beziehungen zu nutzen. Die Verbindung mit der Familie Mathurin war vielversprechend und zugleich kostspielig, denn der Bräutigam in spe wusste um seinen Wert und stellte hohe Mitgiftforderungen, die von der wohlhabenden Tante zu garantieren waren.

So dachte Rose an diesen Tagen vor dem Vierzehnten Juli, der ein Dienstag war, mehr an Hypotheken, Notartermine und sonstige Hochzeitsprobleme denn an das, was in Paris passierte. Wie viele Geschäfte, wie Börse und Theater, hatte sie schon am Freitag ihren Laden geschlossen, die Angestellten nach Hause geschickt und war bei strahlendem Wetter nach Epinay gefahren. Ein angekündigter Protestmarsch wegen der Entlassung des volkstümlichen Finanzministers Necker, mit sicherlich allerlei räuberischem Gesindel im Gefolge hatte zu dieser Vorsicht geraten. Der Umzug artete dann auch zu einer Straßenschlacht aus und wurde vom Militär rücksichtslos auseinander gesprengt.

Rose war umso mehr vom Tagesgeschehen abgelenkt, da sie noch immer in Gedanken mit Remy Leduc zusammen war. Er war das Frühjahr über dagewesen, so lange wie noch nie, weil er zu den Abgeordneten der Generalstände gehörte, die nach einer Pause von fast zweihundert Jahren wieder zusammengerufen wurden.

Die Einberufung glich einer vom König widerwillig gezogenen Notbremse. Der Staatshaushalt war am Zusammenbrechen, die Staatsschulden hatten sich verdreifacht, die Wirtschaft stagnierte. Hochmütig hatte sich das zunächst tagende Parlament der Notabeln, nur von Adel und Klerus gestellt, geweigert eine Finanzreform zu genehmigen, da mit ihr auch Verzicht auf Vorrechte verbunden war. Geendet hatte die Sitzung mit einem Skandal, als nämlich der Herzog von Orléans, frühere Chartres – und inzwischen der Wortführer der Opposition – aufgestanden und gegen die Forderung des Königs eine neue riesige Anleihe aufzunehmen, laut protestiert hatte.

Was für eine Ungeheuerlichkeit dem König öffentlich zu widersprechen!

Leduc gehörte zu den Abgeordneten des Dritten Standes, den Bürgerlichen. Es genüge nicht zu kritisieren und zu wehklagen, erklärte er Rose sein politisches Engagement, man müsse als Patriot etwas tun, um den Karren aus dem Dreck zu ziehen.

»Und dabei selbst hineinfallen«, hatte die realistische Freundin geantwortet.

Die Tagungen begannen unter großem Pomp Anfang Mai in Versailles, und je länger sie sich hinzogen, desto mehr veränderte sich die diskutierte Finanzreform zu einer Verfassungsreform, und umso glücklicher wurde Rose. Nicht deswegen, sondern weil sie endlich länger mit Remy zusammen sein konnte. Und da in der kleinen Stadt Versailles über tausend Abgeordnete sich jedes Bett streitig machten, hatte sie ihm Unterkunft in Epinay angeboten. Um nach Versailles zu kommen, brauchte er nicht einmal die Stadt zu durchqueren.

Zwischen den Sitzungen gab es immer wieder lange Unterbrechungen, die Liebenden nutzten sie für sich.

Rose hatte mit dem angedrohten Konkurs wirklich ihre Finanzlage wieder in die Balance gebracht, der Frühling in der *Isle de France* war eine himmlische Jahreszeit und die gegenseitige Zuneigung vielleicht noch stärker als bisher.

»Dieses Hexenfeuer in dir brennt wohl noch, wenn wir ins neue Jahrhundert stolpern, ich komm da nicht mit«, japste Remy nach einem sehr stürmischen Flug mit der Montgolfiere.

»Tut es sicher, sind ja auch nur wenig mehr als zehn Jahre bis dahin«, schnurrte Rose, »aber du brauchst deine Kerze auch nicht unter den Scheffel zu stellen.«

Für die Fahrten nach Versailles borgte sie dem Freund ihr neues Cabriolet, einen leichten zweirädrigen Wagen, exzellent gefedert und mit aufklappbarem Verdeck. Ein Genuss zu zweit bei schönem Wetter darin durchs Land zu kutschieren, denn sie kam manchmal mit.

»Stell dir vor wie rasch wir vorwärts kämen, wenn uns nicht eine Pferdekraft, sondern zehn und mehr zögen«, fantasierte Rose, die schnelles Fahren liebte.

»Ich wünschte mir hundert Pferdekräfte, um diese zähe Masse von Abgeordneten endlich in ihren Entschlüssen vorwärts zu zerren«, versetzte Leduc, »jetzt tagen wir schon über einen Monat und haben nichts erreicht außer Querelen zwischen den Vertretern des Adels, der Geistlichkeit und uns. Wir haben noch nicht einmal gemeinsam getagt. Immerhin hat der Dritte Stand sich einen neuen Namen zugelegt: *Assemblée Nationale!*«

»Oh, ein neuer Name! Was für ein enormer Erfolg für den Dritten Stand«, hänselte Rose.

»Du brauchst dich nicht zu mokieren, denn du gehörst auch dazu und solltest wissen, was für Nachteile man hat, wenn man nicht ein ›von und zu‹ ist.«

»Ich weiß, und bemühe mich sie zu umgehen.«

»Das ist Illusion. Weißt du, wie der ehemalige Abbé Sieyès, der zu uns steht, den Dritten Stand charakterisiert hat?«

»Keine Ahnung. Wie?«

»Was ist er? – Alles. – Was ist er bis jetzt in der staatlichen Ordnung gewesen? – Nichts. – Was verlangt er? – Etwas!«

»Nein, mehr!«, sagte Rose mit Nachdruck, der plötzlich die ganzen Demütigungen einfielen, denen sie in ihrem Leben von den Goldfasanen ausgesetzt gewesen war, »er sollte mehr verlangen.«

»Sehr richtig, und so haben wir in der Nationalversammlung den Entschluss bekundet notfalls auch ohne Adel und Geistlichkeit eine neue Verfassung und ein gerechteres Steuersystem auszuarbeiten.«

»Und was sagt der König dazu?«

»Was die Königin sagt. Und sie ist dagegen, sitzt auf ihrem Gottesgnadentum, lässt alles platzen.«

Rose explodierte, die Königin ließ sie nicht kritisieren.

»Elende Mannsbilder!«, schrie sie gegen den Fahrtwind, »sagt eine Frau nur ein Wort gegen ihre großartigen Entschlüsse, ist sie ein Übel und eine Megäre, oui! Weißt du denn, was sie in letzter Zeit durchgemacht hat? Vor einem Jahr die jüngste Tochter begraben, vorige Woche den Dauphin. Sage ich: begraben? Sie konnte nicht mal bei der Beerdigung dabei sein, weil das verdammte Zeremoniell sie in Versailles festnagelte. Sie hat mehr Tränen als Brot in der letzten Zeit geschluckt, oui!«

»Rose, lern doch endlich zwischen der Mutter und der Königin zu unterscheiden. Die eine mag liebenswert sein, die andere macht sich hassenswert.«

»Der Teufel soll auf dich scheißen! Halt an, verdammt noch mal, halt an!«

Gerade weil sie immer stärker zwischen dem, was sie glauben wollte, und dem, was sie sah und hörte, hin- und hergezerrt wurde, explodierte Rose noch schneller als sonst.

Leduc zog die Zügel an. Kam die Liebste in diese Stimmung, war sie fähig aus dem fahrenden Wagen zu springen. Sie sprang auch, kaum dass das Pferd zum Stehen gekommen, recht geschickt für ihre Vierzig. Ein Glück, dass es keine Reifröcke mehr gab.

Sie hielten an einem Wiesenhang, unten floss ein Bach. Rose lief schimpfend hinunter, im Laufen ihren Hut herunterreißend und wild die dreifach gezopften Locken schüttelnd. Am Bachrand ließ sie sich in Dotterblumen und Vergissmeinnicht fallen, knallte den Hut wütend in das Wasser. Er trieb wie eine Rettungsinsel mit Schleifenbesatzung davon. Leduc band den Traber an einen Baum und kam langsam hinterher.

»Monsieur können alleine weiterkutschieren«, grollte sie, »ich fahre nicht mit Feinden der Königin.«

Der Feind ließ sich in einiger Entfernung ebenfalls nieder, langsam, denn er musste vorsichtig mit seinem von den vielen Fernfahrten strapazierten Rücken sein.

»Hier gibt's sicher Ungeziefer«, sagte er nachdenklich wie zu sich selbst, »Ringelnattern, schleimige Molche, unter die Röcke kriechende Asseln ...«

»Infamer Blödsinn«, schrie Rose.

»... und ganz bestimmt eklige Wasserratten.«

»Wasser gibt's«, korrigierte sie hitzig, »ich spür's durch sämtliche Unterröcke.«

»Und drüben ein Gasthaus«, fuhr Leduc unbeirrt

fort. »Ich frage mich, ob wir dort ein Mahl bekommen könnten? Es sieht ganz anständig aus. Und vielleicht ein Zimmer zum Trocknen und einen Flug mit der Montgolfiere. Oder gedenken Mademoiselle mit einem nassen Hinterteil und ohne Hut in Paris anzukommen?«

»Ach, küss mich doch am Steiß«, fauchte Rose, schon weniger verärgert. Wurden Humor und Gefühl angesprochen, entschärfte sich ihr Zorn ziemlich schnell.

»Einverstanden!«, lächelte Remy.

Aber so schnell ergab sie sich nicht. »Ich frage mich, ob nicht bald der Präsident dieser neuen Nationalversammlung Remy Josèphe Leduc heißen wird, gewählt wegen seines hinterfotzigen diplomatischen Talents.«

»Diplomatisches Talent wird auch nötig sein«, antwortete er, wieder ernst geworden. »Vielleicht wird's der kluge Bailly, der als Astronom selbst mit den Sternen fertig wird, oder dieser schillernde, auf allen Hochzeiten tanzende Graf Mirabeau. Ich bestimmt nicht, bin viel zu naiv für diese Anforderung.«

Und ohne weiteren Widerstand zog er Rose vom feuchten Boden hoch. »Verschwende unsere kostbare Zeit nicht mit unnötigem Ärger, Liebste.«

Sie führten wenige Unterhaltungen politischen Inhalts. Leduc reichten die ermüdenden Sitzungen und unbefriedigenden Besuche bei seinen Pariser Kunden, er wollte im Zusammensein mit Rose nur Privatmann sein. Rose interessierte sich nicht für Politik, obwohl ihr durch die Gespräche mit Remy klar wurde, wie die immer mehr an Gewicht gewinnenden Forderungen des Dritten Standes sie zwischen zwei Stühle setzten: den, der ihre Standesnachteile verringerte, und den, der die Einkünfte ihrer ›Goldfasanen‹ kappte, was sich auf ihre auswirken würde. Sie hatte nun mal ihren Erfolg auf dem Ersten Stand aufgebaut.

An einem schönen Juni-Abend überredete Rose den Freund zum Palais Royal zu gehen, das heißt: in seinen Garten, der nach dem Umbau eher ein mit Bäumen bepflanzter Innenhof war. Die Adresse galt als die unterhaltsamste von Paris, manche behaupteten: der Welt, vorausgesetzt, man war ein Mann und hatte Geld, als Frau Begleitschutz oder brauchte nicht auf seinen Ruf zu achten.

Als Philippe von Orléans das Stadtschloss übereignet bekommen, hatte er, noch bestärkt durch die Verwüstungen des Opernbrandes, es vollkommen umbauen lassen. Aus dem barocken Palast mit seinem parkähnlichen Garten und seinen schattigen Alleen, die den Parisern immer offen gestanden hatten, wurde ein Komplex, den man heute ein ›Erlebnis-Center‹ nennen würde. Der Gartenrest war nun auf drei Seiten von Arkaden umgeben, unter denen sich Cafés, Restaurants, Läden, Billardsäle einmieteten, darüber waren Clubs und Spielsalons eingezogen und im zweiten Stock elegante Wohnungen entstanden. Der Herzog wollte mit dieser Investition viel Geld verdienen, egal mit welchen Mietern.

»Da Ihr ja nun unter die Ladenbesitzer gegangen seid, mein Cousin, wird man Euch wohl nur mehr an Sonntagen sehen«, hatte der König verächtlich bemerkt. Und die Freunde Philippes weissagten: »Ihr werdet Euch ruinieren, wo wollt Ihr die zwanzig Millionen für diesen kostspieligen Bau hernehmen?«

»Kein Problem«, entgegnete Orléans schlagfertig, »da jeder mit Steinen nach mir wirft.«

Im Palais Royal promenierten die am auffallendsten angezogenen Frauen, ein Grund mehr für Rose diesen Ort interessant zu finden. Dass diese Beautés ihren Lebensunterhalt nicht mit der Hände Arbeit verdienten, jedenfalls nicht mit der von den Zünften anerkannten, ging sie nichts an, solange sie nicht ihrem Geschäft lästig wurden, das in der Nähe lag.

Wie an jedem schönen Abend bummelte auch an diesem eine bunt gemischte, amüsierfreudige Gesellschaft unter den Arkaden, schaute in die Vitrinen und Läden, schwatzte mit Bekannten, feilschte um Liebeslohn, traf sich in den Cafés, umdrängte die schmiedeeisernen Erfrischungs-Pavillons im Garten mit ihren bunt gestreiften Markisen.

Der Seidenmann hatte seiner Begleiterin eine Tasse köstlicher Eiscreme spendiert, denn die gefrorenen Genüsse des Sieur Dubuisson waren berühmt, und Rose hatte lange zwischen dem Geschmack nach Kirschwasser, Mandelmilch, Butter oder der Spezialsorte ›Bologna‹ gezögert.

Nun ließen sie sich von den Promenierenden mittreiben. Rose achtete vor allem auf die Köpfe der Frauen, alles andere an Figur schluckte sowieso die Menge. Was für ein amüsantes Hut-Spektakel dieser Ort doch bot, und manches hatte sie selbst auf die Bühne geschickt. Es gab Kreationen, die wippenden Palmenkronen aus Federn glichen, andere wirkten wie Tafelaufsätze, gefüllt mit Schleifen, Blüten und Schleiertuffs. Auch neckisch auf Lockengipfeln thronende Harlekinkappen, über freche Frätzchen gestülpte Kühnheiten, gefältelten Lampenschirmen gleich oder überdimensionalen Kinderhäubchen. Dazwischen schaukelten die immensen schwarzen Hut-Halbmonde der Uniformträger, ragten die hohen Rundhüte der Elegants, schoben sich die ›Hundeohren‹-Frisuren der jungen Avantgardisten, die ihre Haare seitlich hängen ließen und Puder wie Bändigung durch Pomade verächtlich schmähten.

In einer Wohnung im ersten Stock wurde ein Konzert gegeben, und da die großen Fenster offen standen, sammelten sich unten schnell Zuhörer. Rose und Remy blieben Arm in Arm stehen, er ganz Ohr, sie mit den Augen weiter spazieren gehend.

Vor ihnen stand ein älterer beleibter Bürger, dem man die Selbstzufriedenheit vom wohlbetuchten Rücken ablesen konnte. Konzentriert lauschte er der Musik, seine junge Ehehälfte fest an der Hand haltend. Deren Kopf umstand eine steife Kapuze aus aurorafarbener Gaze.

Rose studierte träumerisch diese hübsche Verhüllung, die man eine *Thérèse* nannte, als sich zwischen sie und das Paar ein anderes schob; der Mann war jung, das Profil des Frauenzimmers unsichtbar hinter einer ähnlichen Thérèse. Vorsichtig glitt die Hand der Ehefrau aus der ihres Mannes, um sofort von der anderen ersetzt zu werden. Das neu formierte Paar stahl sich davon, die zufällige Zeugin sah sie in den Schatten der Arkaden verschwinden.

»Was ist?«, fragte Leduc leise. »Willst du lieber weiter promenieren?«

»Nein, nein, ich bin nur von einem Divertimento fasziniert«, flüsterte Rose zurück, ein Lachen unterdrückend. Nur noch wie von ferne hörte sie die Violinen und Flöten, beobachtete gespannt den Zuhörer vor ihr mit der fremden Frauenhand in seiner, doch der war völlig in Bann geschlagen von der Musik.

Das Konzert endete, der Ausgewechselte schnäuzte sich ergriffen in ein riesiges Schnupftuch, und in diesem Augenblick wechselten auch die Hände. Das Pärchen war rechtzeitig zurückgekommen. Seinen gewohnten Schatz im Griff wandelte der Musikfreund von dannen.

»Hat dich das Concerto denn so beeindruckt?«, fragte Leduc erstaunt. »Du siehst richtig aufgelöst aus.«

»Sehr, sehr beeindruckt. Es ist doch erstaunlich, was für schöpferische Kräfte Musik in uns freisetzt.«

Selbst in dem diffusen Licht sah Rose wie Remy sie misstrauisch beäugte. »Steckt da wieder eine deiner Teufeleien dahinter, mein undurchschaubares Herz?«

»Später, Liebster. Später erzähle ich dir alles. Wenn wir zu Hause sind.«

Sie bummelten weiter bis zum letzten Pavillon, dort hatte sich eine Gruppe um einen Gartentisch versammelt, auf den sich ein Redner geschwungen. Breitbeinig stand er über ihnen, in kurzen Stiefeln, offener Redingote und einem bis zum Kinn gewundenen Halstuch, das ihm den Eindruck eines schwer Erkälteten gab. Und er sprach auch mit heiserer Stimme:

»*... dies war, o Patrioten oder Ausländer in der Fremde, Aristokraties erster Streich und soll nicht ihr letzter bleiben. – Wie war es als die Generalstände zusammentraten? In ihrer Vermessenheit will Aristokratie der ersten Sitzung präsidieren. Aber sie stößt auf Demokratie, die ihr ins Gesicht schlägt. Ungehalten will sie sich rächen, unverrückbar bleibt Demokratie auf ihrem Platz. Gestern hätte Aristokratie beinahe in Versailles den Sieg davongetragen. Ich aber sage Euch: Ihr Triumph wird nur von kurzer Dauer sein! Ja, von kurzer Dauer.*«

»Ein Agitator der Orléanisten?«, murmelte Leduc,

Rose sacht von dem Menschenknäuel fortziehend, und das war vorausschauend, denn gleich darauf wankte der Tisch, fiel um, der Redner mit, und jemand brüllte:

»Halte deine Unverschämtheiten woanders feil, nicht unter der Nase seiner Herzoglichen Gnaden, der dir hier freien Eintritt gestattet.«

Um den umgestürzten Tisch fing ein wildes Gerangel an. Die Zuhörer zerstreuten sich wie vom Wind geblasen, Rose und Leduc kehrten zurück zu den Arkaden.

»Warum sollte das ein Orléanist gewesen sein?«, fragte sie, ihren hohen Chapeau wieder zurechtrückend, »ist der Herzog etwa kein Aristokrat?«

»Im Augenblick bevorzugt er den Titel ›Beschützer des Volkes‹. Zählt die Aristokratie zum Volk?«

»Sollte sie«, sagte Rose, »aber für die Dienerschaft scheint sie doch etwas Erhabeneres zu sein als das demokratische Genre. Ich habe eine herzogliche Livree unter den Raufenden erkannt.«

Den restlichen Abend gerieten sie wieder in Montgolfiere-Stimmung und dabei vergaß Rose das Erlebnis mit der untergeschobenen Hand.

Ende Juni musste Leduc zurück nach Lyon, obwohl die neue Verfassung noch immer diskutiert, und das meiste vom König und seinen Ratgebern abgelehnt wurde. Auf dem Weg zur Poststation rettete sich der Seidenmann in eine Art Rechtfertigung seines Aufenthaltes, um über das Ende dieses Aufenthaltes hinwegzukommen.

»Ich möchte behaupten, dass der Dritte Stand inzwischen zur stärksten Partei geworden ist und langsam auch die anderen überzeugt. Und die Verfassung nimmt Form an, wir wollen gleiche Besteuerung, Freiheit der Person und Presse, und noch einiges, was dich nicht interessieren wird, mir aber Mut für die Zukunft unseres Landes macht.«

»Ihr knabbert doch nicht an der Monarchie?«

»Oh nein, durchaus nicht. Aber immer klarer bildet sich als Ziel eine konstitutionelle Monarchie heraus, wie in England. Deine ›Goldfasanen‹ bleiben unangetastet.«

Dann redeten sie über das nächste Wiedersehen – vielleicht könnte man sich auf halbem Wege treffen? In Burgund, wo die Leute so gastfrei und der Wein so gut war. Sie spaßten über die zu Seiten der Kutsche wie Störche dahinstelzenden Stutzer, der zu engen Beinkleider halber. Auch über junge Passantinnen mit so bauschig drapierten Brusttüchern, dass sie körnergefüllten Taubenkröpfen glichen.

Das veranlasste Rose einen kurzen Flügelschlag zum Sentimentalen hin: »Ich wünscht, ich wär eine Taube, oui! Eine Brieftaube, denn für die ist Lyon nicht weit.«

»Ich sehe dich eher als Bachstelze«, sagte Leduc, es klang nicht lustig. »Nun gut, aber auch Gedanken fliegen schnell, deine wie meine«, und er merkte wie wenig diese Bemerkung sie tröstete.

Sie schwiegen bedrückt bis sie am Postbüro waren und sagten sich dort ein wortkarges ›Adieu‹. Als er am Einsteigen war, drehte sich der Seidenmann noch einmal um und steckte ihr ein zusammengefaltetes Seidentüchlein in die Hand.

»Das hilft vielleicht ein wenig beim Gedankenflug, Liebste. Und halte Röcke und Verstand fest, es ist möglich, dass stürmische Zeiten kommen.«

Auf dem Heimweg faltete Rose behutsam das Taschentuch auseinander, es enthielt ein brillantenbesetztes Medaillon, und als sie es aufknipste, blickte ihr Remy entgegen.

23

Rose vermisste ihren Seidenmann mehr denn je.

»Das kommt davon, wenn man zu lange mit einem Mann zusammen ist«, murrte sie sich selbst an und versuchte wieder auf den harten Boden des Alltags herunterzukommen. Es gab genug Unerfreuliches, um das notwendig zu machen, wie die Forderung des zukünftigen Neffen nach einer höheren Mitgift, da die steigenden Preise und die unsicheren Zeiten doch mit angerechnet werden müssten.

Als sie nach diesem vierzehnten Juli 1789 von ihrem Gut zurückkehrte, hatte sie sich zunächst gewundert, warum sie nicht an der Zollstelle aufgehalten wurde. Dann bemerkte sie, dass der Schlagbaum zersplittert und das Häuschen ausgebrannt waren. Von den vierundfünfzig Pariser Zollstationen waren vierzig in Flammen aufgegangen.

Umso besser, wenn diese Monetenfresser endlich beseitigt sind, dachte Rose, und Ähnliches über die gestürmte, sowieso dem modernen Paris nicht mehr angemessene mittelalterliche *Bastille.* Hoffentlich hatte sich mit diesem Aufschäumen der Volkswut auch die Unzufriedenheit abgekühlt.

Und Paris schien sich zu beruhigen. Die Läden öffneten wieder, die Theater spielten, an der Börse wurde weiter gehandelt, die Mütter führten ihre Kinder im Tuilerien- oder Luxembourg-Park spazieren und kauften ihnen Gerstenzucker. Der König zog seine Truppen um die Stadt zurück, erschien achtspännig vor dem Rathaus und steckte sich die dreifarbige Kokarde an den Hut.

Patriotismus kam in Mode, *Bleublancrouge* in die Kleidung. Bürger fanden auf einmal, dass die dem Dritten Stand für die Tagung in Versailles vorgeschriebene farb- und schmucklose Tracht ein sichtbares Mittel sei sich vom hochmütigen Adel zu unterscheiden und bestellten neue Anzüge. Die jungen Burschen fanden die Uniformen der neu aufgestellten Nationalgarde *très à la mode* und zwängten sich in betont eng geschneiderte blaue Röcke mit roten Aufschlägen und in weiße Hosen.

»Adam war mit seinem Feigenblatt gewiss anständiger bekleidet als seine jüngsten gedankenlosen Söhne«, schimpfte Roses Kontorist, Monsieur Dupont, und bat ihn zu beurlauben. In seinem Heimatort Le Mans solle es sehr unruhig zugehen, er musste hin und nach seiner alten Mutter und der unverheirateten Schwester sehen.

Rose war es recht, damit war der Zeuge von Colombes Fehltritt verschwunden. Das Mädchen war inzwischen aus dem Kloster zurückgekehrt, noch verschlossener als bisher und in nicht einsehbaren Welten lebend, aber sie konnte rechnen, Briefe formulieren, eine saubere Feder führen. Zusammen mit Nicolas würde sie vorläufig Monsieur Dupont ersetzen, und wenn man sie ab und zu energisch in die Realität zurückholte, arbeitete sie recht ordentlich.

Vor allem schrieb sie Rechnungen für die modischen Hüte und Haubengebilde, von denen das Haus

Bertin gar nicht genug herstellen und unter den ausgefallensten Namen anbieten konnte. Es war, als ob die Frauenköpfe durch die neuen Ideen und aufregenden Geschehnisse so aufgebläht wurden, dass sie nur von diesen voluminösen Gebilden bedeckt werden konnten – zuzüglich der Lockenmassen, die Perückenmachern wie Coiffeuren weiterhin ein gutes Auskommen brachten. Nur die Puderhersteller sahen sich schwindenden Umsätzen gegenüber.

Die Königin ließ ihre Modeministerin nach Versailles rufen, sie brauchte einiges für den Herbst. Rose wartete in dem ihr bekannten weißgoldenen Musikzimmer. Auf dem Weg dorthin hatte sie das Schloss beunruhigend still gefunden, nur wenige Höflinge und kaum Dienerschaft waren zu sehen. Das konnten doch nicht nur die neuen Sparmaßnahmen bewirkt haben?

Die Königin kam von der Messe zurück und legte einen hohen schwarzen Samthut mit reichem Ausputz und eine Mantille aus schwarzen Chantilly-Spitzen ab. Sie war wegen ihres verstorbenen Ältesten in Trauer. Rose bat um die Erlaubnis neu Maß nehmen zu dürfen. Was für eine prachtvolle Büste sie doch durch vier Schwangerschaften bekommen hatte!

»Majestät haben noch immer ihr altes beneidenswertes Taillenmaß, doch mehr Oberweite. Ideal für die augenblickliche Mode.«

»Dabei müsste ich vor Kummer geschrumpft sein, denn ich bin nur von Not und Unglück umgeben«, seufzte Marie Antoinette, »alle Welt flieht, alle meine Freunde verlassen mich.«

Seit den fatalen Julitagen hatte ein wahrer Exodus der Aristokratie eingesetzt, auch ein Bruder des Königs war ins Ausland gegangen. Die Abschaffung des

Feudalsystems hatte sie angeblich ihre Koffer packen lassen, obwohl Rose nicht begriff, warum die Aufhebung der Sonderrechte auf Jagd, Haltung von Taubenschlägen oder den Zehnten zu kassieren die Herrschaften außer Landes getrieben hatte.

»Aber es gibt auch Leute, die mir wirklich und aufrichtig ergeben sind und an die ich gar nicht dachte. Wie ihr, Rose«, fuhr Marie Antoinette fort.

»Majestät können sich auf mich verlassen«, murmelte ihre Modeministerin gerührt. Die Königin reichte ihr die schöne Hand hin, musste sie allerdings mehrere Sekunden in der Luft lassen, da Rose erst die Nadeln aus dem Mund nehmen musste, bevor sie sie respektvoll küssen konnte.

Auch die Comtesse du Barry tauchte in der Rue de Richelieu auf und wollte sich ebenfalls für die Herbstsaison einkleiden. Außerdem wollte sie den ›Salon‹, die jährliche große Kunstausstellung besuchen. Ein Malerfreund hatte dort ein Bild mit dem Titel ›Die der Sklaverei entfliehende Liebe‹ hängen, das wollte sie natürlich sehen. Und dann war auch ein Porträt von Marie-Adelaide von Orléans zu besichtigen.

»Die Herzogin sieht darauf genau so trübsinnig aus wie im Leben. Lacht angeblich nie. Madame Vigée-Lebrun hat das wundervoll getroffen.«

»Bei ihrem Leben hat sie auch allen Grund dazu«, verteidigte sie Rose. »Diese sogenannte Gouvernante, Madame de Genlis, hat ihr vollkommen die Kinder abspenstig gemacht und auch noch mit revolutionären Ideen voll gestopft. Wenn sie bürgerlich wären, bitte schön. Aber Prinzen? Und glaubst du, sie kann über die allgemeine Auffassung lachen, dass der Herzog die Monarchie stürzen will?«

»Natürlich nicht, aber das ist alles bewusst fabrizierte Sensation von den Gazetten. Das hat nur Unterhaltungswert. Also, Rose, sieh dir das Porträt an, sz-on wegen der Toilette der Herzogin. Äußerst modern. Elfenbeinfarbener Satin mit der neuen hohen Taille und daran befestigt ein Medaillon aus Wedgewood-Porzellan mit einer genauso traurigen Nymphe wie sie.«

»Und was hat die Herzogin auf dem Kopf?«

»Oh, nur so eine Art drapierten Sz-al. Nein, mein Sz-atz, ich weiß, dafür bist du nicht verantwortlich. Unsere göttliche Elisabeth denkt sich die Toiletten für die Sitzungen immer selbst aus. Sie malt mich übrigens auch in so einer legeren Toilette, unter einem Baum ruhend.«

»Und was hat sie dir angezogen?«

»Etwas in Sz-ilfgrün. Nackte Arme und gerade so viel Busen um Hercule eine Freude zu machen. Das Porträt ist für meinen Herzog bestimmt.«

Nein, sie sagte nichts mehr von ›ausgebeulten Hosen‹, sie war noch mehr die distinguierte Comtesse und Schlossherrin geworden. Aber nach wie vor begehrenswert, immer noch ein Pfirsich zum Anbeißen, wenn auch ein überreifer Pfirsich.

»Und Ihr emigriert nicht, Madame la Comtesse? Wie so viele eurer Standesgenossen.«

»Aber ich bin keine Aristokratin, Rose. Warum sollte ich also? Und ich bin immer gut zu meinen Leuten gewesen. Weiß nicht, wie viele Patensz-aften ich sz-on in meinem Dorf übernommen habe. Ich aksz-eptiere die neuen Gesetze und will nur Frieden und meine Freunde um mich haben.«

Die inzwischen verabschiedete Erklärung über die

Rechte des Menschen und des Bürgers war überall angeschlagen worden, auch Rose hatte sie pflichtschuldigst gelesen, war allerdings nicht bis zum letzten Artikel der siebzehn gekommen. Die ersten reichten ihr:

Art. 1. – Frei und gleich nach Rechten werden die Menschen geboren und bleiben es. Die sozialen Unterschiede können sich nur auf das gemeine Wohl gründen.

Art. 2. – Der Endzweck aller politischen Vereinigung ist die Erhaltung der natürlichen und unabdingbaren Menschenrechte. Diese Rechte sind die Freiheit, das Eigentum, die Sicherheit, der Widerstand gegen Unterdrückung.

Art. 3. – Der Ursprung aller Souveränität liegt seinem Wesen nach beim Volke. Keine Körperschaft, kein einzelner Mann kann eine Autorität ausüben, die nicht ausdrücklich hiervon ausgeht.

Das klang vielversprechend, aber die Bürgerin Bertin war skeptisch. ›Frei und gleich‹? Sie hatte zu oft erfahren wie sehr die Menschen auf soziale Unterschiede Wert legen, bis hinunter zum armseligen Hausierer, der sich besser als der Bettler auf der gleichen Straße dünkt. Sie wusste um die Macht der Illusion sich mit einer neuen Idee einen neuen Menschen umhängen zu können, handelte sie doch selbst mit ihnen. Und wo wurde in der ganzen Erklärung auf die Frauen eingegangen?

Der September verging, ein schöner September, man konnte weiterhin die modischen weißen Kleider tragen, kess geschürzt über einem farbig gestreiften Jupon. Die Königin genoss ihr ›glückliches Dorf‹ in Trianon und Rose ihr Epinay.

Der Oktober kam und mit ihm eine Einladung in das Haus des Bauunternehmers Palloy. Rose hatte sie mehr aus Neugierde angenommen, denn dieser verrückte Mensch führte aus, was sie nur so dahingedacht: Er riss die *Bastille* ab. Das wäre immer sein Traum gewesen, behauptete er. Nun hatte man ihn damit beauftragt und seine Leute stürzten sich mit der Spitzhacke auf die alte Zwingburg.

»Was wollt Ihr denn bloß mit diesen Schuttmassen machen? Mit den Steinen die vielen Löcher in den Straßen stopfen?«, fragte Rose, die Terrine von rotem Fasan probierend, der bedeutend feiner im Geschmack als der graue sein sollte. Auch an Brot war auf dem Tisch kein Mangel, das doch in Paris so knapp und teuer war.

»Mademoiselle Bertin, man kann sehr viel Nützliches aus diesem Bollwerk der Tyrannei machen. Eine neue Brücke über die Seine beispielsweise, dringend notwendig. Aber auch niedlichere Sachen, wie Souvenirs an diesen glorreichen Tag.«

Die Tischrunde horchte auf. »Briefbeschwerer, Tintenfässer, Türhalter ...«, schwirrte es um die Tafel. »Fein schleifen und zu Schmuck und Knöpfen fassen«, schlug lachend ein Gast vor.

»Warum nicht? All das ist möglich«, versicherte der Gastgeber, »und vor allem werde ich Gedenkplatten herstellen lassen, mit der Inschrift ›*Stein aus den Verliesen der Bastille. Der Patriot Palloy*‹. Das verspricht ein weltweites Geschäft. Die Amerikaner sind wild auf so etwas.«

Die Tischrunde diskutierte weiter. »Und am Ende

seines Lebens lässt sich der Patriot Palloy unter einem Grabstein aus *Bastille*-Granit zur letzten Ruhe betten?«

»Worauf du einen trinken kannst«, bestätigte der, die sowieso schon prallen Backen wie zu einem triumphierenden Tusch aufblasend.

Rose kam spät von diesem angeregten Essen nach Hause, fast war es schon Donnerstag, der fünfte Oktober. Als sie in den Schlaf eintauchen wollte, hörte sie die Glocken. Nicht die langsamen Uhrschläge oder das dünne Sterbegeläut, nein, anhaltend und wild. Die Sturmglocken. Entweder brannte es wieder oder die Pariser hatten eine neue Erstürmung vor. Sie wartete angespannt, doch das Läuten verstummte und sie schlief ein.

Am Morgen erzählten die ankommenden Mädchen aufgeregt, ein Riesenzug Weiber wälze sich die Kais entlang, auch Männer wären dabei, aber komischerweise in Frauenröcken und Hauben. Sie sollten das Rathaus geplündert haben, das Waffendepot, und wollten nun nach Versailles und vom König Brot fordern.

Im Atelier fehlten einige Arbeiterinnen und auch Colombe, stellte Rose fest. Sie wäre sehr früh aus dem Haus gegangen um Besorgungen zu machen, wusste der Portier.

Der Tag verging, es fing an zu regnen. Durch die Straßen zogen Patrouillen der Nationalgarde. Colombe kam nicht zurück. In Rose gärte es. War diese kleine Heuchlerin doch wieder einem Mann begegnet? Nicolas lief den ganzen Tag wie ein Hirtenhund zwischen der Gerüchteküche im Palais Royal und dem Laden hin und her. Gegen Abend brachte er die Nachricht, der Weiberzug wäre erst in die Nationalversammlung eingefallen und dann zum Schloss gezogen.

Aber Colombe konnte doch nicht bei einem solchen Wahnwitz mitgemacht haben? Das passte doch überhaupt nicht zu ihr, dachte Rose irritiert.

Es wurde dunkel. Keine Colombe. Ein paar hörbar angeheiterte Arbeiterfrauen torkelten vorbei und grölten: »Brot, Brot!« Eine vorbeiklirrende Patrouille stellte sie zur Rede, und eine erklärte lallend:

»Der Bü-bür-germeister hat gesagt, wenn wir kein Brot ham, wär'n auch Bohnen und Ka-kar-toffeln gut genug für uns. Er soll hängen!«

In ihrem Kabinett diskutierte Rose mit dem Neffen und ihrer Première die Gründe von Colombes Verschwinden und wo nach ihr suchen. Um ihrer Nervosität irgendwas in die Finger zu geben, knickten ihre Hände dabei unablässig die für den Kamin vorbereiteten Kienspäne, bis sie Splitter in den Fingern hatte. Dieses schreckliche Mädchen beschäftigte sie mehr als sonst jemand. Außer Remy. Und mehr als ihre Familie, denn die war fügsam und normal.

Gegen ein Uhr nachts beschloss Rose schlafen zu gehen. Schon im Nachtgewand ging sie noch einmal durchs Haus. Seit dem Opernbrand prüfte sie jeden Abend nach, ob irgendwo eine Kerze oder ein Feuer nicht gelöscht war. So hörte sie den Klopfer gegen die kleine Pforte in der Kutschentür hämmern, dann eine kläglich klingende Frauenstimme.

Es war Colombe.

Rose raste hinunter. Als sie das Mädchen im Schein der Portierslaterne wie einen schmalen, zerrupften Schatten ins Haus schlüpfen sah, hielt sie sich weder mit Zornausbrüchen noch Fragen auf, sondern schleppte sie in die Küche, wo es noch warm war. Dort drückte sie Colombe auf einen Stuhl, knallte ihren Leuchter auf den Tisch, Wein vor sie hin und befahl:

»Trink! Aber rasch. Und dann will ich wissen, wo du warst?«

»In Versailles«, gab Colombe leise zu. Sie bot einen erbarmungswürdigen Anblick. Das Häubchen hing formlos über gelösten Haaren, die Strümpfe schlugen dreckstarre Falten unter dem ebenfalls schmutzverkrusteten Rocksaum und um die Schultern lag eine Militärjacke. Inzwischen waren auch andere Hausbewohner in die Küche geschlichen gekommen.

»Meine Füße tun so weh«, ächzte Colombe und zog sie demonstrativ hoch. Man sah, die Schuhe hatten keine Absätze mehr, waren mit Stofffetzen umwickelt.

»Mach den Herd wieder an«, befahl Rose der Köchin, »und Wasser heiß. Ist noch Suppe übrig? Und du erzählst jetzt!«

»Ich wollte gestern morgen Konzeptpapier und Tinte besorgen, es ging zu Ende ...«, begann Colombe zögernd.

»Wissen wir schon, weiter!«

»Dann kamen mir diese Frauen entgegen. Sie waren sehr aufgebracht, schrien und fuchtelten mit Besenstielen und Messern herum. Hatten sogar eine Kanone mit. Ich wollte mich in einem Toreingang verstekken bis sie vorbei waren, aber dann sah ich Minette.«

»Willst du behaupten unsere Minette war unter dieser Horde?«

»Ja. Und sie sah mich auch und schrie, ich solle mitkommen, sie wollten dem König selbst sagen wie sie in Paris hungern müssten.«

»Saint Gilles, das ist doch nicht zu fassen! Ausgerechnet sie, die immer genug Brot von zu Hause bekommen hat.«

»Sie sagte, man dürfe in solchen Zeiten nicht nur an sich denken. Man müsse sich zusammentun, vor allem die Frauen sollten sich zusammentun, damit etwas geschähe.«

Rose waren diese Reden nicht neu. Minette hatte auch nach ihrer Heirat bei Rose weitergearbeitet und ihren Jungen, sobald entwöhnt, zu den Eltern aufs Dorf gegeben. Dort hätte er es besser als in der Stadt, meinte sie. Unter dem Einfluss ihres Mannes war aus der artigen Bäckerstochter eine selbstbewusste Bürgerin und engagierte Patriotin geworden, die ungefragt Vorträge hielt über die öffentlichen Missstände, die Verderbtheit der Regierung und die Notwendigkeit zu handeln.

Die eleganten Verkäuferinnen im ›Großmogul‹ waren gegen solch patriotische Ansteckung immun, sie interessierten sich nur für Mode, Trinkgelder und wer die renommiertesten Kunden hatte, doch im Atelier und beim Hauspersonal zündete das. Da Remy Ähnliches gesagt, war Rose nicht eingeschritten, aber nun war die Toleranzgrenze erreicht. Die labile Colombe in dieses Abenteuer zu ziehen, war unverzeihlich.

»Und so bist du wie ein folgsames Hündchen hinter Minette hergetrottet?«, schrie sie, »sie fliegt hier raus, diese Revoluzzerin und jeder in meinem Haus, der ähnliches tut. Vergesst nicht, dass diese Aristos mir und euch das Geld zum Leben verschaffen, oui! Wenn sie an den Laternen baumeln, hängt auch ihr in der Luft.«

Sie drängte Colombe weiter zu erzählen, obwohl man ihr ansah, sie schämte sich, wollte das alles vergessen. Rose blieb umbarmherzig.

Der Weiberzug, zusammengesetzt aus nie die Konfrontation scheuenden Markthändlerinnen, Arbeiterinnen ohne Arbeit, aus Hausfrauen, die über die Brotknappheit wütend oder auch nur gelangweilt waren und Mitgezogenen wie Colombe, war dann zum Platz des fünfzehnten Louis weitermarschiert, sich dabei ständig vergrößernd. Auch ein paar republikanische Idealisten gesellten sich dazu. Dort strudelte die Menge einige Zeit unentschlossen durcheinander, bis ein junger Schreiber und *Bastille*-Stürmer sich zu ihrem Hauptmann ernannte, etwas Ordnung in den schon Tausende zählenden Haufen brachte. Ein langer Zug, die erbeuteten Kanonen an der Spitze, wenn auch ohne Munition, wälzte sich die Uferstraße entlang nach Versailles.

»Erst waren alle ganz aufgekratzt, aber dann fing es an zu regnen«, erzählte Colombe leise, zusammengekauert. »Sie haben patriotische Lieder angestimmt und immer wieder ›*Ah, ça ira! Ça ira!*‹ gesungen.«

Rose kannte den Text, sie hatte ihn seit der *Bastille*-Erstürmung oft genug in den Straßen gehört:

Ah, das geht ran, das geht ran,
Die Aristokraten an die Laterne,
Ah, das geht ran ...
Die Aristokraten hängt sie dran!
Und wenn sie alle hängen, marsch,
Haut man ihnen die Schippe vorn Arsch
Ah, das geht ran ...

»Die Frauen haben mit Besenstielen und Piken herumgefuchtelt, ihre großen Fleischmesser an den Meilensteinen geschärft und sich laut ausgemalt, wie sie damit die ›Österreicherin‹ abschlachten würden. Ich war sehr erschrocken und wollte weg, aber Minette hat mich festgehalten und mir zugeflüstert: ›Abwarten, bis sie ihr gegenüberstehen, denn die Königin hätte schon Bedeutendere als diese Angeberinnen zum Zittern gebracht.‹«

»Sie hat selbst vor der Königin gezittert«, warf Rose grimmig ein, und die nächtliche Küchenrunde kicherte.

»Und als wir am Schloss ankamen, war Minette plötzlich weg«, sagte Colombe kläglich.

»Was heißt: Weg? In Luft aufgelöst? Geschlachtet? Oder was sonst? Und wie seid ihr hereingekommen? Wo waren die Wachen? Die haben doch wohl nicht die Tore vor dieser Meute offen gelassen?«

Das Mädchen löffelte hungrig die aufgewärmte Suppe, während ihr eine der Näherinnen mitleidig Schuhe und Strumpfreste abzog und die Wanne mit warmem Wasser unterschob. Ihr erschöpftes kleines Gesicht hatte Farbe bekommen, von Wein, Küchenwärme und vom Erzählen. Jetzt wurde sie auch redseliger, wie zurückgerissen in die Erlebnisse dieses langen aufregenden Tages.

»Sie haben uns einfach reingedrückt, es waren so viele Leute, tausende, abertausende. Vielleicht ist Minette abgedrängt worden oder auch totgetrampelt. Es war ein furchtbares Gestoße, ich bekam eine Eisenstange auf den Fuß. Auf einmal hatten alle Waffen, und sie brüllten grauenhafte Schimpfworte und immer wieder ›Brot, Brot!‹ Und ich hatte solche Angst, war so müde und kaputt und klitschnass vom Regen.«

»Und sicher hungrig«, rief die Köchin, »der ganze lange Weg nach Versailles und kein Brot! Es ist 'ne Schande, alles 'ne richtige Schande!«

»Und dann nahm mich ein sehr nettes Mädchen am Arm. Sie heißt Louison und arbeitet bei einem Steinmetz. Und so mutig. Als sie schrien: ›Eine Deputation! Eine Deputation soll zum König!‹ meldete sie sich, und sie pufften mich mit ihr weiter. Und plötzlich waren wir in einem Innenhof drin. Die Soldaten wollten uns nicht weiterlassen, aber da war ein Monsieur von der Nationalversammlung, nein, mehrere. Die boten uns den Arm und so kamen wir ins Schloss.«

»Habt Ihr die Königin gesehen, Mamselle Colombe?«

»Sie muss außer sich gewesen sein, unsere elegante Majestät, über dieses Getobe und die Hallenweiber unter ihren Fenstern!«

»Wetten, dass viele nicht um Brot kamen, sondern zum Plündern? Bei solchen Aufläufen ist immer eine Menge Gesindel dabei, das abräumen möchte.«

»Gemein von dir so etwas zu behaupten, Adeline. Glaubst du, diese armen Weiber laufen im Regen zwanzig Meilen, um einen Hut der Königin oder ein Seidenkissen zu erwischen?«

Sie redeten alle in der Küche durcheinander, bis Rose mit ungeduldiger Stimme um Ruhe bat. »Jetzt redet nur Colombe!«

»Wir waren vier, die zu dem König durften«, fuhr sie mit ihrer Kleinmädchen-Stimme fort, an ihren Fingerknöcheln herumbeißend, als ob das helfe sich der Einzelheiten zu erinnern, »diese Louison, dann eine, die Françoise hieß und Blumenhändlerin war, glaube ich. Sie war gerade beim Einkauf, als sie in den Zug geriet. Ja, und eine Spitzenmacherin, weiß nicht, wie sie hieß, aber sie hinkte schrecklich von dem langen Marsch. Ich versuchte im Hintergrund zu bleiben, denn ich wusste, Tante, Ihr wärt nicht einverstanden, aber was sollte ich machen? Aber ich war nicht aufgeregt, denn Ihr habt oft genug von Versailles erzählt und wie es da zugeht, aber die anderen waren völlig durcheinander. Sie zitterten vor Aufregung, weil sie so was nie gesehen hatten: die großen Spiegel, die Gemälde, die Vergoldungen und diese imponierenden Hofleute. Die Blumenfrau fiel hin, weil das Parkett so glatt war, und einer von der Schweizer Garde gab ihr noch einen Fußtritt dazu. Das war gemein von ihm. Ich half ihr auf.«

»Ein Ausländerschwein!«, rief der alte Portier empört, der ein Normanne war, »man sollte sie ausweisen! Alle Ausländer raus!«

»Und Louison ist vor dem König ohnmächtig umgefallen, nachdem sie ihm vorgestottert, warum wir da waren. Er hat befohlen ihr Wein zu bringen, in einem Goldpokal.«

»Jetzt trink du deinen, Colombe, sonst fällst auch um«, mahnte Nicolas, der sich inzwischen der Runde zugesellt hatte. Nachdem seine Flirtversuche von Colombe vollkommen übersehen worden waren, hatte er sich eine brüderliche Haltung ihr gegenüber zugelegt.

»Und der König versprach nach Paris zu kommen und sich um Brot zu kümmern. Aber als wir in den Hof zurückkamen und *Vive le roi* riefen, wollten sie uns an unseren eigenen Strumpfbändern aufhängen.

Es waren diese Hallenfrauen. Ihr habt das Volk verraten, heulten sie, an die Laterne mit den Verräterinnen! Der König hat's von einem Fenster gesehen und uns retten lassen. Dann hat er unsere Gruppe mit einer seiner Kutschen nach Paris zurückbringen lassen.«

»Und die Königin? Hast gar nichts von der Königin erzählt. Wo war sie, als ihr mit dem König spracht?«

»Hab – sie – nicht – gesehen«, flüsterte Colombe, deren Bericht immer stockender geworden und kippte vornüber auf den Tisch. Es gab einen hohlen Laut als ihre Stirne gegen die gescheuerte Holzplatte schlug, und sie rührte sich nicht mehr.

»Bringt sie ins Bett«, sagte Rose und stand schwerfällig auf, ebenfalls entsetzlich müde. Und völlig ratlos, wie sie auf dieses Abenteuer reagieren sollte. Sie musste erstmal darüber schlafen.

Am nächsten Tag wurde das Wetter wieder schön. Die Hausierer und Maronenröster priesen auf der Straße ihre Ware an, nur die Pastetenbäcker fehlten, sie hatten kein Mehl. Rose ließ sich eine Schüssel Maronen holen, sie ass sie für ihr Leben gern und hatte das Gefühl, sie müsse etwas Gutes für sich und ihre Getreuen tun, denn Minette und zwei andere Näherinnen waren nicht erschienen. Täten sie es, schwor sich ihre Patronin, würden sie sofort rausfliegen. Colombe zeigte sich humpelnd gegen Mittag, wieder in ihr altes abwesendes Selbst zurückgeschlüpft. Rose ließ sie in Ruhe, aber nicht aus den Augen.

Die Kundschaft war spärlich, doch einmal erschien im Laden ein Grüppchen Bürgerinnen und fragte heuchlerisch, ob die Demoiselle Bertin schon die Trikolore-Kokarde führe? Oder immer noch die weiße, monarchistische? Rose antwortete kühl, sie bestelle ihre Artikel nicht nach politischen Gesichtspunkten, sondern nach modischer Aktualität.

Heute spielte sie den Hirtenhund, war dauernd im ganzen Haus unterwegs und biss jeden, den sie mit müßigen Händen erwischte oder revolutionäre Prognosen äußern hörte. So auch die Köchin, die im Hof Hühner rupfte und dabei: *Ah, ça ira! Ça ira!* trällerte. Ob sie die letzten Kunden verscheuchen wolle? Die verlegene Köchin antwortete mit der Mitteilung, dass die Hauskatze Junge bekommen habe. Eins weiß, eins rotgetigert und eins grau. Rose hätte sich nicht gewundert, wenn es trikolorenblau zur Welt gekommen wäre.

Nicolas verschwand von Zeit zu Zeit, um die neuesten Nachrichten einzusammeln. Von Stunde zu Stunde wurden sie schlimmer und widersprachen sich dazu. Im Morgengrauen sollte die Weiber-Armee, die nachts in Versailles kampiert, das Schloss gestürmt haben nachdem die Garde auf sie geschossen hatte. Über die Terrasse zum Park hätten sie Eingang gefunden, die Leibwache massakriert, die Königin und ihre Hofdamen erstochen, aufgeschlitzt, mit der Hacke erschlagen.

Rose weigerte sich das zur Kenntnis zu nehmen. »Das kann nicht wahr sein, in Versailles liegen ganze Regimenter.«

»Sie sollen zu den Aufständischen übergelaufen sein«, warf Nicolas unglücklich ein, »aber sie sagten auch, ihre Schwägerin, die fromme Madame Elisabeth, habe sich für die Königin ausgegeben und wäre niedergemetzelt worden, wollte unbedingt zur Märtyrerin werden. Die Königin selbst habe sich retten können, ist durch einen Kamin geklettert, im Nachthemd, den Dauphin im Arm.«

»Das sind doch Schauermärchen, schlimmer als von den Moritatensängern, glaub doch so was nicht! Los, lauf und horch herum, ob du eine vernünftige Auskunft bekommst.«

Die nächste Auskunft war beruhigender: General Lafayette, der tapfere Held des Amerika-Krieges, wäre an der Spitze der Nationalgarde von Paris angeprescht gekommen und hätte die Besetzer wieder zur Vernunft gebracht. Und die Königsfamilie hätte vom Balkon gegrüßt, gewinkt, gelächelt. Alles wieder in der alten Ordnung!

Die alte Ordnung währte nur ein paar Stunden, dann kam Nicolas erregt mit einer neuen Hiobsnachricht: »Diese Weiber haben es geschafft den König zu überreden nach Paris umzuziehen. Sie sind mittags abgefahren, die ganze königliche Familie, der Hofstaat, umgeben von der Nationalgarde und der Frauenarmee. Und die Köpfe der erschlagenen Gardisten sollen sie triumphierend wie Feldzeichen vorantragen.«

»Scheint jetzt Mode zu sein fremde Köpfe zu tragen«, äußerte Rose ironisch und dachte: Der König hat wieder nachgegeben. Wenn es sich um energische Weiber handelt, allemal.

Sie ließ das Kutschentor verriegeln, postierte den Portier mit einem Pistolet vorsichtshalber an der Ladentür. Mit dieser Maßnahme bezweckte sie auch eine Kontrolle über ihre Arbeiterinnen, die sie nicht aus dem Haus lassen würde.

Die Ankunft der Versailler Kolonne am späten Abend war bis in die ruhige Rue de Richelieu zu hören, denn die nahe Saint Honoré steckte voller aufgeregter Menschen. Sie drängten lärmend in Richtung des Schlosses, und das war nur zehn Minuten von Roses Modehandlung entfernt. Ihre Mädchen waren nicht mehr im Haus zu halten.

»Sie sind schon am Stadttor, wir müssen hin!«

Auch Neffe Nicolas setzte seinen Hut auf, um die Ankunft der Versailler nicht zu verpassen. »Trotz allem, liebe Tante, ist es wahnsinnig aufregend. Wisst Ihr, was sie jetzt auf der Straße rufen: ›Wir bringen den Bäcker, die Bäckerin und den Bäckerjungen zurück!‹ Wie despektierlich.«

»So, du bist Royalist? Wie gefährlich«, bemerkte Rose spöttisch, und der Neffe grinste verlegen, denn er hatte die blauweißrote Kokarde in der Tasche stecken.

Rose verriegelte hinter ihm die Tür. Das einzig Gute an diesen noch gar nicht überschaubaren Geschehnissen war die Aussicht, sich von nun an den Weg nach Versailles sparen zu können.

Colombe stand plötzlich neben ihr. »Wenn Ihr einverstanden seid, Tante, möchte ich doch für immer ins Kloster eintreten.«

»Ich bin einverstanden«, sagte Rose. Jedes Problem weniger war nur zu begrüßen.

24

Auf dem grossen, sonst eher verlassen wirkenden Platz kamen an diesem Juninachmittag viele Menschen zusammen.

Auch Rose gehörte zu ihnen. Sie hatte eine strategisch günstige Stelle nahe des großen Gittertores zur Auffahrtsallee des Schlosses gefunden, das die erwartete Kavalkade ansteuern würde. Auf der Allee gegenüber des Platzes, die man die Champs Elysées getauft, obwohl die erste Meile mehr einer Schneise durch eine penibel angepflanzte Baumschule glich, konnte sie einen dichten Saum von Wartenden erkennen. Nationalgardisten bildeten ein Spalier, und wenn ein neues Detachement Miliz anmarschierte oder ein Reitertrupp auftauchte, stiegen vernebelnde Staubwolken auf.

Seit Tagen war es heiß und schwül, trotz bedeckten Himmels, sodass die Stadt einer summenden Kasserolle unter dem Topfdeckel glich. Die bei Sonnenschein hell leuchtenden Fassaden der beiden einzigen Paläste an dem Platz, wirkten heute wie aus zerkochtem Kalbfleisch und die Reiterstatue des toten letzten Königs wie ein hier abgestelltes Gerümpel.

Rose wälzte diese und andere unerfreuliche Gedanken, während sie wartete wie viele andere, die vielleicht mit ähnlichen Überlegungen beschäftigt waren, denn es war erstaunlich still für so viele Menschen.

Man wartete auf die Rückkehr der königlichen Familie, die vier Tage verreist gewesen. Verreist? Heimlich geflohen oder von Verrätern entführt war sie! Meinungen und Gerüchte gingen da sehr auseinander. Jedenfalls hatte man sie kurz vor der östlichen Grenze gestoppt, und heute Abend würden sie zurückeskortiert.

Aber ob entführt oder auf der Flucht zu den Feinden Frankreichs, eins wie das andere war beschämend für das Königtum, goss Wasser auf die Mühlen der Republikaner und hatte die Royalisten tief enttäuscht.

Überall verschwanden die Bildnisse des Königspaares, auch Rose hatte die ihren schweren Herzens aus dem Anprobesalon in eine Mansarde getragen. Wie ungut die Stimmung in Paris war, hatte sie auf dem kurzen Weg hierher allein von den Mauerkritzeleien ablesen können:

»Wer dem König Beifall klatscht, erhält Prügel; wer ihn beleidigt, wird gehenkt!«

»Verloren gegangen: ein König und eine Königin. Belohnung demjenigen, der sie nicht wiederfindet.«

Und noch bösartiger hatte eine Inschrift am Schloss gelautet: *»Wohnung zu vermieten! Thron zu verkaufen!«*

Rose seufzte vor seelischem und körperlichem Unbehagen und wedelte mit der Stola aus Spitzenrüschen, um ein wenig Luft an Ausschnitt und Gesicht zu lassen. Man sollte es nicht glauben, aber Mode wurde weiterhin verlangt, wenn auch die Kundschaft gewechselt hatte. Bürgerinnen ersetzten die Aristokratinnen, denn auch sie hatten Geld zum Ausgeben und waren genauso stolz ihren Freundinnen ein Stück von der Bertin vorführen zu können.

Auch Ausländer gab es noch genug, die gerne neben dem Souvenir an die Geburtsstätte von Freiheit und Gleichheit, auch eines an den famosen Pariser Chic mit nach Hause nehmen wollten. Im Ganzen, resümierte die Modehändlerin, weniger große Aufträge, aber Kleinvieh macht eben auch Mist.

Auf den allmählich ansteigenden und deshalb gut überschaubaren Champs Elysées tat sich noch immer nichts, und Rose überlegte, wann sie die letzte Hofrobe garniert hatte. War es die für die Vicomtesse de Preissac gewesen? Getragen würde sie wohl nie, denn Madame war nach England emigriert. Die unbezahlten Rechnungen hatte sie zurückgelassen, genau wie die Comtesse du Barry die ihren.

Doch die schöne Jeanne suchte nicht ihre Person zu retten, da sie voller Zuversicht, dass ihr nichts passieren konnte, sondern ihren gestohlenen Schmuck von Millionenwert, den Diebe – wie die untröstliche Besitzerin herausbekommen – in London verhökern wollten.

Und da sie mit einem offiziellen Pass reist, überlegte Rose, wird sie ohne Angst zurückkommen können. Im Gegensatz zu meiner armen Königin.

Rose wusste die Tuilerien hinter ihrem Rücken, in denen bis zur letzten Woche die Modesitzungen stattgefunden. Was für ein ungemütlicher Kasten diese *Tuileries* doch waren, zu lange unbewohnt und nur improvisiert eingerichtet. Voller mürrischer Wachen und übrig gebliebener Hofschranzen, die unter vorgegebener Geschäftigkeit die Angst vor dem Morgen zu verbergen suchten.

Immerhin hatte ihr die Königin im letzten Jahr noch für zehntausende Livres zu verdienen gegeben, sogar Galaroben bestellt wie die für den Osterempfang, aus weißem *Gros de Naples* und reich bestickt mit Margeriten. Und sich für die türkischen Roben in wunderschönen Streifentaften begeistert. Ihr Seidenmann hatte sich über die Bestellung gefreut.

Ach, Remy! Seit zwei Jahren hatte Rose ihn nicht gesehen, unmöglich bei all den Unruhen zwischen Lyon und Paris zusammenzukommen. Er hatte viel geschrieben und sie – nicht ganz so oft – ebenfalls. Ich muss ihn schon sehr mögen, dachte sie, wenn ich zur Feder greife, so ungeschickt wie ich leider in dieser Kunst bin.

Colombe hatte sie die Briefe nicht diktieren wollen, obwohl die gebildete Dupin-Tochter wieder im Haus war. Konnte man ahnen, dass sämtliche kirchlichen Einrichtungen aufgelöst werden würden? Eine benachbarte Modehändlerin hatte das durchaus positiv bewertet.

»Ich sage Euch, Mademoiselle Rose, wir können nur davon profitieren, wenn sich die heiligen Schwestern wieder in die Arme der Welt werfen. Und natürlich werden wir unser Möglichstes tun, um sie zu entklöstern.«

Dumme Gans! Doch gestand Rose sich ein, gar nicht so unglücklich über die Rückkehr der verhinderten Nonne zu sein. In diesen Zeiten vergaß man die Vergangenheit schnell, sie war ein verschlissenes Gewand, das keiner mehr tragen wollte. Und Colombes im Kloster noch verstärkte Distanz zu den hektischen Alltäglichkeiten wirkte oft wie eine kühle Hand auf ihre hitzige Natur, war Balsam auf die sie plagenden Zornausbrüche und chronische Ungeduld. Außerdem war das Mädchen, abgesehen von ihrer Schusseligkeit und gelegentlichen Capricen, ein liebes Ding und half, wo sie helfen konnte.

Rose winkte ihrem Neffen Claude zu, der von Epinay gekommen war. Ein strammer Bursche, der sich in der Gutsführung nützlich machte, nur musste er aufpassen vor Gourmandise nicht so dick wie der König zu werden. Er hatte sie begleitet, stand ein paar Schritte entfernt, da sie ihm erlaubt sich Altersgenossen zuzugesellen, angenehmere Gesellschaft für einen jungen Mann, als eine, ihre tristen Gedanken wiederkäuende Tante.

Um sie herum entstand Unruhe. Leute rückten

schimpfend beiseite. Neben Rose schob sich ein Pferdekopf, ein seidenblank gestriegelter Traber in einem Geschirr von neuestem Geschmack. Er war vor ein elegantes, englisches Cabriolet gespannt, wie sie mit einem raschen Blick nach rückwärts erkannte, und auch der Fahrer schien seinem Aussehen nach ein Engländer.

Das Tier, zum Stehen gebracht, scharrte ein wenig mit dem Vorderfuß und schnob Rose noch mehr Wärme in den Spitzenschal. Sie begann ihm beruhigend die samtige Nase zu tätscheln. Schade, dass sie keinen Apfel in der Tasche hatte.

»Wenn Madame sich in ihrer Aussicht inkommodiert fühlen, könnte ich einen höheren Sitz anbieten«, sagte hinter ihr eine träge Stimme.

Rose hielt im Streicheln inne und blickte zurück. Sie erkannte die Stimme, erkannte den unbestimmten Blick aus großen blauen Augen unter tief heruntergezogener Hutkrempe, den impertinenten Mund, wenn auch das Gesicht schlaffer und mehr in die Breite gegangen schien, als in ihrer Erinnerung.

»Ich wäre Euch sehr verbunden für diese Aufmerksamkeit, Monsieur«, antwortete sie ruhig und machte dem sich zu ihr in Bewegung setzenden Neffen ein Zeichen zu bleiben, wo er war.

»Meine Bewunderung, Madame«, sagte Philippe von Orléans, als er ihr auf den hohen Sitz geholfen. »Ihr habt, obwohl man es Euch nicht mehr zutrauen würde, die beneidenswerte Gelenkigkeit einer Bergziege.«

»Ich bin ans Hochsteigen gewohnt, seit vielen Jahren, Monsieur«, konterte Rose, denn die traditionellen Anreden für die Noblesse waren inzwischen abgeschafft. Umständlich begann sie den Rock ihres bewusst schlicht gewählten Kleides zu ordnen und ärgerte sich, dass sie anstelle eines hübschen Hutes nur eine Art Turban über die gekürzten Locken geknotet hatte, wenn auch im unnachahmlichen Rose Bertin-Stil.

»Brav, brav, mein Guter, es dauert nicht mehr lange«, sprach der Herzog zu seinem scharrenden Pferd und dann zu seiner Nachbarin: »Nach der sich jetzt näher wälzenden Staubwolke zu urteilen, müsste das traurige Objekt unseres Interesses bald hier sein.«

»Das ist alles Euer Werk, Monsieur«, fauchte Rose, die ihren Zorn über den Anlass ihres Wartens genauso wenig zurückhalten konnte wie das Pferd seinen Bewegungsdrang. »Seid Ihr nicht schon auf der Höhe geboren worden? Müsst Ihr noch nach der Krone greifen?«

So, das war die Retoure für die Bergziege.

»Ach, Ihr seid auch dieser Meinung, Madame? Wirklich, es erstaunt mich immer wieder, was man mir alles zutraut. Sehr schmeichelhaft, aber es hat sich einfach so ergeben.«

»Einfach so ergeben!«, äffte Rose ihn nach. »Ein sehr einleuchtender Grund für eine Rebellion.«

»Soll ich dir etwas verraten?«, fuhr Orléans in vertraulichem Ton fort, »ich würde jede Krone mitsamt dem großen Kasten des Palais Royal für einen schönen Landsitz in England eintauschen. Mein wirkliches Interesse gilt nur meinen Kindern und was für ihre Zukunft nützlich sein kann, die neue Weltanschauung kommt mir in dieser Hinsicht entgegen.«

Darauf antwortete Rose nichts, da es ihr nicht einleuchtete, warum einer freiwillig auf die ihm zustehenden Rechte und Privilegien verzichtete, und das noch wünschenswert für seine Kinder fand. Wenn ein Bürgerlicher, wie Remy, diese neue Ordnung unterstützte, da die alte ihn benachteiligte, war das verständlich, aber der Herzog? Das war in ihren Augen unstandesgemäß und dumm dazu.

So saßen sie beide schweigend nebeneinander, während die tatzelwurmartige Staubwolke, aus der funkelnde Spitzen stachen, immer näher kam. Durch das Stimmengemurmel auf dem Platz drang Trommelwirbel. Zu beiden Seiten der Fahrbahn standen jetzt die Gardisten Gewehr bei Fuß oder hatten die Läufe zu Boden gesenkt, wie bei einer Beerdigung.

Aus dem Dunst schälten sich schwankende Reihen von blitzenden Bajonetten und hohen Fellmützen, behelmte Kavallerie folgte, rumpelnde Kanonen auf ihren Lafetten, begleitet von Kanonieren mit rauchender, angezündeter Lunte. Und dann erschien ein von sechs sichtlich erschöpften Pferden gezogener Reisewagen, so bepudert und beschwert von angeklammertem und auf dem Dach hockenden Volk, dass die grüngelbe Lackierung kaum zu erkennen war.

Rose kamen die Tränen, und der Mann neben ihr stieß einen unartikulierten Laut aus, der ebenso ein Fluch wie Unwille über diese unwürdige Heimkehr eines Herrschers in seine Hauptstadt sein konnte. Da die Kutsche nur mit quälender Langsamkeit vorankam, sah Rose von ihrem erhöhten Sitz aus deutlich drei seltsam zusammengebündelte Figuren auf dem Bock, von denen einer weinte. Es waren gefesselte Gardeoffiziere. Im offenen Fenster glitt das von Staub und Stolz wie von einer starren Maske bedeckte Gesicht der Königin vorbei, die auf ihrem Schoß den stehenden Dauphin zu halten schien, denn der kleine Junge hing halb aus dem Fenster und sah eher interessiert denn erschreckt auf die grimmige Menge. Rose erkannte das fleischige Profil des Königs unter einem einfachen Hut zwischen anderen Köpfen. Die Kutsche schien voll gestopft mit Passagieren zu sein.

Ein Schimmel schob sich in ihr Blickfeld, geritten von einem noch jungen Offizier in Generalsuniform, überweht von mächtigem weißen Federbusch. »Muss der Lafayette sein, unser Freiheitsheld«, sagte sich Rose und neben ihr brummte Philippe Unflätiges. Wieder rumpelten Kanonen, folgte Kavallerie, blitzten Bajonette um einen kleineren Reisewagen, stapften wieder Kolonnen von Soldaten.

Rose raffte den Rock um auszusteigen. Sie hatte mehr als genug gesehen, fühlte sich miserabel. Wie konnte sich ihre stolze junge Königin in dieses maskenhafte alte Gesicht im Kutschenfenster verwandelt haben? Seine Majestät mit einem derart lächerlichen Lakaienhut reisen? Wie bedrückend lastete die Feindseligkeit der Menge. Und genauso bedrückend war dieser graue dickliche Mann neben ihr, der an der erschreckenden Entwicklung einer begrüßenswerten Reform mit Schuld hatte, ob nun von anderen manipuliert oder aus persönlicher Rache.

»Soll ich dich nicht ...«, begann der Herzog heiser, räusperte sich und begann noch einmal: »Kann ich Euch meine Begleitung zu Eurem Hause anbieten, Madame?«

»Das ist nicht nötig, Monsieur, vielen Dank. Noch tragen mich meine Füße, auch wenn ich eben den Boden wanken sah«, versetzte ihm Rose und winkte Claude zu ihr zu kommen.

Als sie neben dem Cabriolet stand, sich schüttelnd wie ein unter die Traufe geratener Hund, als könne sie damit das Gesehene abstreifen, beugte sich Orléans zu ihr hinunter:

»Adieu, meine Liebe. Es war ein Plaisir Euch zu begegnen, immer noch voller Stacheln wie einst. Aber passt auf, dass sie Euch nicht selbst eines Tages aufspießen.«

»Diesen Rat, Monsieur, möchte ich Euch gerne zurückgeben. Adieu!«

25

Die Reisegesellschaft glich mehr einem Mädchenpensionat auf Landpartie, als einer Firma auf Geschäftsreise.

Fünf *à la mode* gewandete Frauen und ein weißer Pudel hatten sich in dem Reisewagen eingerichtet, die Haare gegen den Sommerstaub unter kokett gebundenen Tüchern verborgen, die Schuhe ausgezogen und die Mieder aufgeschnürt. Am Boden standen ein mächtiger Proviantkorb und eine ebenso inhaltreiche Tonkruke mit Limonade in einem kühlenden Mantel aus Strohzöpfen. Ein schrankgroßer Koffer war hinten aufgeschnallt, das Kutschendach betürmt mit Reisetaschen, Schachteln und Wachstuchpaketen.

Das Ziel war Koblenz, denn die Demoiselle Bertin hatte sich mit einem Stab von drei Mitarbeiterinnen und Colombe Dupin auf den langen Weg gemacht, um den ihren Pariser Modevergnügen nachtrauernden Emigranten den Trost ihrer Neuheiten zu bringen.

Auf den Straßen herrschte reger Verkehr. Oft genug geriet die Reisekutsche gefährlich nahe an den Straßengraben, um vorbeipreschenden Kurieren oder Kavallerie Platz zu machen. Colombe schaute dann ängstlich von ihrer Lektüre auf, doch die drei anderen fanden alles aufregend, was zu diesem Reiseabenteuer gehörte.

Die zierliche Zéphire hatte Rose wegen ihrer Vertrautheit mit dem Bertin-Stil als Première mitgenommen. Sie war seit siebzehn Jahren bei ihr und inzwischen glichen ihre erstaunlich dichten Brauen in dem zarten Gesicht zwei haarigen Falterraupen auf einer welken Blüte. Agnès verdankte ihr Mitkommen ihrer hübschen Singstimme und Unterhaltungsgabe, denn solche Eigenschaften erwiesen sich als geschätzte Extras bei langen, mühsamen Reisen. Und die rotblonde Civette besaß neben ihrer Fingerfertigkeit die besondere Sympathie der Patronne. Rose hatte das ›Zibetkätzchen‹ – als Findelkind hatte sie nie einen richtigen Namen gehabt – aus dem Waisenhaus der *Salpetrière* geholt, denn die hier aufgewachsenen Mädchen waren anspruchslos und harte Arbeit gewöhnt. Civette hatte sich als anstellig und intelligent erwiesen, und war so vom Ladenputzen in das Atelier aufgestiegen. Sie erinnerte Rose manchmal an die Marie Jeanne aus Abbéville, lernbegierig, zäh und furchtlos, wenn auch ohne ihre jugendliche Aufsässigkeit. Das Mädchen zeigte sich fügsam, kam aber trotzdem zu dem ihren. Wie ihre Namensgeberin passte sie sich den Gegebenheiten geschmeidig an.

Die drei schwatzten, trällerten die letzten Pariser Gassenhauer, gaben lächerliche Kommentare über Entgegenkommende ab und amüsierten sich köstlich über das Bemühen des Pudels eine von Civette geknüpfte Taschentuchmaus auf der Jagd von Schoss zu Schoss zu erwischen.

Sie fühlten sich umso ungezwungener, da die Patronne seit dem Aufbruch keinerlei Zeichen von Unwillen von sich gegeben. Völlig abwesend schaute sie entweder aus dem Fenster oder lehnte mit geschlossenen Augen in der Wagenecke, um den Hals eine Schlafrolle aus feinem Schafleder, gefüllt mit besten Gänsedaunen, für Reisende ein überaus bequemes und unentbehrliches Reise-Meuble.

Da zur Untätigkeit gezwungen, räumte Rose in ihrer überfüllten Gedankenmansarde auf, und es gab genug zu sichten und zu ordnen. Dabei war sie sich fast quälend des in ihrem Korsett eingenähten Briefes bewusst, weit gewichtiger für sie als die unter ihre Röcke gebundene Geldkatze, angenehm aufgefüllt aus der königlichen Schatulle.

Es handelte sich um ein Empfehlungsschreiben und einen Brief an Kaiser Leopold, die sie aus den Tuilerien herausgeschmuggelt hatte. Vorausgegangen war die Anprobe einer türkischen Robe aus blauschwarz changierendem Taft, bei der Rose von ihrer Absicht erzählt, nächstens eine Geschäftsreise an den Rhein zu machen. Marie Antoinette beneidete sie um diese Reise, beklagte die ihr unverständliche politische Entwicklung, die Trennung von allen Freunden und äußerte sich bitter über das verantwortungslose Benehmen geflüchteter Aristokraten, die in Koblenz um den Bruder des Königs Hof hielten.

»Und sich amüsieren, Rose, als ob das ganze Grauen nicht existiere. Aber es gibt Gott sei Dank auch Leute, die uns aufrichtig ergeben sind. Wie Monsieur

Léonard oder Ihr.« Was Rose geschmeichelt bestätigt hatte: »Eure Majestät können sich immer auf mich verlassen.« Daraufhin hatte die Königin die Erzieherin der Kinder – der dreizehnjährigen Marie Thérèse und des siebenjährigen Louis – gebeten mit ihnen einen Spaziergang durch den Tuilerien-Park zu machen. Sie kümmerte sich sehr um sie, schlief auch im gleichen Raum mit ihnen.

Allein geblieben hatte die Königin gefragt, ob ihre Modeministerin dieser Reise vielleicht eine inoffizielle Mission anfügen würde? Eine, die mithelfen könnte ihre Familie aus der Gefangenschaft zu befreien und die keiner geschickter erfüllen könne als ihre liebe Demoiselle Bertin.

Und Rose, von der Ehre dieses Auftrags und Mitleid für ihre vom Schicksal gebeutelte Königin gepackt, hatte wie in Versailles die schöne weiße Hand geküsst und sich sofort bereit erklärt.

Da jedes Schreiben geöffnet wurde, das mit offiziellen Kurieren geschickt, sollte sie der Geheimbote zum kaiserlichen Bruder in Wien sein. Es sei nicht nötig eine Antwort zurückzubringen, da gäbe es andere Wege. Auf keinen Fall sollte ihre liebe Rose unnötigen Gefahren ausgesetzt werden.

Die Begründung auswärtige Kunden aufzusuchen und zur Erhaltung ihres Geschäftes ausstehende Gelder eintreiben zu wollen, hatte Rose den unverdächtigen Grund und damit einen offiziellen Pass für die Reise verschafft. Und so rumpelten sie also der östlichen Grenze entgegen.

Bis jetzt hatte sie im Überschwang des Helfenwollens, unter Nachwirkung der schrecklichen Eindrücke nach der missglückten Flucht, im Trubel der Reisevorbereitungen nicht viel über das Vorhaben nachgedacht, doch mit jeder zurückgelegten Meile wurden ihre Bedenken größer. Das war eine andere Mission als der Madonna von Monflières ein goldbrokatenes Kleid zu bringen. Bis zur Grenze waren die Schwierigkeitennoch überschaubar, aber nicht mehr, wenn Schlagbaum auf Schlagbaum auf dem Weg nach Wien zu überwinden war: kurtrierischer, kurmainzischer, reichsstädtischer, preußischer, bayrischer und wer-weiß-welche-noch, bevor sie überhaupt an den österreichischen kam. Gar nicht zu reden von Zöllen, Durchsuchungen, Wagenpannen und unvorhergesehenen Aufenthalten. Vielleicht auch unangenehmen Verhören. Und konnte sie ihre Mädchen alleine in Koblenz oder Mainz lassen, bis sie zurück von Wien war? Denn Rose wollte so wenige Zeugen als möglich bei dieser heiklen Mission haben.

Léonard kam ihr in den Sinn, den die Königin erwähnt. Auch er hatte bei ihrem letzten Zusammensein Andeutungen gemacht ein ›Geheimnisträger‹ zu sein. Weil er ein Mann von Ehre war, weil man beweisen müsse nicht zu der von Undankbarkeit und Feigheit strotzenden Bande gegenüber dem angestammten Herrscherhaus zu gehören. Und dann war der Freund pathetisch geworden:

»Selbst Tiere zeigen mehr Treue gegenüber ihren Wohltätern, wie jene mit Brotkrumen von einem Gefangenen gefütterte Maus, die ihm dann die Fesseln durchgenagt.«

»Ich dachte, du hast Angst vor Mäusen?«, hatte Rose geantwortet, sich absichtlich dumm stellend, um mehr zu erfahren. Das hatte sie auch, als er, alle Gesichtsmuskeln mehr denn sonst in Bewegung, wütend gemurmelt:

»Eher hast du das Gehirn einer Maus, wenn du nicht begreifen willst, dass ich, Léonard Autier, bereit bin meine Treue in einer gefahrvollen Mission zu beweisen.«

»Indem du mit der weißen Kokarde am Hut in die Tuilerien gehst um dein Metier auszuüben? Das tue ich auch«, lockte Rose ihn weiter.

»Indem ich den Schmuck ihrer Majestät in Sicherheit bringen werde, und zwar nach Brüssel«, platzte er heraus, hielt aber sofort inne und flüsterte: »Kein Wort mehr, denn selbst die Schlüssellöcher werden jetzt zu Ohren. Und deine hast du nie aufgemacht, Rose, ich flehe dich an.«

Rose war es nachträglich klar, dass der sehr royalistisch gesonnene, tausend Leute kennende und unverdächtige Coiffeur in die Flucht der Königsfamilie eingeweiht sein musste. Und er war seitdem auch nicht mehr gesehen worden. Die königliche Familie hatte die Grenze nicht erreicht, aber Monsieur Léonard mit deren Preziosen anscheinend doch. Und wenn er den Anstand gehabt sich unter Gefahren für Kunden einzusetzen, die ihn reich und bekannt gemacht, dann sollte eine Rose Bertin nicht nachstehen.

Sie nahm die schafslederne Schlummerwurst vom Nacken und kam entschlossen in die Gegenwart zurück. Schluss mit dem Problemwühlen, Schluss mit den Albernheiten um sie herum, dem Geknutsche mit dem Hund. Wenn sie nicht für die Reisetage ein alle beschäftigendes Programm aufstellte, konnte das enge Zusammensein in Streitereien und unerträgliche Stimmung ausarten. Colombe sollte vorlesen, hatte ja genug erbauliche Bücher mit. Agnès alle zum Singen bringen, sie kannte recht gepfefferte Lieder. Und sie würde die Kenntnisse der Mädchen theoretisch aufmöbeln.

»Civette, erzählt mir jetzt, welche Hutformen im Augenblick *à la mode* sind, wie sie heißen und wie sie zu garnieren sind.«

»*Chapeau à la Créole,* zum vollen Anzuge. *Chapeau à la Sultane* zur Balltracht, eine *Baigneuse* zur Morgenkleidung«, zählte die junge Modistin gehorsam auf, erklärte das Zustandekommen, überlegte und fügte zögernd hinzu:

»Und der *Chapeau à la Varennes.*«

Mit diesem Huttyp, ähnlich einem konischen Zylinder mit angestecktem Schleier, hatte Marie Antoinette die Flucht angetreten, die in Varennes ihr Ende fand. Und die Pariser Modebranche, ungerührt Kapital aus allen Tagesereignissen schlagend, hatte das Hütchen prompt so getauft.

»Diesen verdammten Chapeau könnt ihr vergessen«, fauchte Rose, da ihr das Getuschel in den Tuilerien einfiel, wonach die Modebesessenheit der Königin mit Schuld an der gescheiterten Flucht gewesen. Sie hatte vorher ›incognito‹ eine völlig neue Ausstattung für sich und die Kinder bestellt, um im Ausland entsprechend aufzutreten. Und eine der Hof-Garderobieren, geldgierig und patriotisch zugleich, hatte Verdacht geschöpft und Anzeige erstattet.

Gedrückte Stimmung breitete sich in der Kutsche aus, bis Zéphire zögernd mit der Geschichte vom Po-Klatscher begann und sich die Miene Roses wieder entwölkte.

»Als ich in der Lehre, war er stadtbekannt, obwohl damals schon ein alter Herr mit weißen Haaren, immer grau gekleidet. Man konnte ihn überall treffen, das heißt: Man bemerkte ihn gar nicht, wenn er an einem vorbeiging, bis man den Klaps auf dem Hintern spürte, einen ganz raschen, präzisen Schlag. Dabei sagte er kein Wort, schaute einen nicht an oder sich um, und Aussehen oder Beschaffenheit des *Derrière* schienen ihm egal. Ich hab ältere Frauen drauf warten sehen, wie auf ein Kompliment. Weiß nicht, was aus ihm geworden.«

»Und die Moral, Zéphire?«, fragte die Patronne streng.

Zéphires Augenbrauen zogen sich zusammen. Ratlos schwieg sie. Agnès sprang für sie ein:

»Halte eine Unverschämtheit lange genug durch, und sie wird dir als Caprice gut geschrieben.«

In Mainz mietete Rose eine kleine Wohnung, nicht leicht in einer Stadt voller Emigranten, da der Fürstbischof sie bereitwillig aufgenommen hatte. Aber Rose wusste sich unterzubringen wie auch ihre Ankunft bekannt zu machen.

Am Mainzer Hof ging es fast zu wie in den alten Tagen in Versailles, weltlich, prunkvoll, freigeistig, und eine Pariser Modehändlerin, dazu eine so bekannte, fand schnell Kunden, alte wie neue.

Als sie ihre Mädchen an die Aufträge gesetzt, Zéphire eingewiesen, dem Diener Sylvain Verantwortung eingebläut, mietete sie eine leichte Reise-Chaise, engagierte einen Deutsch sprechenden Diener und machte sich mit Colombe auf nach Wien. Sie müsse nach Regensburg, gab sie vor, die Thurn- und Taxis'schen Damen bedürften ihrer.

Die Reise verlief angenehmer und rascher als sie gedacht. Es war Sommer, die Straßen trocken, die durchfahrene Gegend oft lieblich und manche Schranke ging schneller auf, nachdem mit der Geldkatze gestreichelt. In Passau kam die Chaise auf ein Schiff und sie trieben entzückt die Donau hinunter. Colombe taute richtig auf, und bei vielen Gesprächen kamen sie sich näher. Rose tat es gut mal nichts mit Mode zu tun zu haben, sie reiste korsettlos in einem lockeren, hochgegürteten Kleid aus blauem Zitz mit weißen Blumen und versteckte ihre unfrisierten Flämmchenlocken unter einem Schleier.

In Wien war wieder artige Toilette nötig. Rose nutzte ihre Empfehlungschreiben und wurde weitergereicht bis zum kaiserlichen Oberkammerherrn, einem bejahrten und steifbeinigen Fürsten, der Marie Antoinette noch als Kind gekannt.

»Ihr kommt im letzten Augenblick, Mademoiselle, denn Seine Majestät ist dabei nach Schlesien aufzubrechen.«

Er teilte der Modehändlerin nicht mit, dass es sich um ein Treffen mit dem preußischen König und dem Grafen Artois handelte, bei dem es um die bedrohliche Entwicklung in Frankreich ging. Das konnte der Kaiser selbst dieser seltsamen Botschafterin mitteilen, wenn er es für nötig hielt.

»Dennoch werden wir versuchen Euch eine Privataudienz zu vermitteln, da dieses Schreiben es dringlich erscheinen lässt.«

Sie fand in Schönbrunn statt. Rose hielt das heitere Habsburger Schloss für weniger imposant als das der Bourbonen in Versailles, doch die ›Gloriette‹ als Abschluss der Parkperspektive, gefiel ihr besser als die langweiligen Kanäle vor französischen Herrschersitzen.

Der große Bruder ihrer Königin entpuppte sich als freundlicher Herr in mittleren Jahren mit dem langen Schädel der Habsburger. Er begrüßte sie in weich wienerischem Französisch:

»So, sie ist also mit unserer Schwester, der Königin von Frankreich, bestens bekannt wie ich hier lese?«

»Majestät, ich habe die Ehre höchstdero Schwester seit langer Zeit mit den schönsten Moden dienen zu dürfen, und keine Frau trägt sie anmutvoller als sie. Wie eine Fee, oui! Und ich erlaube mir zu bemerken, dass die Lage der Majestäten gräßlich ist. Unmajestätisch, oui! Gefangene in ihrem eigenen Land, ihrem eigenen Haus. Von manchen Türen hat man die Schlüssel entfernt, und es zieht wie Hechtsuppe. Und was täglich an schmutzigen Obszönitäten an die Schlosswand gepinnt wird oder durch die Fenster geworfen, kann man nicht wiedergeben. Für Ihre Majestät ist das schlimmer als müsste sie sich vor Fremden ausziehen. Ich bitte um Pardon.«

Wenn Rose redete, redete sie. Sie war nicht aufzuhalten bis Leopold ihr höflich ins Wort fiel.

»Meine liebe Demoiselle Bertin, ihr Engagement für unsere unglückliche Schwester ehrt sie, wir werden sehen, was wir tun können. Ist sie angenehm in der Stadt untergebracht? Sie muss sich gründlich von den Strapazen ausruhen. Promeniere sie ein wenig am ›Graben‹, man macht dort im Sommer eine Musi, und sie kann sich über die neuesten Wiener Toiletten informieren, auch unsere Damen verstehen sich anzuziehen. Mademoiselle, ich danke ihr und wünsche eine gute Rückreise.«

Rose war entlassen. Im Vorzimmer erhielt sie diskret ein schweres Beutelchen zugesteckt und am Nebeneingang wartete eine geschlossene Kutsche. Saint Gilles helfe, dass ihre Mission von Erfolg sei. Der kaiserliche Bruder schien berührt von ihrer Schilderung gewesen zu sein.

Sich gründlich von den Strapazen ausruhen tat ›die Fräul'n Bertin‹ nicht, wie sie im Gasthof genannt wurde, die Sorge um ihre allein zurückgelassenen Mädchen trieb sie nach Mainz. Also verzichtete sie auf die ›Musi‹ am Graben, den Opernbesuch im Hofballhaus, die Betrachtung der Wiener Damen und zündete nur in einer goldflimmernden Barockkirche, deren Namen sie nicht wusste, Kerzen für eine gute Rückreise an.

Das musste geholfen haben, sie kam glücklich nach Mainz. Dort stellte sie fest, dass Sylvain sich inzwischen mit Civette verbandelt und der Pudel beinahe an einer stibitzten und zu schnell heruntergeschlungenen Mainzer Wurst erstickt war, aber es hätte weit Unerfreulicheres passieren können.

Dann zog die ganze Bertin-Besatzung rheinaufwärts nach Koblenz um.

Auch hier fand Rose ein Klein-Versailles vor. Die königlichen Brüder hielten Hof in Schloss Schönbornlust, Bälle, Soiréen, Konzerte und andere Divertissements folgten einander. Bei schönem Wetter ersetzten Promenaden zu Pferde auf der Rheinchaussee die auf den Champs Elysées, bei schlechtem traf sich die Gesellschaft in den Cafés *Au Sauvage* oder *Zu den Drei Kronen.* Man hörte fast nur noch Französisch in der kleinen Stadt, und wer Deutsch sprach, beklagte sich über das ungebührliche Betragen der ungebetenen Gäste: Man würde von ihnen genauso in den eigenen Häusern an die Wand gedrängt wie von den rücksichtslos fahrenden Karossen in den Straßen. In Weinstuben könne man gar nicht mehr gehen, da das franzmännische Dienervolk dort herrsche und ihre Frauen verführe, genauso wie ihre Weibsbilder die braven Koblenzer Männer. Und wenn schon so viele Ausländer, murrten die Bürger, dann lieber die Vertreter von Gleichheit und Brüderlichkeit, denn die von Arroganz und Herrentum, die noch dazu überall Geld schuldig blieben.

»Zugegeben: Unser Adel tut, als sei er zu einem fröhlichen Kuraufenthalt hier und nicht vor die Tür seines eigenen Landes gesetzt worden«, bemerkte Rose zu Colombe. »Die Königin hat schon Recht, wenn sie verbittert gegen diese abgewanderten Schaumköpfe ist.«

»*Und sie schlugen die Leute vor der Tür des Hauses mit Blindheit, sodass sie es aufgaben, die Tür zu finden*«, zitierte Colombe prompt aus dem Alten Testament und seufzte dazu.

»Deine Belesenheit in Ehren, mein Schatz, aber könntest du sie weniger salbungsvoll anbringen?«, sagte Rose.

Sie stellte fest, dass die hohen Damen, weitaus zahlreicher als die Herren, hier das Zepter in der zarten Hand hatten, allen voran die Mätressen der Königsbrüder. Und deshalb viel Wert auf ständigen Garderobenwechsel legten. Manch ehemalige Kundin rauschte in die gemietete Wohnung und begrüßte ihre liebe Rose überschwänglich, bevor sie sich auf das Mitgebrachte stürzte und neue Bestellungen aufgeben wollte. Aber Rose war vorsichtig geworden, bediente sich sogar der subtilen Erpressungsmethode: Begleicht erst die alten Einkäufe, Mesdames, bevor ich Euch die neuen liefern kann!

Ab und zu bekam sie Nachricht aus Paris. Nicolas

schrieb, er käme gut mit dem Geschäft zurecht, und Madame Rolande sei tüchtig, wenn auch dem Schnupftabak ergeben. Claude berichtete aus Epinay, er und Jacquot bemühten sich mehr aus der Landwirtschaft herauszuholen, auch die neue mehlige Frucht, Erdäpfel genannt, zu kultivieren. An den Geschmack müsse man sich gewöhnen, doch er habe herausgefunden, dass sie gekocht, püriert, mit Ei zu Kroketten geformt, in siedendem Öl gebacken und mit Zucker bestreut, eine Köstlichkeit sei.

»Schleckerkläuschen!«, murmelte Rose, merkte sich jedoch das Rezept und las weiter, dass ihr Bruder sich entschlossen habe wieder in die alte Heimat zurück zu gehen. Er zöge es vor, ein bescheidener, aber sicherer lebender Tischler in Abbéville zu sein, denn ein wohlgestellter Gutsherr in der Furcht des Mobs von Paris.

»Immer ein Angsthase gewesen, der Louis«, dachte Rose verächtlich. »Woher nur, keiner unserer Eltern war's.«

Remy schrieb zärtlich, aber vorsichtig. Sie las heraus, wie sich in Lyon die Gegensätze zwischen den Royalisten und Republikanern zuspitzten. Die vielen arbeitslosen Seidenweber seien natürlich aufgeschlossen für radikale Parolen. Selbst er, als Gemäßigter, habe Unannehmlichkeiten. Der Export sei fast ganz zum Erliegen gekommen, und wenn er sich nicht öffentlichen Aufgaben widme, sei seine größte Freude, Rosen auf seinem Landgut zu züchten.

»Ich bin sehr stolz auf eine Neuzüchtung, von feurigem Rot und wie das Paradies duftend. Ich habe ihr deinen Namen gegeben und bin nur triste, dass du sie nicht selbst taufen kannst.«

Von ihren Kunden hörte Rose, alle Emigranten wären per Dekret aufgefordert worden, innerhalb eines Monats nach Frankreich zurückzukehren, andernfalls sie ihres Besitzes verlustig gingen. Wenige nahmen das ernst, sie mokierten sich über den plebejischen Haufen, der sich ›Nationalversammlung‹ nenne, verurteilten die Rückgratlosigkeit des Königs, der den Eid auf die neue Verfassung geleistet, redeten verächtlich über die Königin, deren ausländische Extravaganzen an der ganzen Misere mit Schuld seien. Und bald würde man diesen aufsässigen Pöbel, diese übergeschnappten Reformer, mit Hilfe Preußens und Österreichs, wie Ratten in ihre Löcher zurückjagen. Die royalistischen Truppen formierten sich schon am Rhein, es galt nur noch sich auf einen Oberbefehlshaber zu einigen.

Vor Wintereinbruch ließ Rose wieder den Reisewagen fertig machen. Ihr Sortiment war aufgebraucht, die Kasse gefüllt, es zog sie zurück nach Paris und Epinay. Sie erwartete im Gefolge zahlreicher anderer Kutschen zu fahren, denn die neue Regierung hatte doch ernst gemacht: Wer von den Emigrierten bis Jahresende 1791 nicht zurückkehrte, müsse mit Konfiszierung des Eigentums und Verurteilung zum Tode in Abwesenheit rechnen.

Doch die Straße nach Westen war kaum befahren.

Diesmal hatten die Pferde weniger zu ziehen. Zéphire fehlte, sie hatte ein spätes Glück in der Gestalt eines verwitweten Kurzwarenhändlers aus Koblenz gefunden. Die Zahl der Reisenden war dennoch die gleiche wie auf der Hinfahrt: Civette war von Sylvain schwanger, und vor der Abreise hatte man in Koblenz noch eine Doppelhochzeit gefeiert.

Nächsten Sommer, nahm Rose sich vor, würde sie wieder kommen, vielleicht dann auch nach Brüssel oder London weiterreisen.

26

Die Nouveautés der Modehandlung Bertin reisten im nächsten Sommer nicht an den Rhein, da sich Armeen auf den dorthin führenden Straßen bewegten. Rose musste ihre Umsätze an den Ufern der Seine holen. Der wöchentliche Besuch in den Tuilerien gehörte weiter dazu.

Marie Antoinettes Freiheit war zwar eingeschränkt, doch nicht ihre Garderobe. Weiterhin wurden Bestellungen für repräsentative *Grands Habits* und *Robes de fantasie* aufgegeben, für Promenade-Kleider im Redingotestil, duftige Jupons und Fichus, Mantillen aus schwarzem Taft oder blonder Spitze, Hüte aus Stroh oder englischem Biber. Rose bekam auch den seufzend erteilten Auftrag einen Hut mit trikolorefarbenen Schleifen zu garnieren, um der neuen Staatsform eine sichtbare, wenn auch widerwillige Ehre zu erweisen.

Zu einem dieser Termine trug Colombe, die Rose jetzt fast immer begleitete, einen Karton mit eben diesem Hut und diversen *Toques,* wie man die von Marie Antoinette bevorzugten, aus Gaze drapierten Baretts nannte. Eine schmückte Seidenflieder, die andere war mit einer Rosengirlande umwunden, denn die Königin hatte die Ablehnung blumigen Putzes über anderen Problemen vergessen.

»Ich brauche Trauerhauben, Rose«, sagte Marie Antoinette niedergeschlagen, als Colombe die frühlingszarten Kreationen auspackte, »und habe den Eindruck, als werde ich nichts anderes mehr bis zu meinem Grab tragen.«

Ihr Bruder, der Kaiser, war plötzlich gestorben. Jener Leopold, dem Rose in Wien den Brief überreicht und der sich so sehr um eine Allianz zur Hilfe der bedrohten Schwester bemüht hatte.

»Und was der jetzige Kaiser für uns tun wird, weiß der Himmel. Ich habe meinen Neffen nie gesehen«, setzte sie müde hinzu.

»Madame sind heute mit Grund sehr niedergeschlagen, da sieht man die Zukunft immer düster.«

»Glaubt Ihr an Träume, Rose? Heute Nacht habe ich von Euch geträumt. Ich sah Euch eintreten, genauso munter und adrett wie eben, mit Schachteln voll der schönsten farbigen Bänder. Ich wählte verschiedene aus, aber in dem Augenblick, da ich sie in meinen Händen hielt, färbten sie sich schwarz.«

»Träume sind Schäume, Madame, und sicherlich hat nur die traurige Nachricht aus Wien sie so schwarz gefärbt«, tröstete Rose. Sie kannte ihre Königin, Trauerhauben würden nicht ihre letzte Bestellung sein.

Das war im März. Im Juli stand Frankreich im Krieg mit Österreich und Preußen. Allein in Paris ließen sich innerhalb einer Woche fünfzehntausend Freiwillige für die Rettung des Vaterlandes anwerben. Etwas ganz Neues, dieser Begriff *Patrie*, und wer war bisher freiwillig zum Militär gegangen?

Mütter, Ehefrauen, Freundinnen standen Spalier beim Abmarsch der Regimenter, warfen bunte Blumen, klatschten Mut zu, weinten. Und zischten Empörung, als sie der Truppe eine Kohorte von Dirnen und Marketenderinnen nachziehen sahen.

»Wenigstens sind wir die Prostituierten vom Palais Royal auf patriotische Weise los«, dachte Rose, die diese Liebesverkäuferinnen in ihrer Nachbarschaft schon immer gestört hatten. Aber dann stellte sie fest: Auch zwei ihrer Mädchen waren dem Liebsten ins Feld gefolgt.

Sie musste auch feststellen, dass die patriotischen Gespräche in ihrem Haus immer häufiger wurden, wobei ihr noch am ehesten die gefielen, in denen von den Rechten der Frau die Rede war. Die Deklaration der Menschenrechte hatte nichts über sie gesagt, aber nun war in der Nationalversammlung eine weibliche Delegation erschienen, die leidenschaftlich die Gleichstellung der Bürgerinnen auf allen Gebieten, sowie das Recht auf Scheidung verlangte. Und natürlich hatten die Männer das geschickt abgeschmettert, denn Revolution war Männersache, Frauen sollten gefälligst zu Hause bleiben, es ihren Helden gemütlich machen und sich um die Zukunft der Nation, die Kinder, kümmern.

Rose kochte innerlich, wenn sie das hörte, aber in einen der neuen Frauenclubs einzutreten, fiel ihr nicht ein. Dort würde doch nur endlos diskutiert und dabei Strümpfe gestrickt werden. Nach ihrer Erfahrung konnte man als Frau nur eine Hinterbänkler-Freiheit erreichen, gedeckt von der soliden Lehne der Konvention und vom breiten Rücken eines wohlwollenden Vordermannes. Dann konnte man vorsichtig tun, was man wollte. Und wenn die mutigen Mitschwestern glaubten allein vorpreschen zu können, würde ihnen eine sehr steife und kalte Brise ins freiheitsgerötete Gesicht wehen.

Roses vaterländische Tat bestand darin Staatsanleihen, die Assignaten, zu erwerben. Da sie aber deren Wertverlust fürchtete, legte sie sie gleich für Land in Epinay an, wo Klosterbesitz verkauft wurde. Auch führte sie jetzt patriotische Artikel wie Bänder, Schärpen und Halstücher in Trikolorefarben, mit zeitgemäßen Motiven bemalte Fächer, Dosen und Knöpfe. Sie entwarf anmutige Plissee-Hauben mit vaterländischen Rosetten oder entzückende Barette aus drapierten Madrastüchern, garniert mit besonders wertvollen Feder-Kokarden.

Auch Hüte im Amazonen-Stil gingen gut, inspiriert von der bekannten Revolutionärin Méricourt. Letzthin hatte diese Enragierte in der Nationalversammlung die Gründung einer bewaffneten Amazonen-Kompagnie verlangt:

»Zeigen wir den Männern, dass wir ihnen weder in Tugend noch in Mut unterlegen sind; zeigen wir Europa, dass die Französinnen ihre Rechte kennen ...«

Worauf die Presse Zeter und Mordio über dieses unweibliche Verlangen geschrien, aber die Abgeordneten lächelnd eine – wenn auch vorläufige – Genehmigung erteilten.

»Wahrscheinlich weil sie eine attraktive Person ist und mit den meisten geschlafen hat«, resümierte Rose, die Entsprechendes gehört. »Mit den Waffen einer Frau zu Waffen zu gelangen, ist schon ein Schelmenstreich.«

Ein wenig Neid schwärte doch in ihr, denn die Vorstellung wie ein Mann mit dem Säbel in der Faust seine Wut auf manche Ungerechtigkeit loswerden zu können, war verführerisch. Und sie erinnerte sich, dass ihr vor dem Bastille-Sturm diese kleine, selbstbewusst auftretende Person mit der geschulten Stimme aufgefallen war, als sie in ihrer Boutique einen schwarzen Federstoß zu ihrem blutroten Amazonenkostüm gekauft hatte.

Die roten phrygischen Mützen der fanatischen Republikaner, die sogenannten Jakobiner-Mützen, inspirierten Rose nicht. Sie waren wirklich zu vulgär, genauso formlos und unelegant wie das Aussehen dieser jungen Wilden mit ihren offenen Hemdkragen, wirren Haaren und um die Waden schlotternden Beinkleidern. *Sans-Culottes* nannte man sie spöttisch, die ohne stramm sitzende Kniehosen Herumlaufenden, aber ausgestopft mit pathetischen Parolen und Mordgelüsten.

Rose geriet wieder in Zorn, als sie hörte der König habe, wenn auch gezwungenermaßen, so eine Jakobiner-Mütze auf seinen dicken Kopf gestülpt. Freundlich und phlegmatisch wie es seine Art, war er dem Wunsch einer gewaltsam ins Schloss eingedrungenen Volksabordnung nachgekommen.

»Er ist ohne die mindeste Spur von Würde, eine Karikatur von einem Herrscher, oui! Was nützt es, wenn er seiner Frau treu ist und keiner Fliege was zu Leide tut. Deshalb werden sie ihn auch platt klatschen wie einen fetten Brummer. Und meine stolze Königin mit!«

»Wen werden sie platt klatschen, Tante?«, fragte Colombe furchtsam. Sie kam mit der letzten Aufstellung der Lieferungen an die Königin herein. Rose hatte Recht gehabt: Trauersachen waren nicht mehr dabei.

»Diesen Karton mit Seidenblumen, auf den sie eine Kiste gestellt haben, diese Trottel«, log Rose, um ihr empfindsames und königstreues Patenkind nicht zu erschrecken, und las die Rechnung an die Garderoben-Intendantin durch:

11. Juli 1792:

Eine Robe aus weißer Gaze garniert 285 l

28. Juli:

Garnierung eines großen Habits aus bleu Taft 959 l

7. August:

Eine Toque aus violettem und ährengrünem Crêpe, dekoriert mit drei Federn, und eine aus blauem und perlfarbenem Crêpe mit breiter Alencon-Spitze 200 l

Die Rechnung wurde nie bezahlt!

Einige Tage später wurden die Tuilerien von tausenden aufgeputschter Rebellen angegriffen, beschossen und gestürmt. Die königliche Familie konnte gerade noch in die Nationalversammlung flüchten.

»Müssen sie immer am besten Verkaufstag der Woche Randale machen?«, dachte Rose grimmig, als sie in den frühen Stunden dieses Freitags wieder die Sturmglocken aufweckten und wenig später Kanonenknallen zu hören war.

Nicolas war natürlich nicht zu halten, er musste seine Nase in alles stecken, was nach Abenteuer aussah. Rose verbrachte einen Tag wie im Fegefeuer, im Haus umhergetrieben von innerer Unruhe über das, was sich jetzt im Schloss abspielte, von der Sorge vielleicht wieder das Geschäft schließen zu müssen und von der Angst um den Neffen, der nicht zurückkam. Bildeten sich diese jungen Egoisten ein, es ginge nur sie an, wenn sie irgendwo tot oder angeschossen herumlagen? Eine verabscheuungswürdige *Indiscretion* war das, oui!

Als zwei Marseiller Sansculotten versuchten in den Laden einzubrechen, weil sie sich ein weniger lebensbedrohendes Andenken als im Kampf um die Tuilerien holen wollten, war Rose richtig dankbar dafür, weil sie sich wie eine Furie auf sie stürzen konnte. Die völlig Verblüfften verschwanden im Trab, »... wie geprügelte Straßenköter mit eingezogenem Schwanz« berichtete Rose triumphierend ihren Mädchen.

Am Spätnachmittag kehrte der Neffe zerrauft, aber ohne sichtbare Verletzung zurück. Dazu wirkte er wie betrunken.

»Es ist ein schreckliches Blutbad vorgefallen, Tante. Die Tuilerien sind geplündert, der König ist suspendiert und gefangen, die Minister abgesetzt. Und ich könnte ein Weinfass austrinken, wirklich! So fühle ich mich innen und außen nach diesem Tag geröstet«, teilte Nicolas erschöpft mit.

Also hatten die von Haus zu Haus fliegenden Gerüchte doch Recht gehabt!

»Und ich würde dich gerne nochmal rösten, nachdem du mich den ganzen Tag hast schmoren lassen. Die Tuilerien sind um die Ecke, mein Junge. Leider, muss ich jetzt sagen. Also konntest du wohl eher kommen.«

»Ich konnte eben nicht, Tante. Sie schossen überall, Ihr macht Euch keine Vorstellung. Ich hab stundenlang an die Mauer des Louvre gedrückt gestanden. Vor mir brach erst eine Frau und dann ein Schlachterbursche unter den Schüssen zusammen.«

»Ein kleiner Streifschuss hätte deiner verdammten Neugierde sehr gut getan«, murrte Rose. Darauf ertränkte der Neffe sein schlechtes Gewissen mit seinem Gräuelbericht.

»Als alles vorbei war, bin ich bis zu dem Appartement der Königin vorgedrungen. Am Eingang lagen lauter Leichen, in Decken eingewickelt, und das Parkett war voller Blutlachen. Und in den Vorzimmern war schon alles geplündert, mit Ausnahme der Vorhänge und Möbel. Oder in Stücke geschlagen, nicht ein Spiegel mehr intakt, regelrecht mit Kolbenhieben pulverisiert. Und wie viel grässliche Frauenzimmer herumliefen! Die wahren Hyänen. Stopften sich die Schürzen voll und zankten sich um jeden Fetzen. Ein betrunkenes Weib lag sogar in ihrem Bett. Und wie sie ihre Garderobe durchwühlten! Mir wurde ganz schlecht. Hauben, Hüte, Jupons flogen durch die Luft. Hab sogar was von uns erkannt. Dann kamen endlich ein paar Wachen und schmissen diese Harpyien raus. Aber wie lange ...«

»Ja, wie lange wird's noch dauern«, murmelte Rose.

»Hier, ich hab dir was mitgebracht, Tante. Als Souvenir«, nuschelte Nicolas und zog aus seiner Rocktasche einen Schuh, einen der eleganten *Sabots chinois,* mit glänzender Seide überzogen und mit aufgebogener Spitze. Rose hielt ihn auf ihrer Handfläche wie eine seltsame Antiquität, um ihn dann vorsichtig neben Kontobuch und Schreibzeug auf ihren Sekretär zu setzen.

»Von jetzt an wird sie wohl kaum Ersatz dafür bekommen«, sagte sie nachdenklich.

Aber diese Voraussage war falsch. Marie Antoinette zog zwar nur mit vier Hemden, vier Unterröcken, einigen Fichus und einem Kleid zum Wechseln in den alten Festungsturm des Temple ein, aber noch ließ die Kommune es nicht an Großzügigkeit fehlen. Die Ex-Königin durfte sich eine bescheidene neue

Garderobe bestellen, an der auch Rose beteiligt war. Doch in den Temple-Turm ging sie nicht, sondern schickte Nicolas. Eine unbestimmte Scheu hielt sie ab.

27

Frankreich hatte eine neue Staatsform, war nun Republik. Zugleich hatte das Leben eine fieberhafte Hektik bekommen, wie ein Mensch, der einen aufregend neuen Entschluss gefasst hat, von dem er nicht weiß, ob es der richtige ist und nicht daran denken möchte.

Überall fanden Gelage und Volksfeste statt – in den Städten wie auf dem Land – um die neue Zeit zu feiern. Auch Rose gab ein Sommerfest in Epinay und lud das ganze Dorf dazu ein. Es wurde dabei ›*Fraternité, Egalité et Liberté!*‹ gerufen, die Farandole getanzt, viel getrunken, Spießgebratenes und Apfeltorte verspeist. Selbst Colombe trank sich einen Rausch an, und man musste sie mit Gewalt vom Taubenturm wegziehen, in dem sie den Temple-Turm sah und flehend die Königin bat herauszukommen, sie wäre in Epinay völlig sicher.

Am Morgen wachte Jacquot neben der Dorfhebamme auf, Nicolas unter dem schnuppernden Maul eines erstaunten Rosses in dessen Futterkrippe, und Rose fand den jungen Dorfschulzen in ihrem Bett. Sie konnte sich nicht erinnern, ob sie ihn dazu eingeladen hatte und trank den Morgenkaffee mit dem bitteren Geschmack der Reue. Ihr Seidenmann hatte das nicht verdient, aber warum war er auch so weit fort.

Politisieren war zur Volksbeschäftigung geworden. Des Morgens sah man am Straßenrand die Hökerinnen über ihrem Kohlenbecken sitzen und in der Gazette herumbuchstabieren. Roses Kundinnen zogen sie beim Einkauf aus dem Busentuch, und abends wurden in Kneipen und unzähligen Versammlungen heftig die letzten Nachrichten und Erlasse diskutiert, von Intellektuellen genauso wie von Handwerkern und Arbeitern, als säßen sie alle auf der Tribüne des Konvents.

Manche Neuigkeiten kamen Rose so *ridicule* wie Modetorheiten vor, etwa dass der ehemalige Herzog von Orléans seinen Namen in Philippe Égalité umgeändert. Wenn das nicht lächerlich war, aber er hatte immer den Kopf voller Dummheiten gehabt. Sie selbst durfte als Adresse nicht mehr Rue de Richelieu angeben, sondern ›Straße des Gesetzes‹. Die Zünfte und Korporationen waren aufgelöst, eine neue Zeitrechnung war geplant; und es war nicht nur mit den hoheitsvollen Anreden vorbei, sondern auch mit Monsieur, Madame und Mademoiselle. Es blieb die *Citoyenne Bertin* übrig, die von jedermann geduzt werden konnte, wie sie auch selbst jeden duzen konnte. Rose empfand dies wie eine Versetzung in den Status der Abbéviller Zeit zurück.

In ihr Geschäft kamen verlegen aussehende Frauen und baten sie unter vier Augen sprechen zu dürfen. Dann packten sie kostbare Spitzen, handbemalte und geschnitzte Fächer, ungebrauchte Seidenstrümpfe oder neue Stoffe aus, um sie zu verkaufen. Es war leicht zu erraten, dass diese Dinge aus beschlagnahmtem Besitz stammten, vielleicht auch aus geplündertem. Oder von der treuen Dienerin einer sich versteckenden Adelsfamilie angeboten wurden. Da sie nicht mehr über ihr Vermögen verfügen konnten, mussten sie ja von irgendetwas leben, und das Interesse an Mode war unverändert lebhaft.

Die Korrespondentin des *Journal des Luxus und der Moden* erschien weiter, um sich nach den Neuheiten zu erkundigen und Rose ein Exemplar der letzten Ausgabe zu überreichen.

»Mein *Habit à la paysanne* erkenne ich auch ohne Deutschkenntnisse«, erklärte Rose, »ein großer Erfolg, diese Robe in unschuldigem Weiß mit roter Bandgarnierung, aber würdet Ihr mir bitte diesen Text hier übersetzen, Bürgerin.«

Die neue Anrede schaffte sie ja, aber eine Fremde und dazu Ausländerin zu duzen, brachte sie nicht über die Zunge. Und die Bürgerin übersetzte bereitwillig:

»Mehr als die Berichte über die Erstürmung der Tuilerien und die Ausrufung der Republik, interessiert es sicher die meisten Damen zu erfahren: Am Aeußeren unserer Elegants und unserer schönen Damen merkt man nicht, dass wir in Zeiten der Revolution leben. Alles geht seinen Gang, und meine lieben Pariser treiben ihr Wesen, klug oder thöricht, wie zuvor. Alle Fabriken, sonderlich die von Modewaren, sind im höchsten Flor und merken hiervon nicht den geringsten Mangel.«

»Wie gut Ihr zu beobachten versteht«, komplimentierte Rose, »ich kann das nur bestätigen, zur Freude meines eigenen Geschäftes.«

Dann kam der September, und alles ging nicht mehr im gewohnten Gang. Das Vorrücken der alliierten

Truppen und royalistischen Regimenter an der Westgrenze irritierte die Patrioten, und der neue Justizminister Danton ließ Tausende, die er nicht als ›liebe Pariser‹ einstufte, verhaften und in die Gefängnisse einliefern.

Es war ein Dienstag, und seit zwei Tagen zwängten sich die grässlichsten Nachrichten gewissermaßen durch die Ritzen der vorsichtshalber geschlossenen Läden, sprangen von Dachfenster zu Dachfenster, von Hinterhof zu Hinterhof. In den Gefängnissen sollten alle Adligen und Priester, die den Eid auf die Verfassung verweigert, ermordet worden sein. Man munkelte von zersäbelten Leibern, einem aus dem Fenster geworfenen Bischof, aufgeschlitzten Baronessen, Verteilung blutiger Glieder. Nicht nur die aufgehetzte Vorstadtmeute sollte daran beteiligt sein, mehr noch professionelle Gauner und Mordgesellen.

Wie gerne wäre Rose nach Epinay geflohen, aber sie wollte das Stadthaus und ihr Lager nicht der Verantwortung von Nicolas überlassen. Der Verkehr auf der Straße hatte fast aufgehört, die Hökerinnen waren verschwunden, nur ab und zu zogen wild aussehende Haufen vorbei und grölten:

»Auf zu den Bernardins! Auf nach Saint Firmin!«

Beide Namen bezeichneten ehemalige Abteien und jetzige Gefängnisse. Und als Refrain intonierten die Marschierenden im Chor: »ES LEBE DIE NATION! ES LEBE DER TOD!«

Im Haus ließ die Köchin ein gerade abzusengendes Huhn ins Feuer fallen, und Colombe rannte schluchzend in ihre Mansarde, um sich wahrscheinlich in einem Wandschrank zu verstecken.

Nicolas kam mit einer Zeitung zurück. Der einst so

elegante junge Mann mit den auffallenden Westen hatte sich in einen unauffällig gekleideten Bürger verwandelt. Es war sicherer, nicht durch Eleganz aufzufallen.

»Die Königin scheint nicht gefährdet, Tante«, sagte er und hielt Rose einen Artikel unter die Nase:

»Abends war der Temple bedrohet; aber als man das Volk überzeugte, dass es sich an Geißeln, die den Parisern bloß als ein Depositum anvertrauet wären, nicht vergreifen müsse, zog es selbst um die Oerter, wohin es nicht kommen sollte, ein Band, und dieses that seine gewöhnliche Wirkung.«

»Nun, Saint Gilles sei Dank. Aber von was für einem Band sprechen sie?«, fragte Rose nach der Lektüre verständnislos.

»Ein um ein bestimmtes Areal gezogenes Seidenband. Es steht symbolisch für eine Mauer, eine freiwillige Begrenzung.«

»Für solch ein Band würde ich keinen Sou nehmen, falls es bei mir verlangt werden sollte.«

Der Portier kam ins Kabinett gestampft und verkündete, die Bürgerin Maquet wolle Mademoiselle dringend sprechen. Auch er konnte sich noch nicht ganz auf die neuen Umgangsformen umstellen.

Es war Minette. »Und was will sie?«, fragte Rose unwillig. Nach dem folgenreichen Marsch der Frauen nach Versailles hatte sie ihr bestellen lassen ihrer nicht mehr zu bedürfen, und Minette hatte ohne Reaktion diese Kündigung akzeptiert.

»Für mich nichts, aber für diese Bürgerin in Not«, sagte sie jetzt von der Tür her. Sie war rundlicher geworden, hatte aber noch immer die frischen Farben und das krause Haar, das jetzt unter einer schlichten Haube mit angesteckter Kokarde vorkräuselte. An der Hand hielt sie eine unscheinbare junge Frau.

Rose stand auf, mit großer Mühe den Ärger über dieses unbekümmerte Eindringen zurückhaltend. Die ihr unbekannte Person trug wie Minette ein einfaches Kattunkleid, aber es schien ihr zu weit und die bis zu den Brauen heruntergezogene Haube viel zu groß.

»Ich bedaure, Mademoiselle Rose, euch inkommodieren zu müssen, aber Ihr seid meine letzte Hilfe«, sagte die armselige Person flehend, und man sah Minette an, mit welcher Spannung sie auf den Ausdruck des Erkennens bei ihrer alten Patronin wartete.

Und Rose stellte ungläubig fest: Es war eine Hofdame der Prinzessin Lamballe, immer sprudelnd von guter Laune und amüsantem Klatsch, eine der elegantesten Frauen für die sie gearbeitet. Und wie oft hatte sie von ihr mit überwältigendem Charme gehört: »Meine Liebe, ich bewundere Eure göttlichen Einfälle, aber im Augenblick kann ich leider nur mit dieser Bewunderung zahlen.«

»Madame la Comtesse, was ist Euch passiert?«

»Noch nicht das Schlimmste, wie der Lamballe, aber das kann noch passieren«, sagte Minette für sie.

»Sie haben meine Prinzessin umgebracht, auf viehische Weise umgebracht«, klagte die ehemalige Hofdame und rang die Hände.

»Ich dachte, sie konnte nach England ausreisen?«

»Aber sie ist zurückgekommen, diese edle Seele, als man die Majestäten in den Temple gesperrt. Sie wollte ihrer Königin beistehen, und nun hat sie es mit ihrem Leben bezahlt.«

»Nicolas, sorge bitte für eine *Collation*. Und Wein«,

befahl Rose, der im Augenblick nichts Besseres an Trost einfiel.

»Wir haben schon gefrühstückt«, sagte Minette, lehnte sich gegen die Wand und schlug die Arme übereinander.

»Dann sorge wenigstens dafür, dass keiner hier hereinplatzt.«

Diesmal hatte Minette keine Einwände. Und schweigend hörten sie zu, als die Comtesse sich in eine ausführliche, oft wiederholte Schilderung des Vorgefallenen stürzte. Rose hatte schon bemerkt, dass Zeugen grausamer Erlebnisse ein fast zwanghaftes Bedürfnis haben das wieder und wieder zu erzählen, in allen Einzelheiten, wie um sich zu bestätigen selbst davongekommen zu sein.

Die Prinzessin war mit ihrer Hofdame, der Erzieherin der Königskinder und mehreren Kammerfrauen in Haft genommen worden. Und wie vor den anderen Gefängnissen hatte sich auch vor ihrem am Sonntag eine bedrohlich aussehende Menge angesammelt, die brüllend und waffenfuchtelnd die Auslieferung der Staatsverbrecher verlangte. Man gab vor, sie unter Bewachung in eine Kirche in Sicherheit bringen zu wollen, aber in dem Augenblick, da sie aus dem Gefängnistor traten, schrie jemand: »He, du Königshure, rufe: Es lebe die Nation!« Die Prinzessin weigerte sich, und das war ihr Todesurteil. Die Bewachung wurde beiseite gestoßen, einer versetzte ihr einen Kolbenschlag in den Nacken, sie stürzte, ein anderer riss ihr Kleid auf, ein dritter der Liegenden mit der Pike den Unterleib bis zur Brust.

»Meine Prinzessin lag blutüberströmt auf dem Boden, ihre Gedärme ... oh nein! Nein! Die Mörder haben sie regelrecht zerteilt. Niemals hätte ich mir solche Gräueltat vorstellen können. Ich wollte schnell fliehen, doch meine Beine versagten einfach. Jemand packte mich, und ich glaube, ich wurde ohnmächtig ...«

»Das war mein Mann«, sagte Minette ruhig, »er war mit einem Kommando da. Der Lamballe konnte er nicht mehr helfen, aber diese da hat er mir nach Hause geschleppt.«

»Ich will fort, fort, nur weit fort«, stöhnte die Hofdame.

»Bitte, Madame, beruhigt Euch, Ihr seid in Sicherheit«, wiederholte Rose immer wieder. »Warum kann sie nicht vorläufig bei dir bleiben, Minette, da wird sie weniger gesucht werden als bei mir?«

Ihr war bekannt, dass Minettes Mann ein engagierter Republikaner war, in dessen kleiner Druckerei der gefürchtete Marat sein Blatt *L'Ami du Peuple* drucken ließ. Der Ex-Mediziner und fanatische Demokrat stieß von Artikel zu Artikel wildere Anschuldigungen gegen die Feinde der Republik aus, zuletzt hatte er verlangt, den König, sein Weib und seinen Sohn als Geiseln zu benutzen:

»*Und da es nur von ihm abhängt unsere Feinde für immer zu entfernen, erklärt ihm, dass, wenn die Österreicher und Preußen nicht binnen vierzehn Tagen zwanzig Meilen von unseren Grenzen entfernt sind, sein Kopf ihm vor die Füße rollen wird ...*«

»Das ist unmöglich, denn wir haben einen Gast, der nicht so viel Nachsicht wie wir mit den Aristos hat«, erklärte Minette.

»Nun, das ist klar ausgedrückt«, sagte Rose, »lass die Bürgerin also hier. Adieu et Merci.«

»Adieu, Mademoiselle«, murmelte Minette leise und dann lauter:

»Solltest du in Verlegenheit sein, Bürgerin, komme ich gerne mal zur Aushilfe.«

»Das ist sehr nett, ich gebe dir dann Bescheid.«

Colombe nahm den neuen Gast mit in ihre Mansarde, und Rose überlegte mit Nicolas, was sie tun könnten. Vielleicht ihn zunächst nach Epinay bringen, mit dem Ausweis von Colombe?

»Tante«, unterbrach Nicolas die Überlegungen, »ich habe vor dieser Dame nichts gesagt, aber man hat den Kopf dieser unglückseligen Prinzessin auf einer Pike durch die ganze Stadt getragen, ihre langen Locken flatterten hinterher. Ich hab's in der Saint Honoré gesehen. Und sie haben ihn auch vor dem Temple-Turm hochgehalten.«

Diskret verschwieg er, dass andere Männer das herausgeschnittene Herz und blutgetränkte Fetzen des Hemdes geschwenkt, und einer, als besonderen Witz, sich das intime Vlies der Prinzessin wie ein Bärtchen ans Kinn geklebt hatte.

Rose starrte ihn an, versuchte das Bild dieses abgehackten Kopfes mit der Erinnerung an die Lebende gnädig zu überdecken, an die melancholischen dunklen Augen und das reizende Lächeln. An die Fülle fedriger blonder Haare, denen sie oft die ausgefallensten Hüte aufprobiert hatte. Arme Prinzessin, was für ein Leben! Eine kurze Muss-Ehe mit einem Syphilis-Kranken, keine Kinder, nur Rivalinnen am Hof, und als Lohn für ihre Treue vom Mob zerhackt werden.

Sie massierte mit beiden Händen ihr Gesicht – zum Teufel mit der Schminke – atmete tief durch und sagte: »Wenn mir so was passieren sollte, hoffe ich erst geköpft und dann aufgeschlitzt zu werden, oui!«

»Aber Tante!«, rief der Neffe schockiert.

»Aber da ich nicht so selbstlos und königstreu bis zum letzten Blutstropfen wie diese große Dame bin, denn das war sie, komme ich vielleicht drumrum.«

28

Zwei Frauen kamen eilig in die Modehandlung Bertin und wurden von der rothaarigen Civette begrüßt, die neben einem Holzkohlenbecken gesessen und Halstücher gesäumt hatte, denn es war ein kühler Oktobertag. Rose hatte sich gezwungen gesehen ihre Belegschaft zu reduzieren, die viel verwendbare Civette war dabei avanciert.

»Womit kann ich den Bürgerinnen dienen?«, fragte die jetzige Madame Sylvain.

»Wir wollen die größte Trikolore-Kokarde, die dieser Laden hat, groß wie ein Kohlkopf. Man soll sie über den ganzen Platz der Revolution sehen«, verlangte die eine.

»Ja, die infame Antoinette soll sie sehen, aber sie wird halb tot vor Angst sein und nichts mehr wahrnehmen, außer der bissigen roten Witwe«, korrigierte die andere.

»Ich glaube Angst kann man dieser Hochmütigen nicht vorwerfen. Erinnere dich, wie du selbst auf der Tribüne im Gericht bemerkt hast: Siehst du, wie stolz die ist!«

»Jolande, da ging's um ihren Sohn«, verbesserte wiederum die Freundin und wühlte in der Kokardenschachtel.

Im anstoßenden Verkaufssalon hörte Rose das Gespräch durch die offene Tür. Sie war mit der Frau eines reichen Brauereibesitzers beschäftigt, die gekommen war, um für die Hochzeit ihres Sohnes eine respektable Robe zu bestellen und harte Währung genug besaß, um auch schwer Heranzuschaffendes zu bezahlen. Beim Aussuchen hielt sie einen Monolog über die Probleme eines Familienfestes in heutigen Zeiten, sodass Rose ihre Aufmerksamkeit auch auf den Nebenraum richten konnte.

»Eine schöne Mutter, die mit ihrem kleinen Sohn blutschänderische Beziehungen eingeht, um ihn so zu entnerven, dass sie ihn bei seiner Thronbesteigung völlig beherrschen würde.«

»Was redest du für Mist, als ob er je auf den Thron käme, und sie sitzt doch auch schon auf dem Schinderkarren. Dem dicken Louis haben sie noch eine Kalesche für die letzte Lustfahrt zur Verfügung gestellt, aber sie wird wie eine Verbrecherin transportiert, die sie auch ist.«

Die beiden Jakobinerinnen waren so hitzig mit ihrer Auseinandersetzung beschäftigt, als stünden sie allein unter der Dorflinde. Und sie fühlten sich auch allein in dem leeren Laden bis Civette schüchtern einwarf:

»Das hier ist unsere größte, Bürgerin, aus Satinband und mit einer Feder kombiniert, eine besonders schöne Ausführung. Drei Livres, vier Sous.«

Im Nebenraum musste Rose die Aufmerksamkeit wieder auf ihre Kundin zurücknehmen. »Nein, violett hasse ich, das hat die gewesene Königin zu oft getragen. Aber vielleicht dieser perlgraue Stoff? Ist das Seide? Und wie trägt er sich?«

Rose versicherte, das Material sei ausgezeichnet, eine Mischung aus Seide mit Wolle, noch Friedensware, und hörte von nebenan: »Nein, Jolande, sie hat sich nicht aus der Klemme ziehen können, dieses despotische, unzüchtige Weib, auch wenn sie zu ihrer Verteidigung sagte: Sie sei nur die Frau des Louis gewesen und habe sich deshalb immer seinem Willen gefügt. Oder so ähnlich.«

»Was auch immer: Man bekommt, was man verdient hat. Also, ich nehme die Kokarde. Schnell, Mädel, gib mir das Geld raus, wir sind in Eile, sie muss jeden Augenblick durchkommen.«

Rose stand in der Verbindungstür und sagte gebieterisch zu Civette: »Du berechnest nichts. Für diesen patriotischen Zweck, den die Bürgerinnen damit vorhaben, will ich nichts kassieren.«

»Hochmut kommt immer zu Fall, das sagt auch mein Mann«, sprach Roses würdige Kundin, die nachgekommen war. »Ich muss übrigens auch schnellstens fort, wir haben ein Fenster am Platz der Revolution gemietet, es war teuer genug. Bis morgen, meine liebe Bertin, und denkt Euch etwas Besonderes für meine Robe aus!«

»Ich wünsche viel Vergnügen«, sagte Rose halblaut, als die Kundinnen eilig hinausraschelten.

»Sie steigt in einen Vierspänner, mit einem Lakai auf dem Bock, das sieht man jetzt nicht oft«, bemerkte beeindruckt Civette, »und die verschenkte Kokarde war unsere teuerste.«

»Die Republik liebt den Luxus nicht, aber sie verbietet ihn auch nicht«, antwortete Rose, auf den letzten Satz nicht eingehend. »Kommst du in der nächsten Stunde allein zurecht? Denn Nicolas tut Dienst bei der Bürgerwehr, sie brauchen jeden Mann für die Absperrungen.«

Die beiden Frauen standen in der Ladentür und horchten zur Rue Saint Honoré hin, der die Revolution den Heiligen genommen. Was war aus ihrer alten Straße der Eleganz, der Sorglosigkeit und der Liebe geworden? Eine Straße des Schreckens, auf der die Richtkarren zum Schafott entlangrasselten. Ein Summen wie von einem Bienenschwarm kam von dort, unterbrochen von Militärkommandos und johlenden Stimmen.

»Mademoiselle, jetzt kommt sowieso keiner«, versicherte die junge Frau, der die Ehe bis jetzt nur einen zum Militär eingezogenen Mann und ein totes Kind gebracht.

»Ich kann mir das nicht ansehen«, murmelte Rose, drehte sich um und stieg zu ihrem Arbeitskabinett herauf, dessen Fenster auf den stillen Hof gingen. Als sie eintrat, sah sie trotz der Mittagszeit Kerzen auf dem Sekretär brennen, zwischen ihnen stand der chinesische Pantoffel, den Nicolas aus den Tuilerien mitgebracht. Colombe saß davor und schien zu schreiben. Als sie Rose erkannte, hörte sie damit auf, zog ein kleines Marienbild unter dem Kontobuch vor, stellte es neben den Pantoffel, rutschte vom Stuhl auf die Knie und begann leise zu beten. Sie musste es schon vorher getan haben, denn sie fuhr mitten in der Litanei für Sterbende fort.

Rose lehnte sich schweigend gegen die Tür, faltete die Hände und blieb so, sie wusste nicht wie lange. Sie betete nicht, sie dachte auch nicht an den kotigen

Schinderkarren, auf dem die zum Tod Verurteilten, mit dem Strick an den Henker gefesselt, zum Richtplatz ratterten. Auch nicht an die kapriziöse und verwöhnte Person, die Marie Antoinette einst gewesen. Zwingender stand eine andere Szene vor ihr, wie ein Bühnenbild hinter einem Vorhang, der unablässig auf- und zugezogen wird: Das quälende letzte Wiedersehen mit der Königin in der Conciergerie, der verliesartigen Endstation vor Verurteilung und Hinrichtung.

Der Gefangenen war kein Besuch gestattet, doch Rose hatte ihn – wie auch andere – auf jenem Weg erreicht, den gute Beziehungen und Geld zu ebnen wissen. In einer Augustnacht ließ sie der Aufseher in die Zelle. Marie Antoinette war noch nicht zu Bett gegangen – es war ein eisernes Klappbett – sie saß auf einem Rohrsessel und beschäftigte sich abwesend mit zwei Ringen an ihren Händen, die man ihr gelassen, drehte, zog an ihnen und streifte sie wieder auf.

Rose hatte Mühe, in der alten, abgemagerten Frau im schwarzen Kleid mit zerschlissenem Saum ihre Königin zu erkennen. Auch zeigte sie kein Zeichen des Erkennens, als ihre einstige ›Modeministerin‹ einen konfusen Gruß murmelte und ein Bündel, in das sie feine Wäsche getan, auf den kleinen Tisch legte. Rose hatte einige Delikatessen mitbringen wollen, doch war ihr versichert worden, die Verpflegung sei gut und reichlich, man serviere der Witwe Capet sogar ihr bevorzugtes Mineralwasser.

In den wenigen Minuten, die Rose in der Zelle erlaubt, kämpfte sie nur gegen den Reflex an, in die altgewohnte Reverenz zu sinken und die Hand der

Königin zu küssen. Aber es streckte sich keine Hand aus, sie drehte nur weiter an den Ringen, und Rose stand steif und stumm an der Tür. Der Wärter bedeutete ihr schon, nachdem er einige belanglose Worte an seine Gefangene gerichtet und eine karghöfliche Antwort erhalten, sich zu verabschieden. Und noch immer kein Zeichen des Erkennens.

Sie musste es erlangen, ihr weiteres Leben hing daran, es war wie eine Absolution für die Sünde keinen Versuch unternommen zu haben Marie Antoinette im Temple zu sehen, obwohl sie es leichter hätte erreichen können als hier.

»Dürfte ich Madame vielleicht einen Priester bringen?«, hörte Rose sich zu ihrem Erstaunen sagen und hörte die Königin antworten:

»Aber kennt Ihr denn einen, Rose, der den Eid nicht geleistet hat?«

»Doch, doch ... den Abbé Magnin und ich glaube, er kann hierher kommen. Ich werde ihn verständigen, wenn Ihr es wünscht.«

Und Marie Antoinette sagte: »Ich danke Euch. Für alles.«

Die Absolution war erteilt, und es kam Rose vor, als habe sie ein wenig gelächelt. Aber es konnte auch eine Täuschung sein.

Der Abbé Magnin beschwor später, dass er *›das Glück hatte, die Beichte der Königin von Frankreich zweimal zu hören und ihr die heilige Kommunion zu spenden ...‹*

Als dann der Prozess gegen die Witwe Capet begann und ihr die Anklage neben anderen Punkten eine maßlose Verschwendung der Finanzen Frankreichs zur Last legte, begann Rose die Prüfung ihrer

Bücher zu befürchten. Standen in ihnen nicht seitenweise und teilweise noch unbezahlt, Lieferungen an die Königin? Erzählten sie nicht im Detail über Frivolität und Verschwendung? Die betreffenden Seiten herauszureißen oder auszuradieren hatte keinen Sinn, und so hatte Rose die gesamten Bücher und damit auch die Schulden anderer kurzerhand verbrannt. Eine mitschwesterliche Tat, die der sonst so geldbewussten Modehändlerin in diesem Augenblick nicht als Opfer vorkam.

Genützt hatte es nichts, denn Nicolas hatte sie darauf aufmerksam gemacht, dass die Hofbuchhaltung ein Doppel der Aufstellungen besäße.

In dem Hofzimmer in der ›Straße des Gesetzes‹ schaute Rose auf ihre kleine Uhr: ein Viertel nach Zwölf, vielleicht war es schon vorbei, und als ob Colombe das Gleiche dächte, begann sie schluchzend aus der ›Offenbarung des Johannes‹ zu murmeln:

»Wer sind diese, mit den weißen Kleidern angetan, und woher sind sie gekommen? Und ich sprach zu ihm: Herr du weißt es. – Und er sprach zu mir: ›Diese sind's, die gekommen sind aus der großen Trübsal und haben ihre Kleider hell gemacht im Blut des Lammes. Darum sind sie vor dem Thron Gottes und dienen ihm Tag und Nacht in seinem Tempel; und der auf dem Thron sitzt, wird über ihnen wohnen‹.«

Dann schwiegen die beiden Frauen lange. Colombe ließ den Rosenkranz durch die Finger gleiten, Rose die Erinnerungen durch ihr Gedächtnis, aber es waren diffuse, vom Elend des Alltags ausgebleichte Bilder.

Die Tür hinter ihnen ging auf, es war Nicolas in der Uniform der Bürgermiliz. »Nie, nie wieder möchte ich so was erleben«, sagte er rau.

»Teile das der jetzt zuständigen Göttin der Vernunft mit«, entgegnete Rose, von ketzerischer Auflehnung gegen den alten Himmel erfüllt.

»Wann ist es passiert?«, fragte Colombe leise, nach dem langen Knien mühsam aufstehend und die Kerzen löschend.

»So kurz nach zwölf. Es war im Nu vorbei. Sie ist so rasch auf die Plattform gestiegen, dass sie einen Schuh verlor.«

»Hast du ihn mitgebracht?«, fragte Rose, den Blick auf dem *Sabot chinois* aus den Tuilerien.

»Aber nein«, rief Nicolas konsterniert, »was für ein Ansinnen! Sollte ich aus dem Glied raustreten und nach dem Schuh suchen?«

»Und was hatte die Königin an?«, fragte Colombe weiter.

»Ein schneeweißes Kleid über einem schwarzen Unterrock.«

»Ich wusste es. *Mit weißen Kleidern angetan ... und im Blut des Lammes hell gemacht*«, flüsterte sie, es klang fast befriedigt.

»Was seid ihr denn für abgebrühte Frauenzimmer, dass ihr mich nach den Kleidern und Schuhen dieser Unglücklichen fragt?«, schrie Nicolas. »Hat euch denn der Umgang mit diesem Modekram vollkommen gefühllos gemacht?«

»Du verstehst gar nichts, mein armer Junge«, sagte Rose freundlich, »und jetzt geh, bitte, und zieh diese Uniform aus.«

29

Rose hatte noch einen Grund ketzerische Aufsässigkeit gegen den alten Himmel zu empfinden: Sie war in großer Sorge um ihren Seidenmann.

Die Auseinandersetzungen zwischen den Anhängern und den Gegnern der Revolution waren längst nicht mehr auf die Hauptstadt beschränkt, in manchen Teilen Frankreichs war es schon zum Bürgerkrieg gekommen. Auch in Lyon brach ein antirevolutionärer Aufstand aus, bei dem der jakobinische Magistrat gestürzt und der Bürgermeister guillotiniert wurde. Worauf der Konvent eine Strafexpedition republikanischer Truppen nach Lyon entsandte.

Remy Leduc gehörte zu denen, die gegen die neue Republik waren und nun in den Sog der Auseinandersetzung gerieten. Die wenigen Zeilen, die Rose von ihm in letzter Zeit erhalten, sagten nur: Es ginge ihm gut, sie solle sich nicht beunruhigen, doch wenn sie ihm schriebe, vorsichtig in ihren Äußerungen sein.

Aber Rose war dennoch beunruhigt, sogar mehr: voller Angst. In ihrem Leben hatte es wenige Menschen gegeben, die ihr viel bedeuteten. Die Mère gehörte dazu, die Dupins, Jeanne du Barry, eine Zeit lang Philippe von Orléans. Auch Marie Antoinette – auf einer höheren Ebene. Gab Rose ihren Gefühlen nach, dann vorbehaltlos. Ihre Zuneigung für den Seidenmann war langsam gewachsen und hatte mehrere Stadien durchlaufen. Begonnen als sexuelles Intermezzo, lange aus Opposition auf Eis gelegt, hatte sich eine immer mehr sich festigende Liebe entwickelt bis er zum ›Einzigen‹ geworden. Das hieß nicht, dass sie dem Freund immer treu gewesen, dafür war sie zu temperamentvoll, zu lange und zu oft von ihm getrennt. Doch für Rose zählten diese kleinen Sünden des Fleisches nicht, änderten nichts an der tiefen Verankerung zu diesem ernsthaften, zärtlichen und verletzlichen Menschen. Er war ›ihr Seidenmann‹ und würde es bis zu ihrem Ende bleiben.

Nun berichteten die Zeitungen, dass Lyon nach zweimonatiger harter Belagerung kapituliert und die Bestrafung der Royalisten furchtbar war. ›*Lyon führte Krieg gegen die Freiheit, Lyon ist nicht mehr!*‹ Ganze Straßenzüge der schönsten Häuser wären zerstört, Kunstwerke in Schutt und Asche gelegt, Tausende verhaftet und auf ihre Hinrichtung wartend. Selbst die Tilgung des Namens gehörte zur Strafe, ›*Ville-Affranchie*‹ – Befreite Stadt – sollte das stolze Lyon von nun an heißen.

Was war aus Leduc geworden? Während der Belagerung getötet? Danach hingerichtet? Noch im Gefängnis? Er war bekannt in Lyon, sein Gesicht, seine Ansichten, sein Haus. Hatte er fliehen können, sich verstecken? Rose marterte die Ungewissheit, sie tickte in ihrem Kopf wie ein eintönig quälender Refrain: »Was ist mit Remy? Was ist mit Remy?«

Es tickte, während sie der Frau des Brauereibesitzers mehr Roben und Hüte verkaufte, als diese vorgehabt. Es stach hinter der Stirn, während sie sich Colombes Klagen über die Schändung der Kirchen anhörte, in denen jetzt Bildsäulen der Freiheit aufgestellt oder die jetzt als Tanzsäle benutzt wurden, während sie für Epinay Anweisungen über zu schlachtendes Vieh geben musste und der von ihr finanzierten Nichte zum zweiten Kind gratulieren.

Es ging auf November, als ein Bote einen Brief

brachte. Die Schrift war Rose unbekannt, sie legte ihn beiseite, öffnete ihn dann doch und las wie unter einem plötzlichen Eisschauer:

»*Teure Freundin, es tut mir Leid, dass du dir wegen der Unruhen in unserem Departement so viele Gedanken machtest. Aber da alle meine Nachbarn die Aufrichtigkeit meines Patriotismus kennen, bin ich über jeden Verdacht erhaben. Ich bin sogar mit einer Commission für den Wohlfahrtsausschuss beauftragt worden und nun in Paris. Wie gerne würde ich dich wiedersehen, da ich mich mit Plaisir an die gemeinsamen Promenaden und Konzerte im Palais Egalité erinnere. Es soll noch immer ein agreabler Ort sein. Wenn es dir also genehm, erwarte ich dich heute Abend um Acht, und auch morgen, falls du heute unabkömmlich sein solltest, an unserem alten Treffpunkt vor dem Café Février.*

In höchster Erwartung unseres Wiedersehens verbleibe ich, teure Freundin, dein ergebener ...« (Unleserliche Unterschrift).

Der Eisregen wechselte zum Feuersturm, es war Remys Schrift, wenn auch nicht sein Stil. Er war lebendig, in Paris und nach dem Brief zu urteilen in patriotischer Verkleidung.

Zur angegebenen Zeit stand Rose unter den Arkaden des einstigen Palais Royal, das jetzt *Palais Egalité* hieß. Die Option für die ›Gleichheit‹ und sein Votum für den Tod des Königs, hatten Philippe letztlich nur die gleiche Behandlung wie seinen aristokratisch gebliebenen Vettern eingebracht. Er wartete in der Conciergerie auf seine Hinrichtung, wie seine Frau Marie-Adelaide im Gefängnis des ehemaligen Luxembourg-Palais.

Der Abend war klar, aber kalt. Rose wickelte sich

fester in ihre pelzgefütterte Mantille als sie wartete. Hier wanderten genug teuer und auffällig angezogene Dämchen herum, um nicht in Sack und Asche auftreten zu müssen. Neben ihr stand Civette, ebenso eingewickelt, und sah misstrauisch um sich. Sie schien Rose eine bessere Begleitung als die unzurechnungsfähige Colombe oder der Angehörige der Bürgerwehr, Nicolas.

Es ging so lebhaft wie immer unter den Arkaden zu, und viele Bummler wirkten so unbekümmert, als gäbe es keine, nur eine Meile weiter immer rascher zuhackende Guillotine. Die Promenierenden führten ihre neuesten Toiletten aus wie zu Königs Zeiten, weiß der Himmel, wo sie sie hernahmen. Einige Frauen trugen schon große Pelzmuffen, dazu Jäckchen, die kaum über den Busen reichten, während ihre Rocksäume den Boden fegten. Junge Stutzer mit ausladenden Pudelfrisuren spazierten mit absichtlich vorgewölbter Brust, um die Schönheit wild gestreifter Fräcke und assortierter Westen zur Geltung zu bringen. Ein schwarz Gekleideter schäkerte mit einer sehr jungen Person, und die Wartenden hörten folgende Unterhaltung:

»Oho, Abbé, welch unanständiger Vorschlag! Du kannst doch jetzt heiraten!«

»Das ist zu lästig, mein kleiner Schatz.«

»Ah, ich verstehe; du bist nicht keusch genug für eine ehrbare Frau.«

Rose musste lächeln, doch dann packte sie wieder die Ungewissheit ob Remy kommen könnte. Und wie würde er aussehen? Dass er eine Verkleidung trug, war sicher. War es der straff auf sie Zukommende in der Uniform der Nationalgarde? Nein, er war zu jung.

Dann einer, der ihm mehr glich, jakobinisch gekleidet in langen Beinkleidern, braunem Schlappfrack und roter Mütze. – Nein, dem lief ein recht offenherzig gekleidetes Mädchen schimpfend nach und schrie, er wäre ihr noch was schuldig.

Dann humpelte ein weißhaariger, triefnasiger Greis heran und blieb bei ihnen stehen. »Bürgerin, Freundin«, krächzte er und Rose hielt den Atem an, »hab doch Mitleid mit einem vom Schicksal Geschlagenen!« Er hielt die Hand auf und grinste sie zahnlos an. Beweis, dass es Remy nicht sein konnte.

»Ich denke, wir gehen lieber, Civette. Er kommt heute nicht«, flüsterte sie, als sie sich von drei wenig vertrauensvoll aussehenden Männern umringt sahen. »Hinterwäldler auf Paris-Erkundung!«, dachte Rose verächtlich. Sie trugen stiefelhohe Gamaschen, trikolorenfarbene Halstücher, breitkrempige Filze mit Auerhahnfeder und in ihren Gürtelschärpen steckten Pistolen und Jagdmesser.

»Wo sind die Bürger her?«, fragte Rose, um nicht gleich die Krallen zu zeigen.

»Wir sind Savoyarden, Tantchen«, antwortete einer in kaum verständlichem Dialekt, »aber das Murmeltier haben wir zu Haus gelassen, es pfiff die falsche Melodie.« Und er tirilierte ein paar Takte. Ein zweiter griff mit einem plumpen Kompliment nach Civettes Arm, sie schrie auf: »Lasst mich in Ruhe! Ich bin keins von diesen liederlichen Frauenzimmern!«, und Rose fiel wütend ein: »Hände weg von meiner Tochter!«

Worauf der dritte, dem grausträhniges Haar ungebunden in Augen und Wangen hing, lachend ausrief: »Oh, so kommt man also hinter deine Geheimnisse, teure Freundin!« Rose überschüttete wieder Eisregen, dann Feuer, denn die Stimme sprach dialektfrei und gehörte Remy.

Sie gab Civette einen Knuff, flüsterte: »Alles in Ordnung!« Die junge Frau begriff und brach in kokettes Lachen aus. Sie und Rose genierten sich pro forma als die martialischen Kavaliere lautstark einen kleinen Spaziergang durch den Garten vorschlugen.

Rose und Leduc gingen voran, die drei hintennach, bis sie im hinteren Teil des Gartens angelangt, wo die Schatten sie zudeckten.

»Du siehst umwerfend aus. Zum Fürchten«, flüsterte Rose, an einen Baum gelehnt. Den Umhang hatte sie einfach fallen lassen. Leduc stand vor ihr, sie mit den Armen einzäunend, sodass es aussah als mache er ihr ein Liebesangebot. Aber von Liebe war nicht die Rede, hastig flüsterten sie Fragen und Antworten:

»Kann nicht lange bleiben, an keinem Ort, wäre nicht ratsam. Es gibt zu viele Spitzel.«

»Wer sind die beiden?«

»Freunde. Mit ihnen werde ich mich so schnell als möglich davon machen, Richtung Schweiz, es muss klappen.«

»Warum den Umweg über Paris, Liebster?«

»Ich wollte verschiedene Leute sehen und Jemand besonders. Außerdem: Gejagte Hasen schlagen eben Haken.«

Die Beleuchtung in diesem Teil des Palais-Gartens war zu schwach, um sein Gesicht genau zu erkennen, doch genügend, um zu sehen wie zerfurcht und erschöpft es aussah. Sie merkte das auch an seiner Stimme, die Ironie war nur Firnis. Er musste Böses durchgemacht haben.

»War es sehr schlimm in Lyon?«

»Krrrk«, machte Leduc, und dann: »Erzähl mir lieber von dir. Eine Modehandlung ist ein ganz guter Schutz, denke ich, auch die Henker haben Frauen.«

»Oui. Und Devisenbringer behandelt jede Regierung pfleglich«, und sie erzählte ihm das Wichtigste.

»Nicolas macht Dienst in der Bürgerwehr, aber sehr ungern.«

»Das Gegenteil kann ich von meinem Sohn sagen. Er ist bei der Armee, der republikanischen, wohlgemerkt.«

»Dein jüngster Sohn?«

»Ja, er liebt Neues und Abenteuer. Kann ich gut verstehen. Der Älteste blieb in Lyon und ist jetzt in die Berge. Hoffentlich kommt er durch.«

»Remy, das alles ist schrecklich. Wie soll das noch werden?« Sie strich mit den Händen über sein Gesicht, umfasste die Schläfen, spürte die Adern pulsieren, das Leben.

»Es ist wie Tollwut«, sagte er bitter, »hat wohl in uns dringesteckt. Seit Generationen. Nun beißt einer den anderen, bis sie sich ausgetobt hat.«

»Oder keiner übrig bleibt. Wie kannst du so zynisch sein?«

»Ich bin nicht zynisch, ich bin nur am Ende«, sagte er und ließ seine Stirn auf ihre sinken und umschloss sie fester. Seine Strähnen kitzelten sie, als lägen sie in einer sehr engen Umarmung im Bett, und da flüsterte er:

»Ich bin nicht dafür gemacht zu morden und zu hassen, ich kämpfte für Reformen, nicht für Revolution. Ich begreife das alles nicht, es ist mir unverständlich. Am liebsten möchte ich auf der Stelle einschlafen, in deinen Armen, nicht mehr denken müssen und nicht mehr aufwachen.«

»Mein armes Herz, komm mit nach Hause. Keiner erkennt dich, keiner verrät dich. Schlaf dich erst mal aus.«

Sie standen reglos aneinander geschmiegt, hörten in der Nähe Leducs Freunde mit Civette lachen und schäkern, dann ein paar gepfiffene Takte. Er richtete sich auf.

»Es geht nicht, wir müssen's verschieben.«

Die kleine Gruppe ging schwatzend und lachend dem Ausgang zur *Rue de la Loi* zu. Ein Wachposten wollte die Ausweise sehen. Die drei Männer schienen nicht im Geringsten erschrocken und holten Papiere aus ihren Gürtelschärpen. Rose beruhigte das wie Baldriansud.

Vor der Modehandlung verabschiedeten sich zwei lärmend von Civette, und der Dritte nutzte die Ablenkung um Rose an sich zu pressen und zu murmeln:

»Mein Herz, mein Herz! Pass auf dich auf, mir zuliebe. Wir holen alles nach.«

Rose fiel etwas ein. »Hast du genug Geld? Sag's, ich bitte dich!«

»Ich habe genügend.« Dann lachte er ein wenig: »Was ich mehr bräuchte, wäre ein Bad. Dein Badehaus wird schon zu einer fixen Idee bei mir.«

Jetzt musste sie lachen. »Holen wir auch nach. Und denk an die Montgolfiere, Liebster, wenn's brenzlig wird!«

»Die Montgolfiere! Fortfliegen, ja, das wäre die Rettung.«

Nach langer Zeit konnte Rose wieder weinen, in

ihrem Zimmer, kniend vor ihrem Bett, den Kopf in die verschränkten Arme vergraben, wie es ihre Art war.

30

Terror ist nichts anderes als Gerechtigkeit, prompt, sicher und unbeugsam, Terror ist eine Offenbarung der Tugend!«, verkündete der mächtigste Mann der neuen Republik, der tugendhafte Maximilien Robespierre.

Rose hatte sich geschworen nie dabei zu sein, wenn diese Gerechtigkeit durch die ›rote Witwe‹ ausgeführt wurde, doch an einem Dezembernachmittag des Jahres 1793 wurde sie ihrem Vorsatz untreu. Man kneift nicht beim endgültigen Abschied von einer alten Freundin, man gibt ihr das Trauergeleit, wirft Blumen auf ihr Grab – auch wenn es für die schöne Jeanne weder Trauergeleite noch Blumen geben würde – nur ein Massengrab, bittere Gedanken und ein stummes Gebet.

Der für seine betäubende Beredsamkeit und Mitleidlosigkeit bekannte Öffentliche Ankläger, Fouquier-Tinville, hatte das Todesurteil für sie verlangt. Seine Beschuldigungen gegen *Jeanne Vaubernier, femme du Barry,* endeten mit den in den Gerichtssaal geschmetterten Worten:

»Indem man mit dem Schwert des Gesetzes eine Messalina trifft, schuldig einer Verschwörung gegen das Vaterland, rächt ihr nicht nur die Republik für ihre Anschläge, sondern ihr reißt einen öffentlichen Skandal mit der Wurzel aus und bejaht die Herrschaft der guten Sitten, die wichtigste Basis der Herrschaft des Volkes!«

Die Angeklagte begriff nichts. Was man ihr zur Last legte, war ein ungeheures Missverständnis, das sich doch aufklären lassen musste. War sie nicht ein Kind des Volkes? Eine Befürworterin des neuen Regimes? Lebte sie nicht seit Jahren still auf ihrem Schlösschen und tat Gutes, wo sie nur konnte? War sie nicht noch immer von ihren Reisen nach London zurückgekehrt und hatte damit bewiesen, dass sie dem Vaterland nicht ihr Vermögen entziehen wollte?

Aber sie hatte mit der Aristokratie gelebt, war von ihr geliebt und ausgehalten, nobel und reich geworden. Sie hatte mit den Emigranten sympathisiert, ihnen sogar Geld geliehen, für den König Trauer getragen. Das genügte den Richtern, zumal die Comtesse durch ein fanatisches Konventionsmitglied und einen entlassenen Bedienten schwer belastet wurde.

Wenn sie jedes, aber auch jedes Versteck ihrer Wertsachen angeben würde, bedeutete man ihr, könnte sie vielleicht davonkommen. In der Schreibstube der Conciergerie, schon im Hemd der Verurteilten, packte Jeanne aus. Ja, da waren geheime Depots in ihrem Park, im Bassin von Marly, bei treuen Dienern. Sie enthielten Goldmünzen, Schmuck, Silberzeug. Auch kostbare Miniaturen und eine goldgefasste Schildpattdose mit dem Porträt Marie Antoinettes hatte sie versteckt, dieses noch und jenes.

Drei Stunden lang redete sie fieberhaft. Die Vertreter des Tribunals hörten mit unbewegten Mienen zu, ein Schreiber notierte sorgfältig die Angaben. Dann wurde sie zum Richtkarren geführt. Hatten Schönheit und Charme ihr nicht mehr helfen können? Für die sie vernehmenden Männer war sie nur eine geschwätzige alte Frau mit vom Henker kurz geschnittenen Haaren gewesen. Eine abgewrackte Kurtisane und verlogene Kapitalistin, die versucht hatte den Konvent über das Ohr zu hauen.

Schluchzend, sich heftig wehrend, um jede Minute Aufschub bettelnd, wurde die Delinquentin mit Gewalt auf den Karren gehievt. Ihr standen nicht Generationen von stolzen Ahnen bei, um die letzten Augenblicke mit Würde durchzuhalten; ihre Erziehung hatte ihr keine Contenance in jeder Lebenslage eingebläut. Sie hatte nicht den Trost in Kindern weiterzuleben. Die schöne Jeanne hatte als Verbündete für das Leben nur ihren hinreißenden Körper, die Liebe und den Reichtum gehabt. Nun, da ihr das alles genommen werden sollte, brach sie zusammen.

Seit der beschämenden Rückholung der königlichen Familie von Varennes, war Rose nicht mehr auf dem Platz der Revolution gewesen. Er sah gleich unordentlich und ungepflastert aus. Die neue Brücke über die Seine war noch immer nicht fertig, die kahlen Baumreihen an den Champs Elysées und im Tuilerien-Park standen wie umgedrehte schwarze Besen, die schönen Palastfronten an der Nordseite löste schon die winterliche Dämmerung auf. Und es war bitterkalt.

Rose sah scheu zu dem Podest mit dem sauber rot lackierten Gerüst hinüber, nicht weit von der sitzenden Statue der Liberté mit Lanze, Weltkugel und phrygischer Mütze. Mit ihren großen pupillenlosen Augen konnte sie die Hinrichtungen verfolgen, und sie zwinkerte nie.

Colombe und Rose standen eng aneinander gedrückt, eine Wolldecke um sich geschlungen. Pelzgefütterte Pelissen waren hier nicht am Platz. Die Dupin-

Tochter hatte so flehend ums Mitkommen gebeten, dass Rose schließlich ›ja‹ gesagt.

»Aber wehe – wehe uns! –, wenn du hysterisch werden solltest, heulst oder um Hilfe rufst. Hörst du, Colombe? Dann bist du die nächste, die da hochsteigt.«

»Ich höre, Tante, und ich werde ganz ruhig sein. Euretwegen.«

Es warteten nicht allzu viele Leute hinter dem Kordon der Wache um die Plattform. Es war zu kalt, und was bedeutete schon die alte Mätresse eines seit vielen Jahren toten Königs, dessen leerer Standbildsockel noch immer auf dem Platz wuchtete. Kein Vergleich mit den Massen, die sich zur Hinrichtung des Exkönigs und der Exkönigin gedrängelt hatten. Kein Vergleich auch mit der Menge, die sich vor einem Monat, fast zur gleichen Zeit, an der Hinrichtung des illustren Bürgers Egalité delektiert hatte. Auf ihre Kosten waren die Sensationsgierigen nicht gekommen, denn der ehemalige Herzog von Orléans hatte sich bis zuletzt von souveräner Würde gezeigt, sogar schwarzen Humor bewiesen. Als die Henkersgehilfen ihm vor dem Brett, des leichteren Anschnallens willen, die Stiefel ausziehen wollten, hatte er gespottet: »Wartet doch! Meinem Kadaver sind die Schuhe viel leichter abzunehmen.«

Er hat aus seinem Leben mutwillig einen Scherbenhaufen gemacht, zerstörungslustig und gedankenlos wie ein kleiner böser Junge, dachte Rose traurig, an ihre letzte Begegnung am gleichen Ort erinnert. Aber er konnte auch bezaubernd wie ein kleiner Junge sein, fuhr sie in ihrer stillen Gedächtnisrede fort. Warum musste er erst vor seinem Ende die beste Seite eines Aristokraten herauskehren?

Eine neben ihnen wartende robuste Person, gegen die Kälte in eine reich bestickte samtene, sicher ehemalige Altardecke gewickelt, versuchte mit Colombe ein Gespräch anzufangen.

»Wie du mich an ein Mädel aus Chêlons erinnerst! Geradezu frappierend. Cécile Renard. Sagt dir das was?«

Colombe schüttelte stumm den Kopf, doch die Frau gab noch nicht auf: »Ich dachte schon, ich hätt sie wiedergefunden. Ist seit Monaten verschwunden. Keiner weiß, was aus ihr geworden ist. War immer toll wie ein Märzhase, diese Cécile. Königstoll! Hat sie doch der Antoinette, als sie bei uns übernachten musste, das zerrissene Kleid gerichtet. Runterreißen hätte sie's der Tyrannin sollen! Könntest ihre Schwester sein. Na, nichts für ungut.«

»Ich heiße Colombe Dupin«, sagte Colombe, aber so leise, dass selbst Rose es kaum verstand.

Man hörte Räder auf den Platz rumpeln, schwere Hufschläge, unverständliche Kommandorufe. Die beiden Frauen stellten sich auf die Zehenspitzen. Zu sehen war nur etwas Helles, Zusammengekrumpeltes auf dem Karren, hinter stehenden Gestalten. Konnte das ihre schöne Jeanne sein?

»Sz-eiße! Hundertmal Sz-eiße. Und Sz-ande über uns alle«, sagte Rose vor sich hin, als habe die Freundin ihr den niedlichen Sprachfehler als Erbe hinterlassen. – »Oh, Saint Gilles, vergib, aber warum hat uns der Herr nur in diesen Höllenpfuhl geworfen? Warum haben sich so verheißungsvolle Anfänge in diesen Alptraum verwandelt? Waren wir zu leichtsinnig, zu hochmütig? Aber wir waren doch jung, und die Welt, in die mich Jeanne eingeführt, war so sorglos und verschwenderisch wie Jeanne selbst. Und diese Welt starb jetzt genauso auf dem Schafott.«

Das Pferd wurde jetzt rückwärts an das Gerüst gedrängt, damit das Karrenende an der Leiter zu stehen kam. Rose sah die Henkersgehilfen sich um das weiße Bündel bemühen, hörte neben sich das Klicken des Rosenkranzes unter der Wolldecke, mattes Gemurmel der Zuschauer und irgendwo einen angebundenen Hund jaulen.

Jetzt trug ein Mann die leblose Gestalt auf die Plattform, legte sie auf das Brett. War Jeanne etwa ohnmächtig? Sie hoffte es für sie, es wäre eine Gnade.

»Man muss doch was tun, zu Hilfe kommen«, flüsterte Colombe. Aber es kam ihr keiner zu Hilfe, keine Kavalkade ihrer alten Liebhaber kam angeprescht, und den letzten, ihren Hercule, hatte der Pöbel schon gelyncht. Keine Abordnung ihrer immer großzügig bewirteten Gäste, freundlich behandelter Bedienten und beschenkter Dorfleute, tauchte auf. Alle hatten so viel von ihr bekommen, sie war so freizügig mit Geld und Gunst gewesen. Aber als Schutz vor den fanatischen neuen Machthabern hatte es nicht ausgereicht.

Als der Holzkragen zuschnappte, kam plötzlich Leben in das Bündel. Es regte sich, gab Laut, fing an zu schreien. Ein qualgesättigtes Kreischen, wie ein Tier in Todesangst, das alle Schreie, die hier aus Schreck, Stolz oder Fatalismus nicht ausgestoßen, nachzuholen schien.

Es gellte über den Platz, war überall, sägte sich in Roses Hirn, ließ Colombe sich an sie krallen und hörte nicht einmal auf, als die Schneide surrend fiel, da sie nicht ganz in den fleischig gewordenen Nacken eindringen konnte. Erst als das Beil noch einmal herunterkam, sich in das schon flutende Blut eingrub, brach das Schreien abrupt ab.

Die Stille danach schien Rose unerträglich. Bis Rufe aufstiegen: »Es lebe die Nation! *La Patrie!*«, und die Frau mit der Samtdecke krächzte: »Es lebe die Tugend! Tod den Huren von Versailles!«, um im Sprechton böse hinzuzufügen: »Unser Vater des Vaterlandes, der Bürger Robespierre, wird schon die Tugend wieder zurechtschneiden.«

Rose hatte in den letzten Sekunden nicht mehr hinschauen können, sondern hoch in den trüben Himmel, durch den ein Schwarm Krähen zu den Schlafbäumen zog. Könnte man nur fortfliegen wie sie. Aber nicht einmal der Gedanke an die blau und goldene Montgolfiere kam ihr.

Auf dem Nachhauseweg durch die düstere, nur spärlich von Hauslaternen erhellte Rue Honoré, an denen der Mob gerne unliebsame Mitbürger an der eisernen Halterung aufknüpfte, hing Colombe stumm und schwer an Roses Arm. Schließlich sagte sie:

»Die Tugend ist hässlich geworden, Tante, weil sie die Barmherzigkeit und die Güte abgelegt hat.«

»Ein bigottes, selbstzufriedenes Weibsbild ohne einen Funken Menschlichkeit, oui!«, bestätigte Rose.

»Man sollte sie umbringen«, fuhr Colombe nachdenklich fort.

Am nächsten Tag begann die Bürgerin Bertin sich energisch um Pässe für sich und einige Mitarbeiterinnen zu bemühen, damit sie nach London gelangen konnten.

Sorgfältig, aber nicht auffallend angezogen, erschien sie vor dem zuständigen Beamten, der einschüchternd finster unter einem riesigen, kokardengeschmückten Zweispitz hinter seinem Amtstisch saß, der Bürgerin Bertin aber nicht gewachsen war.

Sie begründete ihre Reise sehr geschickt mit der Devisenbeschaffung für die Republik. Man könne doch die hassenswerte Aristokratenbande nicht einfach mit ihren Schulden davonkommen lassen? Im Übrigen sie das Geld nicht nur für sich eintrieb, sondern auch für ihre Arbeiter. Rose legte mit Staub aufwirbelndem Nachdruck die mitgebrachten Register auf den Tisch.

»Du kannst daraus ersehen, Bürger Kommissar, dass ich, obwohl ich diese horrenden Außenstände habe, dennoch seit Juli 1792 über vierhunderttausend Livres an meine armen, treuen Arbeiter bezahlt habe. Das heißt: nicht ganz, denn das kann ich nicht, bevor ich nicht meine Schulden erstattet bekomme. Aber es liegt mir am Herzen, oui, zumal fast alle Familien haben, die sie in diesen schweren Zeiten ernähren müssen. Hier! Sieh dir die Aufstellung an: Gaze- und Band-Weber, Fleuristinnen, Federverarbeiter, Sticker, Schneiderinnen und und und. Sie gehen zu Grunde, wenn ich Konkurs machen sollte!«

Wenn Rose redete, redete sie. In devotem Ton zwar, aber mit das Gegenüber fixierendem Blick aus großen grauen Augen, dem der Bürger Kommissar kaum standhalten konnte. Sie erregte sich bei diesem Vortrag so, dass sie ihr Fichu lockern musste, und eine immer noch bemerkenswerte Aussicht freigab.

Rose erhielt ihr *Laissez passer* und ging daran die Reise vorzubereiten. Nicolas erhielt alle Vollmachten, er würde mit dem Geschäft zurechtkommen, vor allem, da es wenig zu tun gab. Die Zeit der Extravaganzen war vorbei, die Kundschaft bürgerlich und sparsam geworden, die Kleider wirklich schlicht. Es gab kaum mehr etwas zu garnieren, allenfalls umzuändern. Die Hauptsache waren Hüte, das würde ihre tüchtige Rolande schon schaffen, und sie würde von London laufend Anregungen geben. Claude kümmerte sich weiter um Epinay. Schade, dass beide Neffen noch unverheiratet waren.

»Warum siehst du dich nicht nach einer netten Frau um, anstatt mit kleinen Freundinnen zu schlafen? Du bist immerhin sechsundzwanzig«, drängte Rose den Älteren.

»Würdet Ihr in dieser Zeit eine Familie gründen und ernähren, Tante?«, entgegnete er trocken, denn er besaß die realistische Lebensauffassung der Mère.

Rose war froh die Stadt zu verlassen. Es war nicht mehr ihr Paris, war trostlos und Furcht einflößend geworden. Eine desolate Stimmung herrschte allenthalben, die Angst denunziert zu werden. Auch Rose fuhr manchmal nachts hoch, weil sie geträumt, man verurteile sie der Mitschuld an der königlichen Verschwendung. Die Straßen waren noch kotiger geworden, es stank bestialisch, auch wenn Kinder die Pferdeäpfel zum Düngen von Hinterhofbeeten sammelten. Ungezählte Bettler und Invaliden hielten die Hand auf, und nach zehn herrschte Totenstille. Die Theater schlossen früher, die Läden auch, und Einladungen waren selten geworden, denn Lebensmittel waren knapp. In London würde sie aufatmen können.

Rose buchte Plätze in der Postkutsche nach Calais,

der Tag der Abreise rückte heran. Und dann verschwand Colombe wieder einmal, doch diesmal hinterließ sie einen Brief:

»*Verzeiht, liebste Tante, dass ich Euch verlasse, aber es muss sein. Ich kann diese Welt nicht mehr ertragen, und weiß nicht, ob ich noch etwas tun kann, was mithülfe sie zu ändern. Ich danke Euch für alles, was Ihr für mich getan.*

Betet für mich! – Colombe Dupin.«

P.S. *Lege, Herr, einen Schrecken auf sie, dass die Heiden erkennen, dass sie Menschen sind. Sela.* (Psalm Neun)

»Lege, Herr, einen Schrecken auf sie. Und auf mich«, seufzte Rose, mehr niedergedrückt denn wütend über diese neue Flucht. Was ging bloß in diesem verdrehten Mädchen vor? Sie hatte es nie ergründen können. Was hatte sie vor? Und wo sollte man sie finden? Klöster gab es nicht mehr, Freunde hatte sie nicht, war kaum ausgegangen. Und keiner wusste etwas, sie war immer die Verschwiegenheit selbst gewesen.

Rose schickte in den nächsten Tagen einen unverdächtigen Mittelsmann in die Gefängnisse um die Namenslisten durchzusehen. Colombe war nicht dabei. Unter den aus der Seine gefischten Leichen auch nicht. Wo sollte man sonst noch suchen?

»Sie wird schon wieder zurückkommen, wie bisher«, tröstete Nicolas lahm. Rose schüttelte den Kopf, sie hatte ein Gefühl der Endgültigkeit. Sie würde mit zweien ihrer Mädchen fahren, konnte die Abreise nicht verschieben und wollte es auch nicht. Die Ereignisse des letzten Jahres, das schreckliche Ende so vieler nahe Stehender – nur ihr Bruder in Abbéville war eines natürlichen Todes gestorben –, Remys Flucht ins Ungewisse, hatten sie in einen Zustand völliger Gleichgültigkeit versetzt. Sie tat und plante nur das, was unbedingt nötig war, und diese Reise war nötig um zu überleben. Kehrte Colombe zurück, konnte Nicolas sie mit dem für sie ausgestellten Pass nachschicken oder nach Epinay.

Erst als das Kanalboot in Calais auslief und ihr der scharfe Seewind ins Gesicht wehte, schien sich eine Ecke des erstickenden Tuches der Fatalität über Rose zu heben.

Man musste weitermachen, so lange man konnte, seinen Grips gebrauchen und auf seinen guten Stern vertrauen. Jeanne kam ihr plötzlich in den Sinn, die sie manchmal beneidet hatte, weil ihr das Glück gegeben war auch ohne ameisenhafte Geschäftigkeit, ständigen Kampf mit Zahlungen, launenhaften Kunden und drohendem Konkurs, zu Wohlleben zu kommen, aber am Ende war ihre, Roses, Laufbahn doch die erfolgreichere gewesen. Bis jetzt, das Leben war noch nicht gelebt. Und was die arme Colombe anbelangte, so hatte sie zu viel Gefühl, zu wenig Verstand und überhaupt kein Glück mitbekommen. Wenn sie nur wüsste, was aus ihr geworden war.

In den Briefen, die Nicolas nach London schickte, stand nur der stereotype Satz: »Leider nichts Neues über Colombe.« Warum hätte er sich auch für die junge Frau interessieren sollen, die am Morgen von Colombes Verschwinden bei einem Tischler anklopfte und den dort wohnenden Bürger Robespierre dringend zu sprechen wünschte? Die öffnende Schreinerstochter sagte, ihr Mieter sei abwesend, worauf die Besucherin empört reagierte.

»Wie? Das ist aber erstaunlich. Der Bürger Robespierre hat doch eine öffentliche Funktion, ist dazu da, allen Rede zu stehen, die sich bei ihm melden. Ich muss ihn sprechen.«

Diese Ungeduld schien zwei anwesenden Republikanern verdächtig, sie ersuchten die Unbekannte sie zum Sicherheits-Komitee zu begleiten, und dort beklagte sie sich weiter.

»Wenn man unter dem alten Regime den König sprechen wollte, wurde man sofort vorgelassen.«

»So? Du möchtest also lieber einen König haben?«

»Tausendmal lieber würde ich einen König und eine Königin den vielen Tyrannen heute vorziehen, und bei Robespierre war ich nur, um zu sehen, wie ein Tyrann aussieht.«

Man fragte sie nach dem Namen; sie sagte, sie heiße Cécile Renard, sei aus Chêlons und schwieg sich hartnäckig über weitere Angaben aus. Man untersuchte sie und fand zwei kleine Messer bei ihr. Sonst nichts, keinen Ausweis, nichts Persönliches. Und dann entdeckte man, dass sie vor dem Besuch in einem nahen Laden ein Bündel mit Wäsche hinterlegt. Sie begründete das mit der Notwendigkeit die Sachen an dem Ort zu brauchen, wo man sie sicherlich hinführen werde.

»Von welchem Ort sprichst du, Bürgerin?«

»Vom Gefängnis, um von dort aus zur Guillotine zu gehen.«

Der Konvent und sein Präsident Robespierre, waren sehr misstrauisch gegen unbekannte Besucher geworden, seitdem der ihre Sache verfechtende Journalist Marat von einer jungen Frau in seiner Wohnung beim Baden erdolcht worden war. Und gerade an diesem Tag war wieder ein Attentat versucht worden.

Für das Sicherheitskomitee war das alles eine einzige

Verschwörung gegen die ›Väter des Vaterlandes‹, und es war entschlossen sie schnell und abschreckend zu beenden. Cécile Renard wurde sofort mit anderen mutmaßlichen Verschwörern verurteilt. Alle trugen auf ihrem letzten Weg ein blutrotes Hemd, traditionell für Königsmörder, das manch böses: »Was! Wie für einen König!«, zur Folge hatte, bedrohliches Vorzeichen für die Zukunft des tugendhaften aber ungeliebten Bürger Robespierre.

Im August 1794 berichteten die britischen Zeitungen, nun wäre es in Paris gelungen die Jakobinerherrschaft zu stürzen. Robespierre und seine Anhänger wären ihrerseits hingerichtet worden.

»Die Leute umarmten sich auf der Straße und in den Vergnügungsstätten. Sie waren so überrascht, sich noch unter den Lebenden zu finden, dass ihre Freude fast in Euphorie umschlug.«

In London umarmte Rose heftig die ihr Nächststehenden, und wenn ihre Freude dabei nicht in Euphorie umschlug, so doch in die wahnsinnige Hoffnung bald wieder nach Hause zurückkehren zu können.

31

Der Baron Duplouy war ein umsichtiger Mann: Er hatte frühzeitig genug Frankreich verlassen, um Vermögen, Hausrat, sogar Möbel nach England mitnehmen zu können. Und da er aus Abbéville stammte, war der Umzug nicht allzu weit gewesen.

Bei Canterbury hatte er einen hübschen Landsitz erworben, der ihm die teure Londoner Miete sparte,

Jagd und Viehhaltung erlaubte und deshalb großzügige Gastfreundschaft. So nahm er im Frühjahr 1796 bereitwillig eine durchreisende Landsmännin auf.

»Ich bitte Euch, liebe Mademoiselle, langt tüchtig bei diesem Lammrücken zu, ich glaube nicht, dass Ihr bis Paris noch einmal eine anständige Mahlzeit bekommen werdet. Und probiert diesen Yorkshire Pudding dazu, auf dem meine englische Köchin partout als Beilage besteht. Er ist gar nicht so schlecht, wenn man sich an ihn gewöhnt.«

»Ich habe mich an ihn gewöhnt«, sagte Rose Bertin, »was will man schon machen. Und es ist besser unser herrliches weißes Brot zu vergessen, denn ihm nachzujammern.«

»Auch das, fürchte ich, werdet Ihr nicht so bald bekommen«, seufzte die Baronin, »da ich gehört, dass die Versorgung mit Mehl in Frankreich katastrophal sein soll.«

»Man kann ja Kuchen essen, wenn es kein Brot gibt«, warf der Sohn, gerade in der schlimmsten Pubertät, lässig ein. »Hat das nicht die verewigte Majestät gesagt, als der Plebs sich über Brotmangel beklagte?«

»Monsieur«, fuhr ihn der Vater an, »Ihr könnt die Mahlzeit in Eurem Zimmer beenden, wenn ich noch einmal so etwas höre. Pardon, Mademoiselle. Wie wart Ihr in London untergebracht?«

»Ich hatte das Glück Geschäftsräume am ›Strand‹ zu finden, eine sehr gute Lage für meine Zwecke. Nur mit diesen Schiebefenstern kam ich nicht zurecht. Steckte ich den Kopf raus, kam ich mir vor wie unter der Guillotine, ein sehr unangenehmes Gefühl, oui!«

»*Oh, my dear! What a horrible picture!*«, rief die Baronin unwillkürlich in der Sprache des Gastlandes, und das Töchterchen kicherte.

»Habt Ihr viele alte Bekannte in London getroffen?«, lenkte der Gastgeber ab, dabei der Tochter eine Blickrüge verpassend.

»Das kann man wohl sagen, manchmal konnte ich kaum glauben im Ausland zu sein. Und sie gaben sich alle Mühe die augenblickliche Lage vergessen zu machen, denn nach den Reden zu urteilen waren alle Siege der Republikaner Niederlagen und die Restauration nur eine Frage von Tagen. Ich hoffe, ich darf so offen sprechen.«

»Die Illusion ist der Champagner der *Refugiés*«, sagte der Baron elegisch, »darf ich Euch noch ein Glas einschenken, auch wenn es nur Portwein ist? Ich glaube aber nicht, dass alle hier Gestrandeten vom Wunschdenken berauscht sind.«

»Nicht alle, da habt Ihr Recht. Ich traf bei einer Teeparty – ich hasse dieses indische Gebräu – den Vicomte de Chateaubriand, der die Lage durchaus realistisch beurteilte. Das heißt: Man erzählte es mir, auch dass er ein sehr vielversprechendes literarisches Talent sei. Er selbst sagte wenig, weil er zu sehr beschäftigt war die reizende Tochter der Gastgeberin über den Verlust von zwei kleinen Katzen zu trösten. Weiß mit schwarzen Schwanzspitzen wie Hermeline. Dieser Herr scheint ein großer Katzenfreund. Komischerweise haben wir einmal eine Reise zusammen gemacht, in meiner Kutsche, von Rennes nach Paris. Damals sagte er überhaupt kein Wort, so schüchtern war der Vicomte als Jüngling. Natürlich sind wir nicht darauf zurückgekommen.«

Eine amüsante, eine bemerkenswerte Frau, dachte der Gastgeber, sie hat sich brillant durchs Leben geschlagen und sieht noch immer gut aus, wenn auch nur wenig an die kleine freche Trotteuse erinnert, die meiner Mutter in Abbéville die Bestellungen von der alten Barbier brachte.

Der Baron war wenig älter als Rose und als Halbwüchsiger in sie verliebt gewesen. Als die damalige Marie Jeanne eines Tages mit dem leeren Lieferkorb aus der Boudoirtüre kam, hatte er versucht die verführerische rote Schnute zu küssen. Der Korb war die Treppe hinuntergepoltert und von der frei gewordenen Hand hatte er eine phänomenale Backpfeife erhalten. Er sah noch ihre wütenden Augen unter den flammenden Locken blitzen. Beim nächsten Besuch hatte er ihr wieder aufgelauert und aus vorsichtiger Entfernung ein kleines Bukett entgegengestreckt, was sie gnädig angenommen. Und später, in Paris, hatte er sofort seine Frau im ›Großmogul‹ eingeführt. Aus dieser Erinnerung heraus lächelte er sie an.

»Ihr seid sehr guter Laune, Monsieur le Baron«, bemerkte Rose, zurücklächelnd, »trägt dazu bei, dass der Comte de Provence, dem ihr gedient, nun die Aussicht hat Louis der Achtzehnte zu werden?«

»Dann müsste ich das Hinscheiden dieses armen kleinen Jungen im Temple begrüßen, der Louis der Siebzehnte geworden, und das wäre perfide«, protestierte er.

»Ihr habt doch den unglücklichen Dauphin gekannt, nicht wahr, Mademoiselle?«, erkundigte sich die Baronin.

»Ich habe ihn oft in Versailles und dann noch in den

Tuilerien gesehen, ein reizendes Kind, blond wie seine Mutter und sehr lebhaft. Ihre Majestät nannte ihn zärtlich ›*mein Herzblatt*‹. Wie gut, dass sie nicht seinen Tod erlebt hat.«

Die Gesellschaft legte eine Gedenkminute ein, noch dazu, weil jetzt ein Omelette serviert wurde, das sehr schnell gegessen werden musste, bevor es zusammenfiel. Rose zwang ihre Gedanken von der Königin fort, sie wollte so wenig als möglich an die Vergangenheit denken, die Zukunft warf genug Probleme auf. Entgegen der Versicherung der Behörde bei ihrer Abreise hatte man sie doch nach einem Jahr auf die Liste der Emigranten gesetzt, und das bedeutete Beschlagnahme von Besitz und Vermögen. Dabei hatte sie alle Steuern bezahlt gehabt. Von London war Eingabe auf Eingabe nach Paris gegangen, sie war inzwischen sehr gewandt darin. Die Neffen hatten sich die Füße wund gelaufen, den Mund fusslig geredet und schließlich erreicht, wieder von der Liste gestrichen zu werden. Aber sie musste schleunigst nach Hause, auch wenn sie garantiert nicht Einnahmen wie in London haben würde. Immerhin war das Revolutionstribunal aufgehoben, das Schlimmste schien vorbei.

Der Kaffee wurde auf der *Porch* eingenommen, mit einem schönen Blick auf eine Parklandschaft mit weidenden Schafen und einen Pavillon im neuen klassizistischen Stil, was Rose an ihr Epinay erinnerte, wenn der dortige auch bescheidener in der Ausführung war.

Um die Hausecke kam ein Phaeton angeknirscht, wie man die spinnenrädrigen Gutwetter-Wägelchen mit luftig hohem Sitz nannte. Eine junge Dame unter grünem Sonnenschirm lenkte ihn und drei Reiter in fuchsroten Fräcken und Reitzylindern begleiteten sie. Einer sprang ab und half der aus dem Haus hastenden Dupuoy-Tochter unter viel Kichern und Raffung vieler Unterröcke auf den hohen Sitz.

Rose konstatierte: Weiß war noch immer die beliebteste Sommerfarbe, aber anscheinend nur, um orange und purpurne Hutbänder, violett und weiß gestreifte Straußenfedern, sowie narzissengelbe Handschuhe zur Geltung zu bringen. Die vorne hoch gekippten Strohhüte waren für die Fahrt mit Schleierschals um das Kinn festgezurrt, Fichus durch gefältelte Van Dyck-Kragen ersetzt und die Taille noch höher gerutscht.

Die beiden jungen Mädchen hätten aus Heideloff's *Gallery of Fashion*, einem monatlich erscheinenden Mode-Almanach, entstiegen sein können und wahrscheinlich richteten sie sich auch bildgetreu danach.

»Was für ein freies Leben gegenüber dem unserer Jugend«, bemerkte der Baron elegisch, wie Rose der entschwindenden Kavalkade nachsehend. »Ich glaube aber nicht, dass das in Frankreich möglich sein würde und hoffe deshalb für meine Kleine, sie findet hier einen annehmbaren Gatten. Aber die Mitgift, die Mitgift! Übrigens, meine liebe Rose, möchte ich Euch um den Gefallen bitten etwas für mich mitzunehmen.«

Wahrscheinlich Briefe, die man nicht mit der Post schicken kann, dachte Rose, aber es war etwas weniger Gefährliches, dafür Umfangreicheres. Der Baron bat sie einige kostbare Spitzen und andere Wertsachen für ihn in Paris zu verkaufen.

»In London gibt es ein zu reichliches Angebot von

den Emigranten, aber ich könnte mir denken, dass bei den von unserem Besitz reich gewordenen mehr Chancen bestehen. Und natürlich, meine liebe Rose, könnt Ihr die Summe, die wir Euch vielleicht noch schuldig sind, von dem Gewinn abziehen.«

Mit anderen Worten: Seine Schulden bei mir kann oder will er nicht abzahlen, folgerte der Gast, und diese aufwendigen Sachen sind auf dem Land nicht zu brauchen und außer Mode dazu. Ich werde es der alten Bekanntschaft willen tun, aber ihm zu verstehen geben, dass ich von dieser Art Schulden zu begleichen nicht sehr begeistert bin.

Die Heimkehrerin war entsetzt, wie sie die Heimat wiederfand. Nur wenige Schiffe sah sie im Hafen von Calais, dafür viele arbeitslose Matrosen und Hafenarbeiter in Holzschuhen und schäbiger Kleidung. Die Kontrolle war sehr streng und die Stimmung mürrisch. Leider stimmte auch die Prophezeiung der Baronin über die Güte des Brotes, es schmeckte, als habe man Sägespäne hineingebacken. Als Rose sich bei dem Wirt beschwerte, gab er ungerührt zurück:

»Bürgerin, geh zur Armee und du bekommst Besseres.«

Unterwegs passierte man Dörfer in traurigem Zustand, viele Häuser waren halb verfallen, die Höfe überbordend von Misthaufen. Sie entdeckte kaum Leute auf den Feldern, und wenn, waren es barfüßige, von der Sonne verbrannte Frauen, die gebückt hackten, Grün für die Kaninchen rupften oder ungepflegte Wiesen mähten. Kein Wunder, für die Revolutionsarmee war alles Männliche eingezogen worden, was gesunde Beine hatte. Ab und zu tauchte ein

Schloss auf, doch wenn man näher kam, sah es ausgebrannt oder verlassen aus, der Park verwildert und die Bäume abgehauen. Genauso verlassen und vernachlässigt wirkten die Kirchen, die Heiligen in den Nischen hatten keine Köpfe mehr, die Grabsteine keine Kreuze. Und noch immer las man auf den Mauern, schon von Regen und Sonne ausgebleicht, die Parolen:

LIBERTÉ, EGALITÉ, FRATERNITÉ OU LA MORT.

Rose konnte das alles ungestört durch das recht schmutzige Fenster betrachten, denn keiner der Passagiere hatte Lust auf Unterhaltung, jeder schien die Minuten zu zählen bis er dieses elende Gefährt verlassen konnte. Eigene Gesellschaft hatte sie nicht. Agnès war in London geblieben, sie hatte es fertig gebracht mit ihrer Pariser Keckheit und der hübschen Singstimme den Direktor des Drury Lane-Theaters so zu betören, dass er versprochen ihr bei einer Bühnenkarriere zu helfen. Und Civette hatte sich in Calais verabschiedet, sie wollte unbedingt ihren Sylvain suchen, der irgendwo bei der Rheinarmee war. Rose zweifelte, ob beide ihr Ziel erreichen würden.

»Nun ist's nicht mehr weit nach Paris«, seufzte einer der Mitreisenden, als man sich Saint Denis näherte, »und es wird Zeit, mein Rückgrat ist schon pulverisiert.«

»Man könnt's schon sehen, wenn man's sehen könnte«, sagte ein anderer recht geistvoll, und Rose fiel ein, wie sie das erste Mal mit Herzklopfen vom Postkutschendach die Silhouette der Stadt hatte auftauchen sehen. Herzklopfen hatte sie auch, aber aus Angst was sie vorfinden würde. Wenigstens standen die schönen Ulmenalleen noch, auch die Gärten, Gemüsefelder und Obsthaine, schienen jedoch scharf bewacht. Dafür hatte die ehrwürdige Kathedrale von Saint Denis kein Dach mehr und zerbrochene Fenster. Rose hatte erfahren, dass auch die Gruft der Könige von Frankreich aufgebrochen und verwüstet worden war.

An der Poststation wartete Nicolas in einer Kutsche, die bis zu den Fenstern mit Schmutz bespritzt war, und als sie das vorsichtig rügte, sagte er nur: »Warte, bis wir zu Hause sind.« Er hatte Recht. Es hatte geregnet und die Straßen waren ein wahrer Sumpf. Die Abwesenheit hatte Rose den Blick geschärft, jetzt sah sie wie heruntergekommen viele Häuser waren, wie armselig die Leute angezogen, wie ungepflegt die entgegenkommenden Gefährte und klapprig die davorgespannten Gäule. Die Armee hatte auch die gesunden Vierbeiner requiriert.

»Du siehst nicht schlecht aus, Tante«, bemerkte Nicolas, dem inzwischen das ›Du‹ zur Gewohnheit geworden, »hast du eine gute Reise gehabt?«

»Du siehst auch gut aus, Nicolas, was wohl heute ein besonderes Kompliment ist, und auf deine Frage nach dem Reiseverlauf kann ich nur sagen: Ich hab's geschafft.«

»Willst du dich erst ausruhen?«, fragte der Neffe, als sie in der Rue de la Loi angekommen waren.

»Ich habe mich in der Kutsche genug ausgeruht. Gib mir ein Glas Wein zu trinken, und dann will ich alles sehen.«

»Ich habe mir erlaubt die oberen Stockwerke zu vermieten«, berichtete Nicolas und fügte hastig die Begründung bei, dass man weniger Atelierraum und weniger Arbeiterinnen gebraucht, »und die Mädchen,

Tante, schlafen heute lieber in den eigenen vier Wänden.«

»Mit dem jeweiligen Freund. Aber du hast Recht getan, und wir werden noch mehr vermieten, habe ich mir überlegt. Vielleicht sogar die Hälfte des Ladens, man könnte leicht eine zweite Eingangstür aus einer Vitrine machen. Wenn ein Geschäft voller anregender Dinge und Kunden ist, darf es groß sein. Aber bei den heutigen Zuständen wirkt ein kleiner Laden anheimelnder. Lass uns jetzt ins Atelier schauen.«

Nicolas hatte noch etwas zu beichten, nämlich, dass er Minette wieder angestellt. Sie brauchte Arbeit, sagte er, nachdem man ihren Mann einen Kopf kürzer gemacht. Und Rolande hatte Paris verlassen wollen. – »Und Minette war wirklich eine tüchtige Kraft.«

»Habe ich je etwas anderes behauptet?«, sagte Rose ärgerlich und ging in den Raum. Die kleine Besatzung stand von ihren Schemeln auf, darunter Minette. Um ihre Haube trug sie einen Trauerflor, die frische Gesichtsfarbe war verschwunden.

»Bonjour, mes filles. Bonjour, Minette. Ich höre, du hast hier die Dinge wieder in die Hand genommen?«

»Man muss etwas tun«, sagte Minette mit einem schiefen kleinen Lächeln.

»Wie geht's deinem Buben?«

»Ganz gut, Mademoiselle, er wird Bäcker. In Gonesse.«

»Und wo wohnst du?« Minette sah Nicolas fragend an und er antwortete für sie. »Ich hab sie erst mal in Colombes Zimmer untergebracht.«

»Meinetwegen kannst da bleiben, aber rühr mir ihre Bücher und Sachen nicht an. Vielleicht kommt sie doch noch zurück.«

»Das wünsch ich mehr als jeder andere«, murmelte Minette.

Rose ging hinüber in ihr altes Arbeitskabinett, blätterte in den Registern, nahm kurz den *Sabot chinois* in die Hand, warf einen Blick in den Hof, und als sie sich nachdenklich vor ihr Porträt hinstellte, verschwand der Neffe.

»*Bonjour,* alte Kumpanin«, redete sie sich in Gedanken an. »Du siehst sehr nach *Ancien Régime* aus, sehr satt und selbstgefällig. Das ist vorbei, meine Gute. Es gilt wieder Böden schrubben, aber das haben wir ja gelernt.«

Die vor dem Porträt Stehende hatte ebenfalls graue Haare, nur nicht mehr vom Puder, dafür durften sie sich ungebändigt um das Gesicht kräuseln. Die Lippen waren nicht mehr so schwellend, das Kinn wie in ein kleines Kissen gebettet, aber tiefer herum war alles noch glatt und straff, das kam von den kalten Bädern. Der Busen war sogar voller geworden, nur die schmale Taille, auf die sie so stolz gewesen, war dahin. Liegt auch an dem abgelegten Fischbeinmieder, tröstete sie sich.

Unzufrieden mit sich brauchte sie nicht zu sein, obwohl nur noch die eigene Eitelkeit und keines Liebhabers Hände und Lippen ihre Maße nachprüften. Allzu sehr grämen tat sie sich darüber nicht. Nur für Remy wünschte sie sich ihre Jugend zurück, aber wo war er? Wenigstens wusste sie, dass er heil über die Grenze gelangt war. Dann hatte Nicolas noch einen Brief nach London nachgeschickt. In ihm berichtete er verschlüsselt, als sei er eine Freundin Roses: Sie hoffe bei einem Schweizer Geschäftsfreund ihres ›Vaters‹ als ›Gesellschafterin‹ bleiben zu können. Auch dass ›meine Mutter‹ traurigerweise gestorben, bevor sie nachkommen konnte.

»Ich glaube, sie starb ihrer Seele nach, da mein ältester ›Bruder‹ seine Verwundung nicht überlebt hat und mein jüngster in preußische Gefangenschaft geraten ist.«

Und er schloss: *»Wenn dich mein Brief erreichen sollte, teuerste Freundin und liebes Herz, denke daran, was wir uns bei unserem letzten Wiedersehen versprochen haben! – Ich glaube fest daran.«*

Sie hatte zurückgeschrieben, um Antwort gebangt, es war nichts mehr gekommen, die Postverbindungen waren zu unsicher.

Nicolas kam zurück und fragte, ob sie gleich weiter nach Epinay wolle? Dann würde er einen Boten zu Claude schicken.

»Das würde ich Liebend gerne, aber zunächst möchte ich feststellen, wie das Geschäft läuft und mit dir beraten, was man in Zukunft tun kann. Ich habe da so meine Pläne. Ist in Epinay alles in Ordnung?«

»Meine Mutter ist zu Besuch, da das Zusammenleben mit Tante Cathrine Schwierigkeiten machte. Und würde auch gerne bleiben, wenn du einverstanden bist, Tante.«

»Je voller das Haus, desto besser. Es ist ja groß genug. Und wie geht es dem alten Jacquot?«

»Lebt glücklich am Busen seiner jungen Hebamme. Übrigens haben wir uns erlaubt, zwei zurückgekehrte Emigranten aufzunehmen, bis sie wissen, wo sie bleiben können.«

Auch dagegen hatte Rose nichts, falls es keine Schwierigkeiten mit den Behörden gäbe. »Sie haben gültige ausländische Pässe«, beruhigte sie der Neffe, schien was hinzufügen zu wollen und tat es doch nicht.

Etwas bedrückte ihn. War es die Tatsache, dass er nicht mehr der alleinige Patron war? Aber sie hatte nicht die Absicht ihm alles abzunehmen. Nicolas war tüchtig, fleißig und durchaus von dieser Welt, nur hatte er keine Fantasie und kein Gespür für Mode. Ihre alte ›*Première*‹ durch Minette zu ersetzen, die ebenfalls tüchtig, aber auch ohne Ideen, war ein weiterer Beweis dafür.

Rose stellte schnell fest, wie schwierig eine Modehandlung in dieser Zeit zu führen und zu bestücken war. Nicolas hatte aus dem eleganten Geschäft einen Bazar gemacht, in dem alles verkauft – oder auch getauscht wurde – was weibliches Interesse finden konnte, ob Dessous, Galanteriewaren, bemalte Dosen, Nippes, glücklich erhandelte neue Stoffe oder geramschte Stoffreste. Es gab Kleider und Hüte aus Nachlässen, die man im Atelier umändern oder umgarnieren lassen konnte, jede Art von Umschlagtüchern rätselhafter Herkunft, von Witwen angebotene Offiziersschärpen und Silberquasten, ehemalige Nonnenschleier – begehrt für die neue transparente Mode –, aus Resten zusammengesetzte *Reticules* und in Heimarbeit gestrickte Strümpfe.

War die alte Inhaberin schon ziemlich perplex über das Sortiment, so noch fassungsloser über die Lebenshaltungskosten, die inflationsartig angestiegen. Jeder feilschte, handelte, borgte wo er konnte – oft die ehemaligen Herren von ihren Bedienten – und versuchte zu verkaufen, was er nicht unbedingt brauchte. Und heilfroh konnte jemand wie die Bertin sein, der eine Quelle auf dem Land hatte, um wenigstens teilweise an den exorbitanten Lebensmittelpreisen zu sparen.

Dennoch stellte Rose bald fest, wie leicht die Pariser diese Unannehmlichkeiten nahmen. Die düstere Stimmung wie zur Zeit ihrer Abreise hatte sich verflüchtigt. Es ging so fröhlich und toll zu, wie früher nur zu Zeiten des Karnevals. Die beste Medizin gegen die schrecklichen Erinnerungen war sich zu amüsieren, zu verlieben und zu tanzen, tanzen, tanzen. Jetzt zeigte sich die Tugend nicht mehr hässlich, denn sie verhüllte vollkommen ihr strenges Gesicht.

Überall waren Bälle angeschlagen und überall fanden sie statt: in ehemaligen Adelspalästen, ausgeräumten Kirchen, Klosterrefektorien, in Gartenwirtschaften und ausgeliehenen Militärzelten.

Rose bat Nicolas sie zu einem dieser Amüsiertempel zu begleiten, sie wolle sehen was diese neue *Jeunesse dorée* – wie sie sich ganz offiziell nannte – bei diesen Divertissements auf dem Leibe trug.

Er reagierte geniert. »Es geht dabei oft recht wüst zu. Keine Manieren, keine Contenance, außer im ehemaligen Palais Richelieu, wo man die Eintretenden kontrolliert. Ich selbst, in meinem Alter, fühle mich da schon fehl am Platz ...«

»... also erst recht eine alte Tante, willst du doch sagen? Gut, gut, ich will dich nicht inkommodieren, dann werde ich eben auf andere Weise meine Studien treiben.«

Und Rose stellte sich ins Geschäft, um die neue Kundschaft zu beobachten.

Da kamen Frauen aus dem Mittelstand, meistens auf Okkasionen aus oder um Zutaten für die Heimschneiderei zu kaufen. Interessante Kundinnen waren sie nicht, da sie nicht die gestiegenen Preise zahlen konnten. Und da waren die Gattinnen oder Mätressen der

Neureichen, der zu großen Vermögen gekommenen Armeelieferanten, Bodenspekulanten oder anderer Profitmacher des Terrors, weil der Name ›Rose Bertin‹ für sie noch ein gewisses Prestige barg. Sie gaben sich genauso anspruchsvoll und hochmütig wie die unangenehmsten der ehemaligen Aristokraten, doch fehlte ihnen deren kultivierter Umgangston, und Rose merkte schnell, dass sie ihnen das, was sie suchten, nicht bieten konnte. Sie hatte einfach nicht mehr das Kapital, um sich ein Sortiment protziger, teurer und schnell wieder aus der Mode kommender Artikel hinlegen zu können. Und neue Schulden wollte sie nicht machen.

Und dann gab es einige Vertreterinnen der neuen Mode, die Rose mit besonderem Interesse studierte, weil sie einen Stil verkörperten, den nur eine Pariserin wagen konnte.

›Verkörpern‹ war das richtige Wort, denn sie stellten ihre jungen Körper so offen zur Schau, wie Rose es bisher nur bei Boudoir-Gewändern gekannt. Ungeniert ließen sie unter hoch geschlitzten Tuniken oder *Chemises à la grecque,* genäht aus spinnwebdünnen Musselins, ihre Figur und selbst die Beine erkennen. Die Brüste bis zu den geschminkten Spitzen und die Arme unter kurzen Ärmelchen waren sowieso nackt.

Wenn man näher hinschaute, und das war nicht schwer, da die Schönen gerne ihren schleppenden Rock bis zum Knie rafften, entdeckte man immerhin Strümpfe oder ein hautfarbenes Seidentrikot. Diese Grazien des Directoire kamen wie leichtfüßige Amazonen in den Laden, denn jetzt trug man sommers der Antike nachempfundene Sandalen oder um die Knöchel geschnürte, absatzlose Ballerinen.

Rose gestand diesen Göttinnen der Freiheit zu, sehr aufregend auf Männer wirken zu müssen. Auch die praktische Seite der kurzen Titus-Frisuren gefiel ihr, obwohl sie zu einem beunruhigend androgynen Aussehen verhalfen.

Aber was blieb bei dieser zusammengeschrumpften Kleidung noch für die Kleidermacherin? Ein wenig Band, Stickerei oder Spitzenschmuck um Säume und Ärmelchen anzubringen, sich eine hübsche Raffung oder Fältelung auszudenken, und allenfalls mit einem helmartigen oder turbanartigen Hutgebilde Ehre für das Modisten-Metier einzulegen.

Zwei junge Frauen, die unter lebhafter Unterhaltung und Gelächter die Eingangstüre aufstießen, führten der ehemaligen Modeministerin einen überzeugenden Auftritt im neuen Stil vor ... Beide trugen sich antik bis zu den banddurchflochtenen Frisuren *à la Venus*, beide waren brünett und nicht mehr blutjung. Und beide besaßen jene sinnliche Ausstrahlung, die sie früher zum ›Appetithappen für einen König‹ gemacht hätte.

Sie waren auch Angehörige des *Ancien Régime*, wie Rose feststellte, als die zwei zwischen den Modeartikeln wie Vögelchen herumflatterten, hier etwas aufpickend, dort etwas herauszupfend, denn sowohl Sprache wie Benehmen stellten ihnen den Adelstitel aus, noch besiegelt durch ein schmales rotes Band, das sie um die schlanken Hälse geknüpft trugen. Eine morbide Koketterie der davongekommenen Opfer der Guillotine.

»Joséphine, wir brauchen noch dieses *Mouchoir*, diese Tücher, die wir auf der *Soirée à Thélusson* um unsere Haare drapieren wollen, du weißt, zu den pfirsichfarbenen Kleidern«, drängte die Größere, von der Natur beschenkt mit herrlichem schwarzen Haar und Gesichtszügen von solch bezaubernder *Douceur,* dass Rose anerkennend dachte, ein Mann müsse schon jenseits von Gut und Böse sein, um nicht dran kleben zu bleiben.

»Aber zunächst brauche ich Handschuhe für die Reise nach Italien und jede Menge Strümpfe. Mein Gott, Thérèse, wenn ich nur in Paris bleiben könnte, aber Bonapartes Briefe werden wilder und wilder, ich wage es nicht mehr«, klagte die Kleinere mit dem Elfenbein-Teint und dem Tonfall der Kreolinnen. Ihre Chemise war so dünn, dass Rose ihre Strumpfbänder durchschimmern sah.

Während die Grazien weiter ihrer Wahl nachflatterten, erkundigte sich Rose dezent bei der am Eingang stehen gebliebenen Begleiterin, wer denn die beiden Damen ...? Und erfuhr, es handele sich um eine ehemalige Marquise und jetzige Frau des Direktorium-Mitgliedes Taillien, der mitgewirkt die Gräuel zu beenden, hingegen die kleinere, eine ehemalige Comtesse und Witwe Beauharnais', nun Ehefrau des noch sehr jungen Generals Bonaparte sei, der in Italien Sieg auf Sieg für die Republik erkämpfe.

Inzwischen hatte die Bürgerin Bonaparte sich für weißseidene Strümpfe mit grünen Zwickeln entschieden, nahm auch noch graue mit schwarzen Einsätzen und etwas *Taffetas de Florence* für einen Hut mit, den sie selbst aufputzen wollte.

»Und führt Ihr keine *Cachemires?* Ich habe mein Herz an diese Schals verloren, sie sind so schmeichelhaft, so dekorativ, so vielseitig zu gebrauchen. Aber sie müssen lange Fransen und eine schön gestickte breite Bordüre haben«, schwärmte die Joséphine gerufene Schönheit.

Rose schaltete schnell. »Sie sind mir wegen der großen Nachfrage ausgegangen, aber wenn die Damen in den nächsten Tagen vorbeikommen würden, finden sie bestimmt eine Auswahl.«

»Aber ich muss doch nach Italien, es ist zum Verzweifeln«, rief die pikante Person ganz aufgebracht.

»Nimm doch den Verzweiflungsgrund mit«, riet die Freundin, und sie umschlangen sich und lachten hemmungslos.

Rose roch richtig die Modebesessenheit der zwei, genauso fasziniert und hemmungslos im Habenwollen, wie es Marie Antoinette gewesen. Diese Madame Bonaparte hatte wahrscheinlich sogar das größere Talent ein Mode-Idol zu werden, da sie eine selbstverständliche Eleganz und einen schmalen geschmeidigen Körper besaß, auf dem auch das Simpelste zu einer Offenbarung wurde. Was für eine ideale Kundin könnte sie sein, da sie mit dem ehrgeizigen Gatten sicher bald in eine hohe und Gewinn bringende Position aufrücken würde.

»Lass uns noch bei Leroy reinschauen und sehen, ob er unsere bestellten Roben zur Zufriedenheit hinbekommen hat«, sagte Thérèse Taillien beim Hinausgehen, und diese Bemerkung traf die Bertin wie ein Pistolenschuss.

Einst hatten längst kopflos im Grab liegende Kundinnen etwas Ähnliches geäußert, wenn sie zu ihren Rivalen Beaulard oder Pierrette überwechselten, nur hatte das damals bei Rose Kampfbereitschaft ausgelöst, verstärkte Bemühungen die Konkurrenten zu übertrumpfen, was ihr auch meistens gelungen war.

Und jetzt? Jetzt überkamen sie auf einmal bohrende Zweifel, ob sie es mit der jüngeren Konkurrenz aufnehmen könne; Mutlosigkeit, weil die Mode selbst sie im Stich ließ. Sie lag ihr nicht, diese revolutionäre, nonchalante Art sich anzuziehen, ohne Raffinement und Geheimnis. Sie lähmte ihre Fantasie, machte sie ratlos. Und das war einer Rose Bertin noch nie passiert.

»Lass uns doch nach Epinay fahren«, schlug sie dem Neffen vor, »gleich, an diesem Sonntag.«

32

Je näher sie Epinay kamen, desto mitteilungsbedürftiger und glücklicher wurde Rose, obwohl eine verständliche Unruhe in ihr steckte. Nicolas dagegen wurde immer schweigsamer und bedrückter. In Paris hatte er schon mit irgendetwas hinter dem Berg gehalten, lag der Grund vor ihnen? Nun, bald würde sie es wissen, oder darauf dringen es zu wissen.

Noch vor der Haupteinfahrt ließ sie halten, sagte, sie wolle erst ohne die Familie Wiedersehen mit ihrem Gut feiern. Den Schlüssel für ein Nebenpförtchen hatte sie noch in ihrem Sekretär gefunden.

Natürlich war alles nicht mehr so gepflegt wie früher, darüber sah sie hinweg. Im Wäldchen waren mehr Bäume geschlagen als unbedingt notwendig, wahrscheinlich als Brennholz benötigt. Der kleine Pavillon brauchte ein neues Dach, auf dem Rasen waren Korn gesät und Kartoffeln gesetzt, der Kies der Wege voller Unkraut.

Sie stieg vom Garten hinauf zur Terrasse. Auch hier war die schlimme Zeit abzulesen, wuchsen Grasbüschel zwischen den Platten, fehlten die Oleanderkübel. Und der marmornen Flora, die Graf Razumowsky eines Tages in seiner Karosse angeschleppt, waren der halbe Kopf und der Blumenkorb abgeschlagen.

Rose löste die Hutbänder, stülpte den Hut der beschädigten Göttin auf, um sich dann mit den Augen auf die unversehrte und so lang entbehrte Aussicht zu stürzen. Über die bewegte Blänke des Flusses schwang ihr Blick sich hinüber auf die sattgrüne, in der Ferne zum Bläulichen wechselnde Wiesenweite von Gennevilliers, bis zum Dunststreifen am Horizont, der Paris ahnen ließ. Ihr hungriger Blick umarmte Bäume, Heuschober, eine magere Kuhherde und die wenigen Boote auf dem Fluss.

Das alles lag freundlich und friedlich da, wie beiseite gelassen vom Lavastrom der letzten Jahre. Ein Huhn gackerte seinem Ei nach, Schwalben stießen spitze Jagdschreie aus, irgendwo wurde eine Sense gedengelt. Nur das sonntägliche Glockengeläut fehlte, es schwieg überall.

Es war pure Wonne hier in der Sonne zu stehen, auf eigenem Grund, nicht enteignet und noch springlebendig. Die Heimkehrerin war so überwältigt, dass es ihr nass in die Augen stieg. Ungeschützt ließ sie sie überlaufen, denn diesmal waren sie kein Tribut an Tod oder Niederlage, sondern wie eine Taufe für das Leben.

Hinter sich, vom Haus her, hörte Rose zögernde

Schritte über die bröckelnden Platten kommen. Die Familie! Sie tupfte mit dem Zipfel des Schultertuches über das Gesicht und rief, ein wenig schniefend:

»Zu herrlich hier, oui! Seid Ihr's? Claude? Jacqueline?«

»Nein, Remy«, sagte seine Stimme.

Einen Augenblick, einen Wimpernschlag lang, glaubte Rose wirklich sich vom Boden zu heben, wie in der Gondel einer rot und gold leuchtenden Montgolfiere über dem Tal der Seine schweben zu können.

Einen Wimpernschlag lang. Dann schwang sie herum, bereit auf Remy zuzustürzen, zu schreien, ihn ins Ohrläppchen zu beißen, halb totzuküssen und nie mehr loszulassen.

Nichts von alledem, denn ein Frauenzimmer hielt seine Hand umklammert. Ein hübsches Mädchen im hochgegürteten Kleid von dunkler Akeleifarbe, das braunlockige Haar von einem weißen Tüchlein umknotet. Ihr Lächeln, halb erwartungsvoll, halb ängstlich, zeigte eine vollkommene Schnur weißer Zähne.

»Seit wann bist DU denn hier?«, fragte Rose abgekühlt.

Es war nicht zu übersehen, dass diese Begrüßung Leduc wie einen Stoß vor die Brust traf, so dass er nur stockend antworten konnte: »Seit ... seit zwei Wochen. Ich blieb, da du angekündigt warst. Claude und Nicolas luden mich ein.«

»Also bist du der Emigrant?«

»Nein ... ja. Darf ich dir die Demoiselle Suzanne Chatillon vorstellen? Sie kam mit mir aus Genf.«

»Ich war so neugierig auf Euch, Mademoiselle. Monsieur Leduc hat mir so viel von Euch erzählt«, versicherte atemlos das Mädchen.

»Hoffentlich enttäuscht Euch die Neugierde nicht«, sagte sie unfreundlich. Die Seligkeit war dahin, das Wiedersehensglück geplatzt, denn wie konnte sie sich ihm vor dieser fremden, ihn so vertraut behandelnden Person an den Hals werfen?

Jetzt kam Claude grinsend aus dem Haus, robust und sonnenverbrannt wie ein richtiger Bauer. Sie umarmte ihn betont herzlich. Dann bekam die alte Ricard, das weibliche Faktotum, schnalzende Wangenküsse. Und dann erschien Nicolas mit frisch gebundenem Halstuch und aufgekämmter Wirrfrisur. Vorbei war's mit Roses mühsamer Selbstbeherrschung, sie musste ihn anschreien:

»Was geht hier vor? Warum hast du mir nichts gesagt? Tagelang Zeit und mir nicht gesagt, wer die Gäste sind! Tot umfallen hätte ich von dieser idiotischen Überraschung können, oui! Sollte dir wohl auf diese Art das Feld räumen, mein Neffe, was? Emigranten! Pah! Ist Monsieur Leduc ein Emigrant? Ein Freund des Hauses wohl eher, ein gewesener. Und mir nicht mitzuteilen, mit wem er gekommen ist! Stoffel, Trottel! Alle miteinander hirnlose Trottel wie ihr hier steht, oui!«

Leduc stand wie ein Stock da. Es war fast lächerlich, diese Wiederholung der altbekannten Reaktionen bei ihnen beiden. Sie explodierte ohne zunächst festzustellen, ob wirklich Grund für den Ausbruch vorhanden; er erstarrte in Schweigen und verletzter Würde ohne sich zu verteidigen. Aber diesmal hielt er den Grund im akeleiblauen Kleid an der Hand, es war klar wie der Himmel nach Regen.

Die Schwägerin Jacqueline erschien in der Terrassentür und verkündete mit beklommener Stimme, das

Essen sei angerichtet. Rose umarmte auch sie und sagte mit halbwegs normaler Stimme:

»Schön, dass du wieder da bist – und bleiben kannst.«

Und Leduc murmelte heiser: »Ich glaube, etwas zu essen wird uns allen gut tun.« Was in Rose schon wieder Wellen der Wut aufsteigen ließ. Wie konnte er an Essen denken?

Doch als sie um den großen ovalen Nussbaumtisch saßen, die erste Platte herumgegangen, das erste Glas getrunken, hatte sie sich so weit gefangen, dass sie grimmig der Tatsache ins Auge sehen konnte. Auch um Rose Bertin hatten die Jahre ein – wenn auch dünnes – Polster um ihr Temperament gelegt.

Frauen hatten keinen Anspruch auf die Treue ihres Mannes, erst recht nicht, wenn er nicht ihr Angetrauter war. Und noch weniger hatten ihn alte Frauen. Der Geliebte hatte eine junge begehrenswerte Gefährtin gefunden, kaum halb so alt wie sie, das war der Lauf der Dinge. Nicht einmal übel nehmen durfte sie es ihm, nach allem was er durchgemacht hatte, was er nachholen wollte und auch sollte.

Rose zerfleischte sich innerlich mit destruktiver Wonne, während sie – zugegeben mit altem Appetit – eine Entenhälfte zerlegte. Ja, welche Rechte hatte sie nach zwanzig Jahren einer ungesetzlichen Hin-und-wieder-Liebe? Keine! Sie wusste jetzt auch, wer das Mädchen war: die Tochter des Geschäftsfreundes, bei dem er untergekommen. Zu dritt waren sie nach Frankreich abgereist. »Mit Schweizer Pässen«, erklärte Leduc, der wieder höflich Konversation machte. Monsieur Chatillon wollte in Paris erkunden, ob Geschäfte wieder möglich, und für ihn war es in dieser

Begleitung ungefährlicher seine eigene Situation zu klären. Doch in Dijon wartete das Unglück, Suzannes Vater starb von einem Tag auf den anderen. Und was nun tun?

»Monsieur Leduc wollte, dass ich zurückfahre, aber in welcher Begleitung? Und in ein leeres Haus? Ich hatte nur noch meinen Vater. So sind wir eben weitergereist, so traurig es war. Aber jetzt bin ich schon zuversichtlicher«, erklärte Suzanne, errötete, und blickte auf Remy mit einem Blick, den Rose mit ›heftig verliebt‹ übersetzte, und den er lächelnd erwiderte. Da das schmerzte, wandte sie sich Nicolas zu, der völlig die Gehemmtheit der letzten Tage abgelegt, wie ein Wasserfall redete und ein Glas nach dem anderen leerte. Die Brüder toasteten sich pausenlos zu.

»Und werden wohl später wie Jacquot unter den Büschen liegen und ihren Rausch ausschlafen«, dachte Rose. »Das werde ich in meinem Bett auch tun, schlafen, nur schlafen!«, und leerte ihrerseits Glas um Glas. Jacquot war noch nicht aufgetaucht, am Sonntag ließ ihn seine Hebamme nicht los.

Nach dem Essen standen sie auf der Terrasse herum, den Stiel eines Likörglases zwischen den Fingern, das die Schwägerin mit selbst gebrautem Cassis gefüllt. Rose fand die Aussicht inzwischen verschwommener geworden, die Temperatur hochsommerlich, aber das konnte auch an ihr liegen. Neben ihr erzählte Jacqueline mit Grabesstimme von den letzten Momenten ihres Louis, dann in lebendigerem Ton von den Enkeln, die so klug und gut gelungen.

»Der Ältere bläst schon Trompete wie ein Regimentshornist. Sein Vater hat ihm eine hübsche Uniform machen lassen. Ich bin dir ja so dankbar, liebste

Rose, dass ich sie nun in erreichbarer Nähe haben werde.«

Ihre Schwägerin wehrte mit einem undeutlichen »Nichts für ungut« ab und beschloss, die wirklich gefährlich unebenen Platten auf der Terrasse baldmöglichst neu verlegen zu lassen.

Remy unterhielt sich mit Claude, der bei jedem dritten Wort brüllend auflachte, obwohl Leducs Miene nicht nach Witze-Erzählen aussah. Nicolas stand mit Suzanne etwas abseits, sie tuschelten angeregt, und schließlich knickte Nicolas einen besonders schönen Glyzinienzweig vom Spalier und überreichte ihn dem Mädchen, das ihn mit gesenktem Blick entgegen nahm.

»An Remys Stelle würde ich dazwischenfahren«, dachte Rose ungehalten, »zu väterlich nachsichtig sollte sich ein alter Bräutigam auch nicht benehmen.«

Jacqueline hastete ins Haus, weil die alte Ricard etwas von ihr wollte; Claude sagte, er müsse nachsehen, ob die Schafe nicht in den Gemüsegarten eingefallen; Nicolas und Suzanne wurden nun fast ganz von den Glyzinienranken verdeckt.

So gesellte sich Leduc zögernd zu Rose, die gerade das geschliffene Likörglas in die Sonne hielt und sich an der kaleidoskopartigen Auflösung des Planeten freute. Hoffentlich explodierten Sonne und Erde bald auch wirklich.

Er nahm ihr das Glas aus der Hand, deutete mit ihm auf die Schatten des nicht mehr sichtbaren Paares, die wie zu einem verschmolzen wirkten, und sagte halblaut:

»Findest du nicht auch, dass die beiden gut zusammenpassen würden? Nicolas hat's heute herausgefunden.«

Das hätte er nicht sagen sollen, denn die Kombination aus vielen Gläsern, Emotionen, Mittagssonne und der wie ein Blitz einschlagenden Erkenntnis Remy Unrecht getan zu haben, zog Rose den Boden unter den Füßen weg. Und es war keine gespielte Ohnmacht, wie sie die Frauen ihrer Zeit aus Gründen der Nützlichkeit so gut beherrschten.

Sie kam schon zu sich, als Claude und Remy sie in ihr Zimmer schleppten, alleine wie in den leidenschaftlichen Zeiten des *Roi de Sardaigne* hätte Leduc es nicht mehr geschafft. Aber sie stellte sich weiter schlapp und tot, und erst als ihr die jammernde Jacqueline das Riechfläschchen schmerzhaft in ein Nasenloch bohrte, ruckte sie zur Seite und murmelte:

»Es reicht! Verschwindet! Alle!«

Klagen und Schritte entfernten sich. Jemand löste ihr die Schuhbänder und legte ihr ein feuchtes Tuch über Stirn und Augen. Sie wusste, es war Remy, denn seine Hände waren unverwechselbar, und dann sagte seine Stimme vorwurfsvoll:

»Muss diese Frau noch immer die verdrießlichsten Szenen machen, um zu beweisen, dass sie ihren eigenen Kopf hat? Das weiß ich seit langem.«

»Blödsinn! Um es dir leichter zu machen mit einer Jüngeren neu anzufangen, wenn es dich glücklich macht.«

»Tut es aber nicht, teure Freundin.«

Sie warf das Tuch ab, öffnete die Augen, stöhnte ein wenig über eine beim Hinsinken geprellte Schulter und sah Remy in Hemdsärmeln auf dem Bettrand sitzen. Sein Lächeln hätte Schnee zum Schmelzen bringen können, aber wie alt und versorgt sah er doch aus.

»Du hast dich überhaupt nicht verändert«, sagte Rose leise.

»Das wollte ich auch gerade äußern, mein Herz.« Und diese Behauptung klang so ehrlich, dass sie sich ein wenig schämte. So bemühte sie sich ihrerseits ein Lächeln zum Steineschmelzen zu produzieren.

»Jetzt ist mir endlich wieder nach *Mongolfiere* zu Mute, oui!«

»Ganz und gar *Montgolfiere!*«, bestätigte Remy.

Und es war wirklich, als stiegen sie mit dem großen, rot und gelben Ballon auf, in einen nicht mehr ganz so blauen Himmel, denn sie hatten zu viele Wolken gesehen. Nicht lange, denn die Anziehungskraft der nüchternen Erde ist stark.

Aber der Wert von Glück wird nicht wie Seidenband an der Länge gemessen.

Epilog

In den nächsten Jahren zog sich Rose mehr und mehr nach Epinay zurück und überließ die Modehandlung Nicolas und seiner Frau Suzanne. Noch einmal ließ sie sich malen als sie Anfang Sechzig war: im weißen goldbordierten Empirekleid und mit kurz geschnittenen Locken, ähnlich einer üppig reifen, doch noch immer reizvollen Venus mit dem Helm ihres göttlichen Liebhabers, des Kriegsgottes Mars, auf den Knien. Das Bild besaß eine humorvolle Doppeldeutigkeit. Die Kostümierung als Göttin der Liebe sollte eine Hommage an den Seidenmann sein, der Helm ein stolzer Hinweis auf den Aufstieg ihrer Familie, denn er gehörte ihrem Großneffen, einem Kavallerie-Offizier.

Remy Leduc verkaufte seine Lyoner Firma, da sein überlebender Sohn eine Karriere unter Napoleon vorzog, und gründete bei Paris eine kleine Manufaktur für französische Kaschmirschals. Sie wurde bekannt für ihre künstlerischen Entwürfe und hohe Qualität, da Leduc sie auf Seidenkette mit Schussfäden aus russischem Ziegenflaum weben ließ. Die Kaiserin Joséphine, eine große Liebhaberin dieser dekorativen Mode, und nach ihr die Kaiserin Marie Louise, besaßen mehrere seiner schönsten Stücke.

Claude Bertin kümmerte sich weiter um das Familiengut. Heiraten tat er nicht, sondern zog die Abwechslung verschiedener Betten und Küchen vor. Aber als Jacquot hochbetagt starb, übernahm er aus Pietät dessen noch immer ansehnliche Hebamme. Er hatte den alten Kutscher und Haudegen sehr bewundert.

Minette blieb in der Rue de la Loi, unentbehrlich im Umgang mit alten Kunden, Nicolas' Kindern und für die Kuchenbäckerei.

Pierrette Picot führte ihr Geschäft bis zur Einnahme von Paris durch die Alliierten. Sie starb am Herzschlag als sie mit einem Kosaken um ihre Geldkassette raufte.

Die rothaarige Civette fand ihren Sylvain nicht, dafür einen Liebhaber, der sie in große Ungelegenheiten brachte, aber ihr auch das Geld für ein eigenes Modisten-Atelier verschaffte.

Vom Coiffeur Léonard nahm man an, er wäre unter der Guillotine geendet, doch mit den Bourbonen tauchte er wieder auf. Bei dem Toten hatte es sich um einen Namensvetter gehandelt, er selbst sich ins Ausland gerettet. Er erhielt eine bescheidene Stelle beim Grafen Artois, und in seinem ›Letzten Willen‹ stand, er wolle in der schönsten Karosse zum Friedhof gefahren werden.

Marie-Adelaide von Orléans überstand die Zeit des Terrors und lebte dann zusammen mit einem ›guten Freund‹, bürgerlich und ihr treu, bis beide fast zu gleicher Zeit starben.

Rose Bertin verließ diese Welt an einem schönen Septembermorgen, in ihrem Epinay, umgeben von ihren Angehörigen. An Wertsachen vererbte sie nur wenige, zu viel hatte sie verschenkt oder im Interesse von Gut und Geschäft verkauft. Aber von einigen Dingen hatte sich Rose bis zum Schluss nicht getrennt. Dazu gehörte ein brillantumrandetes Medaillon mit dem Bildnis Marie Antoinettes, ein anderes, das die Miniatur ihres Seidenmannes einschloss. Außerdem ein dünner Ring mit drei winzigen Steinen und ein stumpf gewordener Uniformknopf, von dem keiner in der Familie wusste, warum die Tante ihn aufbewahrt hatte.

Ein halbes Jahr später kehrten nach dem Sturz Napoleons die Bourbonen auf den Thron Frankreichs zurück. Unter den ersten Namen, nach denen sich Louis der Achtzehnte erkundigte, war der von Mademoiselle Bertin. Als er hörte, sie sei nicht mehr, äußerte er großes Bedauern.

Das war der königliche Nachruf auf die geniale ›Modeministerin‹ der Marie Antoinette, Königin von Frankreich.

Die Historischen Personen des Romans – in der Reihenfolge ihres ›Auftritts‹

Marie Jeanne – später *Rose – Bertin* (1747-1813). Geboren in Abbéville/Nordfrankreich als Tochter des *Nicolas Bertin*, ›Cavalier de la Maréchaussée‹ und der *Marguerite Bertin*, Krankenwärterin. Lehre bei einer Modehändlerin. Ging 1763 nach Paris und eröffnete 1770 das Geschäft ›Au Grand Mogul‹ in der Rue Saint Honoré. Ab etwa 1774 Hoflieferantin der Königin Marie Antoinette und allmählich ihre Modeberaterin. Brachte es durch ihre fantasievollen Einfälle und fürstliche Kundschaft zu internationalem Ruf. Erwarb 1782 einen Landsitz in Epinay/Seine. Zog 1784 in die Rue de Richelieu um. Während der Französischen Revolution machte sie mehrere Reisen nach Deutschland und England, um ihre Mode-Artikel an die Emigranten zu verkaufen und Schulden einzutreiben. Gestorben in Epinay.

François Lefebre, Chevalier de la Barre, wurde 1766 in Abbéville hingerichtet, weil man ihn beschuldigte zwei Kruzifixe zerstört zu haben, außerdem atheistische Werke der Philosophen zu besitzen.

Mademoiselle Pagelle war Inhaberin der renommierten Modehandlung ›Au Trait galant‹ im Quartier Saint Honoré, bei der Rose Bertin zunächst angestellt war.

Pierrette – historisch: Charlotte – Picot, Mitarbeiterin und Erste Kraft der Rose Bertin. Sie eröffnete später ihre eigene Modehandlung und verklagte ihre ehemalige Patronne wegen tätlicher Beleidigung.

Jeanne du Barry oder *Dubarry* (1743-1793), geborene *Bécu,* war zunächst Verkäuferin in einer Modehandlung, wurde dann von dem Vicomte Jean du Barry als Kurtisane lanciert und 1769 unter dem Titel ›Comtesse‹ die offizielle Mätresse von Louis XV. Lebte nach dessen Tod hauptsächlich auf ihrem Schlösschen Louveciennes bei Paris. Vom Revolutionstribunal zum Tode verurteilt.

Louis XV. (1710-1774), kam schon als Kind auf den Thron. Er erwies sich den Problemen Frankreichs nicht gewachsen und machte sich schließlich beim Volk verhasst. Unter seinen Mätressen war Madame de Pompadour besonders einflussreich. Madame du Barry war seine letzte offizielle Mätresse.

Philippe, Duc de Chartres, später *Duc d'Orléons* (1747-1793). Galt als unbeständig, exaltiert und ausschweifend, aber auch als großer Sportsmann. Aus privaten wie politischen Gründen entzweite er sich mit seinem Cousin, Louis XVI. und wurde zum Führer der Oppositionspartei. Er sympathisierte mit den Ideen der Französischen Revolution, nannte sich dann *Philippe Egalité* und stimmte für den Tod des Königs. Doch auch er starb unter der Guillotine.

Marie Adelaide, Tochter des *Duc de Penthièvre* (1753-1821) und reichste Erbin Frankreichs, heiratete 1769 Philippe de Chartres – dadurch später Duchesse d'Orléans –, mit dem sie eine unglückliche Ehe führte. Ihr ältester Sohn, Louis Philippe, gelangte 1830 als ›Bürgerkönig‹ auf den französischen Thron.

Léonard Autier (ca. 1750-1820) Coiffeur der Königin Marie Antoinette, lancierte zusammen mit Rose Bertin die extravagantesten Kopfputz-Ideen. Großer Theaterliebhaber und selbst eine Zeit lang Theaterdirektor. Als Royalist emigrierte er während der Revolution und der napoleonischen Herrschaft nach Russland.

Marie Antoinette von Frankreich (1755-1793), jüngste Tochter der österreichischen Kaiserin Maria Theresia, heiratete 1770 den späteren Louis XVI. Lebenslustig, liebenswürdig aber auch leichtsinnig und verschwenderisch, machte sie sich allmählich bei Hof und Volk unbeliebt, besonders seit 1789 richtete sich der Hass der Patrioten gegen die ›Österreicherin‹. Als ›Witwe Capet‹ stieg sie auf das Schafott.

Louis XVI. (1754-1792), Enkel von Louis XV. Ein Fürst mit gewinnenden menschlichen, aber ohne staatsmännische Eigenschaften. Wurde durch den Nationalkonvent zum Tod verurteilt und guillotiniert.

Marie Thérèse, Princesse de Lamballe (1749-1792), Schwägerin der Duchesse de Chartres und Oberintendantin des Hofstaates von Marie Antoinette, wurde vom Pariser Mob ermordet.

Madame Campan (1752-1822) war zwanzig Jahre lang Kammerfrau bei Marie Antoinette, die sie bis in die Gefangenschaft begleitete. Führte nach der Revolution ein Mädchenpensionat.

Chevalier d'Éon, ein Geheimagent Louis XV; über dessen wahres Geschlecht in der Gesellschaft gerätselt wurde, ließ sich von Rose Bertin Frauengarderobe anfertigen.

Joséphine (1763-1814), verwitwete de Bauharnais, heiratete 1796 den General Napoleon Bonaparte und wurde durch ihn 1805 Kaiserin der Franzosen. Elegant und gesellschaftlich gewandt, hatte sie großen Einfluss auf die Mode ihrer Zeit.

Jede Zeit hat ihr eigenes Vokabular, ihre eigene Weltsprache. In Rose Bertins Jahrhundert war es Französisch.
Nachfolgend einige Erklärungen:

Bonnet – Haube. Sehr variantenreich gestaltete Kopfbedeckung, die von allen Altersstufen, sowohl zu Hause, in der Nacht, auf der Straße und bei der Arbeit getragen wurde. Fast immer weiß – nur von Witwen in schwarz getragen – und mit Spitzen, Rüschen oder Bändern verziert.

Blonde – geklöppelte Besatzspitze, deren Name von dem ungebleicht verarbeiteten Seidenfaden stammt.

Baigneuse – frz. ›Badende‹ sowohl ein zum Baden getragenes Gewand wie eine zur Morgentoilette aufgesetzte Haube, dann auch als Modehaube getragen.

Caraco – im Schnitt variierte taillierte Schoßjacke.

Chapeau – Hut. Zwischen 1780-1795 auch haubenartig gestaltet und reichlich mit Bändern, Federn, Kunstblumen verziert. Manchmal auch mit Schleier getragen.

Chatelaine – kurze, breite Uhrkette für Herren.

Chemise – Hemd. Zu Rose Bertins Zeit war die *Robe en chemise* ein leichtes Kleid aus Musselin mit langen Ärmeln, volantverziertem Ausschnitt und mit einer Schärpe gegürtet. Später ein von der Antike inspiriertes Kleidhemd.

Cocarde – Kokarde. Aus Band gestaltete Rosette. Während der Revolution als patriotisches Abzeichen in Tricolore-Farben getragen.

Corps à baleines – mit Fischbeinstäben und einer metallenen Mittelschiene verarbeitetes Korsett, das die Büste stützen, die Taille verschmälern und die Schultern gerade halten sollte.

Corbeille de Mariage – Hochzeitskorb. Ein Geschenk des Bräutigams an die Braut, gefüllt mit modischem Zubehör, das recht kostbar sein konnte.

Déshabillé – frz. ›entkleidet‹. Elegantes Morgen- oder Hauskleid.

Douceur – Lieblichkeit, Sanftheit, aber auch Süßigkeit.

Fichu – Brust-, Halstuch. Großes, dreieckiges Tuch aus Musselin oder Batist, das in den Ausschnitt gesteckt wurde.

Habit – Rock, Anzug, Gewand. *Grand Habit* – Hofkleidung.

Hochepot – nordfranzösischer Eintopf mit Schweinefleisch und Gemüse.

Jeunesse dorée – vergoldete Jugend. Bezeichnung für die reiche, leichtlebige Jugend der Großstädte.

Mouche – Fliege. Bezeichnung für die aus schwarzem Samt geschnittenen Schönheitspflästerchen.

Negligé – vom frz. ›vernachlässigt‹ abgeleitet. Legere Haus- und Morgenkleidung.

Palatine, Pelisse, Mantelet – Bezeichnungen für verschiedene Typen von cape- oder mantelartigen Umhängen.

Panache – großer Federbusch, meistens aus Straußenfedern, der zwischen 1775 und 1779 selten auf einem eleganten Kopfputz fehlte.

Panier – Korb. Variation des Reifrocks, der in der letzten Hälfte des 18. Jahrhunderts ein elliptisches Aussehen bekam und aus zwei, mit Fischbein gesteiften Hüftkissen bestand, deren Breite vom Kleidertyp und dem Anlass bestimmt wurde.

Pouf – Bausch. Polster aus Gaze, falschen Haaren oder Rosshaar für die hohen Haaraufbauten, die dann mit den verschiedensten Accessoires garniert wurden. *Pouf aux sentiments.*

Redingote – abgeleitet von dem engl. ›riding-coat‹. Ursprünglich ein Reitmantel, der von der Mode zu einem taillierten Überrock mit mehrfachem Kragen für die Männer, und zu einem Mantelkleid für die Frauen abgewandelt wurde.

Robe de fantasie – von der Mode bestimmte Kleiderschnitte. *Robe à l'anglaise* – nach legerer englischer Art, ohne Korsett und Reifrock getragen. *Robe à la Lévite* – ein mantelkleidartiger Schnitt mit Gürtelschärpe. *Robe polonaise* – mit hochgerafftem Überrock. *Robe à la Turque* – vom Oberkleid der Türkinnen inspiriert, in lebhaften Farben und meistens aus gestreiftem Stoff. *Robe à la française* – am Hof vorgeschriebene Kleidform. Mit Corps à baleines und besonders breiten Paniers getragen, im Rücken in einer Schleppe auslaufendes Faltenteil.

Ruban – Band. Das Rokoko trieb einen großen Luxus mit den fantasievollsten Seidenbändern.

Trousseau – Brautausstattung.

Stoffe – die Mode des Rokoko bevorzugte vor allem Seidenstoffe: *Brokat* – kostbar mit Gold- oder Silberfäden broschiert. *Chiné* – auf buntbedruckter Kette gewebt. *Damassé* – mit eingewebten Satinmustern. *Taffetas* – ›Taft‹ – glatt gewebt und beidseitig gleich, auch mit eingewebten Streifen oder Borten. *Gros de Tours* – besonders dicke Taftseide. *Mofré* – Taft mit wasserlinienartiger Musterung. *Droguet* – aus Wolle mit kleinen Mustern. *Calico* oder *Indienne* – bedruckte Baumwollstoffe, die zunächst aus Indien importiert wurden. *Gaze* – schleierartig aus Leinen, Seide oder Wolle. *Mousseline* – dtsch: ›Musselin‹ sehr feines Gewebe aus Baumwolle, als *Batiste* aus Leinen.

Toque – aus leichtem Stoff rund drapierter Kopfschmuck, oft mit Federn oder Blumen garniert.

Währung – bis 1796 war die *Livre* die frz. Rechnungsmünze. 1 Livre entsprach 20 Sous. Ein Louisdor – als Goldmünze im Umlauf seit 1640 – entsprach 20 Livres. Die Französische Revolution führte dann die Franc-Währung ein.

Band 12839

Philipp Vandenberg

Der Fluch des Kopernikus

Von Ketzern, Gauklern und Astrologen und dem einsamen Kampf eines Mannes gegen die Inquisition

Europa im 16. Jahrhundert. Zwischen dem Steinmetz Leberecht Hamann und dem Jesuiten Christoph Schlüssel entsteht eine tödliche Feindschaft. Denn Leberecht ist in verbotener Liebe zur Mutter seines Rivalen entbrannt, und er kennt ein Geheimnis, das ihm unendliche Macht verleiht. Es ist das verschollene Erbe des großen Astronomen Nikolaus Kopernikus, das die Welt verändern, die Kirche in ihren Grundfesten erschüttern und die Zeit aus ihren Fugen heben wird.

Band 12845

Peter Gustav Bartschat

Die Burg der Alchimisten

Der spannendste Mordfall der deutschen Renaissance

Anno 1523 wird Edgar Frischlin, Spion im Dienste des Kurfürsten Richard Greifenclau, auf die Schönburg entsandt, da sein Herr die Nachricht erhalten hat, daß eine Verschwörung gegen ihn im Gange sei. Edgar, getarnt als Landsknecht, tritt in den Dienst des Burgherrn, Frowin von Pockheim. Die Schönburg wird von den Schindern bedroht, einer Bande von Gesetzlosen, die das Land terrorisieren. In der Burg selber trifft Edgar auf seine Jugendliebe, die als Alchimistin für den Burgherrn arbeitet. Mit ihrer Hilfe hofft Frowin, Gold gewinnen zu können. Edgar stößt aber noch auf weitere Geheimnisse und Personen. Im Turm entdeckt er Ulrich von Hutten, den Dichter, Ritter und Abenteurer, der sich als Anführer der protestantischen Partei in Deutschland vor seinen Feinden versteckt hält. Edgar, von dem seltsamen Verhalten der Burgbewohner argwöhnisch geworden, versucht hinter die Geheimnisse aller Beteiligten zu kommen. Als eines Tages die Schinder die Burg angreifen und der Burgherr ermordet in einem verschlossenen Raum aufgefunden wird, spitzen sich die Ereignisse dramatisch zu.

BASTEI LÜBBE

Band 12852

Maria Barrett

Feuer und Seide

Eine dramatische Familiensaga

Indien 1857. Die Engländer nehmen Gerüchte über gefährliche Unruhen nicht ernst und werden dadurch von blutigen Aufständen gegen die britische Kolonialherrschaft völlig überrascht. Colonel Mills findet bei seiner Rückkehr von einer Erkundung seine Frau von den Aufständischen ermordet vor und schwört Rache. Er läßt zwei Unschuldige – Vater und Sohn – ins Gefängnis werfen. Der Vater stirbt, und der Sohn leistet einen Schwur, daß Mills und seine Familie dafür bezahlen sollen. Sein Haß ist grenzenlos und überdauert Generationen, bis ihn eines Tages zwei junge Menschen besiegen ...